大陸對臺研究精粹：
文學篇

徐學 編著

崧燁文化

目錄

總序
定位臺灣文學的三種方法
  一、地域定位法
  二、政治認同定位法
  三、文化傳統的定位方法
試論閩台文學的歷史文化親緣
  一、半壁為藩籬：閩台戰略地位的認知
  二、儒學教化對於粗陋民風的糾正
  三、抵抗異族入侵的「主戰」傳統
  四、新文學的作家來往和精神傳衍
  五、閩台歷史、宗教、民俗、語言的文學呈現
臺灣文學反映的客家社會結構和民性特徵
  一、引子
  二、文學呈現的客家社會結構特徵
  三、文學呈現的客家民性特徵
  四、文學反映的客家社會文化變遷
  五、「客」「福」交融、互補之趨勢
從小說看臺灣女性價值觀的嬗變
  一
  二
  三
臺灣小說反映的福佬社會文化特徵
  一、社會結構的複雜多元和「爛熟」
  二、迷信風熾和幫派頻鬥

三、篤信「一枝草，一點露」的拚搏精神

楊逵的文學之鏡與臺灣的現代性

臺灣新世代和舊世代詩論之比較

　　一、微觀細緻和宏觀系統的區別

　　二、主觀內向和客觀外向的區別

　　三、以作者為中心和讓讀者介入、參與的區別

　　四、「傳統／現代」和「現代／後現代」的焦點之區別

古詩傳統的現代轉化——余光中與李賀

　　一

　　二

　　三

臺灣當代小說中的女性

　　一

　　二

　　三

　　四

歷史川流中的悲情地帶——讀《藤纏樹》

　　《藤纏樹》——再現蒙難左翼人士的英雄形象

　　為歷史重新作注

　　雙重空間、雙重敘述

在文化焦慮中走出「跌停板」——第18屆臺灣聯合文學小說新人獎

　　不忘「上岸前對浪花的承諾」的《海童》

　　貧乏生活映照下的《初級商務英文會話》

　　渴望人在旅途的《出外》

臺灣科幻小說的創作及其特點

　　一

　　二

三

談《人生行路》與《情結》的結構藝術

姚一葦歷史劇的現代性與民族性

　　一

　　二

　　三

　　四

悲劇與救贖的神話——論張曉風戲劇作品精神內涵的一個重要方面

　　一、悲劇的誕生

　　二、悲劇精神：救贖的希望之源

　　三、救贖之道與人性的超升

《茶館》在臺灣

——從接受美學的角度看臺灣觀眾對《茶館》的客觀接受

　　一、《茶館》帶來的思想風暴

　　二、「茶館裡喝盞好茶」

　　三、《茶館》與《那一夜，我們說相聲》

　　四、接受中的「否定」

西而不化與西而化之——余光中漢文學語言論之一

　　一

　　二

　　三

　　四

　　五

白先勇小說句法與現代性的漢文學語言

　　一

　　二

　　三

四
　　五
臺灣的現代性「怨恨」修辭
　　一、「怨恨」修辭的現代性語義學
　　二、臺灣怨恨的現代性語境
　　三、怨恨修辭的意識形態功能
《王謝堂前的燕子》批評方法漫論
　　一
　　二
　　三
　　四
新批評的宣導者顏元叔與臺灣文學批評的演進
　　一
　　二
　　三
　　四
殖民者的臺灣之「愛」
——略評《由加利樹林裡》兼及張良澤的崇日心態
　　一
　　二
　　三
　　四
　　五
早期海峽兩岸新文學交流的又一佳話
　　——楊逵小說《蕃仔雞》的最早中文譯本
趨向祖國認同的心路歷程——朱天順早年的文學創作

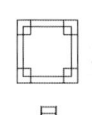

略論光復初期台中《和平日報》副刊
——兼及《新知識》月刊和《文化交流》輯刊
　　一
　　二
　　三
　　四
試論《自由中國》的文藝欄目
　　一、《自由中國》文藝欄上的作者隊伍群
　　二、文藝欄作品的多樣主題類型
　　三、《自由中國》的主要體裁及其對1950年代臺灣文壇的貢獻
　　四、結語

總序

　　25年前的7月9日,廈門大學臺灣研究院的前身廈門大學臺灣研究所成立,這是大陸方面提出「尊重臺灣的現狀和臺灣各界人士的意見,採取合情合理的方法,不使臺灣人民蒙受損失」的對台政策新主張後,海峽兩岸第一家公開成立的臺灣問題綜合研究學術機構。從那時起,以專業的學術眼光和深厚的人文關懷觀察和研究臺灣問題,就成為一代又一代廈大臺灣研究學者的神聖使命。

　　在過去的25年當中,廈門大學臺灣研究團隊湧現出陳碧笙、朱天順、陳在正、陳孔立、范希周、黃重添、翁成受、韓清海、李強、林長華、林仁川等一大批知名學者,沒有這些曾經為廈大臺灣研究嘔心瀝血的學者專家不懈的努力,就不會有廈門大學臺灣研究院今天的格局。在此,我們要特別紀念陳碧笙教授、朱天順教授、范希周教授、黃重添教授等故去的學者,他們為廈大臺灣研究做出的重大貢獻,早已鐫刻在海內外臺灣研究界不朽的豐碑中。

　　廈門大學的臺灣研究最早可以溯及1960年代的「鄭成功研究。」臺灣研究所成立後,研究觸角迅速擴展到臺灣的歷史、經濟、政治、社會和文化研究各個領域,最近由陳孔立教授撰寫的《臺灣學導論》公開出版,標幟著廈門大學的臺灣研究開始朝嚴謹的學科體系建設方向發展。無庸諱言,廈門大學的臺灣研究與海內外許多成熟的研究機構一樣,有自己的風格特色,因此也得到社會各界的普遍讚譽。但在眾多「溢美」之詞中,我們始終對各種以「某某派」相稱的戲謔之言敬謝不敏,因為廈大臺灣研究的特色遠非這些簡約的語彙所能準確描述。首先,廈大臺灣研究團隊有一個比較寬鬆自由的學術環境,團隊內部向來「百花齊

放、百家爭鳴」，如果有誰要以「某某派」自稱，在研究院內部就會立刻招致非議；其次，廈大臺灣研究團隊一直注意吸收海內外臺灣研究學者不同的思想精華，廈大臺灣研究學術生命的延續離不開海內外同行的「知識加持。」個人認為，廈門大學臺灣研究的最大特色，就在於有完整的學科體系為依託，注重基礎研究，特別注意研究的學術規範性。廈門大學的臺灣研究還得益於多學科綜合研究優勢，政治學、經濟學、歷史學和文學等不同學科之間的交叉滲透，打造了廈大臺灣研究最堅實的知識基礎。

回首25年來時路，廈門大學臺灣研究所發展成為臺灣研究院，廈大的臺灣研究從福建省重點學科晉級為教育部人文社會科學百所重點研究基地，進而又躋身「985工程」哲學社會科學創新基地，這些可喜的發展凝聚著所有曾經在這裡工作過和正在工作著的全體同仁的汗水和智慧。展望未來，我們不僅需要繼續弘揚前輩先進「歷史地、全面地、實事求是地認識臺灣，促進海峽兩岸學術交流，為祖國統一大業服務」的精神，更要腳踏實地，常懷自省之心，在深化基礎研究的同時，加強前沿性研究。本輯五本論文集名為「精粹」，實為我院全體在崗研究人員的「學術自白書」，希望它有幸成為所有對廈門大學臺灣研究院「愛之深，責之切」的學術同行們針砭批判的對象——任何善意的批評和指正都將成為廈門大學臺灣研究院繼續成長的動力。

最後要感謝長期以來關心和支持廈門大學臺灣研究院的各位領導和朋友們！

劉國深

徐學

定位臺灣文學的三種方法

徐學

何謂「臺灣文學」？「臺灣文學」以怎樣一個模式存在？這是值得每一個臺灣文學研究者思索的問題。

「臺灣文學」當然存在於特定時空的歷史發展進程中，也存在於把這一過程記錄下來的文學史和准文學史論述中。近十年來，海峽兩岸出現了相當數量的「臺灣文學」史論，對「臺灣文學」從各種角度予以定位。認真考察各種定位方法，深思這些定位方法及操作方式，對於臺灣文學研究應該不無助益。

眾說紛紜，依其定位的側重點，約略可分為三種方法。

一、地域定位法

以地理範圍確定臺灣文學的範疇。認為臺灣文學就是發生於臺灣島的文學〔1〕。它包括：

（一）民間文學。其中又可分為原住民和漢族兩大系統，包括這兩大系統中口耳傳誦的神話、故事、歌謠、諺語等。

（二）傳統詩文。主要指明鄭和滿清統治時期，使用文言文和和傳統文學形式創作的作品。從沈光文以下，如丘逢甲、許南英等人的舊詩，江日升的小說

《臺灣外記》等。

（三）日據時代的文學。包括白話文、臺灣方言及日文創作的作品。

（四）光復以後臺灣島內作家的創作。

這種定位方法的好處在於使研究者注意到臺灣島上從古到今各個族群的文化與文學，注意臺灣文學豐富的文化淵源。但其弊端在於缺乏歷史脈絡，用以解釋島嶼臺灣數百年來眾多文學現象間的承傳或者因果關聯，顯示其由起到結的發展演化的脈絡。

如果這種定位方法要上升為一種理論模式，它就必須解決這樣一個難題，即說明一個區域的地理範圍同時也即是一個文學或文化的範圍。説明原住民文學，閩南移民、客家移民的口語文學，明鄭滿清的文言文學，日據時代文學及光復後的臺灣文學，這些文化源流文學風貌差異甚大的文學是如何整合成一個具有連續性整體性的「臺灣文學。」

實際考察會使我們發現，原住民文化也好，移民文化也好，他們本身就是多元的。他們相互之間能有多少相互接納與影響呢。所以，地域性範疇之內的各種「小傳統」，或者這種種「小傳統」的相加和拼合，並無法讓人們看清「臺灣文學地圖」的全貌。

而且，這種地域定位法還有其更狹隘的一支。如鐘肇政先生在1990年代便指出：「臺灣文學是臺灣本土的文學，臺灣人的文學，是世界文學的一支。」〔2〕這種有意無意地將「臺灣文學」游離於中華文化之外的定位方法，是一種矯枉過正的本土神話。在這本土神話的心目中，舉凡不寫臺灣人臺灣事就是不認同臺灣，而不認同臺灣的作家和作品，就不是臺灣文學。它使原本豐富包容充滿活力的臺灣文學流於偏枯和困窘。呂正惠先生在評葉石濤先生《臺灣文學史綱》時，曾經指出，作為一位歷史學家，我們應該盡力求取歷史的具體過程，讓我們的史觀建立在具體而廣闊的歷史基礎上；臺灣文學有時太重意識形態而忽略客觀的知識，故既不能説服別人，又變成小圈子內的自我榜標認同〔3〕。

二、政治認同定位法

以臺灣文學與某種政治理念的關係來為「臺灣文學」定位。

在1960年代以前,臺灣當局並不承認有「臺灣文學」,或者把「臺灣文學」定位為「邊疆文學。」1960年代以來,許多抵制文學意識形態化的文學言論及文學創作,有效地瓦解了官方政策文學的專制。臺灣當局雖然已承認臺灣文學,但仍然是力圖以文學來為其政治理念服務。因此他們對於「臺灣文學」的言談便處於一種兩難的尷尬中。一方面,他必須與大陸的「中國立場」保持一種對立,另一方面,他又必須壓抑「臺灣立場」版圖的擴充〔4〕。

在臺灣當局對臺灣文學的控制和影響日漸減弱之時,「獨派」評論家借臺灣文學來宣洩政治情感、表白政治理念的心情卻越來越急迫了。1980年代,評論家彭瑞金先生在定位臺灣文學時還比較謹慎。他說:「只要在作品裡真誠地反映在臺灣這個地域上人民生活的歷史與現實,是植根於這塊土地的作品,我們便可稱之為臺灣文學……我們便將之納入『臺灣文學』的陣營。反之,有人生於斯,長於斯,在意識形態上不認同這塊土地,並不關愛這裡的人民,自行隔絕於這塊土地之外,即使臺灣文學具有最朗朗的胸懷也包容不了它。」〔5〕這時,他還認為「本土化」是檢驗臺灣文學的尺度。其定位方法中的地域性成分還多於政治性因素。但也可以看出那種愛鄉愛土的情緒已經走向極端化,成為一種狹隘的排外意識。到了1990年代,彭瑞金先生則以明顯的政治本位來定位臺灣文學,他寫道:「1980年代的臺灣文學多元化業已證明臺灣文學的本土化理想,已先期於臺灣人的民族解放或政治的獨立建國達成,臺灣文學並不是坐著癡心妄想等待臺灣獨立建國完成後再接收本土化的利益,臺灣作家該憂慮的,也是臺灣文學自我期許的反而是:臺灣一旦獨立建國之後,如果沒有足以認證的臺灣文學,那將使用國家的精神版圖缺角。」〔6〕在這裡,他對臺灣文學的定位,已經完全從一種政治理念出發。

限定文學史論述不能帶有政治傾向是不合理的。作為一個特定的政治共同體的成員,史家也生活在一定的政治文化環境中,他們在這種環境中學習,領略或

者繼承著代表一定政治生活方式的政治信念，接受政治共同體政治集團或政治階層的觀念，從家庭到學校、社會，他們也和其他人一樣，逐步形成自己的政治人格，塑造著自己的政治個性。在文學史論述中，總會或多或少表露出某種政治情緒、情感或情結，尤其是1980年代以來的臺灣，史家更處於一個政治參與意願極為廣泛，政治形態加速變遷的時空中，他們當然不會對政治毫無所動的。但是，在上述這種定位方法中，對文學本身的獨特性，對文學自身的發展規律卻是完全忽略了。這種定位法表面上是文學定位，以政治歸屬政治功能來釐定臺灣文學，實質上卻是藉臺灣文學來表明或證明某家某派的政治理念，宣洩一黨一派的政治情懷，它偏離文學本體，傷害文學命脈的弊端是顯而易見的。

三、文化傳統的定位方法

以臺灣文學所憑藉和所處其中的社會文化傳統來釐定臺灣文學的內涵。在此一定位方法中又有三種不盡相同似的表述。

第一種，也是最常見的一種表述是臺灣文學是中國文學的一部分。大陸學者在闡釋這一命題時，明確指出，這一命題「包含著兩層意思：一、臺灣文學是中國文學的一個分支，它們都共同淵源於中華民族的文化母體；二、臺灣文學在其特殊歷史環境的發展中，有著自己某些特殊的形態和過程，以它衍自母體又異於母體的特點，匯入中國文學的長河大川，豐富了中華民族的文學創造。」很顯然，這裡的中國是一個文化中國的概念，它注意到了臺灣文學的獨立性與特殊性，但是，分支之說還可以商榷〔7〕。

第二種，將半個世紀以來臺灣地區中國作家的創作定位為中華民族文學的一支，在臺灣地區的眾多作家和學者都同意這種表述。

在一本由16位著名作家共同編選而成的臺灣文學大系的總序中這樣寫道：「臺灣的文學該如何定位呢？歷史到了目前的急轉彎處，必然有人會著眼於它和大陸的血脈相連，夢魂相牽，也有人會著眼於它和大陸的時空相悖，境遇相違，

而強調海島的地域特性。」執筆者接著回顧了中國文學史上一些具有地域特性的文學流派，以及一些在政治上或種族上與中原漢民族有著分歧或差異的文學家。在分析了這些特例後，執筆者指出「在當時，這種差異想必都頗重要，但放在中華民族的滾滾長流裡，久而久之，當然都同其迴旋而起伏了。後之視今，如今之視昔。我們把這部浩大的選集稱為《中華現代文學大系：臺灣，1970至1989》，正因為16位編輯都認定，不管20年臺灣文壇在風格上如何多般，在思想上如何歧異，既然作家吃的都是米飯，用的都是筷子，過的都是端午跟中秋，而寫的都是中文，則當然這部選集裡的作品最後必歸於中華民族。」〔8〕

第三種表述認為，臺灣「光復50年來的更大的文學主流，一方面是以白話文學為典範，在寫作的語言上成為基本工具，在思想意識上卻同時以西歐、北美的近代以降的文學與文化的傳統，以及孔孟、老莊以降，大抵以唐、宋、明清的古典文化文學為資源與依據，所融合而成的綜合性的傳統。」「在這種『綜合性傳統』的滋養下，面對著臺灣社會、經濟、政治的逐步現代化過程所衍生的種種特殊經驗，半個世紀以來，臺灣確實發展出一個迥異於日本與中國大陸的文學傳統。」〔9〕

以上三種表述都從廣闊的文化背景中來尋求臺灣文學的座標，他們都力圖找出臺灣文學作為一種文學傳統的存在意義。我們知道，傳統，不是已逝的夢幻，不是風乾的遺產，不是在過去就已經凝結成型的一種「實體」，而是流動於過去、現在、未來的一種過程，是在一定空間範疇內向前流動，正在流動並有能力繼續流動的文化流程。所以，將臺灣文學納入一種文化視野中，將臺灣文學作為一種文學傳統來考察，也就是注意到臺灣文學的文學本體，注意到臺灣文學中最富於藝術生命力的部分。它的深廣度遠遠超出欲將臺灣文學淪為政治工具的政治定位法，也不是地理上自限、心理上自閉的地域定位法所能企及的。

在上面為臺灣文學作文化定位的三種表述中，第一種是分析性的語言，將臺灣文學納入文化中國的範疇中；第二種表述以感性的語言，將臺灣文學歸入中華民族文學的歷史長河中，第三種提法則有值得推敲的地方。他承認臺灣文學作為一種傳統，是以中國傳統文化為重要資源並受到五四以來中國新文學滋養的，但

另一方面又說，臺灣文學是一種「迥異於中國大陸」的文學傳統。「迥異於中國大陸」的說話比較含糊，如果是說臺灣文學與當今中國的大陸的文學存在相當明顯的差異和互補，這還是言之成理可以認可的。如果是說，臺灣文學已經在中華民族文學傳統之外發展形成了一種新的傳統，這種論斷就頗為可疑。第一，從對臺灣文學作品的分析閱讀中，並沒有發現這種號稱「新傳統」的文學，而且論者也沒有以實際的作品來論證他的這一觀點。第二，一種新的文學傳統的形成絕非是輕而易舉之事，一定必須經過一個較長時間的醞釀、摸索、積累和構築的過程。經濟、政治的變革並不能直接轉化為新的文化傳統，它還必須經過社會的選擇和文化的選擇。第三，雖然臺灣與大陸隔絕多年，但中華文化傳統卻一直是生機旺盛。正如臺灣成功大學教授、著名作家馬森先生所言，「今日臺灣的現實，已經不再是單純地對先期移民文化的繼承，也不是單純地對日本殖民文化的繼承，而是全中國各地文化在臺灣所形成的中華文化的大熔爐，其融合性超過大陸上任何一個地區。」〔10〕第四，語言不僅是一套符號系統，而且也是一套價值系統和意義系統。只要一個中國作家還用中文寫作，不管他生活在哪一個地區，只要他的作品具有藝術生命，他就將活在中文裡，成為中華民族文學的一部分。

綜上所述，本文認為，只有堅持文化定位的方法，理清臺灣文學作為一種文學傳統的特定內涵，才能跳出貼標籤簡化歷史或文學的黨派之爭，直探半個世紀以來豐富多姿的臺灣文學心靈。在結束本文之前，我還想說，每個人對於歷史的論述，受限於言說情境，語言脈絡，觀察角度，認知能力，必然會有若干主觀成分，也可以說是偏見。這種偏見，只有多寡的問題，也不可能完全排除。本文當然也在所難免。但我相信，通過對定位臺灣文學各種方法的探討，通過對諸位方家的請教，通過真誠而平的學術對話，我們將能一步步更為接近「臺灣文學」的歷史真相。

（原載於北京《臺灣研究》1996年第2期）

註釋：

〔1〕這方面的代表人物有臺灣清華大學陳萬益教授，他於1993年《臺灣文

學教學芻議》一文中提出，又於《臺灣文學是什麼》一文中重申。見《文訊》1995年第12期第51頁。

〔2〕鍾肇政：《血淚的文學掙扎的文學——70年代臺灣文學發展縱橫談》，見《臺灣作家全集》。相似提法還有宋澤萊和許水綠。宋澤萊說：「事實上臺灣文學本來就不是中國文學，臺灣文學自古以來就自成系統。」許水綠說：「臺灣文學是胸懷臺灣本上，放眼第三世界，開拓自主性及臺灣意識的文學。」宋文載宋著《臺灣人的自我追尋》，臺北，前衛1988年5月版，第179頁。許文載許水綠著《臺灣文學的界說與方向》，《生根》第17期，第42-43頁，1983年9月版。

〔3〕呂正惠：《戰後臺灣文學經驗》1992年，新地文學，第325頁。

〔4〕關於這方面的詳盡論述，可參見向陽著《打開意識形態地圖》一文，載《當代臺灣政治文學論》，時報1994年，第73頁。

〔5〕彭瑞金：《臺灣文學應以本土化為首要課題》1982年4月，《文學界》第2集，第1-3頁。

〔6〕彭瑞金：《當前臺灣文學的本土化與多元化》，《文學臺灣》第4期，高雄《文學臺灣》雜誌1992年版。

〔7〕劉登翰：《文學的母體淵源和歷史的特殊際遇——臺灣文學在中國文學中的位置和意義》，收入《文學薪火的承傳與變異》一書，福州，海峽文藝出版社1994年11月第1版。在該書另一文章《特殊心態的呈示和文學經驗的互補》中，作者對臺灣文學的特殊性、獨特性有更為詳盡的分析。

〔8〕《中華現代文學大系總序》，臺北，九歌1989年5月初版。16位編輯委員為余光中、張默、白靈、向陽、張曉風、陳幸蕙、吳鳴、齊邦媛、鄭清文、張大春、黃美序、胡耀恆、貢敏、李瑞騰、蕭蕭、呂正惠。

〔9〕柯慶明：《臺灣文學的未來發展》，《文訊》第122期，臺北，1995年12月。

〔10〕馬森：《「臺灣文學」的中國結與臺灣結》，載《聯合文學》第8卷

第5期,第189頁,臺北,1992年3月。

試論閩台文學的歷史文化親緣

朱雙一

一、半壁為藩籬：閩台戰略地位的認知

　　臺灣文學和文化，是中華文學和文化在臺灣的播遷和傳衍。臺灣文學和文化，與大陸的文學和文化具有密切的葉與根、流與源的關係；特別是福建和臺灣，由於特殊的地緣、史緣、親緣和語緣等，其文學和文化，更有密不可分的聯繫。

　　閩台之間的文學聯繫，甚至可追溯到悠遠杳渺的遠古時代。從考古學、人類學、歷史學到當代DNA技術的種種研究，都指向這樣一個事實：臺灣原住民的遠祖來自中國大陸，他們是當時生活於中國大陸南部的百越民族的一個分支。在前往臺灣的路線中，從福建到臺灣是最便捷的一條。近年來太守沈瑩所撰《臨海水土志》。唐朝元和年間進士施肩吾的《澎湖嶼》則被視為描寫台澎最早的文人詩。宋代大詩人陸游先後兩次宦閩，時間雖短，卻使詩人有機會親炙大海，開闊心胸。《感昔》等詩表明，當日在大海風濤中乘風破浪，極目遠眺臺島的經歷，在這些平時局促於內陸的古代中國文人內心，引起了極大的震盪並留下深刻的印痕。

　　到了明代，倭寇屢犯中國東南沿海；隨著15世紀末的「地理大發現」，西

方列強東來，中國軍隊多了一項抗倭靖海的重任。自古以來閩人「以海為田」的生產生活方式以及所受倭寇之苦，使他們對海防的重要性及其戰略戰術，有較深入的思考和切實的體驗。來自泉州的著名抗倭將領俞大猷擅長海戰，提出禦敵於外海的戰略思想，其《舟師》等詩作，可說開創了中國文學中「海戰詩」的新類型。17世紀初年，荷人進據台澎。駐守浯嶼、銅山等地的寧海將軍沈有容或引兵攻之，或曉諭退之，凱歌連奏。當時有屠隆《平東番記》、陳學伊《題東番記後》等，記載其事甚詳。閩、浙政要亦紛紛以詩酬贈，沈有容輯其詩為《閩海贈言》。閩人感其靖海之功，多作詩頌之，並表達了生活於海之濱的閩人保持海洋安寧的願望。明萬曆年間駐中左所（今廈門）的三位同職不同時的南路參將施德政、李楷、徐為斌，有題於廈門醉仙岩壁上的同題《征倭詩》。這三首跨越10年之久的唱和之詩，寫出了當時中國舟師出征時旌旗蔽空、鼙鼓雷發、魚龍吞氣的雄壯景觀，同時也寫出了廈門和台澎在抗倭鬥爭中互成犄角的戰略關係，以及一撥接一撥的戍邊將士以驅除倭患為己任的勇氣和決心。

　　1644年清朝建立，鄭成功秉持遺民忠義精神，開展抗清鬥爭，並揮兵渡海，收復被荷蘭佔據38年的臺灣，以為抗清腹地。鄭成功及其子鄭經都寫下了充滿痛明反清、待時恢復志概的詩篇，如鄭成功的《復臺——即東都》，鄭經的《悲中原未復》等。須指出，這種「遺民忠義精神」植根於閩地深厚的歷史文化傳統或曰民眾深層心理積澱中。相似的一幕在宋末就曾上演過一次。宋亡後無法認同新朝，在詩文中直接或曲折地表達對新朝的憤恨或對故國的懷戀、哀思之情的閩籍遺民作家，有黃公紹、陳普、熊禾等；而著有《晞發集》的謝翱在宋亡後13年，登富春山西台，寫下了驚天地、泣鬼神的《登西台慟哭記》，哭弔抗元英雄文天祥；鄭思肖則在宋亡後4年，將其所作抗元詩文總題為《心史》，自署「大宋孤臣」，用蠟封錫匣鐵函數重密封，悄悄沉於蘇州承天寺古井中。365年後的明崇禎十一年，偶然被人從井底發掘出來，仍完好無缺。所最奇者，該書被發掘後幾年，中國歷史又面臨著與宋末極為相似的過程。而《心史》中表現出來的愛國精神和氣節，很快引起明末抗清志士的強烈共鳴，給予他們精神上的激勵。當時很快就有了不同的刻本，更有人將《晞發集》和《心史》合刻出版。追隨鄭成功的「海外幾社六子」之一的盧若騰，在其《林子濩詩序》中，並稱鄭、

謝及《鐵函心史》、《晞髮集》，稱之為「宇內真文字」，提供了明鄭「遺民忠義精神」與謝翱、鄭思肖等一脈相承精神聯繫的確證。

延平王鄭氏經營臺灣數十年，最重要的功績之一在於將大陸的政經、文教制度移植於臺灣。其中起關鍵作用的是同安人陳永華。然而，當時的臺灣畢竟只是不甘屈服的前朝遺臣和遺民延續故祚、與「中央」對抗的小「朝廷」，這種割據最終必然消亡，終要匯入中國的統一國家之內。清朝康熙帝起用熟諳海戰的晉江人施琅，率軍攻台，鄭克塽投降，江山歸於一統。這段鄭氏史事，在20多年後出現的《臺灣外記》一書中有翔實的記載。該書最大特點，除了「紀其一時之事」，「書其實也」之外，就在作者江日昇所自詡的「閩人說閩事」，因此既能就近採擷大量確鑿史實，把握閩台地方文化特色，並能灌注一種閩人對閩人的特有的感情和評價。如它對於明末抗清將士的忠烈行為頗多著墨，並往往成為書中寫得最為精彩、生動的部分。

儘管臺灣已歸入清朝版圖，但當時關於臺灣的棄留仍成為朝廷內部爭論的焦點之一。一些昏庸朝臣認為，臺灣不過是孤懸海外的荒壤僻地，主張棄而勿守。施琅上《恭陳臺灣棄留疏》，指出臺灣「乃江、浙、閩、粵四省之左護」，其物產富饒，其民本為中國之人，只要善加撫恤，即能杜絕邊海禍患，成為國家東南屏障。康熙採納之，宣佈設置臺灣府，臺灣從此納入國家行政建置正軌。稍後，長期在閩省任職、足跡遍及八閩的浙江人郁永河所著《裨海紀遊》，從小跟隨父親從事海外貿易，其父曾為施琅指劃島嶼地形的同安人陳倫炯所著《海國聞見錄》，以及富有卓見，為渡台平亂的南澳總兵藍廷珍出謀劃策的藍鼎元所寫《臺灣近詠十首》，都對臺灣的重要戰略地位有清醒的認識。藍鼎元詩雲：「臺灣雖絕島，半壁為藩籬。沿海六七省，口岸密相依。臺安一方樂，臺動天下疑。未雨不綢繆，侮予適噬臍……荷蘭與日本，眈眈共朵頤……政教消頗僻，千年拱京師。」他們的這些深刻認識，與其作為閩南人或在閩省（含臺灣）供職，長期身處東南海疆，熟知此地地理民情，親身感受日益加重的外敵威脅，有很大的關係。

二、儒學教化對於粗陋民風的糾正

　　以臺灣正式歸入清朝管轄為契機，大量的大陸人民渡過海峽進入臺灣，其中以閩人或與福建有各種關係的人尤多。對於新到臺灣的官員、幕僚及從事教學、編纂地方志乘等其他工作者，乃至一般的觀光旅遊者來說，臺灣是一個新鮮的世界。這些深受經典文化薰陶的中國文人，身心老成，一旦遇接臺灣荒莽的自然景物，粗獷的移民世界，在驚動之餘，形之於詩文，往往塑造出生機盎然的另一種氣格。當然，獲得這種「新鮮」的參照系仍是故土的印象，所採用的藝術形式也仍是傳統固有的。這就是來自福建漳浦的陳夢林所作《榛圃》詩中所謂「海外雲山新畫卷，窗間花草舊詩筒。」陳夢林還寫有《望玉山記》、《玉山歌》等，為後來眾多的同類題材詩文作品開了先河。和陳夢林一樣為纂修地方志而觀察、描寫臺灣的，還有福建德化人王克捷等。王克捷所撰《臺灣賦》、《澎湖賦》等，利用「賦」擅長鋪陳的文體特點，將臺灣的新奇風景、珍稀事物盡情地呈現。《臺灣賦》成為當時風行一時的作品類型。

　　《小琉球漫誌》作者朱仕玠是這股觀察、感受、描繪臺灣的潮流中，頗具代表性的文人之一。朱仕玠為閩北的建寧人，到閩南的德化任縣學教諭，後又調任臺灣之鳳山縣學。在往臺灣時，他從德化請假歸裡，後取道福州，過興化、泉州，在廈門登舟，經大小擔、澎湖、黑水溝，進鹿耳門，而後又往其職所，沿途所見，「自山川風土人物，上至國家建置制度，下而及於方言野語，綜要備錄，靡有所遺。其間道途所經、勝蹟所至，與夫珍禽異獸中土所不經見者，則以詩歌寫之。」[1]作者既熟悉八閩大地的山川風土人物，以此知識背景觀察臺灣，自能相互比較，見出其異同。加上作者詩才文采，成就富有文學質地的記載文字。

　　出於政務需要而考察臺灣、思考臺灣的，除了藍鼎元外，還有同為漳浦人的阮蔡文等。1713年任北路參將的阮蔡文自帶口糧出外考察，途中著《淡水紀行詩》凡八首，透露了作者「殷勤問土風」的初衷。他的詩常描寫臺灣崇山谿壑的險要，也常描繪土著居民的生產生活境況及其遭遇的外來損害，包含著調解、勸

喻不同種姓和族群的民眾友善相處的意味。此外，還有許多作者因其他各種原因來到臺灣。如福建侯官人吳玉麟的《渡海歌》可說是寫廈門至臺灣航程的同類題材詩作中，最為詳盡細緻的一首。1761年任諸羅縣教諭的福建永安人盧觀源，亦是閩人赴台後，對於臺灣的自然、人文景物感到新奇，並將臺灣與故鄉加以比較和描寫，開闊其原本較為局蹙的心志的詩人之一。

從清代初期就開始的以風土雜詠和各種《臺灣賦》為代表的觀察、感受和描繪臺灣的文學潮流，與福建有著十分密切的關係。康熙至乾隆的百餘年間，福建文人亦特別注重風土雜詠詩的寫作。某種意義上說，臺灣的這股風氣是由閩地文人帶到臺灣的。可為佐證的是：福建的風土雜詠有個特點，即詩人往往加上自注，對特有的民俗風物、歷史掌故等加以說明。臺灣的風土雜詠也多有自注。此外，臺灣此類作品顯露出的民間性、草根性等色澤，也反映出閩台文化的密切關聯。

如上述，鄭成功收復臺灣並將中國大陸歷代沿用的一整套政經文教制度帶到臺灣。入清後，為政者同樣十分重視文教事業。1683年施琅倡建於台南的西定坊書院，為臺灣首家書院，此後陸續又有蔣毓英所建鎮北坊書院、吳國柱所建竹溪書院等等。臺灣知府衛台揆創建的崇文書院，則為臺灣正規書院之始。此後各地紛紛仿效設立，很快建立起包括文廟、儒學、書院、社學、義學、民學等在內的教育體系，取得了土著兒童亦能習漢語、讀經書、頌毛詩的成效。清朝官制，高級地方官不許本地人擔任，因此臺灣的高層官員絕大多數從500里外全國各省調遣，但臺灣各級掌管教育、承擔教化任務的「教授」、「教諭」、「訓導」等職務，卻多由福建人承擔（粗略統計有近百人之多）。因此，閩地的教育體制、治學風氣、人文學術傳統等，就隨著這些擔任教職的閩人進入臺灣，對臺灣的文教產生直接的影響。

在福建，不少地方號稱「海濱鄒魯」，如浯州（金門）、泉州、東山等。其原因之一，就在朱熹及其所代表的閩學與這些地方的深厚淵源。閩地尊崇朱子之學的風氣，自然隨著閩人入台，特別是閩地文人幾乎包攬了臺灣的文教職務而傳播到臺灣。臺灣的書院大多祀朱子。曾任福建侯官知縣，後奉調臺灣任職的楊廷

理，其《仰山書院新成志喜》詩中有云：「龜山海上望巍然，追溯高風仰宋賢；行媲四知留榘範，道延一線合真傳」，説明臺灣儒學教育與閩學的深厚淵源關係。福建泉州易學頗盛，在臺灣，易學也相當發達。如平生鑽研易學的黃敬，設帳關渡，教授生徒數百人。臺灣文人中，有不少人承續了以「經世濟民」為職志，為學務實致用，注重收徒講學，視鑽研和傳授學問重於功名的閩學考亭學派的特點。如清代臺北地區的陳維英、陳樹藍、葉為圭、陳夢三、王元稚等，都是明顯的例子。福建侯官人謝金鑾先後於閩地兩地任教諭，所到之處，皆以興學、教化為己任，其「位卑而道高，故其節不撓；學苦而心怡，故其教不勞」〔2〕的境界，可説遙接宋儒之風。此外，出身於「閩泉舊族」的章甫頗有宋儒「咬得菜根，則百事可做」的境界。他熟讀中國經書子史百家，又得遍遊閩台勝景，得其山海之靈氣，而一生淡泊，不求功名、官位，只求設教授徒，理教詩教並重，得以將博大精深之中華文化，富有特色之閩台地方文化的精髓，傳達給學生，為臺灣的教化，起了應有的作用。

與朱子學有著更直接、深厚淵源的臺灣清代詩文作家，應數竹塹鄭氏家族中的鄭用錫、鄭用鑑從兄弟。用錫父鄭崇和生平最好《朱子遺書》等宋儒著作，並令鄭家子弟以此為學，易學幾成鄭氏家學淵源之一。鄭用錫有歌詠閩學重要幹將李延平、李伯紀、蔡西山的《詠閩儒三則》可見其對於閩學歷史和特點的熟悉。福建詩人楊浚認為用錫詩是邵康節擊壤吟的流衍，其中很重要的，是指「以論理為本」的創作精神的類同。鄭用鑑之詩，同樣理重情淡，近於宋詩格調。閱讀《易經》等書籍，使鄭用鑑勘破世事，參透生命，詩中自有一種淡泊名利，悠然自得的情調。

清代臺灣文學的另一個重要現象，是出現了「家族文學」——以某一家族為中心的文學創作群體，其產生與清代臺灣家族社會的發展密切相關。而臺灣家族體制的形成和發展，又與福建原鄉有著不解之緣。由於福建居民多為歷史上中原士民的移入，為了生存，門閥宗族的誇耀尤為必要；加上朱熹力圖使宗法倫理庶民化，使原來只適用於貴族官僚階層的「敬宗收族」之道，轉化為社會各階層的共同行為規範。這些因素，都使福建民間家族制度較中原地區更加嚴密和完善。與此相應，福建很早就有了家族文學的現象，如宋朝浦城章氏家族，明末清初侯

官許氏家族等。清代中後期臺灣出現的家族文學現象，自然也是士紳家族成形後的產物。比較典型有竹塹的鄭用錫家族、林占梅家族，大龍峒的陳維英家族，板橋的林維源家族，嘉義的賴時輝家族等等。

祖籍福建同安，後遷居金門，最後定居臺灣竹塹的鄭家，其家族性文學的特點，首先就在於以「家族」為觀照焦點和描寫重心之一，表現出對家族的興旺衰敗，家人的生老病死、團聚離散，以及家族內外關係、家庭倫理道德等的格外關心和重視。竹塹林氏家族祖籍亦為同安，同樣有著極為強烈的家族意識。林占梅雖富，卻常有家室之哀，連遭失子、喪妻、亡母的家庭變故，因此他的詩中充滿家親、族親和鄉梓之情，既有對親屬過世的悲痛和感傷，也有對難得的家族團圓、親人相聚的珍惜和欣慰，甚至將家族觀念擴大到鄉梓觀念。當然，鄭、林兩氏家族文學更主要的共同特點，是都建立了自家的庭院園林——林家的「潛園」和鄭家的「北郭園」，不僅族內親戚相互帶動影響，而且通過此名園招徠本地或外地（包括從大陸流寓臺灣）的名人雅士，彙集園內交遊酬唱，以文會友，相互磨礪切磋，促進了更多、更好的作品產生。長居園內的客人多為閩人，如楊浚之於北郭園，林豪、林維丞之於潛園。園內的環境極適合於寫詩，能使詩人的靈感泉湧，詩思飛翔，其創作的「園林文學」被視為在中國文學史上都有其特殊價值的作品。清代臺灣家族文學在清廷禁止民間結社的時候，起了代替詩社、集合文人雅士相互切磋砥礪，促進文學創作發展的作用。而它的產生，和閩台兩地家族社會和家族文化的存在，有著密切的關係。

如果説清初由閩入台的文人們在其風土雜詠詩中，往往模山范水，表達其遇接粗獷、荒莽的臺灣山水和民性時內心的震顫和驚動；那到了清朝中、後期臺灣生口日眾，社會成型，教化步入正軌之後，文人們將其眼光更多地轉向了社會現實。雖然採用的還是風土雜詠、竹枝詞等形式，但其對於社會問題的關注和涉入，有了很大的進展。

主要由閩粵移民組成的臺灣底層社會充滿開拓進取、「要拚才會贏」的精神，但同時也帶有流氓無產者的氣息，將原來在閩粵就有的好強爭勝，動輒聚族械鬥等惡習帶到臺灣，並在新的環境下，愈演愈烈；與此同時，深受朱子學薰染

的文人們，在臺灣推行儒學教化，他們對於臺灣民眾的迷信、械鬥等不良習氣，深懷警覺，因此通過其詩文作品，對此粗陋民風加以反映和反省，並試圖給予疏導和勸誡。初任福建甯德縣令，後調任臺灣府學教諭的劉家謀，其百首《海音詩》堪稱興利除弊的黃鐘大呂之聲。對民俗的觀察和描寫是《海音詩》的重心之一，舉凡婚姻喪葬、求醫卜神、械鬥盜賊、普度賭博、世態炎涼、節烈義舉……都納入作者的視野之中。這些民俗本與福建關係密切，加上作者為閩人台官，自然對這些風土民俗的淵源流變、善惡利弊能有比較清晰的感受和體會，寫之於詩，自能鞭辟入裡，振聾發聵。彰化陳肇興的《陶村詩稿》則有「詩史」之譽，使人讀之「覺當日戴萬生之亂狀歷歷如現，可藉以知臺灣往昔之史跡」〔3〕。《陶村詩稿》另一引人注目的重要主題，是對於當時嚴重的分類械鬥現象的反映和思考。分類械鬥頻發的原因，除了閩粵陋習的流布外，與清朝官吏貪暴虐民，又擔心民眾反亂，乃蓄意挑撥漳泉間的矛盾有很大關係。陳肇興的詩揭示了械鬥對社會發展的破壞，所造成的民眾的苦難，並對獷悍好鬥的頑劣之輩提出了息怨止爭的呼籲。

　　儒家教化在臺灣的另一重要作用，是對於鬼神巫覡之風的糾正。與械鬥一樣，福建的民間宗教信仰與家族制度關係密切，帶有極為強烈的功利性、實用性色彩，即寄望於某些神靈偶像能對本家族提供某種特殊的護佑，許多旁門左道、神魔鬼怪的偶像，只要它被視為孔武有力、法力廣大，或者被認為與本家族有特殊的親緣、恩德關係，即能受到鄉人、族人的格外崇拜。臺灣的民間宗教信仰，幾乎可說是閩南的移植和翻版。何澂《台陽雜詠》有云：「閩人信鬼世無儔，臺郡巫風亦效尤」，說的就是這種情況。臺灣傳統詩文作者秉持著儒家「不語怪力亂神」的文化精神，對於閩台民間信仰的某些弊端，加以揭示、質疑和反省。其中描寫最多、批評也最為激烈的，是中元節（又稱「鬼節」）及其前後的祭鬼活動，一般稱為「普度」或盂蘭會。普度原是閩南一帶的一種迷信陋習。臺灣文人除了描述普度大講排場的情景外，並對其鋪張浪費、勞民傷財以及「媚鬼棄人」的可笑行徑加以揭露，希望人們能夠幡然醒悟，謫除這種陋習，如黃贊鈞的《普度竹枝詞》、彭廷選的《盂蘭盆會竹枝詞》等等。直到日據時期賴和仍有《普度》詩云：「救母原思報母恩，傳來勝會說蘭盆。孤寒滿路人誰顧？牲帛如山媚

鬼魂。」由此可知，比起清初，清代中後期的文人采風詩更有了觀風俗以知得失、正民風的含義，顯示了儒家正統思想與地方文化陋習的糾葛和鬥爭。這是隨著儒家教化在臺灣的發展和深化而產生的變化。

三、抵抗異族入侵的「主戰」傳統

進入清朝道咸年間，臺灣的移民社會已逐漸轉化為定居的文治社會；另一方面，整個中國卻正面臨著一個巨大而深刻的轉折。這就是西方列強企圖用船堅炮利，打開閉關鎖國的古老帝國的大門。1840年的鴉片戰爭中，閩、台由於其地理位置，首當其衝。廈門和基隆，都曾發生戰事，閩、台的戰場，其實連成一片。閩、台之間相互依存的戰略關係以及它們對於整個中國的東南屏障作用，更為凸顯。

從鴉片戰爭至中日甲午戰爭的數十年間，清朝內部對於邊疆危機的處理，也形成了「主戰」和「主和」的兩大派。然而從林則徐開始，無論是廷爭上奏或是實際行動，閩台的官民都以「主戰派」居多，出現了許多可歌可泣的抗戰英雄，相關的文學作品，也始終以「主戰」為主旋律——既有對外來侵略者的同仇敵愾的聲討，也有對英勇抗戰的中國將士的熱情歌詠；既表達了寧願戰死，也不願淪為異族奴隸的決心，也有對妥協、投降分子的譴責和批判。這種情況的出現，既是閩台人民較為濃厚的「家族」、「家鄉」觀念以及好勇鬥勝、不甘屈服的民性特徵使然，更是鄭思肖、鄭成功直至乙未抗日勇士一脈相承的強烈民族精神的體現。

中國在鴉片戰爭中的民族英雄，首推福建侯官人林則徐。此外，林昌　、張際亮、陳慶鏞、梁章鉅、陳化成、林樹梅等閩籍官員、將領或文人，也都是主張徹底禁煙、堅決反對投降的著名人物。侯官人林昌　所著《射鷹樓詩話》被視為記錄鴉片戰爭時期詩歌創作的最重要文獻，所謂「射鷹」寓「射英」之意。同安人陳化成、泉州人張然、閩縣人林志等在抗英鬥爭中以身殉國，戰死疆場，其英雄事蹟為閩人的詩文作品廣為記載。在海峽的對岸，英軍五次進犯均為達洪阿、

姚瑩所率臺灣軍民擊退。但由於清政府轉欲求和，導致所謂「臺灣之獄」，姚、達二人因功反遭禍害，革去官職。對此，閩、台官員和民眾頗多不服，一時「兵民洶洶罷市」，「海峽兩岸作詩著論，力辨其誣者甚眾」〔4〕。福建著名詩人張際亮不僅為姚、達二人的洗冤昭雪四處奔波，勞瘁而亡，並曾寫《寄姚石甫三丈，時將赴台渡海不果》等詩稱頌姚瑩等，揭露主和派的畏敵乞和行徑。無獨有偶，臺灣詩人也同樣對於姚瑩等充滿敬意。多年後，劉家謀仍有《懷姚石甫先生十韻》。1850年前後，臺灣人民倡「攘夷之論」，並立《全台紳民公約》二則，宣誓：「如我百姓為夷人所用，是逆犯也，是犬羊之奴也，餓死亦不肯為」，充分體現了閩台人民的錚錚鐵骨般的民族氣節。

1874年，日本人利用「牡丹社事件」，組織征台軍在瑯嶠社寮登陸。福建船政大臣、侯官人沈葆楨奉派赴台處理。在對日鬥爭中，沈葆楨曾親自起草了一份外柔內剛、義正詞嚴的照會，被《申報》稱許為「理直氣壯，言言中肯」，「中國之直，日本之曲，一覽而愈昭。」照會中指出，處理事件「此中國分內應為之事，不當轉煩他國勞師糜餉而來」，斷然聲明：「無論中國版圖尺寸不敢以與人」！沈葆楨看出日本對於臺灣懷有強烈的野心，促使清政府認識到臺灣為「南北洋關鍵」、「中國第一門戶」，因此從防內為主，轉變為禦外為主，並在臺灣實施「開山撫番」等一系列改革措施。牡丹社事件堪稱中國人民抗日鬥爭的前奏曲。

1980年代的中法戰爭再一次說明，閩、台在中國的防務戰略上，早已連為一片。法軍早有「據地為質」的用心，但進攻臺灣的行動，被劉銘傳率部殺退。法軍轉而對福州馬江的福建水師戰艦發動突然襲擊。1885年3月，中國取得鎮南關大捷，卻「不敗而敗」，與法簽訂喪權辱國的和約。戰爭中，福建晉江籍的臺灣詩人施士潔、在甘肅任職的臺灣籍官員李望洋、曾寓新竹「北郭園」的福建詩人楊浚等，都以詩表達了對戰事的關心，對主戰派將士的稱頌，以及對於清政府的軟弱屈服的不滿和抨擊。

然而，臺灣最大的劫難發生於甲午、乙未之年。在甲午海戰中落敗的清廷被迫割讓臺灣於日本，使臺灣人民面臨兩難的抉擇——要麼忍辱於異族的鐵蹄之

下，要麼離鄉內渡，拋棄家園。使臺灣人民最為悲憤的，卻是權臣為求一時之安，使得國家從此金甌殘缺。臺灣雖為邊地，台民雖為邊民，但其文化的根柢為中原文化，又有著歷史所造就的格外強烈的忠義傳統，他們願為中國人，不甘為亡國奴，所以激起極大的矛盾。在這事變中，臺灣軍民幾無例外的都是「主戰派。」時任臺灣兵備道的陳文騄《示諸將》四首，譴責筆鋒直指喪權辱國的權臣。閩台官紳、詩人蔡國琳、張秉銓、陳季同、許南英等，都有和詩或哀、吊臺灣的詩作，表達「有詔班師臣不奉」、「平民制梃願從戎」（許南英《和祁陽陳仲英觀察感時示諸將原韻》）的意願和決心。又有在京臺灣舉人、進士汪春源、羅秀惠等5人，向都察院上書，宣稱：「與其生為降虜，不如死為義民」，願「捨死忘生，為國家效命。」可貴的是，臺灣人民確確實實履行了他們的諾言。1906年，洪棄生《瀛海偕亡記》自序道：「自和約換，敵軍來，臺灣沈沈無聲，天下皆以蕞爾一島，俯首貼耳，屈服外國淫威之下矣；而烏知民主唐景崧一去，散軍、民軍血戰者六閱月；提督劉永福再去，民眾、土匪血戰者五越年……」

日據臺灣後，以兩年為限，准臺灣民眾「退去界外」，限滿之後尚未遷徙者，「視為日本臣民。」因此部分人士「恥為異族之奴，盡去田園，舉家內渡」〔5〕，但更多的人由於家庭生計、無法割捨家鄉及祖宗墳塋等各種原因，仍留在臺灣；有的內渡後，為生活所迫，又返回臺灣；也有的頻繁往來於臺灣和大陸（主要是福建）之間。這時臺灣文學出現了一些在特定時空中才會產生的特殊現象：

一是有關鄭成功的詠史抒懷作品大量出現，文人們借鄭成功事蹟，以澆自己塊壘。由於鄭氏遺跡既大量留存於臺灣，也大量散佈於福建閩南各地，因此無論是對內渡的或是留台的文人，都不斷成為引發其歷史情懷的觸媒。在臺灣，歌頌鄭成功的詩歌形成空前的高潮在乙未前後（或可追溯到20年前牡丹社事件日本呈露其霸佔臺灣的野心時），可見這一主題的盛行與外國特別是日本侵佔臺灣的企圖和行為有著密切的關係。就地點而論，這類詩既涉及了臺灣的赤嵌、七鯤島、鹿耳門、鐵砧山等具有歷史意涵的名勝要地，也涉及了福建的石井、鼓浪嶼、萬石岩、太平岩等鄭成功的故地遺跡；就人物而論，鄭成功及與其相關的陳

永華、沈光文、張煌言、劉國軒、甯靖王及其五妃等明鄭時期人物，都是其吟詠的對象；反覆被使用的典故有長鯨、草雞、田橫、騎鯨人、牛皮借地等。連雅堂《遊鼓浪嶼》、林維朝《安平懷古》等即屬此例。此類詩作中，以沈葆楨等重建的台南延平郡王祠及祠中相傳鄭成功親手所植的古梅為背景的最多。連雅堂的《延平王祠古梅歌》為此中佳作。

二是海峽兩岸的相互眺望。留在臺灣的詩文作者，因生活於異族的統治之下，痛苦萬分，大陸是他們的寄望所在。他們站在臺灣的西海岸眺望大陸，抒發他們對於祖國的嚮往和期待。而內渡的臺灣文人，也須臾無法忘懷他們的故鄉臺灣——那裡有他們的家園、祖塋和父老鄉親。他們站在福建的東海岸眺望臺灣，有時在夢中也回到了鯤身鹿耳。前者如施性湍的《沖西晚眺》、林獻堂的《滬尾》等。後者如林維朝的《東山旅次》等。而將這種在臺灣時嚮往大陸（福建），到了福建卻懷念臺灣的複雜心緒表現得最為典型的，是割台後的幾年中，數次來回於閩台之間的臺灣詩人林癡仙。

當然，單純的「眺望」未必能徹底地醫治「鄉愁。」許南英《清明日，聞鄰人祭掃有感》寫閩台兩地共有的清明掃墓習俗，引發詩人「一年難過是清明」的心緒。儘管閩台的相似容易勾起鄉愁，但有的內渡者就為著這一片濃郁的鄉情，有意地將臺灣的景物「搬」到海峽這邊來。1912年，林爾嘉在鼓浪嶼海邊買山拓地，仿臺北板橋林家園林興築私家庭園，取名「菽莊花園」；又仿臺灣結社聯吟的風氣，創立「菽莊吟社」，邀請流寓福建的臺灣詩人如施士潔、汪春源、許南英、連城璧、邱韻香等，以及像陳衍這樣的福建名士，在園內流連唱酬，表達須臾未曾減輕的對於故土臺灣的情感。在臺灣結交了許多閩台兩地詩文朋友的安溪林鶴年，內渡後常往福州與臺北時舊友（即「榕江舊友」）如林琴南、鄭星帆、王貢南、翁安宇、郭賓石、林仲良等重聚一堂，相互問訊臺灣近況，並在詩中寫出對於臺灣的懷想。

三是隨著日本在台統治的日漸穩固以及20世紀前期中國大陸自身的戰亂，臺灣回歸一時似乎遙遙無期。臺灣文人在不得不面對現實之後，「有的人頹唐，沉迷於詩酒，有的人隱逸，蒔花自遣，有的人壯心不死，寄情於文化的傳承，有

待於來茲」〔6〕，但大多采不履仕途，不與日人合作的消極反抗態度。內渡詩文作者如此，留台的文人也是如此，所不同的，留台的文人其境遇更加困難、複雜。在內渡文人方面，「殺氣遼陽正渺漫，鷺門佳節醉鄉寬」、「浮白何人同領略？棲鳥與我共酸寒。可憐十度燈宵月，不向瀛南故國看」（《元夕》）的施士潔，「南唐無奈家山破」、「沉憂刻骨真難療」、「歸來閒擁皋比坐，佛火一龕僧一個」（施士潔《挽陳紉石貢士》）的陳浚芝等，可為代表。在留台文人方面，彰化詩人陳錫金的「莫問輞川近消息，半龕燈火病維摩」（《家瑞陔進士寄詩問近況，次韻奉答》），可說與陳浚芝的「佛火一龕僧一個」遙相呼應，說明無論內渡或留台，其心情都是同樣的悽楚和無奈。由於日本殖民者一方面用武力迫使臺灣人民服帖就範，另一方面出於穩固其統治的目的，也在文化上實行綏撫策略，試圖拉攏、同化部分有聲望的文人。然而，日人的這一策略遭到了許多具有民族氣節的臺灣文人的抵制。洪棄生本有濟世長才和懷抱，無奈生不逢時，又不願賣身求榮，因此「抑陿難申，牢愁感憤，每寓諸詩文，沉痛蒼涼，不能自己」〔7〕。洪棄生在評說施梅樵的創作時稱：「餘與君淵源共派，滄海同經，以為龍、為鼠之人，處呼馬、呼牛之世。滿腔礧磈，無從澆阮籍之胸；觸處悲哀，何地擊漸離之築！既朝鳳之莫鳴，聚寒蟬之長噤；而君乃一集編成、千章煥發，當天荒地老之餘，作石破天驚之語……傳諸他日，將在鄭所南之間；擬於本朝，豈居趙甌北之下！」〔8〕這何嘗不是洪棄生的夫子自道。洪棄生又有《寄別，疊梅樵韻》二首，中有「晉室無人為祖逖，漆園有夢即莊周。瀛洲今日成荒徑，子去何妨我暫留」之句，透露了「晉室無人為祖逖」可能就是詩人「暫留」臺灣而未率爾內渡的原因之一，如果聯繫到《感懷十二首》中又有「世途若有回機日，老大還須學請纓」的句子，可知作者聊作出世之人，內心卻盼望著時機的好轉，有朝一日事有可為，他必從沉潛中呼嘯而出，為國家、民族赴湯蹈火，在所不惜。

　　留台文人要「寄情於文化的傳承」，推行「文化抗日」，也需採取特殊的方式。這就是結社聯吟之風興盛的原因之一。「擊缽吟」又名「詩鐘」，本是一種傳自福建的文人競技活動。林則徐就曾以「苟利國家生死以，豈因禍福避趨之」一聯為人所稱道。然而，由於「擊缽吟」以隨意翻書擇定詩題，大多缺乏社會意

義，又有各種格式的限定，因此淪於文字遊戲的境地。連雅堂就稱：擊缽吟為一種遊戲筆墨，可偶為之，而不可數；數則詩格日卑，詩之道僅矣。不過，擊缽吟的盛行有著特定的時代背景和原因，不能一概而論。首先，創建詩社，是漢族讀書人在殖民體制下被日人視如糞土的情況下的一種自我尊嚴的肯定。其次，臺灣文人創建詩社的目的之一是同胞之間的交流切磋，溝通感情。這是日人統治下，漢人加強自我團結的一種變相組織形式。其三，臺灣文人結社聯吟，是在「恐漢詩、漢文將絕於本島」的危機感之下，力圖「保存國粹以延一線斯文於不墜」的舉動。林癡仙所謂「吾故知（擊缽吟）雕蟲小技，去詩尚遠，特借是為讀書識字之楔子耳」〔9〕，就是這個意思。此外，臺灣文人結社聯吟，也是其逃避惡劣環境，疏解鬱悶心情的途徑之一。在異族統治之下，臺灣文人們只有在「擊缽吟」這種高度競技性和娛樂性的活動中，使鬱悶心情略得疏解，得到一點生之樂趣。最後，遊戲之中也並非一定就沒有「石破天驚之語。」何況文人為參加賽詩，平日就得多加練習，不廢吟哦，大量具有社會意義的作品，就產生於平時不間斷的創作中。這或許是擊缽吟在臺灣超過其發源地福建而空前繁盛的重要原因。

須指出，當時的臺灣文人特別是內渡者，並非一味消極，也有的採取較為積極進取的姿態。如20世紀初的幾年間，連橫數度往來於閩台之間，更屢次於廈門主報紙筆政，受孫中山革命思想的影響，其編輯的《福建日日新報》等鼓吹排滿，據稱曾被視為同盟會在閩的機關報。又如，蔡惠如於日據初期變賣家產，內渡福州經營漁業。民國初年來往於福建、東京、臺灣之間，從事反日活動。1919年在東京時參與組織聲應會、啟發會、新民會等，並在經營的事業失敗、經濟十分拮据的情況下，慨然捐出原擬帶回福州的1500元籌辦《臺灣青年》，成為啟發民智、開拓臺灣新文化運動的先驅之一。

閩台由於地處海疆，在較易受到外來入侵的同時，也較早受到歐風美雨的吹襲。因此，閩台在中國的「近代化」過程中走在全國的前列。這一過程也將閩台更緊密地連接在一起。

在近代，福建出了「第一個睜眼看世界」的林則徐。緊接著，則是長期在福

州擔任船政大臣又曾主持台防的沈葆楨。沈葆楨在臺灣驅倭拓墾、開山撫番，並興建煤礦，為此後劉銘傳的近代化建設開了先河。文學上，沈葆楨發揮其特長，為新建延平郡王祠撰寫對聯，廣為傳頌。

在中國近代史上，福建出了四位在中西文化交流中做出重要貢獻的文化名人，即陳季同、林紓、嚴復和辜鴻銘。其中陳季同、林紓都曾到過臺灣，並有以臺灣為題材的作品；辜鴻銘也曾短期赴台遊學講演；嚴復引進的進化論等西方思潮則對臺灣文學作者有一定的影響。他們經歷不同，專長各異，但有一點是相同的，即都是近代中國通曉西學而又熱愛傳統的典型。他們率先接觸、接受了西方文化，大多銳意革新，曾走在時代的前列；然而他們又都未曾擯棄中國固有傳統，特別是後來，都有趨於保守的傾向，甚至成為新文化運動的對立面。

無獨有偶，臺灣的著名文人如連雅堂、洪棄生、施士潔、許南英、丘逢甲等，也有類似的情況。如洪棄生對鐵路、火車、電燈等新事物有過生動的描寫，但在對西方先進的科學技術有所瞭解之後，卻反過來對中華傳統情有獨鍾。強烈的民族意識，使他「不信萬年太古邦，一旦龍鍾便老朽」（《聞東西戰事感賦》）。連雅堂所受新思潮的影響，比洪棄生有過之而無不及。但他同樣沒有一味地尊崇西洋，而是反過身來試圖證明西洋技術和產品，其實中國「古已有之。」在臺灣新文學興起時，他和林紓相似，成為新文學運動的對立面。當然，這些現象並非偶然。一方面，它植根於閩台人士根深蒂固的傳統性格，以及在近代異族入侵中首當其衝的歷史際遇中。另一方面，中國近代改革運動在閩台都有較長時間的施行，其利弊缺陷有較明顯的暴露，為人們所感受和認知，這或許也是閩台人士趨於保守的原因之一。這些都在閩台文學中得到體現。

四、新文學的作家來往和精神傳衍

臺灣新文學發軔於1920年代初，其發生受到祖國大陸五四新文學運動的激勵和影響。而廈門，是這種影響產生的重要管道之一。也許由於特殊的地緣、親緣和語緣等關係，臺灣學生到祖國大陸讀書常選擇或取道廈門，廈門成為台籍學

生集中的地方,青年學生運動十分活躍。如他們組織了「閩南臺灣學生聯合會」等團體,演出《八卦山》、《無冤受屈》等反日劇〔10〕。他們在廈門受五四、五卅等革命運動的洗禮和激勵,當他們回到臺灣,必然將此火種帶回臺灣,即使仍留在大陸,也會通過各種管道對臺灣產生影響。

　　對臺灣新文學的產生和發展具有更直接關係的,應數賴和和張我軍的廈門經歷。賴和利用在廈門博愛醫院任職的一年半時間,遍遊廈、漳、泉,特別是作為鄭成功復臺基地的閩南的眾多人文景觀、古跡遺存,使他流連忘返,並因此受到了中華文化和民族意識的強化薰染。此外,賴和的視線還流連於周遭的社會現象和民眾生活,祖國的貧弱戰亂,使賴和像魯迅一樣,認識到醫治國人的精神病症比醫治肉體病症更為重要。這對於他後來的救國救民志向和反帝反封建文學主題的確立,有著深刻的影響。張我軍曾服務於廈門的新高銀行,而後轉赴上海、北平,其廈門之行的意義,或如他的《南遊印象記》所表白的,在於「領略了海的感化和暗示」,開闊了其原本拘於「葫蘆底的故鄉」的狹窄眼光和心胸,為其接受五四思潮並將之引入臺灣文壇,勇敢地衝擊舊文學殿堂,做了必要的心胸和視野上的準備。此外,號稱「臺灣革命僧」的林秋梧,在臺灣宣導「文藝大眾化」和「臺灣話文」的郭秋生,參與左翼文藝活動的板橋林家子弟林金波,在臺灣從事啟蒙宣傳和農民運動的李應章醫生等,也都曾來過廈門求學或工作,廈門在他們的創作生涯或工作中,具有重要的意義。

　　福建的作家,包括福建省籍作家和由外省來到福建工作或學習,而後從福建前往臺灣的作家,同樣在閩台文學交流中,發揮了重要的作用,也是閩台文學之文化親緣的重要體現。如郁達夫就是一位因到福建任職而有機會到臺灣的著名中國現代作家。在榕期間,郁達夫受到了流轉於閩地的格外強烈的民族精神和氣節的感染,更堅定其抗日的愛國情操。1936年,郁達夫前往日本,返回時繞道臺灣,在一個星期的訪問中接觸了許多臺灣作家。臺灣同胞對祖國的眷戀以及不屈不撓的精神,給郁達夫留下深刻印象,並使他的民族意識進一步高漲;反過來,郁達夫作為來自祖國的著名作家,他的到來及其所表現出的氣節和精神,對生活於日本殖民統治下的臺灣作家,是一個有力的鼓舞和感動。

更大批的閩籍或與福建有因緣的作家、文化人來到臺灣，是在臺灣光復之後。閩、台一水之隔，歷史上人員往來頻繁，親友關係多，語言交流也較方便，於是甫光復的臺灣急需的各種人才，很多由閩省提供。像當年廈門大學的畢業生到臺灣工作的，即達數百人之多。這樣，就有較多的在閩作家、文化人來到臺灣。比起從其他地方到臺灣的人，相對而言，他們對臺灣有更切實的瞭解和認識。如抗戰時期曾在《中央日報》（永安版）編副刊的姚勇來（筆名姚隼）在船中觀察到，前往臺灣的人當中可大致分為去參加建設和去「淘金」兩種類型，並認識到：「今日臺灣民心之向背，以及建設工作之是否能夠順利完成，是跟這兩種不同類型的人們有著密切的關係的。」〔11〕此話後來不幸而言中。

覃子豪、雷石榆等，是當時從福建前往臺灣的中國新文學的知名作家。抗戰時期，覃子豪一直活躍於東南文壇。1944年，他在姚隼的促成下，與美術家薩一佛共同推出了「永安劫後詩畫合展。」抗戰勝利後，他來到廈門創辦《太平陽晚報》，當時環境趨於惡化，1947年底他渡海到台南採購機器，從此滯留臺灣。這段航海經驗促使他創作了《海洋詩抄》這一明顯得益於閩台海洋文化陶冶而創作的詩集。在臺灣，工作之餘致力於新詩創作和辦詩社、編詩刊，培訓年輕詩人，被視為1950年代臺灣詩壇三大元老之一。作為現代主義詩潮中的溫和一翼，覃子豪創立的藍星詩社所帶有的新古典主義色彩和抒情傾向，不能不說與他抗戰時期在福建的詩歌活動有相當的關聯。

廣東籍詩人雷石榆與臺灣和福建都有很深的淵源。雷石榆抗戰前在東京留學時，就與臺灣作家密切交往。回國後，任教於福州。抗戰時期則輾轉南北。1945年初夏，他從贛南疏散到閩西，擔任長汀《民治日報》的副刊編輯。11月初，雷石榆離開長汀，先短期在漳州《閩南日報》代任總編之職，很快地又來到廈門，在1946年元旦開張的《閩南新報》任副刊主編。在廈門，雷石榆與詩友覃子豪、木刻家吳忠翰（廈大畢業生）重逢，常寫詩與吳忠翰的木刻相配，刊登於《藝苑》叢刊第一輯《詩歌與木刻》中，特別是參與了當時廈門《人生雜誌》、《明日文藝》的工作。《閩南新報》旋即停刊。偶然結識的閩南人陳郢和陳香（亦為廈大畢業生），邀約雷石榆同往高雄辦報。雷石榆由於「臺灣是我早已嚮往的地方」，而且曾「交往頗密」或相互知名的臺灣作家可能還健在，「我

不至於有人生地疏之感」〔12〕，於是決定一同渡海前往。在高雄，他將在廈門所寫的長篇隨筆《舞場內外風景線》，在《國聲報》上連載，並出版了《八年詩選集》。雷石榆在臺灣最重要的活動之一，是1948年參與了正在《臺灣新生報》「橋」副刊上熱烈展開的文學論爭。雷石榆提出臺灣文學應以「新寫實主義」為創作方法。臺灣統派作家陳映真等將之視為馬克思主義文論的首次引入臺灣。值得指出的，這一提倡某種意義上卻是《明日文藝》的延續和呼應，因《明日文藝》上就曾發表了菲亞的《關於新現實主義》一文。

和覃子豪、雷石榆等不同，歐坦生是由榕赴台的閩籍文學青年。1948年6月，楊逵在《「臺灣文學」問答》中談道：「去年11月號的《文藝春秋》……其中一篇以臺灣為背景的《沉醉》是『臺灣文學』的一篇好樣本。」《沉醉》的作者即歐坦生。歐坦生本是福州一位早慧的文學青年，在因抗戰內遷閩北的暨南大學讀書時，深受鄉土文學作家許傑的影響。臺灣光復後，他因姐姐在臺灣，就前往臺灣謀職，在二二八事變當天到臺北。在此前後，他在范泉主編、上海出版的《文藝春秋》刊物上發表了6篇小說，其中《沉醉》和《鵝仔》二篇，是歐坦生到臺灣後，以臺灣生活為素材創作的小說。《沉醉》寫二二八事變時，臺灣女傭阿錦無微不至地看護一位遭毒打的外省楊姓年輕公務員，並對他產生了感情，未料楊僅是逢場作戲，耍弄欺騙手段，無情地玩弄了臺灣少女的感情。《鵝仔》則寫臺灣貧家子弟阿通養的一隻大鵝仔，不慎跑到外省來的處長的院子裡，處長太太以鵝仔弄髒地方為由，扣留了鵝仔，後來更宰鵝請客；阿通視此鵝為命根子，他憤怒地到處長家要討回他的鵝，卻遭處長警衛扣留毒打，最後由阿通的父親賠禮道歉，才得放回。

雷石榆、覃子豪、耳氏（陳庭詩）、吳忠翰、歐坦生等閩籍或由閩入台文藝家的在台表現出色，具有如下原因：首先，閩台在歷史背景和現實處境上有相似之處，因此作家們從福建來到臺灣，很容易產生「共振」和「進入角色。」他們一到臺灣，幾乎不要做任何的適應和改變，就可拿起他們的筆，投入臺灣的文學戰鬥中去；與此同時，他們在臺灣，同樣可將作品寄到廈門來發表，因為福建和臺灣，廈門和高雄、台中、臺北，其實已連成一條共同的戰線。這一點，在雷石榆身上表現得最為明顯。其次，福建在地理人文、語言風俗上與臺灣密切關聯，

使得來自福建的作家較容易寫出具有臺灣地方鄉土色彩的小說。歐坦生就幾可「以假亂真。」其三，由於歷史淵源以及現實處境的相似，來自福建的作家，對於臺灣人民的遭遇、處境和感情，能夠給予較多的理解和同情。自稱具有「同情弱者的天性」的歐坦生是一明顯例子。或許是閩台地方文化的邊緣、草根、庶民性格，使來自福建的作家，寫出許多對臺灣人民充滿理解和同情的作品。

1999年臺灣舉辦的一次「臺灣文學經典」的評選中，三位曾經在廈門大學學習或工作過的作家王夢鷗、姚一葦、余光中一起入選，這足以為他們的母校增光添彩。姚一葦堪稱當代臺灣戲劇界的泰斗、文藝理論界重鎮。余光中不僅在詩壇執牛耳，在散文、評論以及翻譯方面，也有極高的造詣。王夢鷗則是望重學林、桃李芬芳的學界大師。此外，陳香等廈大畢業生，亦有出色的表現。廈大校友在臺灣文壇取得如此巨大的成就，與他們在廈大時受到母校特殊的人文環境的薰陶不無關係，他們的經歷和創作，也是閩台文學之文化親緣的一個顯著例證。

王夢鷗為福建長樂人，抗戰時期任教（職）於內遷長汀的廈門大學。他能編善導，是廈大抗戰劇運的要角。抗戰勝利後，曾先後任職於海疆學校、福建師專和中央研究院，在福建師專曾參與編輯《建言》雜誌。1949年後到臺灣，轉向國學研究，但在文學界仍有極大的影響，其《文學概論》長期成為臺灣高校的教科書。王夢鷗雖然與國民黨宣傳部門（其主管官員為張道藩）的關係並不疏遠，但對於腐惡弊政，亦不願苟合，敢於提出「建言。」到了臺灣後，王夢鷗並未在官場上求發展，而是選擇長期在大學中任教，作育英才，某種程度上還支持了鄉土文學的發展。這一切，或許和王夢鷗作為閩人固有的耿介氣質有關，也與王夢鷗的故鄉福州一帶文風熠熠的學術傳統有關。

姚一葦本為江西南昌人，1941年9月至1946年2月在廈大念書。當時的廈大，生活條件十分艱苦，但學風很好，且有諸多著名教授，以及藏書豐富、有許多外文原版書的圖書館。好學的姚一葦一方面沉浸於中外名著的閱讀中，另一方面參加了學生自發的沙龍式文學社團「筆會」，並在永安《改進》雜誌、《中央日報（福建版）》副刊、《明日文藝》上發表小說作品。特別是當時廈大學生演劇活動十分活躍，作為一個戲劇的愛好者，他甘於打雜幫忙無怨無悔，甚至由此

建立起獻身戲劇的理想和志向。他利用暑假期間創作了一部五幕七場長達十萬字的劇本，在長汀報刊上發表了《論〈總建築師〉》等戲劇評論，並與來自福州的女同學、經常上臺扮演女主角的范筱蘭喜結良緣。姚一葦實際上在廈大就與戲劇結下了終生的不解之緣，而這很大程度上要歸功於當時廈大特殊的人文環境。

　　余光中原籍福建永春，但從小隨父母在甯、渝等地生活，1949年二三月間，為避戰亂，由南京金陵大學轉學至廈大，同年夏天離開廈門。在廈門時，余光中於課餘獨自埋頭讀書和寫作，並單槍匹馬地投入了一場文學論爭。這樣，從1949年5月至10月，青年余光中在廈門的星光、江聲兩報至少發表了7首詩、7篇理論批評文章和2篇譯文，其中包括對詩人臧克家的評論文章。這是余光中首次發表新文學作品，卻已顯示出較深厚的知識根柢和才氣。余光中後來一手新詩，一手散文的「藝術多妻主義者」的創作風貌，在此已露雛形。這時的余光中對五四以來新文學相當熟悉和喜愛，其文學觀念總的說傾向於現實主義。而這是和當時大陸文壇的主要潮流相吻合的。這充分說明，儘管遭到人為的隔絕，但中國新文學的某些傳統和資質，還是會隨著一些曾親炙這一傳統的作家到達海峽彼岸，在那裡生根和繁衍。余光中的到來，對廈門文壇來說，增添了年輕弄潮兒的朝氣和熱鬧，對余光中本人來說，則是試煉身手的好機會，也是其一生文學生涯的良好開端。

五、閩台歷史、宗教、民俗、語言的文學呈現

　　閩台文學的文化淵源，除了表現在傳統詩文以及兩岸作家的往來交通外，還表現在新文學作品中對於閩台歷史、宗教、民俗、民性特徵的描寫以及方言的運用上。

　　在閩台歷史方面，晉江黏良圖的《俞大猷蒙難記》敘寫俞大猷的抗倭鬥爭；臺灣作家林藜的《閩海揚波錄》，描寫鄭成功驅逐荷人、收復和建設臺灣的故事；司馬中原的《流星雨》以分類械鬥及幫會組織天地會為題材；東方白的《浪淘沙》、阿盛的《秀才樓五更鼓》縱筆日據時代臺灣人民抗日鬥爭；廈門作家張

力的《毒路》則揭露日人操縱「臺灣浪人」在廈門胡作非為的陰謀。此外，1949以後戰爭的硝煙在臺灣海峽升起復又散去，涉筆這段歷史的，臺灣有朱西寧的《八二三炮戰》，大陸有沈衛平的《8‧23炮擊金門》等。

在文學所反映的宗教信仰、民間習俗方面，在福建十分盛行，且有「世俗化」特點的佛教，在臺灣同樣格外繁盛，且推行「人間佛教」的改革。著名五四新文學作家許地山，就以佛學義理和親情觀念的融合為其創作特點之一。近20年來，林清玄、林新居、方杞、王靜蓉、黃靖雅、李瑛棣、簡媜等年輕一代臺灣作家，深受「人間佛教」精神的薰陶滋養，追求隨心適意、自由自在地生活，多通過自己的人生體驗來闡釋佛理禪學。民俗是某一地域民間自然形成生活習俗，具有很強的世代相傳的延續性，而臺灣住民大部分由閩南移居的，因此臺灣民俗與福建有著極為直接的關係，其主體幾乎是閩南民俗的翻版。1920、1930年代臺灣新文學作家賴和、楊守愚等，著重於對民間不良習俗的揭露和批評，諸如有病求神問佛，好鬥好賭習性，買賣婚姻和養女、童養媳習俗，拜神建醮等，其源頭多在福建；而到了1937年至1945年的戰爭期，臺灣作家的民俗描寫成為日本當局推行「皇民化」壓力下，保存漢民族文化的曲折手段，張文環、呂赫若、龍瑛宗等致力於描寫體現慎終追遠情感的「看風水」、「洗骨」，延續漢文命脈的私塾教育，體現家庭鄰里和諧融洽的歲時節令民俗活動等。1970年代臺灣鄉土文學作品中描寫的臺灣婚俗、葬俗，鄉間戲劇表演，媽祖、「上帝爺」等民間信仰，乃至祭拜毫無根源之大樹、石頭的雜祠淫祀風氣等，與福建如出一轍。

最後，臺灣文學中的閩南方言運用是最能體現閩台文化密切淵源關係的方面之一。連橫很早就對「臺灣之語」的來源有深刻的剖析：「夫臺灣之語，傳自漳、泉；而漳、泉之語，傳自中國。其源既遠，其流又長」，「高尚優雅」，「有出於周、秦之際」者。〔13〕日據時期臺灣新文學中，對於方言的運用十分普遍。據統計，大約有60%的作家作品使用了方言。當然，大多作品都是局部地使用方言詞彙和個別特殊語法，其中在人物對話中使用較多。使用的原因，一是閩南方言為當時臺灣新文學作家之「母語」，他們習慣於用方言思維，直接將此寫出來，較為真切，同時也是為了文藝的大眾化以及對抗日本當局的同化政策、保存民族語言的需要。1970年代臺灣鄉土文學的閩南方言使用，最常見的

是敘述語言採用比較規範的現代漢語普通話，而人物對話則採用方言以適合於人物的鄉土身份。其直接的藝術效果，則在增強了作品的鄉土韻味，惟妙惟肖地傳達出作者努力經營的鄉土文化氣息。臺灣文學在運用閩南方言時，得助於民間流傳的歌謠、講古、歌仔戲腳本等的閩南話文字記錄。不過，民謠、俗諺等的意義，更在於它們往往十分真切地展現該人群的某種「文化靈魂」，如閩台文化的鄉土性、草根性、邊緣性等特徵。閩台兩地的民謠、俗諺，有著十分密切的關係，有的本身就是從閩南流傳到臺灣，如《一隻鳥仔》、《天黑黑》、《茶山相褒》等，也有產生於臺灣，然後流傳到閩南乃至大陸各地，如《安童哥買菜》、《酒矸倘賣無》等。閩台兩地民謠使用同一方言，兩地的風俗習慣也十分相似，其民謠、俗諺等，自然很容易相互傳遞、流行。

　　須指出，閩南方言源頭在中原，它是歷代中原漢族人民在其南遷時，將其使用的語言帶到閩地，與當地土著語言相融合的產物。當中原地帶的語言發生變化時，閩方言卻保留了較多的中原古音和詞彙。隨著閩南地區民眾大規模地向臺灣的移民，閩南話也傳播到了臺灣，成為臺灣最主要的方言。漢語普通話和閩南話（或臺灣話）的關係，正是中華文化整體與閩台地方文化之間的源流關係的一個縮影。

（原載於劉登翰主編《文化親緣與兩岸關係》，九州出版社2003年7月出版）

注釋：

〔1〕魯仕驥：《小琉球漫誌·魯序》，朱仕玠《小琉球漫誌》，第2頁。

〔2〕閩縣詩人陳壽祺為謝金鑾撰寫的墓誌銘。錢儀吉等撰：《碑傳選集》，臺灣銀行1966年版，第571頁。

〔3〕林耀亭：《重刊陶村詩稿序》，陳肇興《陶村詩稿》，臺北，龍文出版公司1992年重印出版。

〔4〕陳昭瑛：《臺灣詩選注》，臺北，正中書局1986年版，第93頁。

〔5〕汪毅夫：《臺灣近代詩人在福建》，臺北，幼獅文化事業公司1998年

版,第24頁。

〔6〕江寶釵:《臺灣古典詩面面觀》,臺北,巨流圖書公司1999年版,第225頁。

〔7〕戴瑞坤撰:《鹿港鎮志・藝文篇》,「鹿港鎮公所」2000年編印,第10-12頁。

〔8〕洪棄生:《施梅樵詩序》,《寄鶴齋選集》,臺灣文獻叢刊第304種,「台銀」1972年版,第138頁。

〔9〕林獻堂:《無悶草堂詩存・林序》,《臺灣先賢集(七)》,臺灣中華書局1971年版,第4103頁。

〔10〕蔡培火、葉榮鐘等:《臺灣民族運動史》,臺北,自立晚報叢書編輯委員會1971年版,第102頁。

〔11〕姚隼:《新臺灣之旅》,臺北,《臺灣月刊》創刊號,1946年10月,第72-74頁。

〔12〕雷石榆:《我的回憶》,《新文學史料》,1990年第3期。

〔13〕連橫:《臺灣語典・自序(一)》,臺灣文獻叢刊161種,臺灣銀行1963年版,第1頁。

臺灣文學反映的客家社會結構和民性特徵

朱雙一

一、引子

客籍臺灣作家在臺灣新文學史上，佔有舉足輕重的地位。黃恆秋《客籍臺灣文學作家著作編目（1900-1993）》錄入的客籍作家，竟超百人之多〔1〕。僅小說家而言，其中不乏像吳濁流、龍瑛宗、鐘理和、林海音這樣的文壇重鎮，像鐘肇政、李喬、黃娟、林柏燕、鐘鐵民、謝霜天這樣的文壇中堅，以及像馮輝嶽、雪眸、小野、吳錦發、藍博洲這樣的年輕新秀。如果再加上「福佬客」的賴和、呂赫若、宋澤萊，以及「外省客」或海外來臺者如李永平、溫里安等，可說陣容龐大，成果豐厚。更主要的，是客籍作家貢獻了一大批臺灣文學的重要代表作，如吳濁流《亞細亞的孤兒》、鐘理和《笠山農場》、鐘肇政《濁流三部曲》、李喬《寒夜三部曲》等，其中大跨度展現臺灣社會歷史文化的「大河小說」，更無人能出其右。

也許和客家人的樸實秉性有關，臺灣客家文學以現實主義為創作主流。這種文學恪守按原貌真實反映生活的準則，並著重於對民族發展歷史、現實社會關係以及民眾思想感情的細緻觀察和真實描寫。這就為我們從中窺探客家社會結構和民性特徵提供了必要的條件。不過，由於小說畢竟是以藝術形象來反映社會生活的，作者注入了諸多個人感情成分，將生活做了虛構的模糊化處理，因此，我們

無法像歷史學、考古學的田野調查那樣獲得確切的真憑實據,更無法與社會學、經濟學中的精確數位相提並論,但卻可以從主要的方面來做一些宏觀的把握,從而得出客觀的結論。特別是人的內心感情、心理狀態、性格特徵等,常是精確數字所無法表達的,而這卻是文學的強項和特長。本文擬以臺灣的客家文學為主要考察資料,必要時與福佬民系及其文學略作比較,依次進入如下的論題:其一,客家文學所反映的客家社會結構特徵;其二,客家文學所反映的客家民性特徵;其三,客家文學反映的近數十年來新舊價值觀念的碰撞和社會變遷;其四,近年來文學反映的客家、福佬等不同民系之間的交融趨向以及相互取長補短、共同進步的必要和可能。

二、文學呈現的客家社會結構特徵

這裡所謂的「社會結構」,主要指社會生產結構、階層等級結構和性別關聯式結構等等;所論及的,則為客家社會上述諸種結構之特徵及由此延及的思想意識、風俗習慣等特徵。

作為中華傳統文化之核心的中原文化,乃是一種農耕文化。由於客家民系從中原南遷而來,其文化的根在中原,加上新的居住地多為山區,其生產方式仍主要為墾田農作,因此其文化保持著農耕文明的本色。如客屬作家很喜歡採用田野植物的意象,來象徵著一種雖然卑微,卻十分頑強,扎扎實實地生存的生命。除了吳濁流筆下的無花果、連翹之外,鐘肇政的「魯冰花」,也給人很深的印象。由於「土地」在農耕文明中佔有特殊的位置,被稱為臺灣戰後第一代作家中,最具代表性的農民文學作家的鄭煥,其作品表現出客家人對於土地的特有觀念。他一方面刻畫不畏毒蛇、不嫌土地貧瘠,拒絕「平陽」(平地)的誘惑,堅守土地的農民形象;另一方面,也不斷寫到離開土地的農民遭遇不幸的下場,而不離開土地的,終會得到幸福和快樂。如《毒蛇坑的繼承者》寫山中一戶人家,大兒子剷除蛇窟時被毒蛇咬斃,種的柑仔園又遭黃龍病侵襲,極度傷心的父親準備將山賣掉,離開這「有做沒得吃」的地方,卻遭到妻子的堅決反對。固守著農耕才是

正道，從商做生意丟人的傳統觀念的她宣稱：「這幾座山，是祖公留給我們的，我捨不得賣，也不肯賣，我也不敢到街上拋頭露面去賣點心！。」作為小兒子的「我」，因受到平陽優渥的生活和教育條件的吸引，舉棋不定。後來，他碰到讀農校的同學張益，張益對柑桔黃龍病的蔑視態度和防治知識，給他深刻觸動。他來到另一戶同樣遭受黃龍病之苦而準備搬離的農戶家裡察看，沒想到這家的女兒、也是「我」從小親密無間的玩伴的葉菊妹，也並未離開。她異常嚴肅地說：「我正想告訴你一句話，葉菊妹願意做一個種柑仔的人的妻子，不願意做一個做買賣的人的妻子，我請你三思而行！」於是「我」下定決心留下來，「我要設法勸慰父親，我要設法去征服黃龍病，設法去撲滅毒蛇窟，做一名頂天立地的生產者！」

《長崗嶺的怪石》則是做兒子的想要離開這旱魃連年、貧瘠得連相思樹都長不好的赭色土地，而阿隆伯對於這住了幾十年的土地，卻有著太多的感慨，他仿佛聽到祖父在抗日戰鬥中受傷，臨死前說的話：「你們……凡是我的子孫們……不要離開這塊土地……長崗嶺終會變成富庶之地……你們會辛勞好些時候……但你們……凡是我的子孫……終會得到幸福和快樂……」於是他堅決留下來，老妻和一個孫子也毅然留下來陪他。幾年後，附近建起了大水庫，這片荒埔真的變成了饒田，返鄉的子孫認識到：「必須勤勉的做工，因為，這才是祖先的意思。」

彭瑞金指出，鄭煥的農民小說保存了「逢山必有客，無客不住山」的客家人山居生活方式的傳統。他有意藉阿隆伯這樣的老農民解釋農民對土地深不可言的感情，早已超越利得與愛憎，說穿了不過是對一種生活方式的不屈而已。這樣的乾旱之田，並生不出什麼綺思幻想，對一種生活方式的堅持，才是作者主要的闡釋人與土地關係的重點所在〔2〕。

客家人從事的這種簡單的、小規模的農業耕作，最重要的是時令季節的掌握、各種農作物的選種和栽培、適時和適當的田間管理等，而這一切，主要靠人們一代又一代的口耳相傳。因此，對於客家人來說，現實生活中壓倒一切的急務，是家族全體成員對先人生產和生活經驗的總結、記憶、保存和延續。這種建立於農耕文明基礎之上的對先人生產和生活經驗的依賴，促成了客家人強烈的祖

先崇拜意識，表現於民俗文化上的，則是「反本追遠的氣質」〔3〕。正因為客家人世世代代都生活在由祖先——祖靈所構築的這一總體氛圍中，故而客家文化在各個層面上都深深地打上了歷史性的烙印。從衣、食、住、行，到歲時節慶，從婚嫁喪葬，到人生禮儀，客家人追求的是先人們遺留下來的習慣、規則、傳統和遺風。這種由反本追遠而產生的濃厚的歷史意識，使得客家地區的各種文化事象，無不帶有古風和古意。從審美的角度講，客家文化執著的是一種民族歷史的深沉和凝重，因此它沒有吳越的靈秀，沒有中原的雄渾，也沒有荊楚的浪漫，但卻熔鑄了民族文化的歷史縱深感，凝煉了民族歷史遺產的博大氣派和精深氣質〔4〕。以此對照臺灣鄉土文學的創作，就可理解為何具有歷史縱深感的長篇小說乃至「大河小說」大多出自客屬作家之手了。從通過主人公胡太明的坎坷一生，揭示在日本殖民統治下，臺灣同胞既飽受日本人的歧視，有時也得不到祖國同胞的信任，從而產生孤苦彷徨的「孤兒意識」的吳濁流的《亞細亞的孤兒》，到描寫光復前夕被日軍徵為學徒兵，遭受日本兵的殘酷對待，從彷徨、苦悶走向覺醒和反抗，並通過對鄭成功等英雄業績的追念，增強了祖國和民族認同的鍾肇政自傳體小說《濁流三部曲》；再到以50多年的時間跨度，在近代臺灣歷史的廣闊背景中，描寫來自大陸的客家移民，先是為求生存與大自然搏鬥，辛勤開墾土地，後又與入侵的日本殖民者展開不同方式的殊死鬥爭的李喬的《寒夜三部曲》，雖然寫的都是平凡的人——就像常年在山地丘陵默默從事農耕的大多客家人那樣的平凡，卻又都可感受到其中包含的深厚的歷史縱深感和跳動著的時代脈搏。

與此同時，小說中充斥著的民俗風情、鄉土事物的描寫，無不提示著客家子民強烈的歷史孺慕和中原漢民族根文化的氣息。如吳濁流《亞細亞的孤兒》中的胡太明，出生於北臺山區的客家聚落，祖父是個老式的讀書人，日本據台後，不顧當局的三令五申，執意翻山越嶺將孫子送到雲梯書院，接受四書五經等漢文教育。後來胡太明到日本留學，學成歸國時，家裡熱鬧地歡迎他的場面，充滿了客家人那種返本追遠的文化氣息——一走進家門，準備好的爆竹立刻開始鳴放。太明最關心的是家中老小的情況，現在親眼看到都很平安，也就放下心來。太明走進大廳時，爆竹聲更加猛烈起來，爺爺燃起線香，恭恭敬敬地向祖先報告平安，

旁邊有族人大聲說道：日本留學生在本鄉還是第一次，實在是胡家最大的榮譽，完全是由於祖先遺訓「教子以經」所得的結果。大廳裡燃著斤半重的大紅燭，燭光燦爛輝煌。村中有些熱心人士請來了一個「子弟班」（樂隊），吹奏著「劉新娘」、「九連環」等樂曲，會場裡顯得熱鬧異常；這時胡琴突然奏起優美的山歌，村長徐新伯忽然心血來潮，要「子弟班」彈奏古調「採茶」，男女老幼都聽得津津有味。但四壁窗外的那些少女們，與其說是來聽「子弟班」的音樂，毋寧說是來偷窺太明的丰采。酒酣耳熱以後，阿四開始唱山歌，阿三吹著口哨為他伴奏。喜歡猜拳的夥伴們，開始猜起臺灣拳來……〔5〕，小說以現實主義的筆觸細緻描寫著客家人的習俗，說明了在日本統治下，固然不可避免地會有一些日本文化的影響，但在客家山村中，占主導的還是客家人固有的漢民族文化習俗，雖然歷經日本人的壓制，也仍頑強地存在著，無法清除。

這種以小規模的農耕為主的生產方式導致的另一社會結構特徵，是客家社會並不出現嚴重的階級分化、對立和森嚴的等級區分。這與閩臺地區並立的另一主要民系——福佬民系的社會，有著明顯的區別。如上述，在生產謀生方式上，客家社會基本上仍停留於墾田農作的方式，其小說描寫的大多是農村的生活；而福佬社會除了從事農業外，更有許多人從事工商貿販等其他職業，其活動場域也橫跨鄉村和城鎮。前者顯得淳樸單純，後者則極為複雜、多元，甚至出現了明顯的貧富等級分化。在文學所反映的福佬社會中，既可見殷商巨賈、地主士紳階級，同時也可見上無片瓦、下無寸地的赤貧窮人、羅漢腳；一邊是荒淫糜爛的生活，一邊是遭受壓迫和剝削而在生存線上苦苦掙扎。在宗族、家庭結構方面，福佬人社會形成了許多富甲一方、盤根錯節的大家族；家庭內部則建立了嚴格的封建等級制度。而在客家社會，則較少出現明顯的階級分化現象，由於住的都是窮地方，大家都有地，但大家地都不多，所以沒有專門「請」別人耕田而自己享福的人，也沒有專門被人「請」去耕田的人，大家都要自食其力〔6〕，因此常呈現團結協力、互幫互助的情景；而閩南人則長於經商，喜歡冒險，喜爭訟，好巫信鬼，多靈魂崇拜，團結力也較弱，「這和客家人崇尚質樸刻苦的生活，多自然崇拜，及團結力較強不同」〔7〕。如果借用毛澤東話語，用個比較形象的說法，客家人經常面臨的生存課題，是「與天奮鬥」，而福佬人經常面臨的人生課題，

卻是「與人奮鬥。」

　　這種情況，在臺灣小說中得到了明顯的印證。在描寫福佬人生活的小說中，我們甚至可以看到封建社會高度發展而趨於「爛熟」的種種景象，如可以看到開店經商等更複雜多樣的生產謀生方式，看到社會貧富階級分化和豪門巨族的出現，看到家族內部爭奪家財的糾紛以及男主人妻妾成群，使奴差婢，欺壓女性等現象。如日據時代作家張文環的《閹雞》中，人們為了商業利益而鉤心鬥角，相互傾軋，為了頂得對方的一間藥店，甚至將女兒當工具使用。呂赫若擅長描寫封建大家庭的腐爛、崩潰過程。《闔家平安》中富甲一方的大財主，其「大厝」裡古香古色、雕龍畫鳳的各種豪華傢俱和擺設，如「大觀園」般氣派，然而終因吸食鴉片而蕩盡家產，無可奈何地沒落、衰頹、崩潰了。《財子壽》描寫了舊式大家庭崩潰的另一個案。家主海文奉「財」、「子」、「壽」為人生的目標，其極端自私自利、吝嗇以及好色的惡癖，造成了整個家庭的畸形發展。隨著兄弟的分出、母親的去世、妻子的發瘋、下女的被嫁，龐大的房屋越發荒廢、空蕩，成為孤家寡人的海文，將空守著財物走向死亡。直到當代作家筆下，仍可看到階級剝削、貧富不均、家族內部爭鬥等現象。黃春明《鑼》中的憨欽仔，因貧窮而不斷遭遇周圍人們輕視的目光；林雙不的《荀農林金樹》等作品中，出現了不法奸商對農民的盤剝；洪中周《香火風波》則圍繞洪姓家族二房的祖產糾紛展開故事。

　　上述景象在福佬社會中比比皆是，在客家社會中則相對較為少見。客家小說中出現的往往是另一番景觀。鍾理和的短篇小說《同姓之婚》帶有自傳性，自然是客家社會的真實反映。作者的家境本來並不錯，家裡買下大片山地經營造林事業，工人多是鄰近村子的年輕人。「我」其實具有了雇主的身份。然而每天發放工單（領工錢憑證），點名似地呼喚工人時，總在男工名下加個「哥」，女工名下加個「姐。」每個工人聽了之後，臉上都掛著和諧與融洽的喜氣。由此可見，他們之間並沒有階級的區分，等級身份對他們來說，並不起任何作用。「我」並漸漸地和女工鍾平妹相愛。然而造成這對年輕人的戀愛和婚姻障礙的，並不是地位高低、家庭貧富等因素，而是客家人恪守的同姓不可結婚的風俗習慣。父親幾次要將愛上同姓女子的兒子趕出家門，而真摯的愛情和客家子弟的「硬頸」精神，使「我」毅然放棄優越的家庭環境，帶著戀人遠走高飛。光復後回到臺北，

又因罹病而返回故鄉，依靠繼承的家產維持一家生計。後來又因醫療費用的支出而漸漸陷入困頓。在這由富轉窮的過程中，「我」其實並沒有感受多少世態的炎涼，而這在其它民系是經常會發生的。「我」及家人負擔最重的，還是同姓結婚而招致的周圍人們不解、蔑視的眼光乃至嘲笑、歧視的舉動。顯然，在客家社會裡，衡量一個人的價值和是非的標準，未必是錢財、權勢、階級地位等，卻有可能是某種代代相傳的風俗習慣。在這裡，祖宗的「遺訓」高於一切，建立在客家人風俗習慣上的「道德」高於人的經濟地位、階級地位。這是客家社會結構的顯著特色之一。

從臺灣小說中還可以看出，在福佬社會中，舊家庭（族）內部建立了嚴格的封建等級制度，特別是男尊女卑、三從四德等觀念嚴重，女子在家庭中處於被奴役的無權地位，因此可見較多的蓄妾、養女、買賣婚姻以及婆婆欺壓媳婦等現象。在客家人社會中，客家婦女直接參與生產勞動，在家中男人為了出人頭地或謀生原因而外出時，客家婦女往往支撐起整個家庭，因此客家婦女在家庭中也就具有較高的地位，甚至是家庭的主心骨。客家小說中常有光彩奪目的客家女性形象。無論是上面已提到的鄭煥《毒蛇坑的繼承者》中那明確宣示「願意做一個種柑仔的人的妻子，不願意做一個做買賣的人的妻子」的葉菊妹，或是下面還將提到的吳濁流《先生媽》中那誓死不向日本人屈服，並怒斥媚日求榮的兒子的「先生媽」，都是這樣女性形象。鍾理和小說中的女性形象，也比作者的男性自我形象，更有風采。如《貧賤夫妻》中那美麗、聰慧、溫柔，卻在丈夫生病後，獨自承擔家庭的生計，並為了孩子的教育費、丈夫的醫療費而去做「捐木頭」這樣男人都感覺沉重和危險的工作。男女地位較為平衡，女性因其勤勞能幹而在家庭中佔有較高的地位，顯然是客家社會結構的又一重要特徵。

三、文學呈現的客家民性特徵

王東在《客家學導論》中以「質樸無華的風格」、「務實避虛的精神」、「反本追遠的氣質」來概括客家文化的基本特質，前兩項都涉及了客家的民性特

徵。除此之外，客家性格中還有一項頗為突出的，是所謂「強項」、「硬頸」的稟性。長期的辛勞，與天、與地和與人的奮鬥，培養了客家人不輕言屈服的硬漢精神。羅香林稱：客家男女最富氣骨觀念，雖其人已窮蹙至於不可收拾，然若有人無端地藐視他或她的人格，則其人必誓死抵抗，或者竟因是便發憤自立，終於挽弱為強，轉衰為盛〔8〕。

吳濁流的《先生媽》將客家人的「硬頸」精神表現得頗為充分。作為小說主角的客家老婦人，因她的兒子當醫生而被稱為「先生媽」，但他們本是貧苦人家，靠著丈夫「做工度日」，妻子「織帽過夜」，「吃番薯簽過日子」，才供兒子讀完醫科，因此母親在家庭中，自然有一定的發言權。由於以前自己受過貧，因此她很同情窮人，定期將米、錢施予乞丐，引起兒子的不滿，她即拿起乞丐的拐杖，將兒子痛打一頓，斥之為「走狗」，而兒子也只能敢怒而不敢言。這種情形，在「三從四德」貫徹得比較徹底的其它民系，如福佬人家庭中，是少見的。對於日本殖民者，「先生媽」始終保持著與之勢不兩立的「強項」、「硬頸」態度。兒子受「皇民化」毒害，對殖民當局亦步亦趨，無論改姓名、評「國語家庭」，樣樣以他為首；未料母親處處作梗，如堅決不學日語，卻偏要出來與客人交談，使得爭當「國語家庭」的兒子頗為為難。她堅稱吃不慣日本的食物，住不慣「榻榻米」，迫使兒子將裝修成日式的房間，恢復舊模樣。她又只穿「臺灣衫褲」不穿日本和服，甚至將兒子替她準備的和服用菜刀亂砍亂劈，聲稱怕死後被穿上，會「沒有面子去見祖宗。」直到臨死，還向兒子囑咐後事：「我不曉得日本話，死了以後，不可用日本和尚。」在日本統治下，確有部分臺灣人卑屈求榮，但更多的臺灣同胞，卻未曾向殖民者低過頭，他們始終保持著漢民族的民族氣節，客家人的「強項」性格，在日本殖民者面前，得到更充分的體現。

不過，客家人並非只有堅毅、剛硬的一面。鄭煥在《異客》一作中，曾表達了他對於「山」的觀點：「山是柔順的，但有時會表現得非常殘酷，尤其當你懦弱、自卑、缺乏朝氣時，她特別喜歡伸出一隻腳，把你猛然絆倒。但山畢竟是深藏的。當這一切過去以後，她仍會恢復本來面目：嚴肅、寬和，她包涵一切，融合一切……」其實，「山」的這種特徵，或許也正是客家人那既強項、硬頸，不肯向困難低頭，又寬和、包容，感恩孝敬、善待親人的性格。這在鐘鐵民《霧

幕》、《黃昏》，馮菊枝《山路》、黃文相《死後的逗留》等作品中，有明晰的表現。

　　鐘鐵民的《黃昏》是一篇很有客家風味的小說，它用完全生活化的細節，寫出客家人的生產、生活方式，內在的道德意識、價值觀念、心理特徵，女子在家庭中的地位和作用等等。小說的主人公友福感念繼父的撫養之恩和毫無偏心的疼愛，把撫養同母異父的弟弟當作自己的責任，但弟弟結婚成家後，卻在弟媳婦的唆使下，吵著分家，先要走豬欄雞圈，又將田地霸為己有，甚至連哥哥一家安身的老屋也要占走。友福固然傷心，但他引領著女人一起回憶幾十年來的人生途程和繼父的種種好處，說服了女人，寬容弟弟，自己則遷到妻子家那片荒蕪的山場上，重新創業。小說通過友福似乎鬼使神差地花掉積蓄，買了一個打火機（可開荒燒山用），以及友福似乎「瘋瘋癲癲」的話語，使剁豬菜的妻子走神而剁到手指等細節，刻畫主人公並不平靜的內心起伏，並顯示了他那似柔實剛，勇於自我犧牲、敢於承受生活挑戰的內在剛強性格和主體性。鐘鐵民的另一小說《霧幕》同樣刻畫出客家家庭既艱苦、嚴厲，又寬厚、溫馨的氛圍，以及客家人質樸、善良、軟中有硬的處事風格。

　　桃園縣客籍作者黃文相自述道：「從小被灌輸必需在書堆裡找前程，故很能啃書，卻得利用假日幫忙採茶、挑水肥、種地瓜、蒔田、洗泥石、打零工，以賺取書費，而後被迫就讀不必花錢的師範。因此，寫作的觸角伸向被遺忘的一群人，貧瘠的茶山、沒落的老宅、偏頗的教育、成長的艱澀腳步，而且矢志挖掘下去。」〔9〕他的《死後的逗留》設計了一個超現實視角，通過一位元靈魂逗留家中的死後老人的眼睛，將客家人的葬俗以及子孫分家財等情況，一一加以展現。死者發現，平時與自己住在一起的二兒子阿忠，其實懷著鬼胎，而曾與自己吵架而另立門戶的大兒子，其實對父親最有感情，最為真心。二兒子與外人勾結，企圖霸佔家產，好在死者生前早已請老村長幫忙，立下遺囑，老村長以其權威挫敗了二兒子的陰謀。小說不僅展現了客家風俗，也刻畫了客家人的樸實、剛直和重情的性格。

四、文學反映的客家社會文化變遷

　　近數十年來，臺灣處於從農業社會向工業社會乃至後工業社會的轉型期，作為臺灣社會之組成部分的臺灣客家社會，自然也無法自外於這一進程中。社會的轉型不僅體現於物質的層面，也體現於精神的層面，後者更常以「傳統」價值和「現代」價值的摩擦和碰撞的形式表現出來。客家文學切入了這一主題，為自己增添了一種歷史的深度和戲劇性——情感和理智的兩難。

　　張振嶽的《義民爺的金身》敘寫來自臺灣北部的客家族群，或為生活所困，或為肥饒的後山所吸引，辛苦跋涉，落腳東部荒野，以客家特有的執著和堅忍，開墾出安身立命的一片土地。葉家三代人即在溪浦這個不毛之地嘔心瀝血，經營著二甲多的水田，養活了數十口子孫。然而，第二代的葉阿炎固然還清晰地記憶著以前那段與洪流爭地的困頓歲月，年輕的後生卻拚命想往外面更廣闊的世界去求發展，令葉老漢陷入家業後繼無人的悲愁中。

　　在供奉「義民爺」這件事上，典型表現出傳統價值所面臨的嚴重挑戰。葉家遷來時帶來了義民爺的笅牌，原先只是在家祀奉著。出於對來自故鄉的神明的一種虔誠、迫切的依存感，有人提議建廟奉祀，從此義民爺成了溪埔和浦頭人心中共通的靈犀，給這群離鄉背井的墾民一股無形的力量，使他們更緊密地結合在一起。兩個莊頭的住民每天輪流挑飯去祭拜，不管颱風下雨，從不間斷。

　　然而，情況現在有了變化。為了經濟效益，一些「後生人」提議為義民爺雕一尊金身，以提升竹田義民亭的名望，各路的香客就能使廟裡的經濟情況轉好。然而，此議的動機顯然不純，有違客家人務實的稟性。廟愈蓋愈豪華，可是人心卻愈來愈冷淡了，再沒有以前茅草屋時代的熱絡了。「笅牌真的趕不上時代的需求了嗎？」葉阿炎心中不禁有些茫然了。時代是變了，可是在他心裡，義民爺永遠固守著客家人心田深處的純真和務實。

　　與家族宗親、血脈傳承緊密相關的族譜、祠堂等，是年輕作家們關注的另一焦點，因此有了吳錦發的《祠堂》、莊華堂的《族譜》等作品。客家人敬祖念宗、追遠慎終的傳統，在這裡得到充分的體現。不過這一傳統現也已受到嚴重的

衝擊。

莊華堂的《族譜》以阿坤伯造族譜之事為線索，展現客家人的生產生活習俗及其變化。客家村莊原有的淳樸民風，令阿坤伯懷念不已：「蒔田 草割禾的時節，全莊人大家輪工，十幾個人往田頭一站一蹲，多熱鬧。上午九點多，下午三點多，婦人家肩挑點心擔出來，清粥綠豆稀飯或米篩目（即米胎目），大家歇睏（客語休息）吃點心，一邊打嘴花講笑，多有意思」；「碰到一戶人家蒔田割禾完畢，還要做完工，宴請全莊人吃一頓豐派，成年人喝了幾杯酒，隨興唱山歌，打採茶，鬧大禾埕，好像戲臺下，多鬧熱，這才是莊下啦！」不僅農事互相幫工，像蓋新房等其它事情，也是如此。

小說描寫客家人鬼月（農曆七月）的祭祀活動，也十分生動。阿坤伯要孫子阿義將路口的硬泥板路整條掃乾淨，理由是：「不要讓那些餓死鬼，笑我們垃圾，讓他們乾淨的走進來，也乾淨的走出去。」他們擺好方桌和三牲祭品，阿義看著阿嬤把鏡子、梳子、粉餅、剪刀針線盒都搬出來，原來阿嬤認為：「鬼跟我們一樣，衣服穿了一年，也要補一補」，「他們也愛漂亮，免得晚上出來，驚小囡仔。」顯然，客家人將「鬼」人格化了，而這寄託的同樣是一種追遠慎終、念祖懷親的情懷。除了按照年節勤祭祀外，另一件使阿坤伯孜孜不忘的事是造族譜。對於阿坤伯來說，造好族譜才能使兒孫們不忘記祖宗和血脈源流、故土原鄉，在實際生活中也才能維持長幼有序、互敬互重的家庭倫常。因此，族譜前面是宗族源流簡介，從來臺祖泰源公，一條小扁船，渡過黑水溝，到新竹州落戶以來，300多年，十六代孫的歷史，以及三房宗親年表等，都記得清清楚楚。他並向印製廠商要了三套族譜，給每個兒子一套。不料要給小兒子阿仁古的一套，竟被輕易地拒絕了。阿仁古在臺北做印刷生意，「平時總是說他的生理盡沒閒，不能夠常回來」，甚至清明培墓也沒看到人影。這次夫婦出來遊山玩水，順便回家一轉。他揭露了承接印製族譜業務者冒充人家的親戚兜攬生意的不良行為，卻很輕易地就拒絕了將族譜帶回臺北。

吳錦發的《祠堂》對於年輕一代背離傳統的情景，有著更觸目驚心的描寫。客家家族總是有供奉祖先牌位的祠堂或廳堂，其堂號往往揭示著本家族的遠自中

原的發源地。吳錦發《祠堂》的堂號為「渤海堂」，兩邊的對聯為「渤海家聲遠」、「延陵世澤長。」然而，這祠堂已日漸腐朽破落，這使乾興伯深感焦心。他覺得祠堂裡既然供奉著祖先和老妻的牌位，就理應每天去看看他們，把祠堂掃得乾乾淨淨，讓他們住得清清爽爽。但幾個兒子和媳婦卻不這樣想，他們都說「活人的事都管不了了，還管到死人的事？」儘管兒子們對父親還算盡了孝道，但卻看著祠堂的衰頹，不肯拿出錢來加以修繕，相反的卻爭相在祠堂邊蓋起高樓大廈，甚至想拆掉祠堂，被父親阻止才作罷。乾興伯不禁詛咒他們：「不肖的子孫！」「這些石頭中迸出來的」，「叫你們修一修祖堂就沒有一個子弟願意做，祖先住不穩當，我就不信你們能安享你們的富貴。」這句話透露出客家人認為祖宗可以保佑自己的平安，可以為子孫帶來福分，這種樸實善良的認定，是他們總要追宗認祖、祭祀祖宗的原因之一。

然而事情還沒有結束。這座老祠堂竟在一夜之間聞名起來了。原因是民俗學者發現它是臺灣全省唯一保存葉王交址燒最多最完整的祠堂，參觀者絡繹不絕。本來沒有人理睬的老祠堂，如今三個兒子卻爭著要了。不久，乾興伯發現祖堂簷壁上的一些交址燒塑像，莫名其妙不知被誰偷偷挖走了。乾興伯埋伏了幾個晚上要抓小偷，沒想到抓住的卻是自己的孫子。小說的這一情節安排是寓意深長的。子輩尚有所顧忌，到了孫輩，更無所不用其極。這充分說明，老一代的價值體系，正在迅速崩潰。

1970年代以後，作家們描寫上述主題，是因為他們對此懷抱深深的憂慮。他們也許在理智上知道這是一種難以改變的社會發展趨勢，但他們對以往淳樸的社會和民風，在感情上仍有著深深懷戀，因此在「現代」和「傳統」的角力中，他們往往將價值的天平傾向了「傳統」的一邊。

五、「客」「福」交融、互補之趨勢

客家和福佬都是閩臺地區的主要漢族民系，雖然他們一則習慣於依山而居，一則大多傍海而住，但山海之間並沒有截然的界線；而同為漢族的民系之一，他

們之間更沒有不可逾越的鴻溝。因此，當今「福佬」「客家」混居、通婚、同化的現象，十分普遍，所謂「福佬客」、「客福佬」等稱呼，即緣此而生。俗話說，尺有所短，寸有所長，福佬和客家也必然是各有短長。在一些文學作品中，既印證了客家和福佬不可避免的交融趨勢，也提示了二者在此過程中取長補短的必要和可能。

日據時期「福佬客」作家呂赫若，其作品既反映了福佬人的生活情景，也刻畫了客家人的性格特徵，似乎提示著福佬和客家文化之間的相互交通和融合。這種相互滲透和融合，在當代作家創作中更頻頻表現出來。來自桃園縣龍潭的客籍作家馮輝岳的《接媽祖》對於客家村落的迎神場面，有著十分生動的描寫。媽祖本為福建莆田湄洲島的女子，媽祖信仰產生之初，其影響範圍僅限於莆田海濱區域，後來卻從海濱一隅傳向沿海各省區乃至世界各地，因此也是客家人信仰的神明之一。相關的民俗活動並非十分嚴格、乏味、苦行僧式的宗教儀式，相反，成為十分輕鬆、有趣乃至近於娛樂的民眾活動，寄託著人們祈求神靈保護的樸素願望，收到了凝聚民間感情的實效。

然而，這時的社會已是商業社會，金錢導向對傳統價值造成了極大的衝擊。當然，對於福佬人來說，可能較早就已習慣於此，但對客家人而言，則還是新鮮事。小說描寫道，由於裡長在競選時，曾受到下街鄉親的支持，為報恩，聽從下街鄰長們的意見，擬將迎媽祖的時間，由例行的正月二十改到正月十五，「趁著元宵節熱鬧幾日，替隆元廟附近的下街裡民撈幾筆生意」，卻受到上街裡民的嚴重抗議和抵制，後雙方達成妥協，十五接媽祖，二十演外台戲。小說最後擬為媽祖的話語：「我無法庇佑人們賺錢，但我願賜給人們幸福與平安」，可說點出作者對於媽祖信仰的理解和願望。小說凸顯了閩台民間宗教信仰的「功利性」特徵，也體現了福佬和客家文化的交匯和融合。

臺灣女作家黃秋芳本為福佬籍，但由於長期置身客家地區，與客家的人、事、物多所接觸，被稱為「比客家妹仔更客家的福佬妹仔」〔10〕。在中篇小說《永遠的，香格里拉》中，黃秋芳通過幾位客家、福佬和外省籍男女的感情糾葛，寫出了福佬人與客家人的文化性格的區別以及互補的可能和必要。

女主角安黛為外省籍女性，其丈夫吳金水是一個學建築的福佬人。安黛對金水情深意篤，賺錢資助丈夫讀書，但正像許多福佬人家庭婆媳不和一樣，婆婆並不喜歡她。金水學成歸國，先是為了母親選擇返鄉工作，但在鄉下難以發揮專長，最終又回到了臺北。年邁的母親一口咬定，他是為了妻子而拋棄了故鄉、母親。這正應了閩南人的一句俗話：「娶了一個媳婦，丟了一個兒子。」母親顯然有著這種傳統的成見，才產生了偏執的心理。

　　金水有著福佬人肯打拚、善經營、重功利、求實用、敢冒險的性格特徵。一到充滿機會的繁華都市裡，就像久困的鷹，找到了翱翔的天空。他們剛好趕上了臺灣第一波飛飆失控的房地產高峰。他的業務範圍，迅速從臺北擴大到東京、美西地區，他的指導教授全部的舊關係，幾乎都變成他的資產。儘管丈夫事業有成，財富日多，安黛卻沒有感到快樂，而是空虛、慌亂，這是因為金水是一個工作狂，一個月裡有三分之二的時間他都不在家，也從來不曾想過為她買點什麼做個紀念。過結婚慶時，她為他特地到了一趟東京，收集了1461個伍圓日幣，因為「伍圓就是有緣，結婚4年了，我們擁有彼此1461個有緣日子。」丈夫則鄭重其事地表示：「我也要送你一份富有紀念意義的禮物。」這是當場簽下的一張1461萬的支票。那個夜裡，「她軟柔的心肌完全凝結成堅硬不能觸碰的絕緣體。」

　　為此她離家來到客家山莊南苑村，尋找少女時代的同學陳韻珍，由此引發了對於客家文化的一番切身感受。使安黛感受最深的是客家人友善、團結、合作的待人之道。這完全改變了她小時候對於客家人的小氣、不合群、小奸小壞等一些刻板印象。從路上出車禍得到陌生男子的鼎力救助，尋找同學時村民的熱心打聽、幫忙，使安黛感歎：「不知為什麼他們可以這樣無所計較？而且一輩子這樣熱情。」然而客家人在文化性格上，也有不及福佬人之處，如他們往往較為傳統、封閉、保守，缺乏遠大的眼光和商業經營的技巧和能力。安黛來到南苑村，立刻覺得它「靜默在不變的寂寞裡。」20年來，這地方一點也沒有改變。早年曾有大專院校的人來探問，卻因為掯客貪利，急著喊高地價，終使建校計畫移至熱誠爭取的鄰縣。各種相隨而來的文化開放、經濟機會，很快證明了鄰縣行政首長和地方百姓的眼光，再一次說明了福佬人的生意眼一向較禁得起大變動。

本地的客家人鄭清河早就認識到因循守舊、停滯不前,是全鄉生活品質不能提高的原因。為此,他決心競選鄉長,以造福鄉梓,未料遭受中傷、打擊,名譽受損,原因就在於這是封閉的客家聚落,發揮作用的是宗親、派系以及買票,儘管他常年為民辦事,有著深厚的群眾基礎,仍不得不以失敗告終。在安黛和戀人韻珍的鼓勵下,他重新燃起規劃、發展本地社區的熱望,制定了開發專案計畫,並由安黛投入鉅資。然而工程開始後,卻遭遇種種麻煩,幾至束手無策的地步。如工地邊舊社區裡到處是違章建築,使得交通受阻,步履維艱。而工地的髒亂、噪音、落塵,成為居民們堅決反對的藉口,安黛的解釋、許諾,都無濟於事。雙方不斷爆發爭執,工程只好中途停頓。

　　正當安黛、鄭清河等一籌莫展時,金水決定南下替他們處理善後。他做出了許多叫舊社區的人大吃一驚的承諾,如鏽壞的鐵門、鐵窗,免費重刷、重做,斑駁的牆全部貼上最新最時髦的二丁掛瓷磚;免費替願意參與整體整頓工作的住戶整修陽臺……唯一的交換條件是,他們必須拆掉違建加蓋的雨棚廢屋,隨時消除他們習慣堆放戶外任其腐壞的廢棄物。對於這樣的條件和規劃,客家村民在驚疑、試探之後,終於接二連三地跟進,使工程進度很快地走上了正軌。這裡可以看到福佬人在經營管理方面,確實有著比客家人勝出一籌的能力。他們之間,確實有必要相互取長補短。

　　福佬和客家文化的相互滲透和交融,不僅出現於臺灣,也出現於福建。中國現代文學大師林語堂為福建平和阪仔鎮人。平和隸屬漳州,但與廣東交界,是一個福、客雜居的縣份。有時相鄰村莊就有福、客之別。林語堂的家族屬於福佬民系,這從他們向廈門和新加坡一帶發展就可知道。但在他的帶有自傳成分的小說《賴柏英》中,其男主角陳杏樂卻始終秉持著一種「高地人生觀」,卻又與客家人頗為相似。小說描寫了陳杏樂與兩位女性的感情糾葛,而這兩位女性可說分別是山地文化和海洋文化的代表。杏樂的表妹、年輕時在家鄉的戀人賴柏英是山地文化、鄉村靈魂的典型。她重視倫理,具有傳統美德和保守的天性,溫馴、善良,善於忍耐和自我犧牲,具備中國人知足常樂的稟賦和聽天由命的宿命論。如柏英滿足於家鄉的花果蔬菜樣樣齊全,因此無法理解杏樂為何要到外國去,她在服孝祖父和自己與杏樂的愛情婚姻之間,居然選擇前者而犧牲後者。歐亞混血女

郎韓星則是海洋文化、城市靈魂的典型。她的人生觀是：惟金錢和愛情推動世界。相對於她們兩位元，杏樂的情況則頗為複雜。一方面，他與建立於農耕文明之上的中國文化有著化解不開的血緣關係，覺得：「曾經是山裡的男孩，便永遠是山裡的男孩」，因此始終保持著「高地人生觀」，節儉、自製、不愛交際，重視學業，對工作恪盡職守，不為五斗米折腰，對愛情持久和忠誠，謹守人倫準則，對家鄉、親人懷有無比的眷戀和熱愛。另一方面，他又有一顆為海洋、為都市所誘惑的不安的靈魂。他以社會習慣的叛徒自命，總覺得有必要打破生活的單調，做一些不尋常的事。他在活潑、大膽、熱情，能使他自覺年輕、生氣勃勃的韓星身上找到了自己的理想，因此拒絕了叔叔要他與富商之女結婚的安排，將愛情投注到韓星的身上。然而，同居後的杏樂並無法改變他那節儉、自製、不愛交際的本性，而韓星性喜獨立和自由，追求享受，無法適應與杏樂單調、枯燥的生活，最終與一位外籍船長遠走高飛。小說以杏樂、柏英的重新結合作為結束，而杏樂那飛翔的心靈繞了一圈後，仍舊回到了原點上。如果說客家文化比較屬於山地文化，而福佬文化比較屬於海洋文化的話，那杏樂的比較複雜的性格和經歷，可說是兩種文化的因素在他身上匯合的產物。作為閩南籍人士，而又對西方文化深有研究的林語堂，卻將他的價值評判的天平傾向了客家的山地文化，這當然帶有作者晚年的懷舊心情，同時也提供了福佬和客家文化在一位作家身上融合、並存的實例。

　　為了更好地說明問題，這裡稍微越出臺灣文學的範疇，以海峽對岸的廈門文學作品為例。在1960年代末的知識青年上山下鄉運動中，閩南沿海城市廈門、漳州、泉州等地的知識青年大批來到閩西山區插隊落後，1970年代又大多返回原籍。這一去一返，無形中提供了福佬文化和客家文化接觸和交融的機會。曾到閩西客家「大本營」上杭插隊的廈門作家謝春池的中篇小說《誰為我們祝福》，對此作了形象的描繪。

　　小說中廈門知青體現出閩南人的文化性格。諸如廈門知青帶往山區的一些「奢侈」習氣、在勞動中時或表現出的比當地農民更強的「打拚」精神，為了上調、招工而知青之間「自己殺自己」的惡性競爭，為了達到某種目的而給當權者送煙送酒的錢權交易，乃至女知青白小雲的以出賣處女身體換取招工表的商業性

舉動，都隱隱約約透露出閩南人的某些性格特徵。但其文化性格表現得最明顯的，還是在這些知青返城、而中國邁進改革開放的年代之後。在閩西曾鬧過自殺而得以較早調回廈門的黃淑君，這時因著香港華僑關係，停職留薪當上一家香港獨資飾品公司的總經理，於是她回到當年插隊的閩西山區，招來一批女工。開工之日，總經理讓近百名員工加餐。小說描寫道：「黃淑君是個慷慨的女人，她以為要馬兒跑，就要馬兒吃草。當然，這草不一定要很好，也不能太差，但，必須足夠。今晚加餐就體現她這個作派。她深知這些山區的打工仔打工妹，因而，八道菜量都不少，沒上海鮮（他們對海鮮歷來不感興趣），豬肉弄了一大碗。黃淑君自忖比當年縣裡開四級擴幹會的會餐好，就算高標準。男女分桌，男工只有二十來個，每人一瓶啤酒，女工則每桌一瓶大可樂一瓶大雪碧。氣氛很好，整個飯廳鬧嚷嚷熱烘烘的，黃淑君要的就是這個效果。她喝啤酒，每一桌都敬，一桌一杯，讓打工仔打工妹們歡呼……」一個精明能幹、具有商業頭腦的閩南人形象，躍然紙上。

此外，何志雄「補員」回到廈門當工人，在閩西人倒流向廈門的新時代裡，儘管何志雄並無一官半職，能量不大，但山區「老鄉」找到他時，他總是勉為其難、盡其所能地幫他們找工作，四處奔波，出力出錢，也充分表現了閩南人的講義氣、樂於助人的豪爽品格。

小說中的閩西客家人則表現出「山地文化」性格。如果說30多年前是福佬民系的知青離鄉背井，向閩西遷徙，近一二十年的改革開放時期，卻輪到了客家民系的閩西農民向廈門等沿海地區流動。賴明秀和她老公離家的原因是「家裡太困難，欠人家幾千塊，又沒什麼出路。」儘管來到經濟特區這樣的繁華之地，甚至做了幾天工後，在外表上就「整個變了樣，初來乍到的土氣幾近不見」，然而那種固有的樸實、淳厚的山地人本色，卻沒有改變。

30歲才首次看到大海的賴明秀，初到廈門時，每晚睡覺都把自己包得嚴嚴實實的，「以防萬一。」一時找不到工作，陷入困境，看到海邊燈影裡一群豔妝妖冶的女人聚在那兒，並聽說那是暗娼，她感到吃驚和害臊，並暗暗下了決心，「走投無路，寧願跳海也不做暗娼。」對照白小雲當年的作為，其間的差別是明

顯的。當賴明秀和她的夫婿在何志雄的幫助下找到了工作，生活得以安頓後，他們提著一袋雪梨來答謝何志雄，拿出100元人民幣還給何志雄，這是剛到廈門時，何志雄拿給賴明秀應急的，稱：「有借有還，再借不難。」最後，他們又拿出50塊錢，說是同鄉鐘啟延托他們還的錢，並坦承當時鐘啟延為借錢說了謊。作者用短短的對話和細節，淋漓盡致地再現了來自閩西山區的客家人質樸誠實的性格特徵。

客家婦女的勤勞能幹、富有主見、善良純真等修美品格，一直為客家人引以為豪。這和一般閩南人家庭是有所不同的。像小說中的賴明秀夫婦，也是妻子先在廈門找到工作，而後幫助丈夫也在廈門安頓下來。黃淑君招女工首先想到這些客家山村的女子，這也是她的精明處。小說中給人印象最深的客家女子形象是被黃淑君招來廈門打工的賴小梅姑娘。她是何志雄的「仇人」、曾經索取了何志雄的初戀情人白小雲的貞操的原賴家村黨支書賴金寬的小女兒。何志雄曾起過借機報復的念頭，但賴小梅卻義無反顧地主動向這位正在鬧離婚的、年長她將近20歲的有婦之夫表達愛慕之情，甚至願意以身相許，其坦蕩、勇敢和激情，令人稱奇。這樣的事，對於一般的女性，也許不可思議，但對於客家女性，卻不妨相信它具有相當的真實性。客家女性寧願跳海也不會去當娼妓，不會商業性地出賣肉體，但對於正當的欲情追求，卻是勇敢的，並不遮掩偽飾，扭扭捏捏。這或許也是客家人淳樸民性的一個表徵。

這樣看來，30年前開始的這場廈門——閩西之間的人員環流，無形中構成了海洋和山地文化的對歌和合唱。山地人需要沿海人的說明——包括財力和觀念意識上的，以便為自己帶來物質生活上的改善；而沿海人似乎也需山地人的淳樸真誠來填補他們精神上的空虛。

客家與其他民系的交融和互補，自然要以客家民系獨特性的削減為代價，也因此產生了將成「黃昏族群」的憂慮。然而，客家民系「源遠流長，其形成的過程，奮鬥的經驗、經歷的苦難，必然蘊藏有其族群優異，別人不能及的地方」〔11〕，這種經驗，乃中華民族生存經驗的一個組成部分；其精神，亦為中華民族精神的具有某一民系特色的體現。而多元一體的中華民族文化，正是由多種

民族、乃至多種民系的各自富有特色的文化的組合，構成其豐富和博大。客家民系文化既已有悠遠的歷史，與其他民系的交融和取長補短，只會使它與時俱進，更形豐滿和富有生機；即使純粹的客家人聚居的鄉鎮村落漸漸減少，客家人散佈於中國乃至世界各地，但客家的文化精神，特別是其中優良的部分，也並不會消失，必將長久地存在下去，甚至不斷地得到發揚和光大。

（原載臺灣師範大學主辦「全球客家地域學術研討會」論文集，2003年10月）

注釋：

〔1〕黃恆秋：《客家臺灣文學論》，高雄，愛華出版社，1993年，第187-292頁。

〔2〕彭瑞金：《試論鄭煥作品裡的土地、死亡與復仇》，《鄭煥集》，臺北，前衛出版社1992年，第275-277頁。

〔3〕王東：《客家學導論》，上海，上海人民出版社1996年，第247頁。

〔4〕同〔3〕，第248頁。

〔5〕吳濁流：《亞細亞的孤兒》，北京，人民文學出版社1986年，第65-66頁。

〔6〕陳運棟：《客家人》，臺北，聯亞出版社1981年，第332頁。

〔7〕林再復：《閩南人》，臺北，三民書局1985年，第2頁。

〔8〕羅香林：《客家研究導論》，上海，上海文藝出版社，第178頁。

〔9〕鐘肇政：《客家臺灣文學選》，臺北，新地文學出版社，1994年，第395頁。

〔10〕同〔9〕，第783頁。

〔11〕同〔1〕，第39頁。

從小說看臺灣女性價值觀的嬗變

何笑梅

　　辯證唯物主義觀點認為，社會存在決定社會意識，社會意識是社會存在的反映，又反作用於社會存在。半個世紀以來，尤其是1960年代以後，臺灣經歷了由傳統的農業社會向現代工商業社會轉型的歷史性巨變，在這種時代變遷的大背景下，作為一種社會意識的女性價值觀亦不可避免地發生了重大變遷。這種變遷在臺灣當代文學，尤其是集中表現女性處境、命運、地位和心態的女性小說中，有著相當真實而深刻的反映。因此，本文擬通過文學這一特殊的視角，來探尋當代臺灣女性思想觀念、價值取向變遷的軌跡。由此亦可從一個側面來瞭解和認識臺灣。

―

　　婚姻、家庭歷來是女性人生重要的舞臺，也是體現人們思想觀念變化的一個敏感區域。當代臺灣文學中，描寫婚姻家庭的小說屢見不鮮，不少佳作在一定程度上反映了不同時期女性的命運和心態。曾獲臺灣聯合報1979年度中篇小說獎的《再嫁》〔1〕，以別具一格的結構形式，通過上下三代婦女的不同遭遇，生動地展示了臺灣社會幾十年的變遷，以及與此密切相關的女性價值觀念的嬗變。

　　小說分為三部。第一部寫臺灣日據時期，一個叫周陳芙蓉的農家寡婦，艱難

地撫養3個年幼的女兒。族中當「保正」的三叔做主要她改嫁，卻不讓她帶走兩個較大的女兒。而她不忍心女兒離開母親後受人虐待，決定不改嫁，繼續挑起生活的重擔。第二部故事發生在臺灣社會轉型的初期，描寫周陳芙蓉的女兒許周桂枝在小鎮經營一家布店，她丈夫做了「街長」貸款15萬元的擔保人，為了不受連累，她跟丈夫假離婚。不料消息傳開，影響了布店的資金周轉。幸好「街長」還清了借款，於是她立刻和丈夫辦理了再婚手續。最後一部故事的背景是1970年代末的臺北都市，講述許周桂枝的兒媳許劉仁露與嫖賭成性的丈夫離了婚，再嫁給一個洋人，並打算隨他飛往美國。小說圍繞著「再嫁」這個焦點，揭示了不同時代的女性不同的人生和價值觀念。祖母輩的周陳芙蓉是生活在農業社會典型的傳統女性，她勤勞刻苦、溫良孝順，無條件地服從家族的利益，為兒女心甘情願地默默奉獻，不惜犧牲自己一生的幸福。這樣的女性是沒有自我的，但卻符合那個時代的女性道德價值標準。許周桂枝繼承了母親那代人勤勞、節儉、尊老愛幼的品格，然而時代不同了，身為布店老闆娘的她，為了在激烈的競爭中求生存、求發展，不得不煞費苦心、竭盡全力，甚至不惜以假離婚來維護自己家庭的利益。為了做生意，她幾乎無暇顧及兒子以及婆婆。她的「離婚」和「再嫁」，都是出於經濟利益的考慮。與許周桂枝相比，成長和生活在現代工商社會的許劉仁露，其思想觀念更趨開放，不受傳統規範和禮教的束縛。當意識到丈夫的無可救藥，婚姻已無幸福可言時，毅然以「離婚」告別往昔，以「再嫁」重新尋找幸福的港灣。小說寫道：前夫為了阻攔她去美國，抱著不滿周歲的嬰兒趕到機場，然而面對滿臉淚痕的親生骨肉，她僅僅是「內心深處刺疼了一下」，隨即便掉頭不顧。可見親情、母愛已失去了原先的力量，改變不了她追求個人幸福、投奔新生活的決心。

　　《再嫁》可謂臺灣社會變遷和女性價值觀念嬗變的一個縮影。它向人們透露了這樣的資訊：隨著社會形態的改變，臺灣女性原有的服從家族意志，為丈夫、子女無私奉獻、自我犧牲的傳統女性價值觀，已逐漸向追求個人幸福、實現自我價值的現代女性價值觀轉變。這種轉變，也是女性主體意識覺醒的重要標誌之一。我們知道，在父權文化統治下，女性在婚姻關係中歷來處於被動、屈從的地位。女子結婚須遵從父母之命、媒妁之言；丈夫可以三妻四妾，可以隨心所欲地

休妻，妻子卻無要求離婚的權利。而當今臺灣社會，女性不但獲得了自由戀愛、結婚的權利，而且隨著離婚率的逐年上升，妻子「休夫」的比例也越來越高。從某種意義上說，這是女性自我意識增強，婚姻角色主體性衍化的一種表現。關於這一點，我們可以從一些描寫婚變的小說中得到印證。

　　蕭颯早期的短篇小說《明天，又是個星期天》裡的女教師淑清，當得悉自己相愛5年、結婚4年的丈夫有外遇並使第三者懷孕後，毅然提出離婚，因為「她不要支離破碎的感情，也不要那樣的丈夫。」而同樣出自蕭颯的長篇小說《走過從前》〔2〕則更全面、細膩地刻畫了一個遭逢婚變的婦女從惶恐、屈辱中掙扎著走過，成為全新的、充滿自信的現代女性的心路歷程。小說描述大學畢業的何立平嫁給留美回台的魏學勤，婚後何立平辭去教職，跟隨外派的丈夫赴美生活。在美國，除了照料丈夫和孩子外，她還努力學習英文，並選修了三門功課。她想要充實自己，為的是「做個更稱職的外交官太太，幫助丈夫拓展事業，一心一意地指望著妻以夫貴的日子早點到來。」不料回臺灣後，她才驚駭地發現丈夫早已移情別戀。她痛不欲生，也曾經哭鬧爭吵，糾纏不休，卻始終無法挽回丈夫的心。無奈之下只得離開家庭，先是在學校代課，以後又在出版社找到一個翻譯的工作。通過艱苦的努力和奮鬥，何立平逐漸從工作中發現了自身的價值——原來她不是個一無是處，沒有人要的女人，她可以自己肯定自己，而並不需要靠丈夫來肯定她。最後她心平氣和地約魏學勤去辦了離婚手續。在此之前，她曾對魏說過這樣一席話：「魏先生，婚我會離給你的，至於什麼時候離，到了時候，我就通知你。我不再需要受你的擺佈，當初你想外遇就外遇，現在你想名正言順就找我離婚……我已經說過好幾次了，我現在要自己決定自己的未來！……」這番話擲地有聲，不啻為自我意識覺醒了的女性告別依附和屈辱，維護人格尊嚴的宣言，表達了現代女性要求獨立、自主和男女平等的心願。

　　長篇小說《木棉花和滿山紅》〔3〕、《如何擺脫丈夫的辦法》〔4〕，描寫的內容都未脫離「婚變」，但與上述作品不同的是，女主人公「休夫」的原因並非丈夫外遇，而是由於夫妻雙方在思想觀念、性格情趣等方面的差異和難以協調。《木棉花和滿山紅》的主人公易安在一家雜誌社任職，她熱愛工作，事業心強，熱情開朗，興趣廣泛。而丈夫王天瑞不但自私、褊狹、性情孤僻，而且是典

型的大男子主義,他要妻子按照他的方式生活,做一個純粹的家庭主婦。易安因為無法忍受天瑞的個性和喪失自我的婚姻生活,結婚僅兩個半月便同丈夫分了手。《如何擺脫丈夫的方法》中的褚浩成倒堪稱為模範丈夫,對妻子苡天百依百順,還包攬了全部家務。可是苡天卻因浩成事業上不思進取、無所作為而輕視、鄙薄他,千方百計迫使丈夫離了婚。從這些作品中,我們不難發現當今臺灣女性婚姻價值取向的轉變——傳統的「嫁雞隨雞」、從一而終的陳腐觀念已被摒棄,現代女性對婚姻生活有了更高、更實際的要求。對不盡如意的婚姻,尤其是來自男方的背叛,她們不再忍氣吞聲,委曲求全,寧肯「棄暗投明」,重新開拓新的天地,創造新的生活。

在新舊文化交替,各種思想意識和價值觀念劇烈衝撞與變遷的現實社會裡,部分臺灣女性對婚姻制度產生懷疑和不滿,甚至採取排斥的態度。這在小說中同樣有所反映。袁瓊瓊的短篇《小青與宋祥》便是一例。作品中的小青因為受母親、姐姐婚姻遭遇的影響,只要同居而不肯結婚,也不願意生兒育女。在一般的同居事件裡,往往是女方拿懷孕來逼男方結婚,而小青懷了孕甚至不告訴男友一聲,逕自去醫院打了胎。蕭颯短篇小說《黃滿真》裡的女教師黃滿真,其行為舉止似乎更為離經叛道。她不想用一紙證書來拴住所愛的男人,卻又不顧家人的反對和世人的側目,堅持要生養一個自己的孩子。應當說,袁瓊瓊、蕭颯筆下的小青和黃滿真,都不是生活放蕩、道德敗壞的女人,而是自尊、自信、獨立意識極強的現代女性,她們敢於突破傳統規範和禮教的枷鎖,對待兩性關係有自己的道德標準和價值評判,對婚姻持否定的態度。這一類女性在現實生活和文學作品中雖然為數不多,卻十分引人注目,反映了當代女性價值觀嬗變中一種值得注意的傾向。

二

在中國傳統的道德觀念中,婦女的人生要義在於家庭,她們一生所扮演的角色離不開女兒、妻子、母親,離不開家庭。「相夫教子」是婦女的天生職責,

「賢妻良母」則成為社會衡量和評價女性價值的重要標準，也是眾多女性追求完美人生的最高境界。自1960年代以來，臺灣經濟的發展促使大批婦女走出了家庭的小圈子而投身於社會，女性傳統的家庭角色開始向社會角色轉換。隨著女性生活空間的拓寬、經濟地位的提高和獨立意識的增強，傳統的女性價值觀亦相應起了變化。「先做人，再做女人」，以社會生活中一個獨立、平等的成員立足於世，「通過事業以實現自身價值」正被越來越多的女性所接受。這一社會發展的新趨勢，很自然地受到作家們的關注並被納入其創作視野，成為1980年代興起的女性主義文學潮流的重要主題之一。

　　早在1980年代初，現代意識極強的女作家李昂，就曾塑造過以自己的社會工作和奮鬥來肯定自身存在價值的女性。短篇小說《愛情試驗》裡的女主角最終擺脫了兒女私情的困擾，積極投身於社會服務工作之中。《她們的眼淚》則刻畫了一個更加鮮活的女性形象──雲阿姨，她放棄了優裕舒適的生活，把自己的一生奉獻給慈善事業，滿懷愛心地幫助收容所裡的失足少女走向新生。同一時期，在朱秀娟、蕭颯、廖輝英、蘇偉貞、楊小雲、溫小平等女作家筆下，湧現出眾多臺灣職業女性的形象，她們有的是工商、貿易、廣告行業的女經理、女主管，有的是文教、影視、時裝設計界的女強人。這些女性共同的特點，是全心熱愛自己的工作，她們不是將自己的職業僅僅視為謀生的手段，而是作為一項發揮才能智慧、實現自我價值的事業積極地投入與追求。為了達到理想和目標，她們全力以赴、頑強拚搏，百折不撓、鍥而不捨，在奮鬥的歷程中展現出女性人生炫目迷人的光彩。在這類女性的心目中，愛情、婚姻不再是女性人生的第一要義；通過事業奮鬥，追求精神、物質財富已成為她們生活中的重要內容。

　　朱秀娟的長篇小說《女強人》堪稱上述題材的代表作。小說記敘了女主人公林欣華自立自強、拚搏奮鬥的一段人生經歷。林欣華大學聯考落第後，從應聘一家公司的打字員開始，邁出了創業的第一步，憑著刻苦好學、勇於進取和精明幹練，終於當上了震洋貿易公司的總經理，成為馳名台港商界的女強人。在一次業務活動中，林欣華遇到了心目中的白馬王子──年輕英俊、事業有成、擁有碩士學位和顯赫家世的香港以達公司的股東雷蒙。兩人一見傾心，欣華為之獻出了少女最純真的愛。但就在她飛赴香港、即將踏上紅地毯的前夕，欣華意識到：「雷

蒙需要的是個伴侶，是個凡事以他為重心的妻子，每天恰如其分地點綴著他的生活。」嫁給雷蒙，意味著她將放棄自己的追求，像雷家所有的女太太一樣，留在家裡相夫教子，「沒事逛百貨公司，飲廣東茶，打麻將，丈夫回來了趕快回去陪著，有應酬了打扮得漂漂亮亮。」面對事業、愛情無法兩全的抉擇，欣華毅然捨棄愛情，離開了雷蒙。此後她又遇到過幾個條件優越的追求者，但她抱定了一個決心——「永遠不放棄自己的事業。」最終林欣華選擇了當教師的葉濟榮為終身伴侶，其重要原因之一，就是葉始終理解她，並全力支持她追求事業。

《女強人》的故事無疑向世人昭示了當代女性嶄新的人生價值觀，同時描繪出一幅女性人生理想、美好的圖景。然而現實生活中，婦女要在社會上立足創業，常常得比男人付出加倍的代價和艱辛。女性為實現自我價值追求奮鬥的人生路上，並非處處充滿陽光和鮮花，卻往往遍佈荊棘與坎坷。在長達數千年的父權文化統治影響下，男主女從、男尊女卑等輕視婦女的思想觀念已滲透於社會的每一寸土壤，深植入許多人頭腦之中。這些陳腐落後的東西不僅遠未肅清，且不時冒出頭來成為女性前進路上的阻力和障礙。

廖輝英中篇小說《紅塵劫》描寫的是廣告界女強人黎欣欣的故事。黎欣欣才貌出眾，是個處事俐落、作風明快的女處長，卻在弱肉強食的激烈競爭中敗下陣來，不得不告別了她為之奮鬥多年的廣告事業。黎欣欣受挫失敗的原因，主要來自社會上壓制、歧視婦女的封建觀念和思想遺毒。正如小說中寫的：「有些男人……心態上根本不把女人當做可以平起平坐，一樣公平較量的角色；等而下之之輩，在狎弄之餘，還要使點手段叫你吃不了兜著走。」黎欣欣當年在長廣公司的時候，一次為了趕製資料和男上司留宿簡報室，結果謠言四起，男方逍遙無事，黎欣欣卻為此被迫離開了長廣。因為「這種事吃虧的本來就是女性。」儘管她再三解釋，總經理卻冷冷地說：「我知道你拚，但那有什麼用，女孩子能幹到底有限度，名節才重要。」相反的，同事章偉道德敗壞，玩弄女人成性，卻未遭任何非議，反而青雲直上，很快被升任處長。所有這些，顯然是重男輕女思想意識在現代生活中的反映。

如果說，《紅塵劫》裡黎欣欣受挫的原因來自社會的壓力，那麼長篇小說

《盲點》（廖輝英著）中的丁素素面臨的困擾更多是來自家庭。丁素素為了發揮自己的興趣和專長，創辦經營「婦女美容韻律中心」，遭到頑固守舊的婆婆齊老太極力阻撓和反對。最後婆婆竟以「破壞齊家門風」的罪名，逼兒子與素素離了婚。這種家庭內部的婆媳之爭，實際上也是新舊兩種價值觀衝突的表現。

影響、阻礙婦女開拓事業、實現自我價值的，除了社會、家庭的因素外，還有不可忽略的一點，那就是女性自身的因素，其中包括職業婦女的角色困惑。我們知道，價值觀的轉變不是朝夕之內完成的，中國傳統文化中消極的一面在女性及全社會的發展中留下了難以清除的積澱，對女性自我價值、自由發展的否定，導致了女性即使在主體意識不斷增強的情況下，也難以完全掙脫封建傳統的枷鎖，從而產生巨大的心理壓力。

曾獲臺灣聯合報1981年度中篇小說獎的《歲修》〔5〕，以相當寫實的筆觸，揭示了臺灣職業婦女在事業、家庭兩者之間的掙扎與彷徨。小說主人公石硯羚是位要強好勝、工作出色的小學教師，被提升為訓導主任後，更是每天早出晚歸地拚命幹。她掙的薪水比丈夫高得多，可每當「發薪的時候，她總輕描淡寫地往抽屜裡一塞，不敢當先生面數，深怕傷到他男人的自尊。」為了理想和愛好，她不顧工作的忙累，報名參加電視編劇班受訓，往返奔波於基隆、臺北之間。然而深夜回家，面對丈夫和女兒的淚眼，她又總為自己未盡到妻子、母親的職責而愧疚。以後硯羚全家搬到臺北，她開始編寫電視劇本，創作的樂趣促使她把全部心血傾注在編劇上。不久丈夫被調到高雄工作，硯羚留在臺北。不料正當她的事業一帆風順的時候，接到丈夫胃病住院、女兒被汽車撞傷的消息。為了家庭，硯羚只得離開心愛的事業遷往高雄。因為不甘忍受平庸的主婦生活，她一度回臺北重操舊業，以致婚姻瀕臨破裂。但是對丈夫、女兒的苦苦思念，又迫使她放棄了似錦前程，再回到家庭廚房裡。就這樣，石硯羚徘徊於家庭、事業兩者之間，魚與熊掌，難以兼得，深陷於抉擇兩難的困境。

《歲修》觸及了女性雙重角色衝突的問題。當今的臺灣，不少職業婦女同時肩挑事業、家庭兩副重擔，既要積極參與社會，努力工作以實現自身價值，又要奉獻於家庭，做一個賢妻良母。但由於社會環境、客觀條件的制約，往往顧此失

彼，難以兩全。在這種情況下，社會和家庭對女性的要求與女性自身潛在的傳統道德、價值標準相呼應，便產生負罪感、自責感，從而以全部或部分地犧牲對自我價值的追求來換取為人妻母的心理平衡。由此可見，這種角色衝突從一定意義上說，是女性自身兩種價值觀碰撞所引起的。

三

透過臺灣文學這個異彩紛呈的視窗，我們不僅看到當代女性價值觀嬗變的軌跡，也聽到了許多不和諧之音——因困惑、迷惘、失落甚至虛無而發出的歎息和哀鳴。

1970年代後的臺灣，經濟的繁榮伴隨著社會形態的驟變，形成了一個以金錢和個人利益為中心的世界。在這特定的時代環境下，舊的道德和價值體系被摧毀了，新的理念價值觀又尚未建立，生長於其間的年輕一代，難免陷於迷惘和困惑之中，有的甚至誤入價值觀選擇的歧途。在一些年輕人當中，不僅傳統的道德觀和人生價值觀在急驟商業化的社會中失落，同時失落了的還有對理想的追求和對未來的嚮往。青年人不談政治，不過問社會問題，關心的僅及於自身的幸福。早在1970年代中後期，青年女作家蔣曉雲就曾在作品中揭示了這樣的社會傾向。她的短篇小說《姻緣路》、《掉傘天》、《閒夢》等作品裡的主人公，都是受過高等教育的男女青年，在他們這個時代，隨著社會觀念的開通和風氣的改變，自由戀愛已不再受到傳統勢力的困擾，然而他們卻拋棄浪漫和純情，無法全心全意地愛一個人。在通往婚姻的愛情路上，不論是男方還是女方，都處處為自己的利益和前途打算，斤斤計較，患得患失，不肯為愛人犧牲一點自己的利益。因此，臺灣作家朱西寧在評論蔣曉雲的小說時，說她寫的是一個「無情世代」，而評論家夏志清則稱：「蔣曉雲筆下的知識青年，可說是沒有理想的一代。」〔6〕

與蔣曉雲的作品題材相類似的短篇小說，還有蕭颯的《馬氏一家》，吳淡如的《這麼一個現代的愛情悲劇》。《馬氏一家》裡的晴芳，通過親友介紹先後結

識了小鐘和林忠良。小鐘為人精明,「很有些搞錢的小聰明」,林忠良好歹是個助教,將來會有出國進修的機會。晴芳同時應兩個男人的約會,心裡猶豫著,不知該選擇哪一位。直到別人又介紹了一個婦產科王院長,晴芳才聽從父母的話,放棄前兩個沒有大出息的候選人,考慮這位王院長。因為王雖然結過婚還有兒子,但是他自己有家小醫院,還有輛漂亮的小轎車,晴芳對此心滿意足。可惜她最終沒做成院長太太,卻讓她的准大嫂、還未過門就已和她大哥同居懷孕的美枝捷足先登了。比起缺乏主見的馬晴芳,《這麼一個現代的愛情悲劇》中的楊佩琪則工於心計得多。楊是三專家政科的女生,聽說學醫的僑生杜冀野家在香港開服飾公司,便拋開家境貧寒的男朋友,投入杜的懷抱。後來又攀上個喪偶的美籍華裔醫生,儘管他貌不驚人又矮又禿,可他有綠卡、房子和別墅,而且出手十分大方。於是佩琪打定主意要和冀野分手然後赴美結婚,「追求我需要的生活品質。」不料杜也背著佩琪跟香港一位黃姓大戶人家的小姐相親訂了婚,黃家答應替他家開超級市場,還要負擔他在臺灣的全部費用。楊佩琪得知這消息正中下懷,因為這樣她就可以「光明正大的離開」杜冀野了。可她偏又裝出一副受騙的委屈相去找冀野問罪。兩人彼此心懷鬼胎,卻仍不忘相互表白「愛情」,再次溫柔纏綿一番。小說名為「愛情悲劇」,卻充溢著諷刺喜劇的辛辣意味,它將男女主人公的虛偽、薄情,以及追求金錢物欲的心態刻畫得淋漓盡致。小說中男主人公的一句獨白:「這世界上的愛情,壓根是現實與利益的結合」,實際上也是佩琪、晴芳、美枝等人物的生活信條,反映了現實中一部分女性扭曲的愛情價值觀。

　　李昂也曾在她著名的中篇小說《暗夜》中,塑造過女大學生、記者丁欣欣的形象。丁欣欣是個思想觀念全盤西化、善於利用自身美色的女子,在認識了靠炒股票發財的報社記者葉原後,葉請她進高級餐館,送她昂貴的衣物首飾,她很快便成了葉原快樂的小情婦。儘管葉是有婦之夫,丁欣欣自己也有個男朋友在軍中服役,而且她明白,葉原終有一天會離去,但她「並不後悔同葉原在一起,因為葉原讓她感到快樂、刺激,以及最重要的,展示給她一種從未有機會觸及的生活方式,一種極度逸樂、享受的生活。」然而沒過多久,為了出國留學、打入更高層的社會圈子,她又投入了留美博士孫新亞的懷抱。在丁欣欣這個人物身上,

所有的傳統價值觀和貞操觀念都已被棄之如敝屣，為了滿足物質與享樂的欲望，她可以「毫無道德負擔，沒有任何心理障礙」地和一個相識不久的男人上床，不惜以肉體作為物質功利的交易品。可以說，李昂筆下的丁欣欣，是臺灣現代商業社會中價值觀嚴重扭曲導致人格尊嚴、道德良心喪失的女性典型。

隨著時代的前進，「賢妻良母」這一衡量婦女的價值標準無疑受到了挑戰。然而遺憾的是，在這個邁向現代的過程中，不少女性把傳統中合理的、具有文化美德的東西也丟棄了，從而陷於另一種價值觀選擇的迷惘和失落。對於這種偏向，廖輝英在《落塵》、《野生玫瑰》、《紫羅蘭的春天》等作品中做過形象的揭露。長篇小說《落塵》描寫年青美貌的沈宜苓在錦衣美食加柔情體貼的追求下，嫁給了安順成衣公司的老闆李成家。婚後沈宜苓對丈夫一味予取予求，沉湎於安逸和享樂；身為妻子、兒媳和母親，卻不肯操持家務、侍奉老人，也無心撫養照顧子女。由於對婚姻本質、生活價值體認的偏差，使她與丈夫感情上的裂痕日益擴大，終因寂寞以及情欲的誘惑，投入了第三者的懷抱。結果不僅斷送了家庭的幸福，也給自己和他人造成難以彌補的傷害。此外，《野生玫瑰》和《紫羅蘭的春天》裡的女主人公，也是為了私欲而拋夫棄子的人物。從這些作品中我們不難看到，在「女性的人生要義在於家庭」的舊價值觀被否定的同時，那種不講道德，不願承擔家庭責任和義務，片面追求個人生活價值的行為，同樣也是不可取的。

總而言之，透過小說這扇文學之窗，當代臺灣女性價值觀嬗變的軌跡清晰地呈現於我們眼前。其最明顯的表現是：在婚姻家庭和兩性關係中，女性不再安於卑微、屈從的地位以及「從一而終」的觀念，而轉為追求精神平等、人格獨立。在社會生活領域中，認同「追求事業以實現自我價值」的女性日益增多，愛情、婚姻不再是女性人生的第一要義。與此同時，由於受拜金主義、享樂主義和個人主義價值觀的影響，一部分女性失卻了應有的人生信仰、道德準則，從而陷入生活的歧途。這是臺灣特殊的社會形態、多元的價值觀格局所造成的。

（原載於《臺灣研究集刊》1996年第2期）

注釋：

〔1〕楊茯著,臺灣聯合報社1981年3月版。

〔2〕臺灣九歌出版社1990年7月版。

〔3〕廖輝英著,臺灣九歌出版社1991年2月版。

〔4〕蕭颯著,臺灣爾雅出版社1989年10月版。

〔5〕許台英著,臺灣聯合報社1982年8月版。

〔6〕引自「蔣曉雲小說裡的真情與假緣」,見《姻緣路》,臺灣聯合報社1980年5月版。

臺灣小說反映的福佬社會文化特徵

朱雙一

本文擬從臺灣小說（有時兼及散文等其他文體）來看它們所反映的福佬〔1〕社會特徵和民性特點。為了說明問題，必要時將以臺灣的另一主要民系——客家人以及所謂「客福佬」或「福佬客」〔2〕小說作為對比參照系。所謂福佬人社會，指的是數百年來主要由漳泉廈地區移居臺灣的閩南人及其後代在臺灣所構成的社會，由於在地域上已不屬於「閩南」，所以以臺灣較通行的「福佬」稱之。總的說，當前臺灣的福佬人社會似乎比大陸的閩南人社會更具有傳統的本真性。正如汪毅夫先生所精闢指出的，五四以降，祖國大陸和臺灣的文化分別在提升品格和保存舊物方面，各有所長。「五四」發生時，臺灣正處於日本統治之下，所受到的新文化衝擊和影響自然不如閩南。1920、1930年代，臺灣新文學作家高舉反封建旗幟，但日本總督府為了籠絡民心，卻對封建迷信等中國傳統文化中的糟粕，採取放任乃至鼓勵的態度；到了皇民化時期，在日本同化政策的壓力下，臺灣作家又反過來將它們當作祖國文化因素而力圖加以保存，以為民族身份的堅持。1949年以後，祖國大陸在對傳統文化「取其精華，棄其糟粕」的總體方針下，其文化重在品格的提升；而臺灣在以「道統」自居的國民黨當局的主導下，其文化仍以保存傳統為基調。這樣，當前的閩南人社會和臺灣的福佬人社會，就形成了一定的文化落差，但一些深層次的基本特徵，仍是相通的。可以說，想要尋找歷史的、本真的閩南文化，臺灣的福佬人社會，應是不可或缺的著眼點之一。

一、社會結構的複雜多元和「爛熟」

　　從社會發展的角度看，客家人社會似乎尚處於比較原始淳樸的階段，而福佬人社會卻已有較為完備、成熟的發展，甚至趨於「爛熟」——封建社會高度發展後的轉趨腐爛。比如，在生產謀生方式上，客家社會基本上仍停留於墾田農作，以農為本的方式，其小說描寫的大多是農村的生活；而福佬社會除了從事農業外，更有許多人從事工商貿販等其他職業，其活動場域也橫跨鄉村和城鎮。前者顯得單一，後者則複雜得多。在社會階級結構方面，客家社會較少出現明顯的階級分化現象，大家都有地，但大家地都不多，既沒有地主，也沒有佃雇農，因此常呈現團結協力、互幫互助的情景〔3〕。福佬社會則出現較明顯的貧富分化，既可見殷商巨賈、地主士紳階級，同時也可見上無片瓦、下無寸地的赤貧窮人、羅漢腳；一邊是荒淫糜爛的生活，一邊是遭受壓迫和剝削而在生存線上苦苦掙扎。在宗族、家庭結構方面，福佬人社會形成了許多富甲一方、盤根錯節的大家族；家庭內部則建立了嚴格的封建等級制度，特別是男尊女卑、三從四德的觀念嚴重，女子在家庭中處於被奴役的無權地位，因此可見較多的蓄妾、養女、買賣婚姻等現象。在客家人社會中，女性往往是家庭勞動成員之一，甚至是家庭的主心骨，在家庭中具有與其勤勞能幹相應的較高地位。這裡也顯出福佬社會的封建的爛熟性和客家社會的原始淳樸性的區別。

　　如果借用毛澤東的形象話語，客家文學經常描寫「與天奮鬥」的情形，而福佬文學卻著重描寫「與人奮鬥」的情形。「與人奮鬥」自然比「與天奮鬥」複雜得多。所謂「與天奮鬥」，指的是為求生存與惡劣的自然環境相抗衡。客家小說中除了抗日等題材外，許多筆墨用來描寫客家人與自然環境的搏鬥。如李喬的《寒夜三部曲》，以50多年的時間跨度，在近代臺灣歷史的廣闊背景中，描寫來自大陸的客家移民，先是為求立足和生存，篳路藍縷，墾荒辟地，後又與入侵的日本殖民者展開不同方式的殊死鬥爭。被稱為臺灣戰後第一代作家中最具代表性的農民文學作家的鄭煥，寫出了客家人與惡劣自然環境頑強奮戰的信念和行動。如《長崗嶺的怪石》描寫了客家人在旱魃連年、貧瘠得連相思樹都長不好的

赭色土地上的堅持。《毒蛇坑的繼承者》寫山中一戶人家在致人死命的毒蛇和柑仔園黃龍病的雙重侵襲下，固守著經商丟人、農耕才是正道的觀念，決心留在山上，「做一名頂天立地的生產者。」到了年輕一代的吳錦發筆下，類似的人物仍不少見。如《堤》中綽號「青蕃」的老人，為了保護幾代人辛勤開墾出來的土地，立意要在河中築堤擋水，儘管腿摔傷，幫手中途背棄，築起的堤屢次被衝垮，但他仍一次又一次地重臨戰場，可謂「雖九死而不悔。」

相比之下，福佬人並不把與自然環境的搏鬥、對土地的堅守當作人生的信念和唯一的生存之道。他們的小說所反映的社會生活複雜得多——可更多地看到開店經商等複雜多樣的生產謀生方式；看到社會貧富階級分化和豪門巨族的出現；看到家族內部爭奪家財的糾紛以及男主人妻妾成群，使奴差婢，欺壓女性等現象。如日據時期作家張文環的《閹雞》，除了對福佬人繁文縟節的婚葬習俗等的描寫外，其卓越之處，更在於寫出了福佬村落鄉鎮的文化特點——這是一個靠著人情、人際關係維持的社會。傳統的倫理道德觀念，流長蜚短的輿論，編織成一張密不透風的網，籠罩整個村子。小說中的鄭家先人創辦中藥房時，靠著一隻木雕閹雞的神奇廣告功能，也靠著家中長壽老太太得到求福心切的村人的羨慕而掙得一份不小的家當。老太太過世後，鄭家與村人之間的聯繫日漸疏遠，藥店開始衰敗，終至一蹶不振。不過這藥店早已為他人所垂涎著。清標為了能盤得三桂的藥店，先把女兒許配給三桂當媳婦，討得其歡心；當三桂徹底衰敗後，清標則六親不認，包括對自己的女兒也不肯援手。人們為了商業利益而勾心鬥角，相互傾軋，可說是福佬人社會的特點。

「福佬客」作家呂赫若的部分小說也展現了福佬社會的情景。《闔家平安》、《財子壽》等描寫封建大家庭的腐爛、崩潰過程。《闔家平安》中富甲一方的大財主因吸食鴉片而蕩盡家產。富貴之時「大厝」裡古香古色、雕龍畫鳳的各種豪華傢俱和擺設，如「大觀園」般氣派。而主人提供鴉片、住宿、宵夜等，在家裡聚集了眾多的鴉片夥伴，頗有孟嘗君禮待食客之風。然而坐吃山空，他的家無可奈何地沒落、衰頹、崩潰了。《財子壽》描寫了舊式大家庭崩潰的另一個案。家主海文奉「財」、「子」、「壽」為人生的目標，其極端自私自利、吝嗇以及好色的惡癖，造成了整個家庭的畸形發展。分家後，海文視骨肉兄弟如同仇

敵，任其困窘也不援手。海文的續弦玉梅由於丈夫的吝嗇以及與下女的曖昧關係，被逼致瘋。整個家庭正不壓邪，善良人受欺，惡人得逞。隨著兄弟的分出、母親的去世、妻子的發瘋、下女的被嫁，龐大的房屋越發荒廢、空蕩，成為孤家寡人的海文，將空守著財物走向死亡。這種封建社會爛熟後的景象，在福佬社會中不乏其例，在客家社會中則較為少見。

此外，描寫婦女遭受父權、夫權任意宰割的小說，在日據時期比比皆是。如揭露婚嫁全靠父母之命、媒妁之言，或把養女兒當作囤積商品，企望到時還本牟利，使婚姻完全淪為買賣交易的小說有：謝春木《她要往何處去》，楊守愚《瘋女》、《出走的前一夜》，吳天賞《龍》，廖毓文《玉兒的悲哀》，徐瓊二《婚事》等。批評蓄妾惡風的有賴慶的《納妾風波》、陳華培的《王萬之妻》等。對養女習俗痛加抨擊的有楊雲萍的《秋菊的半生》、克夫的《秋菊的告白》、郭秋生的《死麼？》、楊守愚的《女丐》、郭水潭的《某個男人的手記》、賴和《可憐她死了》、楊華的《薄命》等。楊守愚的《女丐》寫的是某女子其母早逝，父親不務正業、耽迷賭場，後入贅某寡婦，不久後娘生了一個男孩，就慫恿其丈夫將11歲的養女賣入妓院，雖名噪一時，但染上性病，被鴇母趕出，淪為乞丐。張文環的《藝妲之家》也寫了養女在少女時代即為貪財的養母所賣而失身，此經歷導致她在戀愛中受挫，淪為藝妲，養母又將她視為搖錢樹，使她失去了個人戀愛結婚的自由權利。當然，這樣的事情在客家社會中也會出現，但畢竟較少，更多地是產生於福佬社會中，也在福佬作家的小說中得到更多的描寫。

福佬社會的上述特徵，到了當代年輕作家筆下，仍得到反映。蕭麗紅的《桂花巷》，描寫了一位貧家少女高惕紅，嫁到一豪門巨族，雖穿綾著緞、使奴差婢，卻因丈夫的過早去世而成寡婦，嘗夠了那種有錢無人、苦心苦肝的滋味，從此性格變得怪戾挑剔，慣於欺壓媳婦、下人。另有洪中周的《香火風波》則描寫了福佬家族內部為祖產繼承等問題鬧糾紛，在現代商業思潮背景下，益趨嚴重的情境，並對此作出深沉的反思。

不過，福佬社會的這種複雜、多元和「爛熟」的特徵，未必都呈現出負面的效應。如福佬人重視商貿、善於經商的特長，對於社會發展，就有莫大的推動作

用。蔡素芬的《鹽田兒女》既寫了傳統的農村家庭中的情感糾葛,又寫了感情受挫的男兒離開家鄉,到城市去打拚,終獲成功,最後自己成為大公司的老闆。黃秋芳是位「客福佬」作家,其中篇小說《永遠的,香格里拉》,通過幾位客家、福佬和外省籍男女的感情糾葛,揭示了福、客之間文化性格的區別以及互補的可能和需要。外省籍女性安黛賺錢資助丈夫讀書,卻難得婆婆歡心,這正是福佬人家婆媳不和的通病。學建築的吳金水有著福佬人肯打拚、善經營、重功利、求實用、敢冒險的性格特徵,是個典型的工作狂,妻子深感空虛,富而無樂,於是離家出走,來到客家山莊,在這裡深深感受到客家人友善、團結、合作的待人之道,以及女性正常的家庭地位;不過也覺察到客家人較為傳統、封閉、保守,眼光短淺以及缺乏商業經營能力的缺陷。本地人鄭清河也意識到因循守舊造成家鄉發展的阻礙,制定了社區改造計畫,未料一開工就受到重重阻撓和困難,被迫中途停頓。這時吳金水南下替他們處理善後。他做出了許多讓舊社區的人大吃一驚的承諾,以此換來他們自動拆除違章建築、清除廢棄物等舉動,使工程很快地走上了正軌。這裡可以看到福佬人在經營管理方面,確實有著比客家人勝出一籌的能力。

　　福佬社會結構的複雜多元以及封建的爛熟性特徵,其產生有著歷史地理人文等多方面的深刻原因。除了遠古時代古越族的文化遺存、中古時代移民帶入中原文化,以及歷代儒、釋、道的進入、融會外,數百年來更有如下文化因素發揮了舉足輕重的作用。一是中國經濟、文化重心由北南移,在江、浙、皖南一帶形成新的中心,並最終構成了北起江蘇南部,曆浙江、福建而至廣東的中國東南沿海新月形文化帶〔4〕。這一變遷使福佬人居住的閩南(廣義的還包括閩東和閩北)地區拉近了與經濟、文化重心的距離,甚至直接納入經濟、文化的發達地帶中,因此提升了福佬地區的社會發展程度和繁複多元性,像江南蘇杭一帶歌台樓榭林立、官紳商賈穿梭、藝妲歌妓如雲的繁華景觀(亦可說是封建社會爛熟的景象),也同樣在閩南的廈門等地出現,並隨著閩南人的移居臺灣而使臺灣的福佬社會有著同步或准同步的發展。作為客家人「大本營」的閩西、粵北由於不在這「新月形文化帶」中,其發展自然較慢,而處於較為淳樸單純的階段。二是福佬人聚居的閩南和臺灣,在地理上屬於中國的「邊緣」,與國家的政治、文化中心

存在一定的距離。「中心」有其優勢和價值,「邊緣」也有其特色和意義。特別是「邊緣」往往處於「跨文化」的地帶,與外界有較多的接觸,接受外來事物較快較便利。歷史、地理、人文等種種因素的積澱,必然使福佬社會的文化構成,趨於複雜和多元。

二、迷信風熾和幫派頻鬥

　　福佬社會的好巫信鬼之風,有人將之歸於古越族的文化遺存,有人將之歸於海洋風險中祈求神靈護佑的心理。也有人將它與客家社會相比,指出客家人重祖先崇拜,福佬人則重神靈崇拜〔5〕。不過,尊奉孔子不語怪力亂神準則的歷代文人對於迷信風氣,都持批評態度。受五四啟蒙思潮影響的臺灣小說,更高舉反封建旗幟,對種種迷信現象加以關注、描寫和批判。吳希聖的《豚》、楊逵的《無醫村》、邱福的《大妗婆》、朱點人的《蟬》等小說,對於臺灣民間有病不想或無錢延醫,於是求神問佛、亂服草藥的迷信行為,有細緻生動的描寫。村人生了病,先由乩童在大媽祖神位前蹦跳作法,求取神明的處方箋。可是吃了藥後病況更為加重,因此用轎子把二媽祖抬來。兩個抬轎人以金紙點火並加擺動,用轎杠的前端按住病人的手把脈,然後勾劃撒在桌上的一層米糠寫字。看字人看了神明的字,便在金紙上開出處方。當然,二媽祖也仍是無效。請卜卦師算命,結果是死卦。病人最終撒手西歸。而被當作瘋子關入牢房的阿地,在母親的喪禮上大嚷:「混蛋……她是被乩童的胡說八道跟著看字人錯誤的處方害死的。」這是邱福小說《大妗婆》中的情節。像魯迅筆下的狂人一樣,「瘋子」阿地某種意義上卻是真理的擁有者。

　　發表於1932年1月的朱點人的《島都》,敘寫了建醮帶給貧民的巨大傷害。K寺落成時,地方頭人們不顧人民的經濟狀況,執意要建三天大醮,並挨家挨戶逼迫著捐錢。同時建醮時到來的遠方親友也須招待。史明的父親史蓁被逼得走投無路,只好賣掉年僅二歲的小兒子以為應付,過後卻因悲傷悔恨而發瘋,投河自盡。小說或有所本。早在1924年,就有轟動一時的稻江建醮及《臺灣民報》上

對這種奢靡浪費、活人未得關懷贍養而虛無縹渺之鬼卻得虔敬祀饗的可笑行徑的抨擊。

到了1970年代前後臺灣鄉土文學作家筆下，仍可看到許多帶有迷信色彩的民間習俗的描寫。如黃春明的《鑼》中，憨欽仔敲鑼通知廟事，要善男信女們備辦金紙炮燭，到埼頂太子爺廟燒香參拜；黃瑞田的《爐主》中，村民們平時縮衣節食，積聚糧秣，為的就是每年三月初三上帝公生辰那天能宴請親友，廣結善緣。在洪醒夫的小說《吾土》中，我們仍可看到鄉人們生病先求神，再求中醫，卻始終不願上醫院的情景。此外，像林清玄的報告文學《燃香的日子》等作品中描寫了媽祖出巡「繞境」以及乩童自戕作法、信眾伏地讓神轎踩踏的場面。

不過，與臺灣新文學初期相比，這時民俗描寫的最大變化，是作者對於民間習俗的態度及價值評價的改變。前者將民俗當作封建迷信加以批判，後者卻將民俗當作民族傳統文化的重要組成部分來加以發掘和整理，描寫它在當前社會轉型中遭受的巨大壓力和衝擊，以及日益凸顯的精神上的價值和意義。年輕鄉土散文作家阿盛的《契父上帝爺》詳細描寫「我」從小由祖父做主，到真武殿寄名歸屬為上帝爺的「契子」，雖然頗受「迷信」之譏，但至今仍不改其俗地隨身攜帶向上帝爺乞討來的香火袋。這是因為「香火袋」與祖父緊密相連——它孕育了祖父那寬容隨和、與人為善的處事方式，寄託著父祖對後輩的殷殷愛心，同時也顯露農民在與自然的嚴峻鬥爭中造就的敬天畏地、敬鬼信神，祈靠鬼神去邪除惡，護佑好人的民間願望。顯然，對於民間信仰，已不再單純從科學角度將它斥為迷信，而是認可其中包含著的民間願望和人文精神。

可與鬼神迷信相比的福佬社會的另一要害，是頻頻發生的幫派械鬥。臺灣新文學之父賴和的首篇發表白話小說《鬥鬧熱》，即以民俗活動引發同胞爭鬥事件為題材。迎神賽會中，一群孩子舞弄香龍時，被不同地頭的另一群孩子所欺負，雙方居然宣佈了戰爭，接連鬥過兩三晚，並因「囝仔事惹起大人代。」一邊抱著滿腹的憤氣，開始「雪恥的競爭」；另一邊是「儉腸捏肚也要壓倒四福戶」的子孫，遺傳著好勝的氣質，於是有人出來奔走勸募，有人更以「樹要樹皮，人要面皮，誰甘白受人家的欺負」等為由，鼓動雙方的爭鬥，到了一觸即發的地步。直

到經濟上小戶已負擔不起,要用到「頭老」的錢了,事情才戛然而止。

這種喜訟好鬥的風氣在閩台地方由來已久。江蘇籍臺灣作家司馬中原的長篇小說《流星雨》,即是以道光、咸豐年間發生於淡北地區的漳、泉分類械鬥為題材。歷史上漳、泉等地本就多械鬥,由於大量的閩南人移居臺灣,就將這種習氣帶到了臺灣,並在臺灣特殊的移民社會環境的作用下,愈演愈烈。這樣的械鬥,未必有明確的起因,經常只是前代留下了一些仇怨嫌隙,為了爭一口氣,便年復一年地拚鬥下去。作者試圖揭示械鬥頻發的社會文化、民性特徵上的原因。小說中一位泉籍老秀才說:不管是漳州人也好,泉州人也好,一般商戶和墾民,都是忠厚老實的人居多,誰也不願意把田地事丟開不管,生理經紀,扔在一面不問,砍砍殺殺來打架,只因太多人沒讀書識字,頭腦簡單,行事莽撞,容易受人煽惑挑撥,而雙方當頭領的,也都是些粗人,缺乏遠見。特別是臺灣有許多「羅漢腳」,他們無產無業,無牽無掛,往往成為械鬥的生力軍;而閩南一帶如泉州等地,常有許多練拳習武,憑藉武力成幫結派、橫行鄉里的人物,臺灣照樣出現了這樣的人物,有他們作為中堅,便使得械鬥延綿不止。另外也有清朝官府無能乃至有意挑唆和縱容的原因。由於官吏貪婪昏庸,使民間重大刑案難獲公平的判決,衝突雙方常因久拖後仍無結果,所以便撇開了衙門,採取原始激烈的手段,試圖以兵戎相見解決紛爭,而械鬥的結果,往往是雙方仇恨更深,紛爭更多,所謂「冤冤相報,永無寧日。」在臺灣,清朝衙門為維持其統治地位,更有意地採用「以台制台」的手段,唆使、慫恿臺灣人打臺灣人,以此削弱臺灣民眾延綿不絕的以反清復明為目標的豎旗舉事。

小說還描寫了天地會在閩台兩地努力調解漳、泉民眾之間的矛盾,勸說他們放棄鷸蚌相爭、漁翁得利的械鬥,但最終還是因械鬥的影響,使他們錯失了一次響應太平天國運動,與之聯手抗清,重寫中國歷史的機會。天地會這種歃血為盟的封建性會黨幫派組織誕生於閩南,蔓延於閩台,並在臺灣史上留下深刻的足跡,自有其特定的社會文化環境的原因,或者說,它本身就是幫派頻鬥的閩台社會文化特徵的體現。這種成幫結黨、幫派頻鬥並不是一種好的習氣。不過,在某些特定的時刻,它也能發揮一些特殊的功用。阿盛的臺灣歷史題材長篇小說《秀才樓五更鼓》,寫的是乙未割台幾年後,南台的一個名叫「三塊厝」的小村落,

發生的一場由天地會擔任主角的武裝抗日行動。雖然天地會內部還是免不了「添兄弟，貪有利，添無利，賣兄弟」的事件發生，表現出福佬人那貪圖私利而不甚團結的毛病，但它畢竟是一個有著嚴密組織機制的幫會團體，足以依靠集體的力量與敵寇周旋。更有甚者，他們充分發揮了福佬人那聰明機智、善於盤算、精於策劃的優點，真真假假，虛虛實實，聲東擊西，巧用計謀，甚至鑽到敵人內部，掌握日軍兵權，打得日軍暈頭轉向，鎩羽而歸。由此看來，正和鬼神崇拜的民俗一樣，成幫結黨、喜鬥善鬥的風俗習慣，有時也有其正面的價值，就看使用在什麼地方，以及如何加以引導。在當前，敬天畏地的宗教情懷有助於減少金錢利潤追逐中的唯利是圖、傷風敗德的行為；而現代工商活動中，福佬人的聰明機靈、善於經營的特長，也有充分發揮的空間。

三、篤信「一枝草，一點露」的拚搏精神

和善於經商的特長一起，福佬人的勇於拚搏的精神常被視為海洋文化的賜給。地狹人稠、面向海洋的地理環境，誘使或迫使福佬人依靠商貿特別是海外貿易得以生存和發展；而他們秉持的「愛拚才會贏」的信念與精神，也與海洋生活的兇險緊密相關。

不過，福佬人的拚搏精神，還因閩台社會地處邊陲而具有民間性、基層性、草根性特點。比如，即使是大富豪，也只能是「土富」，未必能有超出本鄉本土的勢力，躋身政治的中心和上層。因此，福佬人的拚搏，是一種處於邊緣、逆境、卑微中的韌性堅持和向上的挺進，猶如被壓在大石下的小草，頑強地伸出頭來，並努力向上攀爬；或如「魯冰花」（即路邊花，臺灣作家鍾肇政小說名），遭人踩踏，卻仍頑強地生存和蔓延。福佬人的俚諺「一枝草，一點露」，表明他們篤信即使卑微如小草，只要肯努力，肯拚搏，也必定會有上進的機會。這是福佬人的與眾不同之處。

「一枝草，一點露」這句話常在1970、1980年代的臺灣鄉土小說中出現，這些小說寫的也常是卑微的鄉土人物依靠自己的鍥而不捨的拚搏獲得成功的故

事。如前所述，福佬社會產生了較明顯的貧富階級分化，但也因此有了較多的上下易位的機會。下層窮人經過努力、打拚，可躋身上層富人的行列，而原先的富人有可能「富不過三代」，成為窮人，這和客家社會的比較保守、相對穩定有所不同。儘管福佬人堅信「一枝草，一點露」，但並不被動地等待老天的賜福，而是要儘量依靠自己的拚搏。他們相信，只要肯努力，老天就不會虧待你，坎坷的命運並非不可改變，愛拚才會贏。洪中周的《顧豬彭仔》、《青暝滕仔》等，刻畫的都是這樣的人物。

《顧豬彭仔》中的彭仔，父親幹的是封棺入殮、撿骨背金的活，因為家窮，長得個小人瘦，被稱為是「豆腐肩、鴨母蹄」，在村人眼中是個不中用的「軟腳蝦」，只好給「店闊事業大」的鱸鰻燦做「顧豬」的工作，即買豬的前一晚到賣主家守著豬，以防賣主突擊餵食，並且趕著豬在豬圈裡跑動，以減少豬的重量，是一種又苦又累的低賤工作。有一次，有人賤賣一頭不孕的母豬，彭仔憑經驗覺得這是一頭換槽後就能懷孕的好豬，於是賤價買下了它，果然不久就懷孕生仔。彭仔從這頭母豬開始，靠著辛勤勞動，不斷擴大生產，終於能夠成家立業。不料洪水沖走豬欄，養母豬的事業一蹶不振，只好又給人打雜工，養家糊口都覺艱難。然而，「祖先說過：天無絕人生路，只要肯做牛，不怕無犁可拖。」彭仔為著父母妻子，變成有志氣的大丈夫，而「肯做牛，犁就在身軀邊」，彭仔很快就找到了他的「犁」——賣豬血湯。這幾乎是「免本（錢）的生意」，豬血、木柴等都可靠勞動換來，彭仔自己勤儉打拚，而他的拐腳的妻子也很有志氣，勤勞肯幹，十幾年後，彭仔拿出180萬買下了鱸鰻燦當街中央、生意最為搶手的大店面，令村人們目瞪口呆。作者寫道：「其實，一枝草一點露，彭仔行著好字運（運氣），有什麼好奇怪的呢？一點一滴都是流汗的錢，只是流汗的時候沒人去注意罷了。彭仔世世代代蝸居在黑漆漆的窄巷，一下子搬到莊內最當市的最大店鋪，的確使人驚異，但是，誰人知道這是彭仔二十幾年來夫婦兩人三日風二日雨，毛管孔出汗拚出來的呢？」

在洪中周之前，洪醒夫也寫了許多類似的充滿「打拚」精神的人物形象，只是他更多地從提升做人的尊嚴的角度來寫。如《傻二的婚事》中因從小生活艱苦而瘦小體弱的傻二，為了證明自己不是「最差」，明知被人愚弄，仍有求必應地

與傻大進行各種比試。在一次賽跑中，當他扭著傷腿堅持跑完最後的路程時，生命的一切遺憾和偉力都在此顯現。《散戲》中的歌仔戲團因受到流行歌舞的衝擊而難以為繼，但戲團寧可倒閉也不肯同流合污。大家決心好好演完最後一場戲而後散夥。在這裡，「愛拚」甚至並一定會「贏」，但「愛拚」似乎已成為人們心目中的一種聖潔的內在的追求，已內化、積澱為一種集體潛意識的行動，更增添了幾分悲劇的意味。

由此可知，福佬人的強烈的拚搏精神，是和他們的草根性、邊緣性分不開的。不過值得警惕的是，這種草根性、邊緣性有時會養成一種地域的狹隘性。有些廈門人的「島民心態」來自此，而當前臺灣的某些福佬人鼓吹隔絕於中國主體的「本土化」，也部分地導因於井底觀蛙式的狹隘地域觀念。

綜上所述，臺灣小說所反映的福佬社會文化和民性特點，有良善因素，也有不良因素。不過它們並不是絕對的，二者有時可以相互轉化。不良因素在特定條件下可以發揮良善作用，有時良善因素又可能產生不良作用。有些良善品格，由於種種原因被遮蔽起來，未能得到充分地發揮。如廈門人現在並沒有凸顯強烈的拚搏精神和善於經營的特長，反而被外地來廈者譏為「懶惰」和「平庸。」這或許與數十年計劃經濟體制養成的惰性有關。只要看看臺灣的「福佬人」，就可知道懶惰、缺乏進取心等並不是閩南人的本性。因此，如何發揚本地區文化和民性中固有的良善因素，壓抑和改進某些不良因素，揚長避短，就善棄惡，值得我們認真思考和應對，也可說是我們進行閩台文化研究的現實意義之一。

（原載於《福建論壇》2005年第4期）

注釋：

〔1〕「福佬」應是客家人對閩南人的稱呼，而非閩南人的自稱，本文為行文的方便而採用之。

〔2〕指本為閩南人或客家人，卻長期在對方人群中生活，習俗、語言都向對方轉化的人們。

〔3〕陳運棟《客家人》，臺北，東門出版社1978年版，第332頁。

〔4〕王會昌：《中國文化地理》，武漢，華中師範大學出版社1992版。

〔5〕鄧曉華：《閩客若干文化特徵的比較研究》，收入莊英章、潘英海編：《臺灣與福建社會文化研究論文集（二）》，臺北，中央研究院民族學研究所1995版。

楊逵的文學之鏡與臺灣的現代性

蔣小波

楊逵的生命軌道與文學創作極具代表性地描畫了智利詩人聶魯達所謂藝術家「離去與歸來」的歷程：早年離家出走並求道於異邦。然後回到故鄉並終其一生堅守在此地。楊逵離家的動機極具經典意義：逃婚。這是一幕被現代性一次又一次重複演出的經典戲劇。這一戲劇背後深刻的文化意義在於：公共域的文化變革以一次極為私人性的事件為契機而爆發出來。這一視角足以讓我們重新考察現代性：那些關涉國家、民族、經濟、政治的偉大主題首先迸發於身體的衝動。這種基本衝動就是馬克思所説的人最基本的生存本能，怎樣來滿足、組織、描述這種本能衝動構成了一個社會經濟、政治、文化等等的上層建築。就如阿拉伯神話中的阿拉丁神氈一樣，這一最原始的現代性衝動將我們的主人公帶到遙遠的異邦去尋找想像中的公主。

在現代性的舞臺上，公主被異化為政治制度，異化為語言文字，異化為科學真理。在黑格爾那裡「異化」被解釋為「仲介性」，主體必須借助仲介才能認識客體，而佛洛德將其理解為「壓抑——昇華」，衝動被壓抑起來，最後的滿足已經是對原初衝動的異化。對於楊逵而言，這一主題的獨特性與複雜性在於他是一個現代的臺灣人，故而，在他身上，矛盾而深刻地凸現出臺灣現代性的內涵。

事實上，對於楊逵以及與楊逵同命運的許多臺灣現代作家來説，逃婚不僅僅是一次本能衝動的抗議，同時也是基於對原鄉文化或所謂本土在情感上的「疏離」，我們在強調楊逵的本土性或鄉土之戀時很容易忽視這種「疏離。」正是這

種情感的「疏離」使作家區別於那沉默無言的鄉土，區別於那些默默忍受與偶爾暴動的鄉民；正是這種情感疏離使作家站在現代性的世界平臺上，用一種世界的眼光來看取原鄉的土地與原鄉的生活，而他所看到的是病態與怪異。多年以後，作家借《模範村》中留日學生阮新民的眼睛看到的正是那一最初也是反覆觸動作家的情景：「阮新民出外留學將近十年，懷著很大的抱負回到故鄉，沒想到剛回到家，就像走進了精神病院一樣，被成群的瘋子包圍了，他非常失望。」〔1〕

極力要將楊逵納入「鄉土文學」或「本土敘事」的當代「臺灣本土主義」話語很容易忽視藝術活動的主體之於客體的一種基本的情感態勢——「陌生化」或曰「情感疏離。」事實上「情感疏離」也是中國現代性的一種基本的情感態勢，這一情感態勢在中國現代經典作家如魯迅、郭沫若、郁達夫等人身上都能見到。它表現為對原鄉的文化與人民，甚至對民族的文化與同胞的陌生感與疏離感。正是這種陌生感促使魯迅「走異路，去尋找別樣的人們。」在經過啟蒙的現代知識份子眼裡，原鄉文化是病態的、愚昧的、陷於瘋狂的。這種現代氣質來源於俄羅斯文學，來源於陀斯妥也夫斯基與托爾斯泰，來源於中俄兩國相近的現代性際遇。生病與瘋狂構成中國現代性最初始的敘事意象。於是，醫者與病者的關係構成中國現代性啟蒙敘事中最基本的二元對立。

顯然，楊逵在生存體驗與文化體驗上還沒有達到魯迅的高度。或者，在楊逵那裡，許多情感與生存的原始經驗尚未上升到語言的高度。所以楊逵的現代性敘事相比魯迅帶有更明顯的抗議性質與理想主義色彩，卻少有魯迅式的反思意味與深層文化內涵。但是，楊逵從來沒有矯飾自己對原鄉文化的批判，在《模範村》中，作家塑造了一群麻木生存著的農民、趨利附勢的小市民、苟且偷安的小知識份子、為虎作倀的士紳，只有一個清醒者阮新民。《模範村》所代表的是一塊被侮辱與被損害了的原鄉。相對於榛莽叢生、混沌未開的「美麗的臺灣」，這是一塊墮落的土地，而相對於啟蒙主義者理想中的新世界，他更是一塊瘋狂與病態的土地。於是，啟蒙者與原鄉的對立，醫者與病人的對立便形成了。在《無醫村》中，醫生「我」所看到的是「僵屍一般的」活人，他們與悲慘的死者並沒有什麼區別，在某種意義上，死亡對他們而言甚至是一種最好的解脫。而作為醫生的「我」，自救尚且不暇，對他們的病態生存更無解救之力。誰應為這一切負責

呢？」「國家把人民的寶貴身體放在此種狀態而不顧是對的嗎？不，我們醫生也是有責任的，我們不能只以為醫師是一種職業，職業便是生意，生意就是要賺錢。我們不應該忽略了崇高的醫德。然而，實際上的問題是，我們又會顧到什麼呢？」〔2〕

正如魯迅對原鄉文化的批判上升到一種「哀其不幸，怒其不爭」的「悲憫情懷」與「醫國病」的啟蒙意識，楊逵對原鄉文化的批判或許不如魯迅那麼徹底與深入，但他對原鄉人民悲慘生活的同情與悲憫卻與魯迅一致。從文化人類學的角度而言，藝術家對原鄉文化大多會經歷一個「認同——叛逆——重新認同（回歸）」的過程。最初的認同是一種無意識的認同，就像兒童對母體的依賴，表現為主體對母語與原鄉文化的親近感。而叛逆表現為對原鄉文化的不滿與超越，對異國他鄉、異類文化的嚮往。最後的回歸則表現為對「本土」辯證否定之後的重新認同。「從文化的角度看，相對於日本文化，『本土』意味著傳統中國文化在臺灣的遺產，這一點顯示出『本土』的民族性，但是，從階級的觀點而言，『本土』對左翼知識份子則指涉中下層社會，即勞苦大眾、農工階級的生活條件，以及與之共生的民間文化。」〔3〕

正如一個人無法選擇自己的父母一樣，一個人也無法選擇自己出生的環境，包括它的經濟的、政治的、文化的存在狀況。就此而言，人的出生是一次海德格爾意義上的「被拋。」被先於自我意志地拋到世間。對於臺灣現代作家的生存體驗而言，這一被拋的經驗被形象地表述為「孤兒意識。」正如有論者所指出的：「亞細亞的孤兒》在刻畫臺灣人為尋求與祖國結合付出的慘重代價方面，達到了幾乎難以超越的思想高度與藝術高度。」〔4〕如果說《亞細亞的孤兒》更多地集中在表現主人公由於失去國家這一政治符號的庇護而造成政治身份的可疑，那麼，對於吳濁流與楊逵而言，它尚不能概括現代臺灣知識份子「孤兒意識」的全部，雖然在現代殘酷的政治環境中失去政治身份已足以構成致命的威脅。而一種更為日常生活化的被拋經驗是：他們失去了自己的母語。如果說母語是一個人最為親切的一層文化保護膜，那麼失去這一保護膜的文化個體面對的將是一個陌生的、抽象的、敵意的世界。

漢語文化與漢地方言文化的現代性分娩無可避免地遭遇到這一語言的陣痛。胡適之的「國語化運動」帶有強烈的工具主義訴求——即建立一套「口手相應」的標準白話來推廣教育，普及文化，以早圓中華民族的現代大國之夢。事實上，這一現代性陣痛在西方也並非沒有發生，而是發生得更早，18世紀的哥德、席勒們所遭遇的語言問題與20世紀的胡適之、趙元任輩所思考的語言革命在某些方面並無二致：一方面是民族標準語的建立，一方面是大張旗鼓地收集保存方言土語。雖然在時過幾十年的臺灣文壇，胡適主義仍然被當作「西化」的代名詞而遭到本土主義者與原住民文學的激烈批評，其過激之論不惜將胡適主義的語文運動比作1930年代日本統治當局的「皇民化運動」，但是今天，無論是在大陸還是臺灣，胡適所宣導的「國語」與「普通話」已越來越成為一種標準的語言工具。

　　受五四新文化運動的影響，尤其由於當時在大陸生活學習過的賴和、張和軍等人的大力宣導，誕生了臺灣的新文學。而臺灣新文學的開場鑼鼓所敲響的也不例外是一場語言的爭論。作為激進胡適主義者的張我軍，提出將臺灣話統一於國語：「我們的新文學運動帶有改造臺灣言語的使命。我們欲把我們的土話改成合乎文字的合理的語言。我們欲依傍中國的國語來改造臺灣的土語。換句話說，我們欲把臺灣人話統一於中國語，再換句話說，是用我們現在所用的話改成與中國語合致的。」〔5〕而賴和則以傑出的文學實績踐行了「國語的文學」，並贏得「臺灣魯迅」之譽。但是，同為臺灣現代文學之台柱的楊逵與吳濁流，其日據時期的主要文學創作卻是以日文寫的。勿庸諱言，語言成為他們文學作品殖民地特徵最醒目的標記。而這一語言上的「奴隸印記」卻絲毫不能抹殺其作品思想內容的抗日傾向。我們怎樣來理解這一文學現象與語言現象。在某種意義上，這一文學現象成為黑格爾所謂「主奴關係」哲學命題的絕妙文學詮注。

　　我們上面提到的語言的被拋狀態是如此現實地發生作家楊逵身上的：作家無法選擇自己的寫作語言，用他的母語閩南話嗎？則其中的很多發音已經找不到對應的漢字。而且由於日化教育的推廣，漢字對他而言已是一種陌生的文字。故而，日語毫無選擇地被強加給作家。

有意思的是，日文作為一種對漢字加以改造而形成的漢文化移民，在中國語文的現代化過程中充當了不容忽視的語言仲介，包括目下尚廣泛使用的許多現代漢語詞彙都是直接或間接從日文轉借過來的——一種語言在許多世紀之後回饋它的「恩主」——這究竟是一種文化交流還是一種文化殖民？但是，對於楊逵一類用日文寫作的臺灣作家而言，對日文的感情要更為複雜。

顯然，對於楊逵而言，被佔領與被征服的記憶要早於日文的記憶：「我九歲時，發生了噍吧哖事件，那時成天有日本的軍車轟隆轟隆地從我家經過，這個形象一直影響我，幼小的我，就在那時受到很大的打擊。」屈辱與恐懼是被殖民者最早的「創傷記憶」，當代的文化論者以是否有武力與流血作為殖民與後殖民的分界線，但是這一分析忽略了一個簡單的事實，在武力征服的時代，懷柔的「文化」也總是跟在血腥的武力之後。即便是日本對臺灣的殖民史也不例外。殖民地孩子帶著仇恨與恐懼的童年記憶被送進了殖民者開辦的學校，並學習了日文。日文既是一種恥辱的印記，也是一種現代的印記。日文為楊逵打開了一個想像的空間，這一空間就是現代世界。通過日文，他瞭解了俄羅斯文學，法國文學，《戰爭與和平》與《悲慘世界》。一種異族的語言給予了作家想像與生活的翅膀，在工具的意義上，它為作家提供了抽象的世界。

楊逵最初接受的世界觀無疑帶有強烈的馬克思主義色彩與無政府主義色彩，這和日本當時的社會思潮以及普羅文藝潮流有密切關係。他的第一部作品《送報夫》帶有濃厚的「國際主義色彩」，甚至其文本的產生與發表過程也帶有傳奇的國際色彩。作為楊逵日本留學生活的自傳性回憶，小說最初由於賴和的推薦部分發表在《臺灣新民報》，但馬上被殖民當局禁刊，後來投寄東京《文學評論》雜誌，得到日本作家德永直的賞識，被評入選，榮獲第二獎（第一獎缺），全文發表於該刊1934年4月號。後經胡風譯成中文。收入上海生活書店刊行的《世界知識》叢書。這部小說既是楊逵的成名作，也是他的代表作。時隔多年，批評界還在因為《送報夫》的國際主義色彩而爭論楊逵到底是國際主義者還是本土主義者。其實，正如臺灣評論家陳昭瑛所說的：在楊逵的《送報夫》中，本土主義與國際主義並不矛盾。「左翼運動的『國際主義』並不指涉『超越國家民族的界線』，正好相反，而是在承認國家民族界線的前提下，強調各民族之間的平等，

以及建立在這種平等基礎之上的社會主義的國際合作。」〔6〕楊逵在《送報夫》的最後有這樣一段描寫：「我（楊君）滿懷著確信，在巨輪蓬萊丸的甲板上凝視著臺灣的春天，那兒表面上雖然美麗肥滿，但只要插進一針，就會看到惡臭逼人的血膿地迸出。」如果說日本的留學生活奠定了楊逵的基本世界觀——一種世界視野的民族主義，一種救民於水火的「本土抗爭意識」，那麼歸台之後的現實環境首先讓楊逵碰到了「原鄉」堅硬的磐石。在《無醫村》所描述的情景中，作家的理想主義碰了一個大釘子。「可是一種激烈的悲哀，卻跟著侵襲上來，悲哀之餘，竟成激憤，覺得這政府雖有衛生機構，但到底在為誰做事呢？」

楊逵屬於那種最有韌性的鬥士，而不是魯迅式的思想家，所以他身上更多是一種一往無前的戰鬥精神，而較少士大夫式的瞻前顧後與徘徊反側。較少自我意識的發掘批判與沉吟感歎，而較多方法策略上的分析鼓動。就語言藝術而言，後者顯然會降低其作為藝術的深度與豐滿性，但是作為一種大眾的啟蒙讀物而言，它卻可能更易於被一般民眾所接受。在寫於皇民化到運動之中的《模範村》中，楊逵以馬克思政治經濟學的觀點批判了皇民化運動以及殖民地經濟所造成臺灣鄉村經濟與文化的凋敝。「農人種了甘蔗，糖業公司要七除八扣，用低價收買，農人自然不甘心的，就想盡辦法來避免種甘蔗。所以，糖業公司便要交結地主，共同來壓迫農民。至於地主，自然是站在糖業公司這邊較有利。因為和擁有大資本的糖業公司聯絡，不論在土地的灌溉上、金融上、或其它和官府有關的事情上，總可以多占些便宜，因此，倒楣的便是那些貧苦的農民了。」而《鵝媽媽出嫁》更以林欽文博士的悲慘遭遇批駁了帝國主義所謂的和平共榮理論。「只有在左翼運動中，『本土』概念的民族性與階級性才合二為一，正因為本土概念在左翼中有更豐富的內涵，因此『本土』作為抗爭的符號，其抗爭的物件就不僅僅是日本殖民者，還包括臺灣人買辦，即一切對勞苦大眾進行經濟剝削的階層。」〔7〕

楊逵意識到，只有農民擁有自己的土地，才能從經濟上、政治上擺脫封建主義與帝國主義的壓迫，土地是臺灣農民世世代代沒有實現的追求。楊逵的這一思想，已非常接近孫中山「耕者有其田」的民生思想。楊逵從戰前的「首陽農場」開始，便不僅用文學，也用實踐在擁抱著這一理想。

（此文是作者參加2004年南寧「揚逵作品研討會」提交的論文，曾收入由台海出版社出版的《楊逵作品研討會論文集》，此處略有刪節）

注釋：

〔1〕楊逵著：《模範村》，收入《鵝媽媽出嫁》，臺灣，香草出版公司1976年版。第156頁。

〔2〕楊逵著《無醫村》，收入《鵝媽媽出嫁》，臺灣，香草出版公司，1976年。

〔3〕陳昭瑛著《臺灣文學與本土化運動》，臺灣，正中書局，1998年版，第116頁。

〔4〕同上書，第117頁。

〔5〕張我軍著《新文學運動的意義》，收入《張我軍全集》，2000年版，第56頁。

〔6〕陳昭瑛著《臺灣文學與本土化運動》，臺灣，正中書局，1998年版。

〔7〕同上書。

臺灣新世代和舊世代詩論之比較

朱雙一

當代臺灣詩論〔1〕可見「舊世代」和「新世代」的分際。對於「新世代」這一本來隨著時間推移而不斷更換其具體所指的概念，我們寧可採用林燿德等人的相對穩定的界定，即以出生日期在1949年之前和之後為分界。這是因為，1949是一劃時代的年份，此前和此後出生的人們，其人生經歷和生存環境，都有相當大的區別，也必然造成其文學觀念的差異。

不過臺灣詩壇早在1970年代初期就有「新生代」這一稱謂〔2〕，李國君、掌杉等將當時年未滿30歲，亦即1940年代以後出生的詩人稱為「新生代」，具體指當時出現的「龍族」、「大地」、「主流」等詩社的詩人們。這一界定比林燿德等定義的年齡略早了幾年，但並無本質的差別。因他們的出現都帶有對於「舊世代」的「影響焦慮」，都試圖擺脫前輩的「陰影」而開創自己的一片天地。由於「代」與「代」之間本無截然的界限，而是存在一模糊的過渡地帶（或如草根詩社所自稱的「煆接的一代」〔3〕），因此，不妨將1940年代出生者視為「過渡」的「新世代。」這樣，作個疏漏不全的羅列，「舊世代」主要有紀弦、覃子豪、洛夫、余光中、羅門、白萩、張默、葉維廉、楊牧、文曉村、顏元叔、李魁賢、趙天儀等；「新世代」主要有張漢良、蕭蕭、羅青、鐘玲、古添洪、林明德、郭成義、簡政珍、李瑞騰、孟樊、林燿德、奚密、游喚、張芬齡以及新近不斷出現的年輕詩論作者等等。

不同的「代」特徵之形成，顯然與「經歷」和「環境」密切相關。1949年

以前（特別是1940年以前）出生的人們，大都親歷過戰亂，承受過離鄉別親的痛苦，懷鄉、苦悶、不安、壓抑、無望和「刀攪的焦慮」（葉維廉語），曾是他們普遍的心理狀態。他們背負沉重的歷史包袱，卻始終未能放棄某種「使命感。」而1949年以後出生的人們，則基本上沒有上述的經歷，相反，他們受臺灣「經濟起飛」之賜，大多可以接受良好的教育，衣食無憂，享受現代文明的種種便利，只是他們也得面對著都市富裕社會的種種問題。人生經歷、現實環境的差異，使不同世代的詩人有不同的感受、經驗及其表達方式；相應地，有關詩的理論以及對詩創作的詮解，也會有相當的區別。對此，本文不擬採用現成的術語，給他們各自貼上某某派的「標籤。」正如孟樊所指出的：儘管我們承認西方現代主義的各個流派對於臺灣現代詩人有著不可磨滅的影響，然而細究之下，這些影響是間接、模糊、籠統的，大多數人對於什麼是立體派、未來派、玄學派、表現主義、超現實主義等等，並無法一一清楚的分辨與理解，因此，我們很難按圖索驥，對號入座。〔4〕有鑑於此，本文對於舊、新世代詩論的比較，擬改用一種較為模糊、寬泛的表述方式，大略而言，認為他們之間的區別主要有如下幾個方面：

一、微觀細緻和宏觀系統的區別；

二、主觀內向和客觀外向的區別；

三、以作者為中心和讓讀者介入、參與的區別；

四、「傳統／現代」和「現代／後現代」的焦點之區別。

一、微觀細緻和宏觀系統的區別

所謂「微觀」論述，不僅指論題範圍和論述物件相對較為微小，如僅是單篇作品、單個作家，同時也指論述局限於作品、作家本身，而不廣泛聯繫於作品外的時代、社會、文化思潮等種種因素。所謂「宏觀」論述，不僅指論題較大，也指論述時視野開闊，並不局限於就作品論作品，而是常從時代、社會、思潮發展

的總體格局中來加以把握。一般而言，前者往往較為細緻深入，後者較為系統寬廣。

臺灣「舊世代」詩論家擅長於微觀研究。具體說來，「印象式批評」和「新批評」是他們最常使用的方法，雖然一者偏重於「主觀」，一者偏重於「客觀」，但有一點是相似的，即它們一般都以單篇作品、單本集子、單個作家為評論物件，著重於對作品本身的賞析和解讀，而不注重甚至反對將作品與時代、社會、文化思潮相聯繫。相對而言，臺灣「新世代」詩論家開拓了宏觀研究的視野。他們不再局限於對單篇作品、單個作家的評析，而是更注重於詩史詩潮發展演變、詩創作與時代社會互動關係等論題，也更多地借鑒西方當代哲學文化思潮的視角和方法來對詩加以論評和研究。

這裡不妨舉出一些實例來加以說明。李瑞騰等主編的九歌版《中華現代文學大系：臺灣1970-1989·評論卷》，專門列出了詩論部分，共收錄了20篇詩論文章。關傑明的《中國現代詩人的困境》屬於論爭文章不計，餘下的19篇，屬於「舊世代」作品的有顏元叔的《葉維廉的「定向疊景」》、周寧的《或許這才是管管應該走的方向》、余光中《新現代詩的起點——羅青的〈吃西瓜的方法〉讀後》、姚一葦《論瘂弦的〈坤伶〉——兼及現代詩與傳統詩間的一些問題》、洛夫《向羅英的感覺世界探險》、瘂弦《大眾傳播時代的詩——有聲詩集〈地球筆記〉的聯想》、葉維廉《洛夫論》等；屬於「新世代」作品的有蕭蕭《論羅門的意象世界》、陳慧樺《從神話的觀點看現代詩》、陳啟佑《新詩形式設計的美學基礎》、張漢良《現代詩的田園模式——〈八十年代詩選〉序》、張春榮《從杜甫的〈孤雁〉看白萩的〈雁〉》、李瑞騰《說鏡——現代詩中一個原型意象的試探》、李有成《余光中詩裡的火焰意象》、王灝《不只是鄉音——試論向陽的方言詩》、林燿德《檣桅上的薔薇——我讀楊澤》、羅青《〈錄影詩學〉的理論基礎》、張錯《朦朧以後：大陸新詩的動向》、鐘玲《夏宇的時代精神》。可以看出，「舊世代」大多以單個作家乃至單部（首）作品為論述物件，而「新世代」卻傾向於對多個作家、多種作品作綜合的考究，有的論述某種詩潮，如張漢良、張錯，有的建構新的詩歌類型和理論，如羅青，有的採用西方批評理論分析臺灣的詩歌創作，如李瑞騰、陳慧樺，有的採用文學比較方法將現代詩與古典詩歌一

同考察，如張春榮。即使表面看來是對單個作家、作品的評論，其實卻涉及對某種詩類型的討論，如王灝論「方言詩」，或採用了某種別開生面的角度或理論，如鐘玲論夏宇，蕭蕭論羅門。當然，其中也有例外，如「新世代」的林燿德論楊澤即屬微觀研究，而「舊世代」的瘂弦由一本詩集論及「大眾傳播時代的詩」，余光中由一部作品而論及一種新的詩歌創作傾向的誕生，都具有宏觀的視野。但這都無法否認新舊世代在總的趨向上的區別。

新近剛出版的該大系的續編《中華現代文學大系（貳）》選編臺灣1989-2003年的文學作品，由李瑞騰主編的評論卷中收錄的詩評詩論有：余光中《從嫘祖到媽祖——序陳義芝的〈新婚別〉》、《斷然截稿——序梅新遺著〈履歷表〉》，呂興昌《知性與計算——詹冰詩評析》，李元貞《什麼是女性詩學》，陳芳明《余光中的現代主義精神——從〈在冷戰的年代〉到〈與永恆拔河〉》，蕭蕭《臺灣現實主義詩作的美學》，李敏勇《臺灣在詩中覺醒——笠集團的詩人像和詩風景》，李豐楙《七十年代新詩社的集團性格及其城鄉意識》，簡政珍《由這一代的詩論詩的本體》，翁文嫻《詩與宗教》，陳義芝《從半裸到全開——臺灣戰後世代女詩人的情欲表現》，奚密《從靈河到無岸之河——洛夫早期風格論》，游喚《顏元叔新批評之商榷》，劉紀蕙《變異之惡的必要——楊熾昌的「異常為」書寫》、孟樊《新詩評論現況考察》、王浩威《一場未完成的革命——關於現代詩與現代主義的幾點想法》、鄭慧如《偷窺人體詩——以〈新詩三百首〉為例》、陳大為《胃的殖民史——現代詩裡的速食文化》、李癸雲《往回長大的小孩——從孩童角色的運用論蘇紹連詩中的成長觀》、楊宗翰《席慕容與「席慕容現象」》》等。這一名單有兩點值得注意，一是近15年來，在詩論領域中「舊世代」已全面退卻，「新世代」則迅速膨脹並佔據中堅地位；二是唯一的「舊世代」的入選者余光中的兩篇詩評，均為單本詩集的「微觀研究」；而「新世代」絕大多數卻是對某一詩潮現象、某一詩社集團、某一題材創作的「宏觀研究。」即使視線集中於某一詩人身上，也往往通過他（她）來透視某種詩壇現象或意識，如李癸雲、楊宗翰的論文都是如此。

或再以具體的詩論家為例。「舊世代」的瘂弦的《中國新詩研究》，除了一篇當代文學大系的導言，以及《現代詩箚記》的一些「思想的火花」外，主體還

是詩人的個論。李魁賢的《臺灣詩人作品論》為單首詩歌逐一解讀的合編；趙天儀《時間的對決——臺灣現代詩評論集》亦幾乎全為單本詩集的論評。張默於1997年出版的《臺灣現代詩概觀》，書中分卷上《綜論》和卷下《個論》，後者占全書三分之二的篇幅。而「綜論」的最主要文章是《臺灣現代詩概觀——一九七〇到一九八九》一文。該文本為九歌版《中華現代文學大系・詩卷》的導言。或者說，張默是因該大系體例的需要而撰寫這種宏觀概括的文章的。如果將此文與向陽（林淇瀁）的類似文章《七〇年代現代詩風潮試論》比較一下，其間的區別頗為明顯。向陽甚至先回溯了1950、1960年代各詩社的情況以為鋪墊；接著論述了1970年代初期的「龍族」等「新生代」詩社，中期的「草根」詩社、1970年代末的「陽光小集」以及當時爆發的現代詩論戰；更重要的，向陽概括了1970年代詩風的轉變及其特色，包括：一、反身傳統，重建民族詩風；二、回饋社會，關懷現實生活；三、擁抱大地，肯認本土意識；四、尊重世俗，反映大眾心聲；五、崇尚自由，鼓勵多元思想。通篇文章並未對任何一首詩、任何一個詩句加以摘引和賞析。

　　張默在《臺灣現代詩概觀》一文的開頭，也介紹了1970以降的詩社詩刊情況，又引用了林燿德對於1980年代前葉現代詩特徵的概括。然而緊接著，張默又回到了他比較擅長的「微觀」、印象式批評上來。他先後對林彧、羅任玲、洛夫、苦苓、林宗源、吳晟、余光中、羅青、蘇紹連、蕭蕭、向明、陳黎等人的詩作加以評說。除了敘事長詩「因篇幅過長，難以一一引述」之外，張默無一缺漏地都要將原詩加以節錄引列，然後逐一寫出自己的感覺、想法和評價。孟樊曾指出印象式批評的表現方式大致有三種：一是摘句，即評者每每喜從詩文本中摘取句子，以為感想、說明或解釋之依據；二是使用抽象用語，如親切、優美、和緩、陰性、流動、恬靜、輕悄、嚴肅、清新、迷離、飄逸、沉鬱、雄渾、婉麗等；三是愛用比喻。〔5〕以此對照張默的詩評論，可說相當符合。

　　另一位臺灣詩壇祭酒余光中，由於受過學院訓練，其詩評自有其深度和細緻之處，但基本仍屬主觀印象式批評的範疇。他在《藍墨水的下游》一書的《後記》中寫道：「我雖然也寫一點評論，卻不是理論家，也不是當行本色的評論家。我寫評論，主要是由經驗歸納，那經驗不僅取自個人的創作，也取自整部的

文學史。我寫評論，在文體上有點以文為論。在精神上，卻像是探險的船長在寫航海日誌，不是海洋學家在發表研究報告。要瞭解飛的真相，我寧可去問鳥，而非問觀鳥專家。」〔6〕也就是說，余光中評詩時，不用高深的理論，而是從自己寫詩的經驗和讀詩的感覺出發，來加以品評論說的。

余光中的詩評，主要見於為他人詩集所作的「序言」當中〔7〕。詩人評詩的第一個好處，是處處可見一種對創作得失的真切體會，這種體會和經驗，積數十年而得，其中最為精彩的，是余光中依仗自己的創作經驗，對於諸多詩作從選字用詞、節奏韻律到句法、段勢、文氣等藝術技巧層面的細緻剖析。這種剖析總是那麼精到、準確，或把握特點，或切入要害，不僅指出妙處所在，也指出缺陷和不足之處，余光中且常常為人改詩，以為示範。如對於夐虹的晚近作品，余光中指出其句法上的兩個現象要特別注意，一是「西化的直硬句法」，其二是回行太多，乃使句法繁瑣，文氣不貫。在為陳義芝的《新婚別》作序時，余光中深入分析了陳氏寫作中的「筆下太文」和「散文化」兩個較大的缺陷及其原因。像這樣的詩評，並非應酬文字，對於受評者，其實有莫大的好處。與一般印象式批評略為不同的，余光中評詩時喜歡將物件放置於文學史的脈絡中加以考察，以更深刻地闡明物件的優點和不足，以及其價值和意義。這或許是受艾略特關於傳統的觀念影響所致。儘管如此，余光中的詩評總體上缺乏系統性。他顯然無意於為臺灣現代詩發展寫史，甚至無意於做些較系統的總結或詩潮發展的規律性的探討。他寫詩評常是被動的（應他人所求為其作序），因此並非系統、有計劃地選擇物件。這一點，和新世代的詩評詩論，是有相當的區別的。

新世代的個人例子或可舉林燿德和孟樊。林燿德出版於1980年代的《一九四九以後——臺灣新世代詩人初探》和《不安海域》兩本詩評集，除後者包括一篇論述1980年代前葉臺灣現代詩風潮的長篇論文外，其餘篇幅均為某位詩人或某部詩集的個評。然而，由於作者將其視點集中於「新世代」詩人身上，因此頗具系統性，將它們合起來看，可見當時詩潮發展的脈絡和動向，可說合「微觀」個論而成「宏觀」綜論。這或許就是林燿德在《一九四九以後》一書的《導言》中所強調的「歷史框架。」而蔡源煌在為該書作序時寫道：「林燿德的詩評中，偶爾還綻露出新批評的遺留……然而，有一點是不言自明的：林燿德的詩評已洗

清了新批評的餘毒！他的詩評不是從字質或結構著手，而是從意識的印證著手。更難得的是，他的詩評很少有斷章取義的作風。評論一個詩人時，他總是……力求做到縱斷面的周延，勾勒出詩人的思想輪廓，而絕少只攫取單篇作品橫加申論。」〔8〕

近十數年來，隨著新世代的全面崛起和文壇的世代更替，書寫詩史或對詩壇、詩潮作「斷代」的卻是系統全面的考察和論述的著述，越來越多見了。1989年鐘玲出版的《現代中國繆司》具有書寫「女性詩史」的企圖和架構。孟樊先後於1995年和2003年出版了《當代臺灣新詩理論》和《臺灣後現代詩的理論與實際》兩本詩學專著。如著者在前者的《序》中所言：「它具體呈現了我對臺灣新詩較為完整的看法」，「也算是詩壇第一次這麼有系統的研究。」像這樣大量借鑒西方新近的哲學、文化、文學理論，對臺灣詩學（包括詩創作和詩論）作系統、全面的考察和論述的著作，在舊世代詩論家筆下，並未曾出現。

當然，所謂「微觀細緻」和「宏觀系統」的區別，也有例外，特別在過渡性的「新世代」詩論家那裡。舊世代的陳千武的《臺灣新詩論集》，包含一些宏觀論述的篇章，「葡萄園」的文曉村則多對思潮發展方向的「宏觀」看法；而新世代李敏勇的《臺灣詩閱讀》，卻是對50首詩的逐一解讀。由林明德、呂正惠、何寄澎等五人等共同編撰的三卷本《中國新詩賞析》雖為單篇作品的細讀賞評，帶有「新批評」的印痕，然而，就它所評論的物件涵蓋「五四」至1970年代新詩人的廣度和系統性而言，似乎帶有為詩史奠基的企圖。賴芳伶《新詩典範的追求》雖只分別論述了陳黎、路寒袖、楊牧等三位詩人，卻「希望以他們互異的詩質，叩應臺灣新詩史上本土意識同世界潮流的脈動」，並「為新詩傳統彙聚可貴的美學經驗」〔9〕。至如陳啟佑《聲韻學在新詩上的一項試驗——〈無調之歌〉的節奏》、張漢良《分析羅門的一首都市詩》、王溢嘉《集體潛意識之甍——林燿德詩集〈都市之甍〉的空間結構》等文，雖為單篇（部）作品的評析，卻採用了音韻學、心理學、結構主義等方法，絕非一般的「微觀研究」所能含納。或者說，一些過渡性的「新世代」詩論家，他們的著述也帶有某種過渡的性質。

須指出，我們這裡指出舊、新世代詩論的「微觀」和「宏觀」的區別，並不包含孰優孰劣的判斷。區別的產生和兩代詩論家的教育背景有很大的關係，「舊世代」是純詩人與詩人兼學者的組合，「新世代」中則是詩人兼學者與純學者的組合，這就使「新世代」的詩論，整個由「感性」、「賞析性」向「理性」、「學術性」的方向移動。總的說，「微觀」有其深入細緻的優點，「宏觀」也可能有粗疏空泛的毛病。新、舊世代之間的取長補短，或許是必要和有益的。我們以下其他方面的比較，也抱持著這樣的基本看法。

二、主觀內向和客觀外向的區別

20世紀現代主義文學受到佛洛德心理學的啟發和影響，偏重對人的深層心理的挖掘，形成了「內向性」的特徵。「舊世代」的主觀內向性，從他們對於詩的定義中，就表現出來。覃子豪稱：「詩的本質，是詩人從主觀所認識世界的一種意念，這意念是情緒的一種昇華狀態，是從許多刹那間而來的形象底凝塑，是具有一種渾然美意境底完成。它尚未借外在形式的表現，而內在本身就具有真和美的創造，以及從詩人思想中無意流露出來的善底啟示。這就是詩的本質。」〔10〕

這裡覃子豪將詩的「本質」定義為某種超越於客觀現實的主觀意念。羅門更以向心靈和生命深處的永恆追索和掘進，作為其寫詩的「終極歸向。」他明白表示：「不追索到心靈的深處，如何使那條河見到海呢？」〔11〕「不斷步入事物與生命的深處，將美的一切喚醒，它已成為我存在的決策」，並稱詩與藝術是一門「屬於心靈的神秘且偉大的學問」〔12〕。羅門甚至將對「精神的深度」的追索，置於對「美」的追求之上，寫道：「就內在的意義而言，在創作時，我雖也一再要求藝術本身純粹性的美，但我更關切的是：這項純粹性的美，必須透過作者那擁有強大感度的『心境』，才能確實成為一種帶有強度與不朽性的『精神晶體』。所以，我除了對製作純粹美的蕭邦很欣喜外，我更崇敬像貝多芬那樣具有偉大心靈的藝術家——因為，他們除了在作品中向我們交出那純粹的美感力

量外,且更使這股力量,永遠地壓向我們內在生命的底層世界,使我們包括哲學家與上帝,都因此感到巨大的震驚與迷惑。」〔13〕

顯然,羅門孜孜強調的是自我內在的「精神」的強度,試圖以這種內在強大的「精神」,避開或超越外在的令他不願去接觸的現實。

在詩的創作論上,「舊世代」詩論家也顯示了主觀內向性特徵。他們所推崇的「靈視」、「大乘的寫法」等概念,涵蓋了從觀察事物、捕捉靈感到完成作品的全過程。洛夫早在其重要詩論《詩人之鏡》中,就闡釋了一種創作源於潛意識推動的創作觀:「創造品乃從不自覺之深處誕生」,藝術家「在從事創作之前心中並無一個具體的主體,而只作無邊際的醞釀」,創作時「作者的整個神智便被一件不自覺的東西所統治、所捏塑」,他並不完全了然他要表現什麼,甚至完成後,自己亦不能解釋清楚。〔14〕這樣,詩創作就不是對客觀現實的反映,而是心靈深處的一種莫名的產物,神秘幽深而具個人性。對此林亨泰譽之為「大乘的寫法。」〔15〕林亨泰以創作時精神活動範圍是否受外在的即定題材約束來區分「大」「小」和優劣,而這種「大乘的寫法」實為當時不少作家所採用。如葉維廉後來談起《愁渡》詩集的創作過程時,指出故事在後或在先正是臺灣現代詩人與1930、1940年代詩人的重要區別之一〔16〕。

「大乘的寫法」的要點在於不事先設限地讓精神在創作過程中自由地生長,「靈視」則是詩人開始捕捉靈感、把握物件時就須具備的一種觀物的態度和方式。部分詩人視「靈視」為創作時必不可少的一種能力和環節。如羅門認為:詩人應以「內在之目」、「內在之耳」、「內在之手腳」、去凝視、傾聽、觸及肉眼、肉耳、四肢所「捉摸不到的美的一切」,於是,人類生存的奧境,便因此遼闊、深邃、且繁美了起來。這種「靈視」(「心目」)也是達到羅門所謂的「第三自然」的必經之路。他寫道:「我首先確定詩人工作的重心,永遠是偏向於『如何使人類由外在有限的目視世界,進入內在無限的靈視世界』。也就是我過去在論文中所指認的:『詩人與藝術家創造人類存在的第三自然』;也就是超越田園(第一自然)與都市(人為的第二自然)等外在有限的自然,而臻至靈視所探索到的內心的無限的自然:也就是自陶淵明目視的有限的『東籬下』,超越與

昇華到陶淵明靈視中的無限的『南山』的境界。」〔17〕

與此相似,葉維廉強調了詩創作中的一種「出神」狀態和身世兩忘、物我一如的境界。他自稱自己的詩是在出神狀態下寫成的。在創作的某一時刻,時間、空間界限都不存在,詩人仿佛有了另一種聽覺、另一種視覺,事物內在的活動溶入他的神思裡,詩人「變為樹液、變為天籟,變為那跳動無間的自然超視聽的內在生命。」這種沒有外加思維擾亂的景物自身的說話和演出,才是現實的本身,而肉眼所見的則是要被湮沒的物理世界。這種頓悟式純粹感應的純詩境界,與中國古代的禪悟相似,也可與「大乘的寫法」相提並論。

葉維廉還特別強調「感覺」的重要性,寫道:「從感覺出發』是現代中國詩頗為普遍的想像方法。幾乎占半數的詩人都在利用他們敏銳的感覺,他們大膽地讓想像伸展到陌生遙遠的內心國度去,捕捉新鮮、生澀、可怕,和官能所及的奇妙的意象。」〔18〕。葉維廉還試圖通過「思想感覺化」這一特徵將臺灣現代詩與1930、1940年代的卞之琳、九葉詩派等聯繫起來。

除了「內向性」外,舊世代的現代主義詩學還呈現了「抽象化」——向普遍人性或人類永恆問題的抽象主題掘進——的特徵。瘂弦所言要憑著一首詩,「說出生存期間的一切,世界終極學,愛與死,追求與幻滅,生命的全部悸動、焦慮、空洞和悲哀」〔19〕,頗具代表性。當然,他們對普遍、抽象哲學問題的觸及,是以其特殊的方式,如「直覺」的方式進行的。值得指出的,「抽象化」和「內向性」一樣,都是為了躲避當時不忍卒睹的「現實。」呂正惠曾有一段常被人引用的精闢之論這樣說道:由於當時政治上仍存在的恐怖陰影,詩人如以詩反映「外在真實」,難保不會有斷頭之恨或牢獄之災;因此,詩人不能關懷當前的政治、社會問題,他們雖然生活在這個社會中,卻不真正屬於這個社會,他們不能作為具體社會的一分子,而是作為普遍人類的一分子而存在,其思想與創作不是從「社會環境」的立場去發展,而是從「人間境況」的立場去發展。他們因為被迫從社會中疏離或「異化」出來,就只有面對自己赤裸裸的存在〔20〕。孟樊對此也有精到的判斷:中外的現代主義詩人都以「內在現實」的自由對抗「外在現實」的不自由,只不過西方詩人反的是異化的社會,臺灣詩人反的則是

異化的政治。〔21〕顯然,「舊世代」形成「主觀內向性」特徵,有著社會環境的深刻原因。到了「新世代」,這種環境和心態都已不再存在,發生轉變是很自然的。

從「舊世代」的主觀內向到「新世代」的客觀外向的根本轉折,發生於1970年代。「龍族」、「主流」、「大地」等「新世代」詩社於1971年3月之後的一年半內相繼成立。陳芳明稍後將「龍族」解釋為「穩重、寬宏、長遠,而且是中國的」名字〔22〕,表明新世代對民族、國家關切的上升。「主流」自詡「將慷慨以天下為己任,把我們的頭顱擲向這新生的大時代巨流」〔23〕。「大地」則強調關切這片養我育我的寶島土地。

1972年2月底,關傑明在《人間》副刊上發表《中國現代詩的困境》等系列文章,掀起反省現代主義的「現代詩論戰。」「在他的呼籲之下,有不少詩評開始注意到詩的現實性和社會性,並在這基礎上面,討論現代詩大眾化和明朗的一面。」〔24〕此時又有唐文標的對現代主義更為激烈的批判。1973年8月,龍族詩社籌備了一年多的「龍族評論專號」出版,將「現代詩論戰」推向高潮。大致而言,論者都有一個共同的要求,「便是希望詩人能夠發起自覺,扭轉詩的頹勢,進一步表現這個時代、這個民族的精神。」〔25〕該專輯的主題,一是批評現代詩脫離現實社會和群眾的傾向,另一是批評現代詩脫離中華民族傳統的惡性西化的傾向。專輯的主編者高上秦除了批評現代詩因外來思想、語彙與創作理論的大量襲用而混淆了自己生活的時空外,也批評其脫離社會大眾、視詩為「少數貴族階級的享樂」的弊端〔26〕。勞為民《文學家該為誰而寫作》、周浩中《詩,我們所要求的是什麼》、許玉昆《源於現實歸於現實》等眾多文章中,也表達了類似的呼聲。如年輕詩人李國偉稱:「臺灣就是我們的故鄉,我們……要真心真意,全心全意去愛他。因此我們不願繼續封閉自我。我們……要朝任方向開眼看,要往每一個階層用耳聽,這種自我的向外投射便是關心。」他呼籲作家克服高人一等的錯覺,「確實抓緊自己周遭熟悉的素材,為我們的時代作紀錄。」〔27〕

在當時,「回歸傳統」和「關懷現實」兩大追求並非對立,而是緊密結合在

一起。不少作家認為：「詩與社會的緊密結合，這是中國詩在傳統觀念中的價值所在」〔28〕。1975年5月創刊的《草根》詩刊，除了強調對民族前途命運的深切關注、對現實人生的真切反映，以及在大眾化和專業化之間的相互平衡之外，並提出：「我們擁抱傳統，但不排斥西方……我們願把這份（專一狂熱的）精神獻給我們現在所擁抱的土地：臺灣。」〔29〕這一周延性觀點在1970年代中期的出現，顯示了關懷現實和回歸傳統的詩潮已成主流。當然，1970年代的這次詩潮轉向，除了「新世代」所處環境的改變外，與當時臺灣受到若干重大事件的衝擊，出現了「革新保台」社會思潮，吸引年輕知識份子更多地投入社會、民眾之中，也密切相關。

1980年代以後，臺灣詩學仍保持著「客觀外向」的強勁勢頭。不過這時的「客觀外向」，除了臺灣本身社會變動激烈的原因外，卻又和西方思潮有很大的關係。或者說，20世紀後期的世界，主觀內向性的現代主義趨於衰弱，取而代之興盛一時的是一些客觀外向性的哲學、文化思潮，如後現代主義、後殖民主義、新歷史主義、女性主義，等等。西方文學理論批評的發展趨向，已經由「內部研究」走向「文化詩學」〔30〕。由於資訊媒體的發達，以及「新世代」普遍受到較好的教育，臺灣已大大縮小了引進西方理論的時差，以「文化」視野進行文學研究的「文化詩學」在臺灣的崛起，並不奇怪。

近年來的臺灣「新世代」的詩論詩評著作，有一部分仍延續著1970年代的「現實」取向。如李漢偉的《臺灣新詩的三種關懷》，「以臺灣的寫實新詩作為研究的物件，更以現實精神的體現作為全書重要感的所在。」所謂「三種關懷」，分別指「政治議題」、「鄉土議題」、「社會議題」中的「現實關懷。」如「鄉土議題」分別以「空間／土地之愛」、「時間／懷鄉之情」兩脈來證成；「社會議題」則分予「體恤弱勢族群」、「關懷窮困苦疾」、「反思都會的亂象與掙扎」三節來討論。〔31〕拋開具體的意識形態不計，其「現實」取向可說是1970年代詩潮的延續。

然而更多的，卻是走了「文化詩學」的新路。先看「女性主義」視角的論著。早在1989年，鐘玲就出版了《現代中國繆斯——臺灣女詩人作品析論》，

其中包括女性主義觀點的分析。2000年，李元貞出版了《女性詩學：臺灣現代女詩人集體研究1951-2000》一書，以當代臺灣女詩人的作品為主要考察物件，「在討論女詩人作品的性別面向時……觸及女作家作品與社會及文化的交互關係，同時勾勒出女作家寫作（製作）的女性主義的開放性策略。」

2002年，年輕學者李癸雲出版其博士論文《朦朧、清明與流動——論臺灣現代女性詩作中的女性主體》。本書分別從「主體位置」、「性別認同」、「語言實踐」到「以詩建構主體性」幾個層面，討論了女詩人作品裡女性主體的問題，「試圖指出女詩人如何藉著文字來傳達她們女性主體的受壓抑、焦慮、覺醒、自塑等意識。」作者自稱主要援引精神分析學、女性主義論述和相關的西方文論作為理論思維的架構，並期許這是一種激發文本內在對話的引用，而非強加和套用（《前言》）；而從其論文的指導教授陳鵬翔的序文中，並可見對討論主體／主體性時，一定要從「人類學家的著作中汲取一些洞識以為議論之出發點」的強調。〔32〕具體而言，該書討論女詩人作品對女性主體在歷史、文化處境中「邊緣化」的自視，以描寫出走、顛覆、佔據的意識來對抗男性中心論述；討論女詩人作品對性別身份的認同，包括被定位為男性「他者」的省思、女性身份的掙扎；討論女詩人在語言表現上的實踐，以「自戀式語言」說明其被定位為纖弱風格的原因，並大膽提出女詩人「流體詩學」的論點。第一章《導論》中，則闡明了本書的一些理論來源和依據，包括佛洛德精神分析的「性別本質差異論」，以及拉康吸取佛洛德，並借助兒童心理學、結構主義、符號學等發展出鏡像階段和象徵秩序的理論；吳爾芙、波娃、李元貞、哈伯瑪斯等人有關的「主體的社會建構省思」；歐美女性主義批評學者蕭瓦特、克莉絲蒂娃、西蘇等人對於「陰陽同體」、「同一性別」等問題的觀點，以及傅柯、依蕊格萊、西蘇等人有關「書寫——權力——主體」、「鏡像語言」、「陰性書寫」等的理論和觀點。作者甚至對前此臺灣本土女學者鍾玲、李元貞、胡錦媛等相關研究成果也加以檢視。正因大量借鑒國內外的哲學、文化理論用於臺灣女詩人創作的研究，作者獲得了有深度、有創見的觀點和結論。李癸雲作為典型的「新世代」的這種論述策略和特徵，顯然是「舊世代」所未曾有過，甚至與作為「過渡」的「新世代」的鍾玲、李元貞相比，也更具有「文化詩學」的意味。

童慶炳在談到「文化詩學」時列舉了女性主義、後現代主義、後殖民主義、新歷史主義，這四種理論中後二者比較適用於小說等敘事性文學體裁，因此臺灣詩學中採用此二種理論的，還比較少見。但後現代主義在詩領域中，卻有廣闊的馳騁天地。羅青為「四度空間」詩社五位詩人的合集《日出金色》寫的序言《「後現代狀況」出現了》，論述詩與後工業社會的關係；此後又先後寫了《後現代式的演出》、《「後現代主義」淺談》等文，分別論述詩與資訊時代、詩與後設方法等〔33〕。其詩作《錄影詩學》，更是後現代的創作實驗。對於臺灣詩壇的後現代主義做出較為系統、全面的觀察、整理和論述的，是孟樊。稍早時，孟樊就撰寫了《臺灣後現代詩的理論與實際》一文。2003年，孟樊又出版了同題的專著。該書包括第一章《臺灣後現代詩史》，第二章《臺灣後現代詩的論述》和第三章《臺灣後現代語言詩》。在第二章中，孟樊先以「後現代詩特徵說」一節，陳述和辨析了羅青、張漢良、孟樊、廖咸浩、陳義芝等人對於後現代詩特徵的同中有異的概括。而在該章的另外兩個主要小節中，則分別論述羅青、陳義芝、向陽、古添洪等人以經濟、社會的發展來歸納「後現代」產生原因的「社會/經濟反映論」（或稱「外在說」）觀點，以及廖咸浩、杜十三、簡政珍等人試圖從美學角度概括後現代詩的產生和特徵的「創作美學論」觀點。不過即使是後者，亦非傳統意義上的「美學。」如杜十三提倡的「多媒體詩」，本身即是資訊社會發展的產物，絕非是「純美學」的。可見臺灣詩壇的「後現代」論述，以「客觀外向」為大宗。

孟樊不僅討論的物件是「後現代主義」詩潮現象和創作，他使用的「理論武器」，也包含了諸多「後學」的觀念。他引用傅柯、胡琴恩等人的觀點來看待詩史的建構：歷史畢竟是後設的、人為的，無所謂絕對客觀的存在，因而台海兩岸以及不同世代對於臺灣詩史的演變或發展有不同的偏見，也就不足為奇。不同時期的主流論述會主動對該時期的詩作做篩選，將不符合其揀選標準的詩作排除在外，而近20年臺灣詩壇「主流論述」所建構的「詩史」，反映的是一條以強調藝術美的形式主義為主的美學發展脈絡，這絕對無法反映出1980-1990年代臺灣詩壇真正的狀況，「因此我們有必要在主流論述的偏見之外，再以另一種偏見重構這段詩史。」〔34〕很明顯，「新世代」的孟樊提出了與「舊世代」頗為不

同的「史觀」，而兩種史觀的區別之一，即在一者仍傾向「主觀內向」，注重個人情感的表達和藝術美的經營；而一者則傾向於「客觀外向」，注重詩與時代、社會、文化思潮的互動，並加強了對非「經典」的邊緣性文學現象的關注。

三、以作者為中心和讓讀者介入、參與的區別

「舊世代」主要秉持的現代主義詩觀具有「精英」色彩和高層文化品味，加上其創作的「主觀內向性」，這樣，詩既然是一群「天才」表現其個人內心的情感，或通過其內在「靈視」，窺見宇宙之「本體」和人之生存本質，以及作精神性之超越的產物，那自然使「作者」、「詩人」具有崇高無上的地位，而讀者的有無、讀者能否接受、讀者是否歡迎等問題，都是無足輕重的。因此在「舊世代」筆下，經常出現「不必對讀者存太多的顧慮，你儘量向前跑，他們會追得上你，今天追不上，明天會追得上」〔35〕諸如此類的話語。覃子豪稱：「詩愈進步，詩的欣賞者就愈少，『曲高和寡』，是世界詩壇整個的現象。」〔36〕洛夫說：「凡是已成名，為大眾社會所接受的詩人都已不是現代主義者了」〔37〕。余光中也稱：詩之價值並不取決於欣賞者的多寡，「我們不屑於使詩大眾化，至少我們不願降低自己的標準去迎合大眾……相反地，我們要求大眾藝術化，要求讀者提高自己的水準。」〔38〕這正代表了一般現代派詩人的看法。林亨泰更進一步指出現代詩的「難懂」並非其病，相反地是一種先進的表現——乃由於它們在語言上的拋棄陳規的獨創性，以及直面人的生存本質的批判的思考性所決定的；而隨著科技文明的進步，『難懂』可以說是20世紀文化全盤共通的樣相。」〔39〕

舊世代的這種重作者輕讀者的取向，和當時西方文藝理論尚未發生根本的「讀者轉向」有關；而新世代的重視「讀者參與」乃至讓讀者「反客為主」，也與「接受美學」、「讀者反應批評」等西方理論的崛起有很大的關係。後二者將焦點轉移到讀者身上，強調讀者在決定文學作品意義時的核心作用：文本自身決不會構建出任何意義，文本只有通過讀者對於文本的反應而產生意義。它承認不

同的讀者對於同一文本的反應是不同的,而它的目的並不在於弄清哪一種闡釋是「正確」的,因為文學作品存在的意義就在於不同的讀者對它有不同的闡釋。讀者在確定本文意義的過程中經過分析、推理、想像等一系列複雜的意識活動而得到美的娛樂,這個過程正是文學作品的美學價值所在。〔40〕

孟樊在《臺灣文學輕批評》一書中對近年來新興的西方哲學文化理論和文壇思潮加以闡述和介紹。如對於「隱藏性讀者」這一概念,孟樊闡釋道:「讀者」這一角色,並非作品發表後才參與進來,而是貫穿文學創作的全部過程。因作者構思新作時,心目中便會自然而然地預估其讀者的接受需要和可能性,不斷與這位預先存在的讀者進行對話,並藉著文學技巧「有目的」地將其所預估的在本文的結構中體現出來。總之,「作品的本文中暗含著讀者的作用。」關於作品解讀中作者和讀者的關係問題,孟樊先從閱讀的「自由」問題著手,將舊傳統的、「新批評」的、特別是後結構主義的有關理論加以比較,指出:舊傳統的說法是讀者讀詩須以詩人的意志為解詩的依據;新批評的說法為詩是一種既成品,它脫離詩人本身而客觀存在;最近一二十年的更新看法則是:作者自己不僅不是唯一有效的解讀者,成品本身也未必有既定的主體結構,不同的讀者可有不同的詮釋觀點與方式。孟樊還通過所謂「詩人之死」提法的演變過程加以進一步的說明。原先詩人在詮釋自己的作品上具有君臨天下的地位;「新批評」的「詩人之死」意味著不是詩人而是「只有詩本身才能告訴你正在讀的是什麼東西」;在後結構主義興起時,牢不可破的主體已因機器複製而不再完整無缺,詩的本文若不經讀者閱讀、詮釋便無生命可言,這時的「作者之死正是為了讓讀者再生。」〔41〕

「接受美學」和「讀者反應批評」理論的產生,從20世紀重要的哲學理論——現象學中吸取了營養。愛因斯坦的相對論表明:科學中的「事實」的存在依賴於認識主體觀察事物時所採用的參照系。一個具體的事物從不同的角度看,會顯現出不同的形象。因此現象學強調人(即認識主體)在決定客觀事物意義時的中心作用。〔42〕海德格爾和他的學生伽德默根據主體與客體互相包容的現象學觀念所創立的現代的哲學詮釋學,反對傳統詮釋學的實證主義方法,否認作家的本意能被人超越歷史環境、毫無偏見地理解到;認為人們理解作品時,並不是

一張白紙似地去被動接受，而是以我們已事先具有、掌握、看到的東西為所謂的「先在結構」為基礎，用意識活動去積極參與，對作品的詮釋過程就是詮釋者的「視野」（即由他的立場、觀點、趣味、素養等主觀成分所決定的認識水準）與作品的「視野」相互融合的過程。這樣，作品的意義和價值不再是作品本身所固有的，而成為閱讀理解過程中讀者與作品接觸、對話的產物。〔43〕

「新世代」詩論家簡政珍的詩論既包括詩的本體論，也包括詩的創作論和讀者閱讀（鑒賞）理論，堪稱一個比較完整的體系。這一體系以現象學為基石，擷取了包括存在主義、讀者接受理論、語言學、符號學、解構學、新批評……等諸多現代文藝流派的因素，加以創造性的梳理、融合、發揮而構成，具有飽滿的理論思辨的質地。簡政珍詩（文）論的一個突出的特點，即是對於作者和讀者之間「對話」的重視。

1989年，簡政珍出版了《語言與文學空間》一書，並自稱此書「是以現象學的思維和解構學對話。」〔44〕現象學文藝理論家茵加登在《文學的藝術作品》中闡釋文學作品的「圖式」層次時，不僅論述了文學是作家主觀與客觀交匯的新創造（作家通過想像和創造的境界擴大了現實），而且闡述了讀者對文學作品的再創造，即文學作品的藝術效果是讀者與作者共同創造、讀者與作者意識交匯的結果〔45〕。而簡政珍的理論也緊緊把握住主觀和客觀、作者和讀者等的「辯證。」他不滿足於以往「文學的讀者被誘導……去收集和作者有關的生平資料，注意其寫作的動機，留意哪一位情人觸發他想像的火花」的情況，但對於解構學出現所形成的另一極端，即「不僅作者步上宿命的終點，作品的正文也岌岌可危，有人宣稱『作者之死』，有人置疑『課堂上有正文嗎？』……時間卷掃正文，『意義』如炸裂的爆竹，碎散不能整合」等現象，也不能完全認同。他思索並寫道：「作者和讀者都是具有意識的主體，作品是意識的投射。作者的意識經由寫作想把時間靜止，使瞬間殷實……見解在此瞬間誕生。」他又認識到：「寫作使時間轉化成空間；一旦作者的生命結束，取而代之的是作品的生命」；而「詮釋要基於有感的閱讀才有意義」，「作品是開放而非封閉的，客體不能自擁一個客觀獨立的意義。閱讀不是打開意義既定的包裹，而是賦予作品意義。」〔46〕

簡政珍於1991年和1999年出版的《詩的瞬間狂喜》和《詩心與詩學》是更為專門的詩論著作。如後者，概分為三部分，《詩心》探究詩的普遍原則與批評理論，《詩學》針對特定的詩人與時期深入評析，《詩話》則記錄了作者與詩人的對談，由此涵蓋詩學、詩評與詩史各層面。簡政珍詩創作論的核心概念是「意象」、「空隙」、「沉默」等，這些概念的實質，乃是建立了詩人和讀者之間相互對話的空間。他認為：寫詩是詩人與語言的對話和語言自己的對話，詩的語言即建立在文字的前後激蕩。由於語言是「存有的屋宇」（海德格爾語），有人就有意識，而意識總向外投射，有投射就有溝通，但最高層次的溝通卻是沉默，而完全的沉默又無法溝通，兩極對立的結果是：書寫文字重視沉默的本質，語言求其繁複稠密，充滿空隙。詩中舉凡標點、跨行、留白、隱喻、置喻以及其它有形無形的手法的運用，都能產生「空隙」，亦即「沉默。」如果説詩的文字書寫部分傳達知識，那未書寫的部分（空隙）則刺激想像，「沉默」正是發揮想像、賦予語言以飽滿含義的關鍵。由於詩適度閉口保持沉默，因此更能發出多重聲音，喧囂或吶喊的文字反而使詩蒼白虛脱，語音之後，無以留下任何尾韻和餘響。當然，在此「空隙」和「沉默」地帶發揮想像，賦予詩語言以飽滿含義的，讀者是關鍵的角色。

對於「讀者」的重視在其他新世代詩論家那裡也可看到。奚密在《星月爭輝——現代漢詩「詩原質」舉例》一文中，據詩人林庚在1948年提出的「詩原質」概念加以申論，寫道：（詩原質）它是一個意象，經過時間的累積，詩人的運作，而達到一最豐富最飽滿的意義密度和感情深度。首先，「詩原質」的出現與完成有賴於詩人才具。詩人獨有的敏鋭感知賦予一意象以生動的情緒和深刻的內涵。往往少數天才的出現使原本已存在的意象得以提升，作出畫龍點睛的貢獻。如魏晉詩中的「白日」，經王維、孟浩然以「夕陽」入詩，至劉長卿的「荷笠帶夕陽，青山獨歸遠」、李商隱的「夕陽無限好，只是近黃昏」，則「夕陽」原質的分量乃充分的發揮出來。其次，除了個人才具，「詩原質」需經過時間的沉澱，甚至許多代詩人的挖掘琢磨，才閃耀出鑽石的光芒。第三，「詩原質」所包含的深層意義是它和社會文化背景之間的有機關係。如「酒」自建安諸子、陶潛至李白、杜牧形成一豐富的詩原質，表現了這段時期文化深層結構裡道家的普

遍性與重要性。〔47〕

顯然,「詩原質」觀念強調的正是詩人與傳統間所存在的有機聯繫。它一方面承認個人的貢獻,另一方面亦著眼於個人和整個詩傳統相互依賴的關係。這種關係可以是正面的(承襲、啟發、模仿),也可以是反面的(摒棄、決裂、對立)。這近似艾略特在《傳統與個人才具》中的看法:「沒有一位詩人……單獨擁有完整的意義。他的價值、對他的鑒賞即是對他與過往詩人……關係的鑒賞。我們無法單獨的重視他,我們必得將他與以往的詩人比較。」〔48〕

不過,這其實不僅是艾略特的觀念,也與符號學、現象學等的觀念不無相通之處。如符號學所謂符號的世界裡,字辭、意象、象徵等的意義建立於它們與其周遭的關係,以及現象學所謂理解作品時,「並不是一張白紙似地去被動接受,而是以我們已事先具有、掌握、看到的東西為所謂的『先在結構』為基礎」等,都有神合之妙。這樣,奚密超越艾略特,更將「詩原質」延伸到讀者經驗的範疇,也就毫不奇怪了。奚密寫道:「詩原質」包含最豐富最飽滿的意義與感情,這是針對讀者的直接感受而言。讀到古典詩中的『柳』,我們感受到的是這個意象的累積效果。其中有詩經的『楊柳依依』,有隋人的送別詩(『楊柳青青著地垂,楊花漫漫攪天飛,柳條折盡花飛盡,借問行人歸不歸。』),也有王維的『客舍青青柳色新』等等。『詩原質』的美感效果有賴於讀者對文學傳統的把握與感應,或從相對的角度來說,讀者的文學背景使『詩原質』得以發揮最大的作用。」〔49〕

四、「傳統／現代」和「現代／後現代」的焦點之區別

紀弦早在1953年《現代詩》的創刊「宣言」中就打出了詩的「現代化」的旗號,並將學習西方和「現代化」相提並論,宣稱:「我們)要的是現代的。我們認為,在詩的技術方面,我們還停留在相當落後十分幼稚的階段……唯有向世

界詩壇看齊，學習新的表現手法，急起直追，迎頭趕上，才能使我們的所謂新詩到達現代化。而這，就是我們創辦本刊的兩大使命之一。」

在1956年「現代派」正式成立時刊佈的現代派六大「信條」中，又提出「新詩乃橫的移植，而非縱的繼承」的口號。這就擺明瞭他的反「傳統」而追求「現代」的姿態。這種「現代」和「傳統」的糾葛，或者說將「現代」和「傳統」對立起來各執一端，揚此抑彼的態勢，貫穿在舊世代有關臺灣現代詩的各次論爭中。如紀弦推出「信條」後遭到來自詩壇外部的詰難，言曦在《新詩閒話》中以中國對詩的傳統觀念為準繩來衡量當時的現代詩創作，指出並闡釋了詩構成的造境、琢句、協律等三個條件〔50〕。余光中、黃用、白萩等則對言曦加以反駁。引用史班德所謂現代詩「預期一切傳統價值的崩潰」的黃用，指出「反傳統」是現代主義者的一種態度，而這裡「傳統」指的是「陳腔濫調」、「習慣性的品味」、「固定的感情」、「無紀律的浪漫」等〔51〕。余光中則強調現代詩與古代詩的區別「在於思想內容與美學標準之改變」〔52〕。

有「外敵」時現代派詩人團結對外，當沒有「外敵」時，現代詩人內部也發生了相關問題的論爭。紀弦宣稱中國新詩並不是「國粹」的一種，而是「移植之花」，「決非經由唐詩、宋詞、元曲等等之遞嬗而一貫地發展了下來的。」〔53〕覃子豪卻在《新詩向何處去》中針鋒相對：我們的新詩不能「原封不動的移植」、「追蹤死去的現代主義」；他提出六項「目前新詩方向正確的原則」，包括：風格是自我創造的完成，而自我創造是「民族的氣質、性格、精神等等在作品中無形的表露」，等等。〔54〕

不過當時占上風的是「現代」的取向。對於「現代」、「現代性」等概念的具體內涵，本有不同的解釋。首先，「現代」可作為一個時間概念，與往昔、古代相對，這時的「現代性」指的是排斥過去，否定傳統。其次，「現代」可指歷史上某個特定時代，這時的「現代性」成為一個具有特定內容的性質概念，它特指現代工業社會中人們的生活感受、經驗、價值觀念等。第三，當「現代」作「新式」、「摩登」解釋時，所謂「現代性」則代表一種前衛、創新精神。臺灣詩壇建立的「現代」觀念，即含納了上述數種內涵。如洛夫指出：「現代』一

詞，實際上具有兩層意義，一為時間性，一為獨創性」，後來又引用藍波的話說明現代主義「要在一切藝術中培養一種對於當代現象，諸如機械、工業都市和神經病行為的敏感」，則又歸結於特定內容的性質概念。羅門歸結現代主義所含攝的內容為兩點：1、透過現代都市文明、大自然、戰爭、死亡等生存層面，去創造具有思想深度的意象世界，強調對人的自我與一切內在實質存在的探討；2、激發詩人調度觀物與審美的角度，使藝術表現技巧產生「新能」，進入前衛性與創造性的「新區」去工作。前者為特定內容的性質概念，後者則為創新性概念。陳千武則稱：20世紀的世界性現代主義是一「包括反抗性、實驗性、意識性的文學運動。」所提「三性」，正與上述三種內涵若合符節〔55〕。白萩所撰《對「現代」的看法》一文，則講得最為完整和全面〔56〕。在當時，包括白萩在內的詩人們，強調「扭斷語字的頸項」，追求「以各種方法去扭曲、錘打、拉長、壓擠、碾碎我們的語言」〔57〕，努力打破藝術創作和欣賞中的「固定反應」，由此驗證了洛夫所界定的：「所謂『現代病』，其實就是詩人追求新的表現手法時勢必具有的一種狂熱。」〔58〕

到了1960年代，余光中等人對於「傳統」與「現代」的關係，有更周全而深刻的認識。余光中頗為形象地用「浪子」和「孝子」來指稱：「浪子」自命為反傳統的天才，但他們的虛無國只是永遠不能兌現的烏托邦，「先是有人宣導知性於前，使中國新詩人不敢自由地抒情；繼則有人疾呼獸性於後，使中國新詩人不敢追求靈性。」至於「孝子」，「那就更令人氣短了。他們踏著平平仄仄的步法，手持哭喪棒，身穿黃麻衣，浩浩蕩蕩排著傳統的出殯行列，去阻止鐵路局在他們的祖墳上鋪設軌道。」余光中寫道：「我們的目的只在創造中國的現代詩，其手段無所謂西化或是中化。對於孝子們，我們希望他們不要再守株待兔，希望他們開始西化起來，開始大量吸收新的營養。對於浪子們，我們要求他們魂兮歸來，歸來再認識中國的傳統。」又稱：「我們的最終目的是中國化的現代詩。這種詩是中國的，但不是古董，我們志在役古，不在復古；同時它是現代的，但不應該是洋貨，我們志在現代化，不在西化。」他希望包括自己在內的「中國的現代詩人們」在「古董店和委託行以外，創造一些真正的國貨。」〔59〕不過，儘管余光中多次提出兼采傳統與現代，但根本上，還是將「傳統」和「現代」視

為對立的兩極，因此才會有「浪子」和「孝子」之說。

到了1970年代，文學思潮更向著「傳統」的一極傾斜。一些原來激進追求「現代」的詩人，這時也表現出回歸傳統的強烈意願。洛夫除了與其他詩人共組「詩宗社」，寓新詩歸宗之意外，又試圖將先前提倡的「超現實主義」與中國傳統文論中的禪、性靈、韻致等相連接，將冥滅時空界限以呈現事物原貌的藝術方法歸於老莊和禪等，以此證明「超現實」在中國詩壇產生和存在的合理性。另一位「創世紀」詩人、詩論家葉維廉也很注意現代詩與傳統的關係，孜孜於尋找外國現代派技巧在中國「古已有之」的根據，與洛夫有異曲同工之妙。

這時詩壇發生的「現代詩論戰」，是一場對於現代主義的普遍反省運動。除了文學與現實的關係外，「傳統」問題是另一焦點。發難者關傑明指出：「中國作家們以忽視他們傳統的文學來達到西方的標準，雖然避免了因襲傳統技法的危險，但所得到的不過是生吞活剝地將由歐美各地進口的新東西拼湊一番而已。」〔60〕稍後造成詩壇更大轟動的唐文標，其焦點集中於詩與現實的關係上，對「傳統」的看法稍悖潮流，稱：「沒有所謂走向傳統的現代詩的。傳統夾帶著那些濃厚的專制帝主思想，沒落的公子王孫的生活態度，未經批評的接受，或使用，只是一把兩面刃，最先受傷的恐怕就是詩人自己。」〔61〕

由上述可知，從1950年代至1970年代，「傳統」和「現代」的關係及其取捨，始終是「舊世代」詩論關注的焦點之一。楊牧將其一本詩論集取名為《傳統的與現代的》，不管其有意或無意，都可視為這種情況的一個「象徵。」這種情況只有到了「新世代」那裡，才有所改變。不過也許由於「慣性」作用，1970年代過渡的「新世代」對於「傳統」問題仍有特殊的關注和獨特的闡釋。如「大地」詩社除了強調關切這片「養我育我的寶島土地」外，對民族傳統更充滿孺慕，呼籲早日揚棄「世界性」的枷鎖，「重新回頭審識三千年偉大的傳統」〔62〕更妙的是，他們從其剖視現實的需要出發，對博大傳統加以甄選和揚棄，從而將他們對傳統的嚮往和對現實的關切做了巧妙的連接，稱：以唐代絕律為代表的「抒情傳統」有其優點，但由於詩論家的過分強調，遂使早就存在於詩經、楚辭中的另一傳統——「敘事傳統」隱而不彰。但「凡是反映現實，批判現

實特性的作品,多非具敘事成分不可」,為了擴大中國詩的局面,使之成為這一時代、地域的見證,就應努力開拓「敘事傳統。」〔63〕

如果說在「現代/傳統」的二元結構中,「現代」的表現方式主要是「現代主義」的,「傳統」的表現方式則傾向於「寫實」和「抒情」(浪漫)。「龍族」、「大地」、「主流」等,屬於過渡階段的「新世代」,他們在「客觀外向」方面與「舊世代」的「主觀內向」有很大的區別,但在「傳統」和「現代」的問題上,卻延續了舊世代的議題,而傾向於「傳統」的一極。如曾為「大地」同仁的張錯,1995年還發表了題為《抒情繼承:八十年代詩歌的延續與丕變》的論文。

「傳統」和「現代」的糾葛,某種意義上也是「田園」和「都市」的糾葛。舊世代(包括過渡的「新世代」)處於由農業社會向工業社會的轉型中,所以對「傳統」和「現代」的問題格外敏感和關注。1980年代以後,臺灣整體進入都市化社會,並處於由工業文明向後工業文明的過渡中,隨著「田園」在人們視線中漸漸消失,「傳統」問題也漸漸淡出「新世代」的言談中。這時「新世代」關注的焦點,已轉落在「現代」和「後現代」之間了。

張漢良的兩篇文章,或許剛好可作為這種轉變的例證。1976年他為《八十年代詩選》作序時,將近10年來的臺灣詩創作,概括為「田園模式」,並將其大略分為兩種:一為現實的、文化的層次,一為心理的、形而上的層次。前者指「田園的或鄉土的背景,以及謳歌自然的題材」,後者則還兼及「詩人對生命的田園式觀照與靈視,諸如對故國家園、失落的童年,乃至文化傳統的鄉愁。」〔64〕這二者其實就是「鄉土」和「傳統」,確為當時詩壇主潮。10年後的1988年,張漢良又寫了《都市詩言談——臺灣的例子》〔65〕一文。從題目上就可看出視焦的轉移,更值得注意的,作者一開篇就對《八十年代詩選》序言進行自我解構——指出該文對具體的歷史過程進行主題式的「化約」,其結果,「無法解釋歷史之殊相」,也「無法解釋正文的符號表意過程。」於是張漢良有意擯棄那種「根據一個預設的歷史(大寫的H)演進法則……而演繹出的無法落實在特定時空的大敘述」,改采微觀的、近距離的、具體的「歷史」概念(小寫

的h），探討1970年至1988年期間的臺北這個都市「所呈現的獨特的符號關係。」很顯然，由於解構和後現代觀念的影響，張漢良自行瓦解了主題式的化約的「大敘述」方式，轉而將視線轉到對於「都市」及其書寫的觀察，考察「正文作為都市/都市作為正文」的辯證。由於這時的臺北都市正處於由現代向後現代的過渡階段，這時的「都市詩」必然也呈現「現代」和「後現代」斑雜交錯的情況，張漢良所引詩例及相關評論，自然也都在這一範疇之內。

另一個更突出的例子，應該說是林燿德。林燿德是具有強烈的「新世代」自覺意識的新世代作家。實際上，為「新世代」做出比較明確定義的，也是他。他先後與人合編了《新世代小說大系》、《臺灣新世代詩人大系》，後者收錄了部分其他詩選遺漏了的「新世代」詩人，可說是一部呈現「新世代」觀點的詩合集。從美學觀點而言，林燿德不推崇寫實主義，特別是對意識形態色彩濃厚的所謂「寫實」作品，絕無好感，而「傳統」問題也基本不在他的視野中。這是林燿德與「舊世代」的重要區別之一。對於一些具有「寫實」傾向的詩人或作家，林燿德往往要檢視他們是否墮入宣傳吶喊或為某種特定意識形態服務的泥坑。如對於苦苓，林燿德指出：「苦苓的政治主題，一方面不拘泥於特定的意識形態，能夠活潑地採取不同角度和變化靈巧的文體進行尖銳的批判，另一方面又能尋找到一些藝術形式上的支點，使得作品在現實影射之外，能夠超越應用層面的宣傳吶喊。」〔66〕對於小說家王禎和，林燿德稱：「廣義的說，王禎和是不容否認的鄉土文學作家，也被論者籠統地視為一個『廣義的寫實主義作者』。但是筆者卻認為：就文體而言，他是一個徹頭徹尾的現代主義者。」〔67〕對於諸多為王禎和戴上「寫實主義」頂冠的論述，林燿德稱：「無疑，這一類的言談所擎舉起的是：素樸的模擬論和歷史／社會條件所交叉而成的十字架。在這具十字架的投影下，文學史成為特定意識形態規範下的政治史附庸。如何在作家現實生活與作品主題中尋找出預設的特徵，以便將他們的姓氏鑲嵌在意識形態光譜的一隅……已經成為此類批評家存在於當代的主要任務。」〔68〕可見林燿德與寫實主義始終格格不入。

然而，對於「後現代主義」，林燿德則伸出手臂加以擁抱。在1986年所撰的《不安海域》中，林燿德寫道：「『後現代主義』於『鍛接期』的萌芽，無疑

是現代詩形式、詩想、表現手法各方面總體的翻新。解構與後設傾向（自我指涉）之成為『後現代』作品重要徵候，與後工業文明之資訊、傳播發展有極深連帶；『拼貼』不僅僅是混亂時代的抗議手段、更已形成當代人類的思考方式……從自然主義以降將『主題』與『情節』視為一體的文學信仰已經徹底『破產』。而更重要的背景，則在於全球都市化的不可逆進展，在『地球村』一步步完成的期間……農業時期詩人對文明的唾棄，以及初期工業社會中作家對於田園的懷舊俱已成為『現實中的夢魘』。」他又指出：在1980年代前期出現的各種新詩型及「後現代主義」，皆與臺灣地區邁入後工業社會的現象有密切關係，這些新觀念泰半處於萌芽階段，理論體系皆未臻完備，「但詩人們已展開大膽的嘗試，確實已顯現出淋漓的元氣。」〔69〕

　　林燿德在擁抱後現代主義的同時，對於現代主義也仍一往情深。這仍可以對一些具有「現代主義」傾向的「新世代」詩人的論評為例。如他指出了許悔之作品中可見洛夫式的意象經營，並稱這是一種現代主義的「隔代遺傳。」〔70〕更明顯的例子見於對前輩詩人羅門的論評上。林燿德的《羅門論・自序》中稱：「羅門的詩與詩觀，氣度夐遠，充滿磅　的悲劇性格和龐碩的形上體系。」這顯然屬於現代主義的範疇。林燿德又在《羅門VS後現代》一文中寫道：「不論羅門是否承認，他本身在文學系譜上的確是一個現代主義者，而且他所強調的『無框架』的現代思想、詩的創新與精純、強調作者內在生命世界的本質、喜愛使用各種形而上學術語來論辯等等特徵，都恰好足以證實他是個典型的現代主義者。」〔71〕出於世代更替、典範更新的急迫追求，林燿德對於「舊世代」詩人大加讚賞的未必很多，但對於羅門卻情有獨鍾，撰有《羅門論》專著出版。這或許因為羅門是始終堅持其實驗（創新）性、超越性的現代主義詩觀的詩人。此外，林燿德本人的創作，也說明現代主義仍是他的最愛之一。

　　林燿德等新世代詩論家之所以同時鍾情於「現代」和「後現代」，原因之一在於現代主義和「後現代」本身有著密切的關聯。在《羅門VS後現代》一文中，林燿德開頭就引用了哈山《後現代轉向・引言》中的一段話：「後現代主義和現代主義一樣，本身或許就是矛盾的範疇，它時而是符徵時而成為符旨，在顯示意義的過程中不斷改變自己的身份。即使如此，我們闡明它的努力也不是徒勞

的。倘若這種企圖辨析差異的努力是為了預示我們的文化選擇、勾勒對歷史真實的各種理解、描述我們自己現在和未來的形象,那就仍值得我們給以足夠的重視。」〔72〕無獨有偶,在《後現代的迷障》的末尾,奚密也稱:相對於現代主義臻於完美的抒情詩模式及其所奠基的詩與人生之間必要的美感距離的詩觀,後現代詩的某些傾向,如開放形式、多向視角、詩「作」的高度自覺等,暗示詩是人生的延續而非人生的超越。但同時,以近乎純粹、毫不加修飾的口語入詩,以低調寫「超現實」,以平面視角看世界,以詩的虛構來反映、對抗現實的虛構,這些也是後現代主義重要的一面。如何在現代主義傳統之內追溯後現代之源流,如何在現代主義之外體認後現代的創意,皆是尚待研究的課題。〔73〕

另外一個原因,與新世代對於新時代的感應和態度不無關係。筆者曾以林燿德的小說《惡地形》為例,說明作者站立於「後現代」時空對於「現代」的鄉愁:這篇小說典型體現了作者所代言的知識菁英階層因著後現代的逼近而產生的對於「現代」的依戀和鄉愁。如果說以前的作品反映的多是站立於現代時空中的田園情結,那《惡地形》表現的卻是站立於後現代時空中的「現代」情結,由此顯現了作者格外敏銳的現實觸角和獨創性,同時也透露了臺灣年輕一代作家對新的時代又迎還拒的複雜心態。〔74〕這一評價移用於詩領域,也是適用的。新世代一方面感受著時代的變遷,被動接受或主動享受著零亂、自由、多元、低俗、大眾化、資訊爆炸的「後現代」帶來的便利或困擾,另一方面,也對正在逝去的原來較有秩序、按部就班,相對穩定、高尚雅致的「現代」社會產生某種依戀的情緒,正如當年從傳統田園社會步入現代都市社會時,對於「田園」產生的依戀一樣。

數十年來的當代臺灣詩壇出現了一批優秀的詩論著述,留下了頗為可觀的理論成果,而不同「世代」之間的差別,則使臺灣的詩論更顯豐富多姿。本文題目雖言「比較」,卻絕非為比較而比較,而是希望通過比較,梳理詩壇積數十年之經驗,以利詩學之發展。而「新」、「舊」之間存在著的取長補短的必要和可能,亦值得吾人好好加以思索和總結。

(《當代詩學年刊》第一期,2005年4月,臺北師範學院臺灣文學研究所主

辦）

　　注釋：

　　〔1〕這裡的「詩論」取廣義，包括詩歌理論、詩歌評論、詩史書寫等。

　　〔2〕李國君《文學的新生代》和掌杉《探求新生代血液的脈源》分別發表於《中外文學》第12、第25期。

　　〔3〕草根社：《草根宣言》，《現代詩導讀·史料篇》，臺北，故鄉出版社1979年版。第461頁。

　　〔4〕孟樊：《當代臺灣新詩理論》，臺灣，揚智文化事業公司1995年版，第111頁。

　　〔5〕同〔4〕，第66-68頁。

　　〔6〕余光中：《藍墨水的下游》，臺北，九歌出版社1998年版，第279頁。

　　〔7〕余光中：《井然有序——余光中序文集》，臺北，九歌出版社1996年版。

　　〔8〕蔡源煌：《序》，林燿德《一九四九以後》，臺北，爾雅出版社1986年版，第2-3頁。

　　〔9〕賴芳伶：《新詩典範的追求——以陳黎、路寒袖、楊牧為中心》，臺北，大安出版社2002年版，第33頁。

　　〔10〕覃子豪：《論現代詩》，臺北，普天出版社，1960年版。

　　〔11〕羅門：《長期受著審判的人》，臺北，環宇出版社，1974年版，第123頁。

　　〔12〕同〔11〕，第126頁。

　　〔13〕同〔11〕，第127頁。

　　〔14〕洛夫：《詩人之鏡》，《洛夫自選集》，臺北，黎明文化事業公司

1981年再版，第220頁。

〔15〕侯吉諒編：《〈石室之死亡〉及相關重要評論》，臺北，漢光文化事業公司1988年版。

〔16〕葉維廉：《葉維廉自選集》，臺北，黎明文化事業公司1978年版，第256頁。

〔17〕羅門：《打開我創作世界的五扇門》，《羅門論文集》（羅門創作大系卷八），臺北，文史哲出版社1995年版，第17頁。

〔18〕葉維廉：《論現階段中國現代詩》，《秩序的生長》，臺北，時報文化出版公司1986年版，第41頁。

〔19〕瘂弦：《現代詩短箚》，《中國新詩研究》，臺北，洪範書店1987年三版，第49頁。

〔20〕呂正惠：《現代主義在臺灣——從文藝社會學的角度來考察》，《戰後臺灣文學經驗》，臺北，新地文學出版社1992年版，第16頁。

〔21〕同〔4〕，第101頁。

〔22〕陳芳明：《龍族命名緣起》，《詩與現實》，臺北，洪範書店1977年版，第199頁。

〔23〕《主流的話》，《主流》第4期。

〔24〕同注〔22〕，第51頁。

〔25〕同注〔22〕，第54頁。

〔26〕高上秦：《探索與回顧——寫在「龍族評論專號」前面》，趙知悌編著《現代文學的考察》，臺北，遠景出版社1978年版，第165頁。

〔27〕李國偉：《略論社會文學》，趙知悌編著《現代文學的考察》，臺北，遠景出版社1978年版，第232頁。

〔28〕牧子：《詩的社會性與民族性——兼論現代詩的歸屬性》，趙知悌

編著《現代文學的考察》，臺北，遠景出版社1978版，第181頁。

〔29〕同注〔3〕，第458頁。

〔30〕童慶炳：《新理性精神與文化詩學》，福州，《東南學術》2002年第2期。

〔31〕李漢偉：《臺灣新詩的三種關懷》，臺北，駱駝出版社1997年10月版，第211頁。

〔32〕李癸雲：《朦朧、清明與流動——論臺灣現代女性詩作中的女性主體》，臺北，萬卷樓圖書公司2002年版，第2頁。

〔33〕羅青：《詩人之燈》，臺北，光復書局1988年版。

〔34〕孟樊：《臺灣後現代詩的理論和實際》，臺北，揚智文化公司2003年版，第15-20頁。

〔35〕同注〔19〕，第53頁。

〔36〕覃子豪：《論象徵派與中國新詩-兼致蘇雪林先生》，何欣選編：《當代中國新文學大系・文學論爭集》，臺北，天視出版事業公司1979年版，第14頁。

〔37〕洛夫：《詩人之鏡》，《洛夫自選集》，同注〔14〕，第244頁。

〔38〕余光中：《文化沙漠中多刺的仙人掌》，《掌上雨》，臺北，時報文化出版公司1984年四版，第126-127頁。

〔39〕林亨泰：《鹹味的詩》，《現代詩導讀・理論篇》，第42頁。

〔40〕叢鬱：《讀者「提取」意義，讀者「創造」意義——伊瑟與費希讀者反應批評理論評析》，武漢，《外國文學研究》1995年第4期。

〔41〕孟樊：《臺灣文學新批評》，臺北，揚智文化公司1994年版。

〔42〕同注〔40〕。

〔43〕李少鵬：《鏡與燈・文本與讀者——現象學與文學批評》，哈爾

濱,《北方文學》1989年第2期。

〔44〕簡政珍：《語言與文學空間・序》,臺北,漢光文化事業公司1989年版,第4頁。

〔45〕魏洪丘：《「心物交融」說與現象學》,《上饒師專學報（哲社版）》1988年第6期。

〔46〕同注〔44〕,第3-5頁。

〔47〕奚密：《現當代詩文錄》,臺北,聯合文學出版社1998年版,第46頁。

〔48〕同注〔47〕,第47頁。

〔49〕同注〔47〕,第47-48頁。

〔50〕何欣：《當代中國新文學大系・文學論爭集・導言》,天視出版事業公司1979年版,第4頁。

〔51〕黃用：《從摸象說起》,同注〔50〕,第95、97頁。

〔52〕余光中：《摸象和畫虎》,同注〔50〕,第86頁。

〔53〕見紀弦：《論移植之花》,同注〔50〕,第152頁。

〔54〕覃子豪：《新詩向何處去》,同注〔50〕,第164-171頁。

〔55〕本段論述可參閱袁可嘉《關於西方現代主義文學的三個問題》,李歐梵《中國現代文學中的現代主義》,古添洪《現代詩裡「現代主義」問卷及分析》,洛夫《詩人之鏡》等文章。引文亦見於茲。

〔56〕白萩：《對「現代」的看法》,《現代詩散論》,臺北,三民書局,1972年版。

〔57〕同注〔56〕,第91頁。

〔58〕同注〔14〕,第245頁。

〔59〕余光中：《古董店與委託行之間》,《掌上雨》第216-230頁。

〔60〕關傑明：《中國現代詩的困境》，《中國時報》「人間」副刊1972年2月28日、29日；引自《當代中國新文學大系·文學論爭集》，同注〔50〕，第274-275頁。

〔61〕唐文標的批判文章主要包括：《詩的沒落——台港新詩的歷史批判》、《什麼時代什麼地方什麼人——論傳統詩與現代詩》等，引自《當代中國新文學大系·文學論爭集》，同注〔50〕，第314頁。

〔62〕《大地》發刊詞，引自《中外文學》第120期，1982年5月。

〔63〕大地詩社編著：《大地之歌·序》，臺北，東大圖書公司1976年版，第6-7頁。

〔64〕張漢良：《現代詩的田園模式》，收入《中華現代文學大系：臺灣1970-1989》評論卷（2），臺北，九歌出版社1989年版。

〔65〕張漢良：《都市詩言談——臺灣的例子》，原載《當代》第32期，收入孟樊主編：《當代臺灣文學評論大系·新詩批評》，臺北，正中書局1993年版。

〔66〕簡政珍、林燿德主編：《臺灣新世代詩人大系》（下冊），臺北，書林出版有限公司1990年版，第460頁。

〔67〕林燿德：《現實與意識之間的蜃影》，《重組的星空》，臺北，業強出版社1991年版，第68頁。

〔68〕同注〔67〕，第66頁。

〔69〕林燿德：《重組的星空》，同注〔67〕，第39頁。

〔70〕林燿德：《許悔之論》，同注〔66〕，第749頁。

〔71〕林燿德：《世紀末現代詩論集》，臺北，羚傑企業公司出版部1995年版，第106頁。

古詩傳統的現代轉化——余光中與李賀

徐學

余光中是一位成就卓著的臺灣現代詩人。他的詩作以鮮明的民族風格和民族氣派輝耀當代中國詩壇，這民族特色正是他幾十年來孜孜不倦從中國古典詩歌中汲取營養的結果。自青年時代起，余光中就以詩人的敏感，批評家的機智去品味中國古典詩人的心靈和作品，在他幾十年裡大量的詩論和詩作中，我們可以看到從屈原到李白杜甫，從陶淵明、蘇東坡到龔自珍，古中國詩歌天際大大小小的群星投射出的光芒。余光中對中國古詩的含英咀華推陳出新，堪稱中國文壇吸納古典，將傳統經驗作現代轉化的最佳範例，值得研究者細加探究。

限於篇幅，本文不擬全面評介余光中對中國古詩的轉化經驗和成績，只是將1960年代余光中對中唐詩人李賀的評說、借鑒和改造這一側面，稍加梳理，管中窺豹，略見一斑。

一

李賀，字長吉。中唐時期最傑出的中國詩人，早熟的天才，不幸的士子。雖然，少年就已名重一時，卻終身名場不逞，27歲便於貧病中辭世。在他身後的一千多年裡，知音寥寥。在古代，文人墨客把他視為異端，因為他行事作文有違儒家溫柔敦厚諷時教化的文藝思想；近代以來，新批評家對他也提不起精神，或

者因為他們根本無視古典一心仿效西洋；或者因為普羅意識和「白話美學」；或者因為心靈偏枯，無法進入李賀奇特詭異的美感世界。〔1〕

李賀詩歌中的神奇想像和鏗鏘節奏，早就讓青年余光中流連忘返。不過，系統而深入地研究李賀並將其藝術經驗有機地融入自己的藝術創造中，是在1960年代，研究上的標誌性成果是《象牙塔到白玉樓》；創造上成功轉化的典範是《月光光》及《鬼雨》等詩文。〔2〕下面我們分別加以闡釋。

《象牙塔到白玉樓》最初發表於1964年的《文星》雜誌。此時，正是余光中的「文星時代。」《文星》雜誌創辦於1957年，起初並不引人注意。1961年11月，雜誌登載了李敖的《老年人與棒子》等文章，引發了一場場的論爭，《文星》才開始為海內外所矚目。從此，《文星》雜誌聚集了一批力圖使思想、教育、藝術現代化的前驅人物，如哲學家殷海光、淡江英專校長居浩然、建築家漢寶德、音樂家許常惠、雕塑家楊英風，還有《五月畫會》劉國松等一批現代畫家以及余光中等現代詩人。1963年底，李敖更接手《文星》編務。幾年間，以《文星》雜誌為主要舞臺的現代主義文化運動隱然成形。

1960年代初期，余光中在一篇紀念《文星》創刊7周年的文章中指出，「文星」是精神癌症的剋星，「文星」應有的風格，是年輕和獨立；獨立，是有獨特的見解、堅實的內容和超然的立場，而不是人云亦云或附和大眾，也不是好勇鬥狠或一味標新立異。年輕，是應該以發掘有思想、有抱負、有毅力的青年為己任，在思想、生活和藝術的迷霧中，為年輕的眼睛，指出一條前途。余光中鄭重宣告：「知識青年正等待《文星》以全力支持第二個『五四』（指當時臺灣初具規模的現代文藝運動——引者）。」〔3〕

考察1960年代初余光中的文學活動，可以看到，他是《文星》舞臺上的要角：他負責《文星・詩頁》的編輯工作；他這時期所作的大部分詩文都發表在《文星》雜誌上；他此時所作的《左手的繆思》、《掌上雨》、《逍遙遊》三本散文集，《蓮的聯想》和《五陵少年》兩本詩集都由文星書店結集出版；在以《文星》為陣地的現代主義文化運動中，他不但在有關現代詩現代散文論戰中獨當一面，更把筆鋒伸向繪畫與音樂，為同一戰線的先鋒搖旗吶喊。〔4〕

「文星時代」的余光中,處於「在古今與中西之間思前想後,左馳右突,尋求出路的緊要關頭」,且正當壯年「無論血肉之軀或江湖之志,生命都臻於飽滿」〔5〕,才氣煥發時的文化突圍,《象牙塔到白玉樓》就是例證,全文萬餘言一氣呵成,多年後,作者還記得寫作此文的那種興奮狀態——「一連五六個春夜,每次寫到全臺北都睡著,而李賀自唐朝醒來。」〔6〕

《象牙塔到白玉樓》洋洋灑灑,從李賀所處的時代背景,文學流派到他的生平經歷、心理特徵,無不條分縷析,最後把筆墨集中於李賀的藝術精神和藝術特色。在這篇論文裡,余光中指出,李賀雖然說不上是一個大詩人,但在他精巧的藝術冷宮中,有不少值得現代詩人借鑒之處:

一、是他獻身藝術的精神,「筆補造化天無工」的勇氣。文章裡說,李賀「將生命獻給繆思,將雕蟲小技視為雕龍大業……不但晝間騎驢獵詩,還要夜間焚膏捕句……在短促的生命之中,不斷地和太陽賽馬,和太陰賽馬,和死亡賽馬」;「就這樣為寫詩而憔悴,而發斑,而病倒。」

二、是他獨特的美感經驗。和中唐韓愈那個文學圈裡的詩人一樣,李賀也發展出一種感性重於知性的反傳統的美感。這種美感裡充滿了儒家美學中視為荒誕不經的題材,非現實的幻覺,神鬼醜怪的世界……在李賀那些貫串幽冥的詩歌裡,題材是虛幻的,描寫卻是寫實的,許多色調濃烈的形象組合起來達成一種強烈的美感,它給讀者的影響,不是心智的思考,也不是情感的發洩,而是感官的震撼。

余光中特別指出,在李賀許多真幻不分的詩歌中,表現出一種「以宇宙為背景的幻滅感」,它和中國古典詩中的吊古傷今,物是人非的歷史興亡感甚不相同。余光中說,「長吉患的是『常懷千歲憂』的時間過敏症。他不但為今人擔憂,為古人擔憂,且為宇宙與神擔憂。」

三、是他高超的以醜為美的創作技巧。這是《象牙塔到白玉樓》中最為著力分析的部分。余光中指出,恐怖與憎惡是人性中的基本經驗,介於感情和感覺之間。在日常生活經驗裡,被認為是「醜」,但通過藝術的組織和變形,現實之醜可以昇華為藝術之美,李賀在這方面有傑出的表現。他以貫穿幽冥的想像力將現

實經驗的「醜」化為藝術經驗的「美」，這種藝術方法遙遙呼應著後世的現代主義文藝。

余光中從三個方面具體地分析李賀「以醜為美。」首先，是李賀清朗爽利的筆觸與構圖。説他的詩「大半都能做到濃縮、堅實、明朗的程度。」其次，是意象的塑造上注重官能經驗的交融。比如，「在『石澗凍波聲』一句中，液體的水凝結成固體的冰；這原是視覺與觸覺的變化，可是連帶將聽覺的『波聲』也給凍住了。用一個『凍』字，代替了結冰與寂靜的兩態，真是濃縮極了。」再次，是字彙的提煉上注重暗示性。他説，李賀「在詩中，往往避免直呼物名，而自撰新詞……例如稱水為碧虛，天為圓蒼……銀河為『玉煙清濕』，為『銀灣曉轉』，為『天江碎碎銀沙路』。」

二

在余光中對李賀的分析和吸納中，我們可以看到以下三個特點：

一、以現代的美學眼光審視古典文學。借助現代美學思潮為煉金術，點鐵成金。

二、以東西方相通的藝術創作規律去發掘中國古典詩學，從中發現接通現代詩創作的新亮點。

三、將學者的開闊和詩人的敏感相結合，理論探討和創作實踐相結合。

《象牙塔到白玉樓》雖然只是對中國古典詩歌的個案研究，無意全面展示作者的現代美學思想，但字裡行間卻都表現出一個接受了現代美學洗禮的學人的開闊視野和深厚素養。

文章一開頭：「西元八世紀的中葉，正當歐洲籠罩在黑暗時期之中，基督與穆罕默德爭奪霸權，而西方的近代文學尚未破曉之際，在東方的大唐帝國，卻展開了古典詩的全盛時期……到了杜甫，可以説已經登臨絕頂，比之西方，相當於

伊莉莎白的英國，路易十四的法國。」類似這樣以他國文學現象為中國古詩之參照物的提法，在文章裡處處可見，可以看出，作者是站在世界文學的高度做審美觀照。

文章採用了現代美學的批評方法。在文章中，作者對傳統的批評有這樣的反省：「中國的古典文學批評，像其他深受儒家心智活動影響的學問一樣，往往欠缺某種程度的邏輯思考和科學精神，籠統而遊移的評語多於精確而深入的分析，令人讀過之後，只抓住一把對仗工整聲調鏗鏘的形容詞。有時這種批評又趨向另一極端，變成刑警偵案式的考據，歷史興趣取代了美學興趣，側重了政治背景的影射，忽略了藝術表現的成敗。……中國文學的批評，便是在這兩個極端——懸空與落實之間徘徊。」

這種忽視美感分析昧於現代批評的趨向在五四之後仍然延續下來，在《象牙塔到白玉樓》中更明確指出，自新文學以來，除了梁任公和錢默存，李賀未得到學者應有的關注。胡適的白話文學，普羅的左翼文學，大眾的半票文學乃至現代主義的虛無，都從不同的方向阻礙了李賀的藝術的現代轉化，使之難於成為中國現代詩的豐厚滋養。

為了糾正這一偏向，余光中在文章裡用了較大的篇幅深入分析李賀獨特的美感和創作方法。例如，他寫道：「長吉的這類作品，在音樂上，使我們想起標題的交響詩（symphonicpoem），例如莫索爾斯的《荒山之夜》；在繪畫上，使我們想起深淺有異的單色作品，例如艾爾‧格雷科的《托雷多幻景》。在詩一面，我們可以把它比擬柯立基的《古舟子詠》，比擬其中的鬼舟，鬼舟上的僵屍群，七色斑斕的魔海，和海上盤舞的彩蛇。」類似這樣現代藝術培植出的美感分析在文章裡俯拾俱是。

因為具備了開闊的現代藝術視野，余光中那時已經清醒地意識到，五四以來的作家對西方現代文藝的認識是極不充分的，對中國古典文學的重估也不準確。在與《象牙塔到白玉樓》同年撰寫的另一篇批評文字中，余光中指出了五四以來許多文學家的批評盲點——「在藝術和音樂上他們似乎不知道印象主義是怎麼一回事，不知道莫內和德彪西以後發生了什麼……自由主義的作家們，似乎只知道

浪漫主義，只知道雪萊和歌德。左傾的作家們，似乎只知道自然主義和寫實主義，只知道左拉、高爾基、易蔔生……左傾的作家們要用階級鬥爭的批評眼光去看中國的偉大傳統，其他的作家們也或多或少地盲目否定了傳統中的某些精華。在改造社會的熱忱之中，他們偏重了作品的社會意義，忽略了美感的價值。」〔7〕因此，他不懼矯枉過正地高揚起現代文學的大旗。

當然，現代化不等於全盤西化。現代西方美學只是一種手段，而不是目的。

《象牙塔到白玉樓》寫作3年前，正是臺灣現代詩反傳統的高潮期。余光中後來對此一時期的文藝氛圍有這樣的描述：「那時時局沉悶，社會滯塞，文化的形態趑趄不前，所謂傳統，在若干舊派人士的株守之下，只求因襲，不事發揚，反而使年輕一代望而卻步。年輕一代自然要求新的表現方式和較大的活動空間。傳統的面目既不可親，五四的新文學又無緣親近，結果只剩下西化的一條『生路』或是『死路』了。」〔8〕在這種氛圍中，1960年代最初的幾年，余光中也一度迷失，把西方等同於現代。但是，余光中的「現代麻疹」出得快且無後遺症，比起許多同期的現代詩人，他較早地擺脫了虛無的現代病。這得力於他的西方文化的修養，留學美國愛荷華大學期間，他看到了西方文化的利弊，對西方現代藝術有了清醒而系統的認知；也得力於他自青年就培植出的中國古典文學修養。左右逢源、中西貫通，使余光中能夠深入反省西化的意義和作用，認識到西化只是手段，不是目的；西化是現代化的充分條件，以西化為手段，可以西而化之：以西化為目的，就難免「惡性西化。」後來，余光中自稱是「回頭的浪子。」他形象而風趣地說——「守家的孝子也許勉可承先，但不足以言啟後；出走的浪子承的是西方之先，怎麼能夠啟東方之後；真能承先啟後的，還是回頭的浪子。浪子回頭，並不是要躲回家來，而是要把出門闖蕩的閱歷，帶回家來截長補短。」〔9〕

為糾正前輩作家在中西之間的「左右不逢源」，1959年從愛荷華回台後，余光中一面大力介紹西方現代藝術，一面努力研究現代藝術與中國古典文化的相通之處，尤其是美學精神上的相通之處。比如，他在《從靈視主義出發》中，用中國道家的無狀之狀、無物之象的「道」去詮釋抽象畫所極力追求的內在世界，

把中國傳統的畫黑留白，執有臨無，守有限而遊無限與抽象畫中的現代靈視主義相互印證。〔10〕《象牙塔到白玉樓》也是如此，在文章中，余光中以相當的篇幅論述了李賀與西方現代主義詩歌各流派（超現實主義、象徵主義、意象派、唯美主義）的相通之處，把李詩與西方意象派詩歌，超現實主義詩歌和象徵主義詩歌仔細對比，否定新文學批評家將李賀劃入為唯美派的錯判。

　　余光中對李詩的整體把握是建立在豐富準確的審美感受基礎上的，從中我們感受到評論家有輕重、有比例，綜觀全域的視野，這不僅需要博覽典籍，還需要將審美實踐中培養起來的審美情趣上升為一種審美範式，並以之去撞擊、去衡定一部藝術作品，闡釋挖掘出其中蘊含的情理結構，將凝凍其中的藝術魅力釋放出來。余光中論評中依據的審美範式（包括感受力、思辨能力與批判能力）是一種歷史意識與當代意識相互融會，不斷對話，往復應答的雙向交流過程。這種歷史意識與當代意識的融會貫通，在余光中的批評中表現得天衣無縫，相得益彰。他是一個學者，讀詩、譯詩、教詩、論詩，對中西文化史相當熟悉，這可以説是他批評中歷史感的源頭活水；他又是一個詩人，臺灣現代詩的波峰浪穀中的弄潮兒，嘗盡創作甘苦，這必然在他批評中流露出鮮明的當代意識。

三

　　李賀，刺激了余光中表現怪誕神秘經驗的創造欲。對於刻劃怪誕意象，自愛荷華時期潛心探究西方現代主義繪畫以來，余光中揣摩已久，經過對李賀，對賈島、孟郊、韓愈等一些「惟奧惟醜」詩歌的反芻，加上時代和個人悲劇感受，一些精魅，幽靈便趁著暗夜襲來，充斥著余光中這一時期的詩作中：

　　「……聊齋夜，聯想，聯想，聯想／當一陣風無端地躍起／神經質的楓樹咳一聲乾嗽／壯壯膽／而萬一果然有一片陰影／落下，在翻開的書面，果然一隻／石灰色的瘦削的臂／一張交白卷的臉，一個／無齒光的笑。」（《四谷怪譚》）

　　「……恐月是巫女，星是刺客，恐一過九月／太陽的小帳就撐得很吝嗇／把

四壁都飾滿了向日葵／也不一定能辟邪。夜在百葉窗後／獰窺你手中的偵探小說。」（《九月以後》）〔11〕

「月是情人和鬼的魂魄，月色冰冰／燃一盞青焰的長明燈／中元夜，鬼也醒著，人也醒著／人在橋上怔怔地出神……」（《中元夜》）〔12〕

1963年12月，余光中的幼子出生3天后不幸夭亡。詩人悲痛之餘，寫下散文《鬼雨》。《鬼雨》分成四個場景：一、家中接到醫院的電話，告知嬰兒病危的消息。二、作者忐忑不安，在課堂上教莎士比亞的挽歌。三、為嬰兒下葬的現場。四、給遠方友人的信，傾訴心聲。作者忽略具體事件、細節的準確刻劃，而以情感籠括全文，從中心意象——陰冷淒涼的鬼雨輻射開去，出入古今中外一切悲霧冷雨。《鬼雨》裡寫道：「中國的歷史浸滿了雨漬。似乎從石器時代到現在，同一個敏感的靈魂，在不同的軀體裡忍受無盡的荒寂和震驚。」

這敏感靈魂的荒寂和震驚，有明顯的「李賀印記。」這裡隨意摘抄兩段：

「掃墓人去後，旋風吹散了紙馬，馬踏著雲。秋墳的絡絲娘唱李賀的詩，所有的耳朵都淒然豎起。百年老梟修煉成木魅，和山魈爭食祭墳的殘肴……空中回蕩著詩人母親的厲斥：是兒要嘔出心乃已耳。」

「魑魅呼喊著魑魅回答著魑魅。月蝕夜，迷路的白狐倒斃，在青狸的屍旁。竹黃。池冷。芙蓉死。地下水腐蝕了太真的鼻和上唇。西陵下，風吹雨……，蔽天覆地，黑風黑雨從破穹破蒼的裂隙中崩潰下來，八方四面，從羅盤上所有的方位向我們倒下，搗下，倒下……女媧坐在彩石上絕望的呼號。」

上面的文字，有的直接嵌入李賀的詩句，如「竹黃池冷芙蓉死。」更多是李賀詩歌意境的化解，我們從中幾乎立刻可以誦出李賀的詩境和名句——「女媧煉石補天處，石破天驚逗秋雨。」（《李憑箜篌引》）「百年老梟成木魅，笑聲碧火巢中起。」（《神弦曲》）「秋墳鬼唱鮑家詩，恨血千年土中碧。」（《秋來》）「白狐向月號西風」（《溪晚涼》）……

當然，作者並不滿足僅僅從詞句和詩境上去追蹤前賢，他更努力要從生命境界和感悟方式上去追尋新的突破。這明顯地表現在半年後《月光光》一詩的創作

上。

「月光光,月是冰過的砒霜／如砒,月如霜／落在誰的傷口上?／恐月症和戀月狂／迸發的季節,月光光／／幽靈的太陽,太陽的幽靈／死星臉上回光的反映／戀月狂和恐月症／祟著貓,祟著海／祟著蒼白的美婦人／／太陰下,夜是死亡的邊境／偷渡夢,偷渡雲／現代遠,古代近／恐月症和戀月狂／太陽的贗幣,鑄兩面側像／／海在遠方懷孕,今夜／黑貓在瓦上誦經／戀月狂和恐月症／蒼白的美婦人／大眼睛的臉,貼在窗上……」

月,在中國文學裡,總是沉浸在美麗的神話之中(嫦娥、吳剛、桂樹……),總是伴隨著動聽的歌與樂(無數的詠月詩及「霓裳羽衣曲」「春江花月夜」等);總是鄉情、親情,愛情的圓滿的象徵。這一切當然是余光中所熟知的。然而,他也想試著在這一切的背面尋求一種新的美。化學實驗般地冷靜逼視,花好月圓成了死星幽靈;千里共嬋娟的含情脈脈成了恐月症和戀月狂的病態迸發之時。和《鬼雨》一樣,《月光光》一詩也表現出作者從李賀那裡汲取的攫取怪誕意象的能力。

奇異乃至怪誕的想像是李賀詩歌的特點,正如杜牧的評價「鯨吸鼇擲,牛鬼蛇神,不足為其虛幻荒誕也。」(《李長吉歌詩敘》)「墮紅殘萼暗參差」「鬼燈如漆點松花」,枯死的蘭花芙蓉,衰老的魚馬兔鴉,殘敗的霓虹,朽腐的松竹……衰殘和驚聳,幽冷和華美,豔麗和慘澹,構成了李賀詩歌世界的斑斕色彩。

李賀喜歡荒涼中追尋斑斕的色彩,在死寂中突顯生命活力。雖然,他的詩歌畫面充滿了怪誕甚至恐怖,可是,他依然是藝術的創造。《鬼雨》、《月光光》等一系列作品也是如此。在《月光光》中,以砒霜形容月光,以幽靈和蒼白的美婦人描寫月亮,有死星的回光,死亡的邊境,有恐月症和戀月狂……表現了孤獨、疏離、荒誕,夢魘一般的氣氛,外加冷嘲和噁心……我們可以說,它給予讀者的不是陶醉,而是驚怵;不是溫情,而是冷寂。

《月光光》的題材是虛幻的,畫面卻氣氛怖人,想像力貫通了幽冥世界令人不可逼視。她給予讀者的既非知性的,又非發洩的,而是一種感官的震撼。沒有

華美的文辭，疊加的典故，她以堅實的意象明白的旋律構築怪異陰冷的藝術氛圍，她訴諸人的本能，那麼自然又那麼神秘，那麼可感可觸，又是那麼虛幻無盡。

余光中在《象牙塔到白玉樓》中指出：「恐怖和憎惡，是人性之中兩個基本的強烈經驗。它們介於感情和感覺之間，既是心靈的，又是官能的，在日常生活經驗中被認為是醜。可是，通過藝術的組織和變形作用，現實的醜可以轉化且昇華為想像的美。因為在藝術中，我們掙脫了現實的利害關係，可以超越自我地感受恐怖和憎惡，免於患得患失的顧慮，又耽於純粹的感官經驗。」

從古希臘起，莊嚴的典雅之美，普遍散佈，長此以往，不免有立正看齊的單調感覺，於是，人們就需要調整一下，醜怪虛無如同是一段稍息。大約自歌德《浮士德》始，西方的許多偉大的文學作品就以美醜並舉的方法將人類感性的衝突、分化、背離鮮明地表現出來，這就如歌德在《浮士德》裡所說「美與醜從來就不肯通融⋯⋯又挽著手在芳草地上逍遙。」又像雨果說的，「把肉體賦予靈魂，把獸性賦予靈智。」余光中這時也深入地體悟到，古典美和現代醜總是倚肩而立的。醜就在美的近旁相伴著，畸形藏在優美的背後，黑暗滲入光明，粗俗與崇高輪流坐莊，野獸和天使一體兩面。由於時代和個人的經歷，余光中骨子裡更多地烙下了儒家的入世和擔當。在古代的詩人中，他最崇尚屈原和杜甫，他們心憂天下的胸襟，將個人痛苦泯化於全民族苦難的生命境界和知其不可而為之的道德勇氣，早已深植於余光中血脈之中。但是，余光中也嚮往李白的狂放不羈，喜好李賀的瑰麗多姿，欣賞蘇軾的處變不驚，灑脫曠達，龔自珍的一往情深劍氣簫心⋯⋯旁搜博取，以現代眼光轉化古典，使余光中詩境廓大，接通了古典與現代。

感性要真正豐滿起來，就必須經歷一場更強烈的批判，更狂暴的震盪，更極端的衝擊。醜是一個新的出發點，從這裡我們帶著一種更新鮮，更敏銳的感覺向美上升。吸納李賀之後的余光中，感性似乎灰暗了，醜陋了，實際上是更加豐富更加深入更加寬廣，它從希臘型的一元唯美，走向現代型的多元復調。

余光中說，《象牙塔到白玉樓》等1960年代初期的一些批評文字，「都不

僅是為批評而批評,而是為了配合我當時的創作方向,在史觀與學理上不斷探討,以厘清語言、文類、詩體各方面必須解決問題。……是要重認傳統,進而把古典接通現代,印證古典不乏生機,現代也不缺活水。」他特別指出,「不成熟的看法,會認為『古典』是和『現代』截然相反的。事實上,有深厚『古典』背景的『現代』,和受過『現代』洗禮的『古典』一樣,往往加倍地繁複而且富有彈性。」〔13〕

但是,將古典和現代「接通」是一個過程,1960年代初期,在《從一首唐詩說起》和《從古典詩到現代詩》這兩篇論評中,作者都不忌重複地寫上這麼一段:「反叛傳統不如利用傳統。狹窄的現代詩人但見傳統與現代之異,不見兩者之同;但見兩者之分,不見兩者之合。對於傳統,一位真正的現代詩人應該知道如何入而復出,出而復入,以至自由出入。」〔14〕可以看出,余光中認為,要深入傳統,轉化傳統,就要經過一個幾經反覆的過程,一個螺旋形上升的過程,然後,才能抵達自由的境界。

《象牙塔和白玉樓》以及《鬼雨》、《月光光》一系列作品,就是余光中上述觀點的最好例證。

(原載於《臺灣研究集刊》2002年第2期)

注釋:

〔1〕參見陳治國編:《李賀研究資料》,北京師範大學出版社1983年出版。

〔2〕余光中:《象牙塔到白玉樓》、《鬼雨》載《逍遙遊》,臺灣,文星書店1965年出版,第87頁,173頁。《月光光》,載《五陵少年》,文星書店1967年出版,第109頁。

〔3〕余光中:《迎七年之癢》載《逍遙遊》,第18頁。

〔4〕余光中:《蓮的聯想》,文星書店1964年出版。《左手的繆思》,文星書店1963年出版。《掌上雨》,文星書店1964年出版。《逍遙游》,文星書店1965年出版。《五陵少年》,文星書店1967年出版。

〔5〕余光中：《逍遙遊·九歌新版序》

〔6〕余光中：《逍遙遊·後記》

〔7〕余光中：《下五四的半旗》，載《逍遙遊》第15頁。

〔8〕余光中：《天狼星·後記》臺北，洪範出版社1976年出版。

〔9〕余光中：《井然有序》，臺北，九歌出版社1996年出版。

〔10〕余光中：《從靈視主義出發》，載《逍遙遊》，第140頁。

〔11〕余光中：《四谷怪譚》《九月以後》載《五陵少年》，第19頁，21頁。

〔12〕余光中：《中元夜》載《蓮的聯想》，第52頁。

〔13〕余光中：《逍遙遊·九歌新版序》

〔14〕兩篇論評見余光中《掌上雨》，臺北，時報文化出版社1980年出版，第87頁，191頁。

大陸對臺研究精粹：文學篇

臺灣當代小說中的女性

何笑梅

近半個世紀以來，臺灣經歷了由封閉到開放，由貧窮落後到經濟起飛，由傳統農業社會到現代工商社會的巨大變遷。社會形態的改變和發展，呈現為文學的紛繁姿采。在這期間，臺灣當代小說，尤其是女性小說中風姿各異的女性形象，就是不同時期社會生活的藝術寫照。通過對這些形象的分析、比較和探討，不僅有助於瞭解臺灣文學發展演化的過程，也能從中發現時代與社會變遷的軌跡，以及當代臺灣社會生活的某些本質。

一

在臺灣當代鄉土小說中，描寫社會低下階層貧窮女子的作品占相當的比例。這與鄉土派作家關懷勞苦大眾，反映社會現實的文學主張是分不開的，況且不少鄉土作家，本人就出身於社會下層，或親身經歷過生活的艱辛苦楚，因而他們的作品，往往具有格外真實感人的藝術力量。臺灣省籍老作家鐘理和，便是這樣一個典型的代表。他於1950年代末發表的一系列短篇小說《同姓之婚》、《貧賤夫妻》等，就是以他和妻子的生活經歷為藍本創作的。小說中的妻子平妹是善良、忠貞、勤勞、淳樸的化身。在落後閉塞的封建山村，她和丈夫因同姓戀愛結婚而遭世俗鄙夷和反對。他們雙雙出走，幾經磨難，不惜與家庭決裂，才得以結成恩愛夫妻。當他們攜帶兒女返回家鄉時，貧窮和疾病同時降臨。丈夫一病三年

不起，家產賣盡，一貧如洗。平妹為了病夫幼子，包攬了全部農活，田事完畢還要出外做工維持家計。為了生活，她冒險跟盜伐山林的人上山背木頭，一天被林警發現而遭追捕，逃跑時不慎跌入小河受傷。丈夫為此心疼得落淚，她反而溫柔地勸慰道：「我吃點苦，沒關係，只要你病好，一切就會好起來。」〔1〕鐘理和以質樸無華的筆觸，塑造了一個在貧窮處境下，集傳統美德於一身的平凡女性形象。臺灣著名女作家林海音曾經由衷地讚歎：「在平妹身上，我體會到中國女性的真正的美，她不是美在柳眉杏眼上，而是美在善良、忍耐、勤勉和愛上。」〔2〕

在平妹的那個時代，不知還有多少女性由於封建社會男權主義的壓迫，命運更加悲慘，地位更為卑下。鄭清文的《堂嫂》描寫了「堂嫂」一生的遭遇和1950、1960年代婦女的困境。堂嫂家開賣香條、金錢的小店鋪，因為位置不好，一見到香客，就要衝過馬路到對面去搶生意。每次有香客，她的父親就用粗話催她快點，不停地咒。難怪她向人兜售生意時，「眼眶紅紅的，嘴角卻露出微笑。」堂嫂父親死後，入贅的丈夫又成為她的主人——

「每當看到香客，就吆喝著，要堂嫂去追趕，他的口氣和那老人完全一樣，『娘的……』有一次，我們到堂嫂店裡，看見她正在餵孩子吃奶，只聽堂哥一聲吆喝，她一把抓著香條和金錢，往前沖過馬路，她的一隻乳房，是完全光裸的。堂嫂折回來時，眼眶還是紅紅的，但嘴角還帶著微笑。」〔3〕

小說沒有詳細描寫男人如何打罵女人，只用主人公獨特神態——眼眶紅紅的，嘴角卻帶著微笑——的重複描繪，就讓人清楚地看到堂嫂一生如何被兩個男人極盡壓榨的命運。

鄉土小說中的女性，有的是以「母親」的角色出現的，這類作品較著名的有王禎和的《香格里拉》和王拓的《金水嬸》。《香格里拉》寫中年寡婦阿緞，自丈夫死後和幼子小全相依為命。庸俗無聊的街坊鄰里，平日視她為掃帚星，對她無端嘲笑、惡意詆毀。阿緞並不因此自卑、屈服，她把所有的愛和期望傾注於兒子身上，含辛茹苦、克勤克儉地培養兒子到小學畢業，並且滿懷信心的送子赴考。小說成功地塑造了一個忍辱負重的慈母形象。和阿緞一樣，王拓筆下的金水

嬸，也是個勤勞刻苦、能幹的好母親。她生活在一個貧困的漁村，靠挑雜貨擔走村串巷叫賣，把6個兒子養育成人，個個讀到大學，4個已經成家立業，當上了銀行經理、商船大副。而金水嬸仍然住在鄉下破舊潮濕的房子裡，以挑擔叫賣維持生計。天有不測風雲，金水做生意被人坑騙，欠下幾萬元債款。金水嬸懷著希望到城裡向兒子求救，不料卻遭到兒子們的敷衍搪塞、埋怨責備，甚至毫不客氣地趕出家門。求救無門，金水憂憤成疾一命歸天。悲苦難言的金水嬸走投無路，最後離家出走，到臺北當傭人掙錢還債。

金水嬸的悲劇故事發生在臺灣社會轉型時期，它揭示了在物質文明高度發展的同時，拜金主義如何腐蝕人們的靈魂，肆虐和扭曲人性，破壞傳統的道德倫理和家庭關係。從這個意義上說，同樣作為慈母的形象，金水嬸較之阿緞，有著更深刻的思想內涵，因而具有震撼人心的藝術力量。

曾經獲得臺灣《中國時報》短篇小說首獎，並改編成電影的《油麻菜籽》（廖輝英著），生動地刻劃了母女兩代人的形象及其不同的命運。小說中，阿惠的母親是典型的舊式女子，年輕時遵從父命嫁給了一個浪蕩子。丈夫不理家用，在外面和別的女人姘居，回家卻對妻子拳打腳踢。母親千辛萬苦地操持家計、養育子女，還經常得變賣典當嫁妝，替男人還錢抵債。儘管不甘心，卻又無可奈何，因為她相信「查某囡仔是油麻菜籽命，落到哪裡就長到哪裡。」對待兒子和女兒，母親是重男輕女，還不時地用「油麻菜籽」的話來教訓女兒。阿惠是家中長女，從小得幫母親做家務、帶弟妹。艱辛的家境和父母不幸的婚姻，鑄造磨煉了她的品格，也加快了她的成長和懂事。她憑著刻苦勤奮，讀完中學又考上了大學，靠半工半讀完成了學業。阿惠是個孝女，大學畢業後挑起了全家生活的擔子，「身份上，她扮演傳統的角色，經濟上，她扮演違反傳統的角色」〔4〕。經過幾年努力，她成為一家公司的部門主管，並且和自己選擇的愛人結了婚。

《油麻菜籽》讓人們看到，時代不同了，隨著社會經濟的發展、教育的普及和就業機會的增加，阿惠這一代女性，終於走出了一條不同於母親那一輩人的道路，她們的經濟地位和社會地位，已經有了顯著的提高。

二

在臺灣當代小說女性人物畫廊中，有一個特殊的群體，那就是從事色情行業的風塵女子。在臺灣，妓院娼寮遍佈城鄉各地，有關材料表明，在這個彈丸小島上，涉足於色情行業的場所就有五萬多家，私娼明妓人數起碼達到五六十萬之眾。色情氾濫，已經成為臺灣社會一大痼疾。這一嚴重的社會問題，自然受到臺灣作家的關注，並成為他們筆下生動的題材。自1960年代以來，以風塵女子為題材的小說，較著名的有王禎和《快樂的人》、《玫瑰玫瑰我愛你》，黃春明《看海的日子》、《小寡婦》、《莎喲哪拉，再見》，白先勇《金大班的最後一夜》、《孤戀花》，楊青矗的《在室男》、蕭颯的《小葉》，黃凡的《國際機場》，廖輝英的《失去的月光》，李喬的《藍彩霞的春天》，等等。這些作品不僅反映了妓女的生活，也在一定程度上揭示了造成這一醜惡現象的社會根源。

在嫖娼、賣淫的色情交易中，最大的受害者無疑是那些被迫出賣肉體的女子。《看海的日子》裡的白梅，14歲就被養父賣入窯子，整整14年的妓女生涯，使她受盡嫖客的凌辱和打罵，由於長期躺在床上任男人擺佈，致使她體態和走路的步款都變了形；《玫瑰玫瑰我愛你》的圓圓，在龜公龜母別出心裁搞的所謂的接客奪魁比賽中，一天裡連續接客百人，被摧殘得癱在床上一天一夜，連大小便都下不了床。《藍彩霞的春天》裡，藍彩霞被迫賣完「初夜權」後，又遭到淫業老闆殘暴的性虐待，造成流血過多，險些喪命。

1985年，李喬出版了長篇小說《藍彩霞的春天》，對臺灣妓女問題以及與此相關的黑社會、拐賣人口等問題作了大膽的揭露。小說的出版震驚了臺灣文壇和社會，並引起當局的恐慌而遭到查禁。小說主人公藍彩霞出身於貧苦的農家，母親車禍而亡，在後母的策劃下，父親把彩霞和妹妹彩雲賣給了經營雛妓生意的莊國暉、莊青桂父子，從此彩霞姐妹落入火坑，受盡了非人的折磨和凌辱。她們曾多次萌生自殺之念，卻欲死不得。從拒絕到無奈地接受命運，到放棄反抗，彩霞成了一個沒有喜怒沒有感覺的肉體。姐妹倆輾轉被賣多次，親歷了各類嫖客種種令人作嘔的醜行，目睹著同伴們的悲慘命運，彩霞的心底，逐漸萌發了反抗的

意識。終於有一天夜裡，彩霞用尖刀刺進了長期蹂躪虐待她的莊青桂的心窩，接著砸死了隨後而來的莊國暉，然後自己打電話向警方報案。她被判處無期徒刑。

藍彩霞的悲劇，是臺灣千千萬萬風塵女不幸命運的一個縮影。小說以這一形象揭示了當代臺灣社會繁榮表像掩蓋下的醜惡與黑暗，使人們看到一幕幕交織著妓女們斑斑血淚的人間慘景。正如藍彩霞所言：「我無罪，有罪的是這個社會！」她的吶喊代表了大多數妓女的心聲，是對這個社會及其制度強有力的控訴。

《看海的日子》裡的白梅，是個深受評論家關注的藝術形象。小說寫白梅在經歷十多年妓女生涯後，毅然脫離火坑，回到自己貧困的家鄉。她在家鄉待產期間，奇跡般地給村民們帶來好運，幫助和鼓勵哥哥戰勝了病魔。白梅不僅沒有受到任何歧視，反而得到家人的關愛和鄉親們的祝福。最後她如願以償地生下一個健康可愛的男孩，恢復了做人的尊嚴，開始了充滿希望的新生活。

白梅這個人物引起廣大讀者一灑同情、欣慰的淚水。然而也許正如臺灣學者指出的：「作者是基於對卑微人物的深博同情心，給予此一故事『光明的尾巴』。」〔5〕一個曾經落入風塵的弱女子，一旦跳出火坑，能有白梅這樣的好運結局嗎？

曾心儀《一個十九歲少女的故事》提供了另一種不同的答案。作者以寫實的筆法，記敘了女主角翠華苦難辛酸的人生道路。翠華從小能幹懂事，聰明好學，但貧窮窘迫的家境迫使她放棄學業，充當舞女賺錢還債。風月場裡痛苦的經歷使她看清了這個踐踏人、吃人的人肉市場，下決心離開舞廳，申請回學校復學，卻遭到校長嚴厲拒絕。在社會的歧視下，她痛苦、哭泣、呼號、掙扎，終於找到一份抄寫工作。她刻苦自勵，自尊自強，贏得了一份愛情，用盡心血建立了家庭。但公婆知道她的身世後，極端輕視鄙夷她，百般挑剔，丈夫在世俗壓力下也拋棄她。她臨產時被婆婆趕出家門，幾乎想自殺來了此殘生。

與白梅的結局相比，翠華的故事顯然更真實可信。她跳出火坑，卻沒能脫離苦海；想自新自力，卻得不到社會的同情和諒解。翠華、白梅、藍彩霞以及現實中大部分風塵女子都是善良、單純的女性，她們的淪落是社會和生活逼迫的。因

而這類女性形象發人深思,具有較強的社會批判性。

二

愛情、婚姻,歷來是女性人生的重大課題,也是古往今來文學家筆下經久不衰的創作主題。愛情、婚姻的真諦是什麼,不同時代不同的人們有不同的解釋。千百年來,文學藝術家們譜寫了數不盡的愛情篇章,有的美麗動人,也有的淒婉哀傷。綜觀臺灣當代文壇小說園地,描寫愛情婚姻的作品林林總總,蔚為大觀,而且絕大多數出自女作家之手。其中不乏名篇佳作,也塑造了一群多彩多姿的女性形象。

1950、1960年代擅長描寫婚姻題材的女作家當中,林海音是最有代表性的一位,曾以「生為女人的悲劇」為主題,抒寫了一系列舊中國女子不幸的婚姻故事,同時還寫了一個現代臺灣女性的愛情悲劇——長篇小說《曉雲》。作品描寫失學失業的少女夏曉雲,在洞悉了有婦之夫梁思敬的婚姻不幸和心靈創傷後,由同情轉為狂熱的追求。他倆相互慰藉,獲得了短暫而慘澹的愛情歡樂。然而私情很快被發現,梁太太像鷹隼般地聲息不動,伺機拆散了他們。令人感歎的是,曉雲本身就是父母婚外戀情的產物,從小就受鄙視甚至唾棄,養成了憂鬱、敏感、內向的性格,長大了又重走母親的老路。曉雲和母親都是善良、自尊、脫俗的女性,她們的悲劇根源不在於自身道德的墮落,而是由於她們畸形的愛,而這種畸形的愛又是不合理的婚姻以及孕育滋生這種婚姻的社會所造成的。曉雲和母親,就是這種婚姻與社會制度的犧牲品。與此同時,孟瑤、郭良蕙等人的創作,也多是表現被侮辱被損害的女性,在封建婚姻枷鎖和男權社會踐踏下輾轉悲啼。

1960年代初,一批年輕的現代派女作家在臺灣文壇崛起,她們在創作中呼喚生命自由,追求個性解放;表現了對傳統道德和倫理觀念的大膽質疑和抗議,並試圖用驚世駭俗的言行衝擊舊的社會秩序。在歐陽子、施叔青等人筆下,這一前衛式的思想和追求往往以人物形象的變態心理和激烈行為表現出來。例如歐陽子短篇小說《秋葉》和《魔女》。

《秋葉》描寫女主角宜芬性愛的壓抑、苦悶以致大膽的追求。宜芬是年青寡婦，由於環境和生活所迫，嫁給旅居美國的老教授啟端。當啟端前妻的兒子、比宜芬小9歲的大學生敏生闖進她的生活時，她感到失去的青春一下子都回來了。他們同游於公園、湖畔，暢談經歷，共敘心跡，互相安慰寂寞孤苦的靈魂。宜芬在敏生面前煥發出了青春的魅力。但名分上的母子關係最終阻止了宜芬的衝動，使突發的情欲壓抑下來，一切都復歸死寂。她最終沒有衝破倫理道德的界限。而《魔女》中的倩如母親，其行為心理更令人驚駭。倩如母親在女兒心目中是聖潔完美的化身，可是丈夫死後，她卻嫁給輕浮放蕩、毫無責任感的趙剛，在趙的面前低聲下氣，獻媚討好。後來她對女兒暴露了自己的隱私：20多年來，她一直欺騙丈夫和女兒，瘋狂地愛著從不愛她的趙剛並與之私通。在這個女人看來，「愛情是永遠的痛苦。」這確是一個心靈醜惡、性格乖戾而極端，具有瘋狂和痛苦的愛情心理的「魔女。」

1960、1970年代，以瓊瑤為代表的言情小說風靡文壇，這類作品以「情」為中心，編織種種浪漫與夢幻式的愛情故事。瓊瑤筆下的女性大都美麗溫柔、優雅賢慧，她們追求完美的愛情，但多數以獲得美滿姻緣為其奮鬥目標，因而無法擺脫傳統觀念的束縛，最終仍回歸於賢妻良母的角色之中。

進入1980年代後，愛情婚姻題材的小說依然興盛不衰，但由於新女性主義的傳播和影響，作品中的女性形象已有所變化。女作家楊小雲善於塑造既有現代女性意識，又受傳統規範約束的女子形象。如長篇小說《無情海》中的朱若梅，與海員丁志海自由戀愛並訂立終身，不料志海乘出海之機跑到美國闖天下，一去杳無音訊。在父母催逼下，若梅違心地嫁給金記銀樓小老闆金欣旺。四年後，志海突然回到臺灣，在若梅感情世界裡掀起了巨浪狂瀾，往日的愛情又回到她的心間。她決心離開金家，跟隨志海重建新生活。但出於對子女、家庭的責任，最終使若梅割捨舊情，留在丈夫子女身邊。

廖輝英的《不歸路》則塑造了另一類型的女子——李芸兒的形象。專科畢業的芸兒24歲了還沒嘗過戀愛的滋味，因為寂寞，她結識了有家室的中年男子方武男，不久便落入圈套成為他的情婦，從此走上一條充滿屈辱的「不歸路。」芸

兒是個老實、柔順的女孩，若處在舊的時代，本來可以循規蹈矩地嫁人，安分守己地做個賢妻良母。無奈她面對的是個舊禮崩潰、競爭激烈的工商社會，她既需要情愛的慰藉，又不能無視傳統的教規，擺脫道德的壓力，於是不可避免地成為新舊觀念夾縫間的犧牲品。她在失身於方武男以後，很自然地產生了向他託付終身的願望，她要他負責任，她乞討溫存，寧可做情婦或地下夫人。而自私卑劣的方武男純粹把她當成招之即來、揮之即去的玩物，她卻始終執迷不悟，乃至葬送了10年的青春和名譽。芸兒的悲劇根源，主要在於自身性格的軟弱和卑怯，更在於意識深處對男人的依賴和依附心理。正如作家本人所說的，「經濟上的獨立不等於人格上的獨立。」長期的壓抑、束縛給中國女性的心靈造成了嚴重的創傷，而這傷痕不是時間的流水輕易能撫平的，即使在女性的社會經濟地位已有顯著提高的今天，她們仍然難以消除種種怯弱和自卑的心理。

四

1980年代前後，隨著臺灣政治環境、社會觀念的改變，臺灣文學的發展出現了多元化的局面。一大批年輕有為、才思敏銳、富有責任感使命感的女作家如雨後春筍般湧現，形成了女性文學創作前所未有的新高潮。在袁瓊瓊、朱秀娟、蘇偉貞、楊小雲、廖輝英等人筆下，出現了一系列有別於傳統女性人格，具備了現代意識的全新女性形象。

1980年代初，袁瓊瓊《自己的天空》率先塑造了「靜敏」這樣一個新的女性。靜敏原來是個安分守己的溫順女子，結婚後丈夫成為她唯一的依靠。然而有一天，外遇的丈夫突然宣佈要和她分居。面對這突如其來的打擊，這個昔日的弱女子出人意料地堅強起來，毅然提出正式離婚，開始自謀生路。經過幾年努力，不但開創了自己的事業，而且當她在工作中遇到一個自己喜歡的男人時，主動追求並贏得了愛情。小說通過靜敏的形象表明，女性有可能憑著自強不息改變自身命運。作品發表後引起強烈的社會反響，鼓舞起千千萬萬的「靜敏」衝破男權主義的藩籬，去尋找「自己的天空」，開拓理想人生之路。

《貞節牌坊》、《這三個女性》等中短篇小說，以藝術形象對新女性主義作了進一步詮釋。《貞節牌坊》的女主角藍青玉原是富家千金，由於一場大火而家破人亡，為償還父債和供養母親、弟弟，她淪為紅牌舞女。在污濁的環境下，她潔身自愛，維護人格尊嚴；面對金錢、地位的誘惑，她拒絕接受「菲華董事長夫人」的頭銜，而與出身低微的青年醫生葉明相愛，並信誓旦旦，以貞節互期。在充斥著拜金和泛愛濁流的當代臺灣工商社會，藍青玉的舉動顯得勇敢而又莊重，體現了新女性獨立自主、自尊自愛的精神品格。《這三個女性》則通過三位個性、經歷不同的女性形象，全方位地觀照了女性對於生活的全部感受。一個是不甘心做博士夫人、過相夫教子生活，終於在兒女成群後重返課堂繼續深造的許玉芝；另一個是熱心社會工作，對婚姻愛情持嚴肅態度的獨身女教授高秀如；第三個是丈夫去世後重新認識人生意義，獨力開創事業之途的年輕富孀汪雲。她們雖然處境不同，生活道路相異，然而在各自的人生旅途中，都顯露出新女性的人格光輝。

隨著經濟地位的提高和獨立意識的增強，婦女在追求和奮鬥的歷程中逐漸發現了自身的價值，已不再認為「生命的最高目的，男人為名，女人為愛情」（巴爾扎克語），婚姻不再是女性人生的第一要義。在那些投身社會、追求事業的女性當中，不乏才德兼備的佼佼者，她們的才華和業績甚至超過一般的男性。這一現象也在文學裡得到表現。作家們開始在小說中刻劃那些出類拔萃的女強人，展現她們自尊、自信、自強的精神風貌和巾幗不讓鬚眉的豪邁氣概。這類作品中較突出的有朱秀娟的長篇小說《女強人》、《丹霞飄》。

《女強人》主人公林欣華，大學聯考落榜後沒有悲觀消沉，而是走上社會，開始了事業的追求。她從一家貿易公司的打字員做起，憑著超出常人的勤奮刻苦和膽識才幹，終於當上這家大公司的總經理，成為名揚海內外商界的女強人。
《丹霞飄》描寫女主角尹桂珊經過多年不懈的努力，成為風靡臺灣和美國的時裝表演明星和設計師。朱秀娟筆下的女強人具有獨特的光彩，她們既秉持著東方女性刻苦耐勞、堅忍不拔的傳統美德，又具備開放豁達、勇於競爭的現代意識。她們並非不食人間煙火、沒有七情六欲的超人或異人，也不是那種氣焰高漲、令人生畏的男性化女子，她們同樣不乏女性的溫柔和愛心，也渴望得到真正的愛情。

林欣華拒絕了幾個家境優裕而頗有大男子作風的追求者，而選擇了能理解和支持自己事業的教師葉濟榮；尹桂珊對愛情的執著追求和潔身自愛的品格，無不體現了新一代女性對愛情涵義更深層次的理解。而尹桂珊和心上人那種建立在為事業奮鬥的共同理想上的純真愛情，以及夫妻之間互相信任、互相支持的描寫，正是作家對新時代男女平等、兩性和諧的形象而生動的詮釋。

（原載於《小說評論》1997年第6期）

注釋：

〔1〕鐘理和：《貧賤夫妻》，收入《雨》，臺灣遠行出版社1976年11月版。

〔2〕林海音：《追憶中的欣慰》，見《鐘理和全集》，臺灣遠行出版社1976年11月版。

〔3〕鄭清文：《堂嫂》，收入《最後的紳士》，臺灣純文學出版社1984年2月版。

〔4〕〔5〕賀安慰：《臺灣當代短篇小說中的女性描寫》，臺灣文史哲出版社1989年1月版。

> 大陸對臺研究精粹：文學篇

歷史川流中的悲情地帶——讀《藤纏樹》

張羽

　　2002年12月，臺灣《聯合報》的「讀書人最佳書獎」和《中國時報》的「開卷好書獎」相繼揭曉，藍博洲的長篇小說《藤纏樹》均榜上有名。藍博洲是臺灣苗栗縣人，私立輔仁大學法文系畢業，曾任職於《漢聲》、《南方》、《人間》等雜誌、自由時報及創造出版社，其作品曾多次獲獎。此次獲獎小說寫作歷時10年，初稿寫於1991年7月，前後五易其稿，直至2002年5月定稿。它能同時獲得兩個權威獎項的青睞，與作者獨具匠心的寫作思想、嚴謹的寫作態度和新穎的敘述方式有很大的關係。

《藤纏樹》——再現蒙難左翼人士的英雄形象

　　藍博洲的創作是從小說開始的，近年來開始致力於報導文學，並開始發掘臺灣民眾革命鬥爭的歷史。他對這段歷史和文化知識非常富足，曾以紀實的筆法寫出《幌馬車之歌》（獲洪醒夫小說獎）、《沉屍‧流亡‧二二八》、《尋訪被湮滅的臺灣史和臺灣人》、《日據時期臺灣學生運動（1913-1945）》等歷史感極強的作品。為了寫好《藤纏樹》這部小說，他又批經閱典，翻閱各種歷史材料，並對所傳人物的出生地及其生平進行了大量的田野調查。書名「藤纏樹」來自一首客家民謠：「上山看到藤纏樹，下山看到樹纏藤，藤生樹死纏到死，樹生藤死死也纏。」「藤纏樹」意象貫穿全書，以藤與樹的親密關係來象徵主人公林明華

與妻子傅雙妹的堅貞愛情。小說不局限於簡單的愛情故事，而是交織著深沉的歷史感和理性思辨色彩。林明華為臺灣機械廠的技術員，對臺灣光復抱著熱切的希望，一生虔信共產主義，曾動員工人鬥爭，爭取合法權益；創立過「還中會」；在臺灣糧食問題惡化期，他勸解搶糧倉的農民；在「二二八」事件中，他以公正的態度對待和救助無辜的外省人；參與學生運動，搶攻軍火庫，但行動失敗；為了準備即將到來的臺灣解放戰爭，他毅然辭職並開始流亡生活；在日益緊張的形勢下，他進行了兩次榴彈爆炸的實驗，被情治機關所發現，以共產黨的身份被判處死刑；赴死前，寫信給妻子，吐露摯愛之情，給孩子取名黎紅，希望新生的嬰兒「像黎明的太陽一樣，把臺灣的天空染成一片火紅」；1951年4月，林明華被處決，臨危不懼，死時「胸膛上恰似花開燦爛般綻裂著兩個子彈穿過的洞痕，朝著無際的天空的臉好像微微地笑著，但雙眼卻憤怒地睜視著。」妻子前去收屍，將其骨灰放在家裡供奉，此舉感動了眾人；不久，傅雙妹流產，她帶著林明華就義時穿的血衣悄悄離開保守的竹頭莊，不知下落。小說中的傅雙妹和蔡千惠（陳映真《山路》）、蔣碧玉（藍博洲《幌馬車之歌》）一樣，同為進步的革命女性，她支持林明華的革命行動，不計較小家的利益得失。

　　小說並未拘泥於這個纏綿悱惻的愛情故事，而是以縱橫捭闔之筆，進行了宏大的敘述。全書共分序場、尋訪、閉關和終場四大部分，序場部分以紀實的筆法開篇，年輕作家阿里舉辦一場以林明華為原型的歷史紀實小說《藤纏樹》的作品發佈會；尋訪部分是阿里為了弄清楚1950年代白色恐怖時期，竹頭莊的知識青年林明華因為牽連「匪諜案」，在馬場町被銃殺的來龍去脈，採集了大量的地方文史資料，尋訪了眾多的歷史見證人，整理出林明華個人檔案；閉關部分是阿里根據所作的田野調查，開始閉關寫作《藤纏樹》的過程，其中包括阿里構思過程、寫作中的矛盾、敘述結構與主要人物，對歷史材料的處理和加工等等一系列問題；終場部分回應開篇，阿里向大家發表《藤纏樹》的尋訪經歷和寫作過程。令人感動的是，一直不肯接受採訪的傅雙妹出現在發佈現場，將林明華當年就義時穿的血衣送給阿里，這是傅雙妹一直珍視的信物，表達了自己對阿里為含冤多年的丈夫所做工作的感激之情，小說在一段「高亢而有點淒厲的詠唱情愛的」客家山歌「藤纏樹」中結束。

大陸對臺研究精粹：文學篇

　　從小說的基本結構中，我們會發現，藍博洲將其他小說放在幕後的一些問題拉到前臺來，如對歷史的田野調查，對當事人的採訪紀實，由歷史事實轉化為小說體等等一系列問題一一展示出來，讓讀者親臨第一歷史現場，不再沉溺於簡單閱讀的快樂中，而是和作家一起思考，一起判斷，一起建構起對歷史事件的重新認識，因此，《藤纏樹》「交代歷史意味大過小說創作的意義。」這部小說可以看作是白色恐怖時期犧牲者的傳記報導，是長篇新聞稿的文學化。

　　雖說小說創作是建立在虛構想像的基礎之上，但藍博洲下意識地要在小說中考察歷史事實。《藤纏樹》創作的動機在於「把官方所說罪大惡疾的叛亂史還原為可歌可泣的革命史」，努力把官方所說「無情無義」、「幽靈般神出鬼沒」的「匪諜」、共產黨，還以本來面目，他們血氣方剛，可親可敬，為了改造社會的崇高理想而勇於犧牲自我。不可否認的是，有時候小說對歷史的描述比起官方的歷史撰寫來得可靠、真實。單以1950年代臺灣白色恐怖時期的歷史記載為例，在官方的記錄上，歷史人物留下來的多是組織上的從屬關係、活動情況以及審判時的口供，這些文字記錄往往更多地體現了一定的政治意識之下，對個體行動的政治詮釋，有些證詞甚至是刑求逼供下的說法，缺乏公正性。《藤纏樹》填補了歷史記錄所遺留下來的大量空白，讓讀者看到當年臺灣左翼運動的一些歷史實況，以及歷史人物內心的掙扎糾葛。小說中，還介紹了官方材料和當時的輿論狀況，如1950年5月，蔣經國宣佈破獲「匪黨」領導機構，呼籲「準備應付戰爭颱風」；當時的輿論導向是「檢舉大匪諜，有功又有錢，獎金真正多，銀元有六千，你不檢舉他，他要把你害，匪諜最可恨，檢舉莫留情。」（1951年12月臺灣新聞處徵選的「檢肅匪諜」歌曲之一）從中可見，當時政治形勢的嚴峻。為了增強小說的歷史感，還特別摘引了一些歷史材料，如蔡孝乾等聯名的《告全省中共黨員書》、1949年1月12日合眾社上海報導的共產黨在中國的狀況、臺灣民主自治同盟主席謝雪紅《臺灣是中國的領土，絕不容美國侵略者染指》等文章，並細緻描寫了當時1920、1930年代農民生活、日據時期的農民組合以及地主和佃農的關係。

為歷史重新作注

　　當代的優秀小說大都避免單純講故事，特別是一些文人小說，更是將小說作成具有歷史深度與理性思辨色彩的作品。1980年代初，陳映真即以《山路》等小說開始對戰後臺灣白色恐怖歷史的追述，後繼者有藍博洲、鐘喬等人，這些歷史的挖掘工作旨在促使更多的人進行理性的反省。作為出色的新聞工作者，藍博洲以深切的憂患意識來揭示歷史的本來面目。他的小說致力於揭示在臺灣的社會底層生活的人們思想和生活環境，力圖呈現被歷史的主流論述所湮滅的革命時代和左翼人物的精神面貌，從而避免讀者「得到的或許只是被意識形態不斷地剝削著他們的豐富性和真實性的歷史人物的故事。」為了讓讀者站在更客觀的位置上，作者一直力圖避免「語錄似的高音」，完全拋開了簡單狹隘、無思辨性，也沒有創見性的低級的教條主義，驅除觀念化的東西，以客觀示人。小說撰寫策略，很顯然是「反英雄」的，傳統小說的英雄人物，通常都是形象鮮明，馳騁自如，完美無瑕，具有超越常人的意志定力。相形之下，藍博洲塑造的英雄人物林明華、余聲弦等人，是非常人性化的，非常讓人信服的。他們也會犯錯誤，也有面對強大的政治攻勢的遊移和不安，也會有盲目衝動，也會有兒女私情。小說中，也塑造了林明華的好友鐘成昆因為忍受不了國民黨的嚴厲的刑訊，最終密報了林明華的消息，以致林明華被捕入獄。這源於作者始終以審慎的理性態度去觀察左翼運動的起伏消長，將那些隱藏於暗影中的革命人物以及臺灣社會的複雜力量真實而又迂回地再現出來。

　　國民黨據台後，在臺灣實行戒嚴體制，1950年代白色恐怖時期發生的無數知識青年被害的事實，就是黑暗面的典型代表。這些知識青年當年勇敢地肩負起時代賦予的使命，毫無懼色地走上了不歸路。由於當時政治氣氛的恐怖，長期以來，人們一直不敢公開談論這些事。1980年代以來，臺灣當局對待政治犯的態度有了很大的轉變，特別是對美麗島事件中的部分受難者，但全面的平反清理工作並沒有進行。對於1950年代的政治犯，社會的歧視依然存在，當年，混淆視聽的統治者的理論至今仍控制著人們的思想，一些遺族們在種種的壓力下，甚至

刻意遺忘這些應該使他們感到驕傲的先人。

受意識形態恐懼症的影響，很多作家對這段歷史不敢暢所欲言。這種挖掘歷史真相的工作是需要膽魄和才識的，小說中，談及了藍博洲在寫作《幌馬車之歌》之後，所遭遇到的台獨派的批評，他們批評其所撰寫的白色恐怖中犧牲的歷史人物，「其實只是根據個人懷抱的意識形態所塑造出來的英雄人物而已。」「強以民眾史觀套襲所謂的英雄事蹟，只是讓讀者看到一幅『扭曲變形的歷史圖像』而已！」「獨派」學者認為「在二二八事件中流血犧牲的臺灣人，才是愛臺灣的；在1950年代的白色恐怖流血犧牲的臺灣人，只因為他們主張結束內戰，要求國家統一，所以就不愛臺灣。」他們攻擊藍博洲是「中國作家」，而非「臺灣作家。」這些批評觀點顯示出部分「獨派」人物為社會上政治離異運動服務的野心。

當然外來的攻擊難免會對作者產生巨大的壓力，小說也借阿里之口，述說了藍博洲寫作《藤纏樹》的主觀思想之苦，表達了甚至想要「躲藏起來」的心情，「我害怕，我怕人們將會因為我所寫的《藤纏樹》而把我也當作一個『親共分子』。」他一再闡明自己不是「共產黨員或共產主義的信仰者」，只是在小說中，如實地記錄歷史而已。但是這種意識形態的糾葛，也讓作者在寫到林明華自製手榴彈時，不知如何下筆，擔心如果如實地寫出來，會影響到林明華的親屬申請即將通過的政治受難補償金。把這段情節略去不寫，又分割了林明華的歷史事實，會讓讀者覺得他是一個不曾有過什麼作為就被捕了的時代的小人物，但如果寫出來，又擔心讀者認為林明華果真是一個可恨又可怕的匪諜。

《藤纏樹》就典型地體現了作家在文字中，力圖將理性與歷史和諧起來的嘗試，小說中沉澱著藍博洲關於歷史的反省性深思，表現了作者的理性抒寫，表達了他對「臺灣經驗」的批判以及對民主自由和社會公正的不懈追求，他本著「天視自我民視，天聽自我民聽」（《孟子·萬章上》）的現實主義原則，敏銳地把握住了歷史的脈搏，剖析隱狀，傳達民意。小說清楚地再現了在白色恐怖的高壓政策下，臺灣知識份子的心靈受到何種創傷。作者有意地重新為歷史作注，大作翻案文章，他以小說的形式來質問，是什麼樣的政治建構決定了歷史敘述的「合

理」、「合法」？來自歷史深處的權威聲音是否永遠真實無誤？歷史文本能夠演述過去經驗，但它能否統攝未來？他嘗試著用「小我」的聲音，來努力修正以往大歷史的敘述，這也是小說創作比歷史記錄更能突破時代政治格局的地方。作者也希望通過這部小說的創作來引起當權者的深思和反省，引發社會民眾的廣泛同情，避免歷史悲劇的重演。

雙重空間、雙重敘述

《藤纏樹》的意義還突出地表現在藝術形式上的大膽探索。小說是由兩個關涉同一歷史人物的不同時空模本構架起來的，第一空間是接近原生態的歷史真實，借用了新聞報導的手法及技巧，用現在進行時的形態，阿里對同一歷史情節，採訪了十多個歷史見證人，彙編了他們的口述證言，並記載下他們因回憶往事而觸動的主觀感情的波動。這部分幾乎是文獻式地提供了林明華的生命史，從而在整體上，使這部小說成為有歷史記載，有案可查的真實世界，在這種情況下，作者和讀者之間產生了一種可信賴的真誠關係。第二空間則是小說體的林明華的生命史，是對第一空間中的歷史人物、事件的虛擬化，其中糅合進阿里的個人生命體驗，在這裡，歷史與現實、讀者與作家、人物原型與人物形象，感動與反思等等因素交織在一起，無法拆解，作者在小說與歷史之間遊走，力圖告訴讀者歷史的真相，並使讀者從繽紛的現實中，進入到那早已被遺忘或刻意淹沒的歷史的角落裡。小說中的故事敘述者阿里彙集了各個證人的歷史證言、官方的檔案資料，以及受難者提供的判決書等資料，按照傳統的寫實主義小說的寫法，從小說主角邱明華（以林明華為原型）出生寫起，按編年的體例逐步描寫了邱明華的成長、求學、反日、經歷「二二八」事件以及參與左翼運動等不同階段的生活。為了便於讀者閱讀，在這一空間中，作者又設計了兩個互為獨立的小空間，作者採用了不同序列的數位來表示兩種不同的時空，1、2、3……為序暗示著故事的序列，為第一小空間，主要是邱明華的故事；以一、二、三……為序暗示著現實的狀態，為阿里的故事，雙重空間的交錯並置，使讀者有一種穿梭於故事與現實

之間的時光隧道的感覺。諸種故事鏈之間是用並聯的手法連綴在一起的，這種講故事的方法可以讓讀者從多個角度感受歷史人物的命運。我們可以感受到作者並不是單純地講故事，而是想用自創的小說體來與「社會檔案」、新聞和社會調查進行較量，但又不完全拘泥於這種真實性的較量，也希望通過小說的趣味化形式吸引讀者，這就使同一歷史人物具有了兩種完全迥異的塑造形式，一種類型是情節和人物是訴諸於「社會檔案」的套路；另一種類型是情節、人物和各種主題在虛構小說中的交織表現。其所使用的雙重的敘述方式打破了讀者在閱讀小說時預期的成規，也間接地調整了小說與客體世界的關係。

此外，在小說中，藍博洲不僅借鑒了報導文學的藝術表現手法，還借用了散文和電影文學中的表現手法，並相容了很多邊緣文體，如隨筆、口述實錄體、論文等等，以豐富其文學的表現力。作者非常注重資訊的豐足、視野的拓新，為此，他還對一些經典著作進行了援引與評述，揭示了作者對這些著作的閱讀心得，如左拉的《盧貢‧馬卡爾家族》、巴爾扎克的《人間喜劇》、托爾斯泰的《復活》、肖洛霍夫的《靜靜的頓河》，並大段地引用了馬克思的《路易‧波拿巴的霧月十八日》有關歷史意識的評述，顯示出作者期待著通過小說本身的豐厚內容，獲得更多的對話的希冀。

《藤纏樹》是不負《中國時報》對它的較高讚譽，「全書不僅在愛情與信仰、生命與死亡的矛盾主題上纏綿不已；也在小說與報導、虛構與真實、想像與回憶的對立形式間纏繞不休；作者也借著這本小說的書寫，屢屢自問書寫與閱讀，作者與讀者間，糾纏不盡的愛恨關係。最終，使得『藤』纏『樹』成為近年文學創作中，少見深沉複雜又曖昧多義的譬喻。」讀慣「新生代」比較輕鬆的小說，再來讀藍博洲的這部長篇小說，似乎不會有愉悅的感受，那種深重的詮釋歷史悲劇的使命感，帶給讀者更多的可能是精神的壓抑。但真正能感動我們的恰恰是他能觸診當時的歷史真相、分析參與者的記憶，借助信而有徵的歷史事實，將真相和諧地連綴起來，寫出這部喻義深厚的長篇小說，在史詩化的描述中，藍博洲傾注了極具風格性的個人的聲音。其中滿溢著人文關懷、真誠與感動，也正是在這個意義上，《藤纏樹》成為描寫1950年代臺灣白色恐怖事件的最宏偉、最獨特的作品。這部「歷史」小說既超越了正統的史學，又使小說中的人物及事件

非常吸引人，並且精心地融入了那一時期的社會文化，真切地照亮了歷史流域中的那段悲情地帶，逼真地再現了「彼時」的真實歷史。

（原載於《文藝報》2003年4月15日）

大陸對臺研究精粹：文學篇

在文化焦慮中走出「跌停板」——第18屆臺灣聯合文學小說新人獎

張羽

2004年10月31日，《聯合文學》在臺北舉辦「第18屆聯合文學小說新人獎」頒獎典禮，本次新人獎決審會議主席由李昂擔任，文學評論家李奭學、作家黃凡、東年、郝譽翔擔任評委。徵稿共收到短篇小說307篇，中篇小說88篇，稿源以臺灣為主，此外還有大陸、港澳地區、美國、加拿大、澳洲、日本、新加坡等地來稿，共16篇小說進入決審圈，經過評委激烈的討論，評出了劉翰師的《海童》獲中篇小說首獎、蘇敬仁的《初級商務英文會話》獲短篇小說首獎、謝育昀的《出外》獲短篇小說推薦獎，短篇小說佳作獎分別由劉韋廷的《排除等待時間》、田永的《鄭子善供單》、盧福田的《人體拼湊藝術家》和何晉勳的《消失的陰影窩》等人獲得。以「提倡文學風氣，鼓勵小說創作，發掘文壇新秀及反映時代精神」為目的的聯合文學新人獎為正處在「跌停板」（李昂語）的臺灣文壇平添了幾分復甦的氣象。

不忘「上岸前對浪花的承諾」的《海童》

1960年代生人的劉翰師畢業於臺灣中國文化大學戲劇系影視組，曾任職於《聯合報》多年，目前在上海經營企業管理顧問公司。篇名「海童」是指作為海

的精靈而來到塵世的孩子，他們天生就具有自由快樂、不肯就範的稟賦。小說由「防空演習」、「本命樹」、「欲望狂宴」等35個章節組成，每個章節可以獨立成一個小故事，連綴起來又可以看作是臺灣眷村的孩子如何成長與叛逆的紀實。這篇小說在決審時引起較大的爭議，郝譽翔説：「這是一篇臺灣最應該出現，但卻又遲遲未出現的小說。」黃凡則認為它是「本土八股」，東年也説「後半段根本就是拿那些迷信、鬼怪來填充。」事實上，這是一篇在「海童看臺灣」的視點上架構起來的小說，主旨就是解構政治、解構教育、解構權威、解構宗教，我認為這是一部讀起來很輕鬆，放下時很沉重的小說，具有很強的批判精神。

小説背景是1960年代的臺灣花蓮，主人公「我」是一個異想天開的中學生，每天生活在政治戒嚴和謊言之中，小說中隨處可以看到對當時意識形態的顛覆：如聽到愛國歌曲，孩子們議論紛紛，「國家未來的主人翁那句，不是在説我們」，「總有人覺得忠烈祠裡的牌位還不夠擠」；又如當時的政治宣傳是到處都有「匪諜」，於是孩子們在「密林裡的秘密法庭」裡，展開對匪諜的嚴酷審判，而那些拚命掙扎的匪諜居然是些無法反抗的青蛙、四腳蛇之類的小動物；孩子們也質疑那些受革命必勝倫理影響的電影：「很奇怪。我們的士兵都打不死，好像敵人拿的是水槍。」還有孩子偶爾撿到大陸文革時的紅皮書，「拿這些東西比聽收音機裡大陸人唱歌還危險」……總之，作者就是用這種輕鬆幽默的方式來顛覆臺灣1960年代的革命敘事和宏大敘事。這裡，沒有狂熱的叫喊，也沒有憂鬱的悲情，而是用一種嬉笑怒　的方式來顛覆革命敘事。作者還寫了所謂的雌雄同體的問題，如同學「悔當初」是一個女人的魂魄卻被困在男人的身體裡，這裡作者有可能在喻指美麗溫和的臺灣被野蠻的男性社會所征服。小說中還涉及了很多政治議題，如花蓮的鵝卵石被運到日本，造成花蓮海灘的大量流失；還有臺灣的族群問題……這部看似輕鬆的小說實際蘊含了1960年代的臺灣所面臨的國際問題、社會問題和自然災害等等一系列問題。

作者還有意地顛覆了「教師對孩童的啟蒙教育」這一既成定律。在1960年代僵化的教育體制下，孩子們認識到，在學校裡：「當瞎子、聾子和啞巴才會快樂」；老師給的東西「我們到死都用不到」；「可以打分數的我們都會忘記，不

能打分數的,才是我們最後得到的東西」;那條鋪滿考卷的小路上,「天天考試、從早考到晚、從小考到大、瘋子在訓練一群狗。」於是上課的時候,分身術是「全班都會的神通」……此外,老師作為重要的啟蒙者,在小說中都是病態的、不健全的。督學來視察,校長就要全校同學一同撒謊;整天咳嗽的級任老師被孩子們取名為「棺材」;來代課的小苗老師雖然溫和地對待孩子,但也是個因憂鬱症多次自殺的病人。這些病態的成人拿自己的原則來看海童,於是頑皮活潑的「我」自然會被看作是個生病的孩子,所有的異想天開都被看成是病孩子的臆想,這裡寓言式地呈現了病態社會對孩童的戕害,這種戕害使孩子們「很簡單的夢,只是不斷重複著如何醒來。」學校和老師成了孩子們夢中永遠也醒不過來的夢魘。

這篇小說「是一場顛覆、充滿戲劇性、滑稽、黑色幽默的一場寓言的嘉年華」(郝譽翔語)。小說中,孩子們用古老的精神勝利法對抗眼下的嚴酷現實,數學課上,全班被罰舉椅子半蹲的時候,孩子們做夢:「我是奧運舉重冠軍,謝謝,謝謝大家的掌聲」;被英文老師打手背時,心裡默念:「還有一個我在枕頭上呼呼大睡呢」……小說中還有這樣的比喻:老師訓斥學生的時候,話語立刻變成一支箭射向學生,「有的人被射中後,額頭冒汗,臉色蒼白,有的全身發燙掉下眼淚。」而且「被射中的人一輩子都會隱隱作痛」,形象地說明了教育中語言暴力傷害的終身性;孩子們在學校發明了許多遊戲如拍蒼蠅、撕課本、向老師丟手榴彈,來對抗教育的枯燥與乏味;還有為了能夠考上軍校,孩子們又把英文課本撕下來,放在鍋裡倒上油,跟豆芽一起用大火炒來吃,數學課本和雞蛋丟在一鍋滷來吃,還要用更猛的方法,吞它幾包大補丸。這裡用辛酸的幽默與含淚的苦笑來呈現學校教育的失敗,令人引俊不禁的同時,悲從中來。

這篇小說不能當作寫實小說來看,因為它有大量的魔幻現實的成分。小說中有從沒有人看到過的阿川,他只存在於「我」的幻想裡,和主人公「我」其實是精神世界的兩個分體,是更具有靈性的一部分,他的思想存在大於行動存在,完全可以看作一個人精神世界裡的復調言說。這種二重奏式的敘事,頗有復調的感覺。小說的後半部分,我和阿川進入到「本命樹」的迷穀,並從本命樹上看到班上每一個同學的美好未來,以此來鼓勵那些在現有教育制度下已經完全沒有自信

的同學鼓起勇氣,摧毀了由大人們設置的擋在靈性面前的一堵牆。小說在敘述中帶有聰明的快樂,到處充滿了黑色幽默和魔幻的味道,充分呈現出「庶民活力。」讀這部小說讓人想起《堂吉訶德》、《阿Q正傳》之類的小說,看似是喜劇的,但其實是絕望的,但在絕望之中又有大笑,痛苦與快樂並重,異想天開與悲哀傷心同在。

貧乏生活映照下的《初級商務英文會話》

這篇獲短篇小說首獎,評委們的意見非常一致,因為「這是一篇不會盲目模仿跟風,也不會為文而造情的小說,因此顯得特別的簡潔可親,這種簡潔可親正是臺灣小說非常少見的。」(郝譽翔語)「乾淨、文字和幽默感令人印象深刻。」(黃凡語)1979年出生的蘇敬仁台中潭子人,臺灣大學資訊工程所碩士,目前任職於電腦公司,曾有詩作入選《詩路2000年度詩選》。

在得獎感言中,作者曾說:這篇小說是為「被生活壓力輾平的,五官模糊不清的,大多數的現代人,做一篇小小的,小小的傳。」小說中講述了進入而立之年的工程師麥克,利用工作之餘去學初級商務英文會話,小說的成功之處在於,它把僵化教育體制下成長起來的中年人的生活無聊和工作無奈的灰色情境描述得非常成功。正是因為生活無聊,麥克才會關注他身邊的瑣碎事物,如開篇麥克對一隻再平常不過的垃圾箱皺褶的觀察;還有第一堂課上,麥克對老師說英文時嘴邊快速的變化的觀察,而「思考的速度永遠趕不上那幅圖案變化的速度」;看電影時,對老婆白皙的耳朵的細緻描繪……這些細緻的背後正是生命的無聊。然而當老師讓大家交流生活心得,只要是認為值得與大家分享的事都可以用英文在課堂上說十分鐘的時候,麥克卻覺得無話可說,於是為了準備十分鐘的課堂演說,麥克徹底改變了平日生活:先是刻意安排假日與老婆出去郊遊,但因為天氣不好而毫無興致;接著又去電影院看電影,卻因無聊而睡著了,於是會話課上,麥克講述了無聊的郊遊和電影。但麥克最終卻因為忍受不了在課堂上展現出的被繁瑣的生活磨鈍了的生活觀察能力,最後從步步緊逼的英文會話課堂上逃離。小說一

直隱而未露地揭示著「比較冗長的，才是生活的真相。」

任何一種語言都是人類精神世界的載體，精神貧乏的人運用語言來表達的文本也自然有限，這是小說進行的一個潛在邏輯。生活貧乏的麥克連和老婆說話都懶得說，更別說操英文來講述自己的生活。加之英文有各種規則和條例，句子怎樣讀、如何念重點，如何把零零散散的短句子湊成一個長句子……作者就是通過英語世界來透視麥克的精神生活，結果看個蒼白透亮。為了加強麥克的精神壓力，作者讓麥克的會話練習不停地成為老師進行修改的例示，老師將麥克用過的「每個單句用關係子句副詞子句形容詞子句全部組合起來」，變成一個充實的句子，而在麥克看來，那些細節可能是無關緊要的；又如麥克的一篇遊記，在老師的糾正下，麥克改成全篇為過去式，但總覺得這篇文章變成了血跡斑斑的哀悼文，過去的生活也成了灰色的記憶；還有麥克朗讀英語的時候，老師又強調句子必須有重音，最重要的是「重實輕虛」，這個重音代表了生活之中哪些是我們生活的重點，重點又是什麼……從這一系列的論述中，可以看出作者非常聰明地運用了英文的文法和重音來幽默地探索出生活的內容，從中折射出生活的真相就是：「找不到重點，充滿繁瑣的細節。」的確，無論是學習英文，還是生活，必須要填充細節，只有這樣才能改變僵化、簡單的形式。作者非常契合地將英語世界與現實生活勾連起來，處處都有會心的幽默。

渴望人在旅途的《出外》

畢業於臺灣中興大學外文系的謝育昀是本次獲獎中唯一的女性，她目前就讀於臺灣師大英語所文學組，曾發表小說、散文創作多篇。「計程車司機在城市裡其實是具有指標意義的」，這類題材的小說不好寫，而這篇小說得到了評委的一致贊同。李昂認為「在小小的計程車空間裡面，可以展現都市裡面有一點骯髒與情色。」東年認為在這篇小說中，不景氣的社會和成長的故事兩個主題「互相激蕩。」郝譽翔認為它「具有一種扎實的生活基礎，而這正好是賣弄知識／姿勢的臺灣小說最最缺乏的風格。」這些是這篇小說脫穎而出的主要原因。

作者設計了從女兒的視角透視計程車司機群落，通過家裡、車行、出車等幾個空間的展現，立體式地呈現出計程車司機的全部生活。女孩的父親因為不景氣而失業，當了計程車司機。此時，正是臺灣計程車行業最不景氣的時候，因為一個女立委搭乘計程車失蹤，人們對計程車司機有一種難言的恐懼。但女孩貼近了父親的生活之後，她看到了計程車司機真實的生命狀態：他們生活在社會底層，卻時時不忘感恩；他們有親密的兄弟情誼，為打發時間而一起喝酒、下棋；閒聊的時候不講悲哀苦痛，而是「帶著醉意和誇耀的語氣」分享著有趣的故事，那是一些快樂而有點齷齪的故事……但在看似快樂、輕鬆的背後，實際充滿了生活的艱辛，世故又善於察言觀色的父親有「無數次出門在外的等待，只是這樣漫長又周而復始的等待似乎沒有因為夜晚來臨而停止」，作為城市裡的漫遊者，日日辛勞只不過是賺得一些養家糊口的小錢。

小說裡的「出外」帶有雙層的含義，不僅是父親每天的出外工作，也包含了女兒為了長大而出外的含義，因此，這也是一個成長的故事。在得獎感言中，作者說：「出外的途中每每能發現許多奇花異樹。」這恐怕就是指女孩獨立成人而必須經過的心理斷乳階段。小說中，因為母親角色的缺席，女孩一方面有戀父的情結，一方面又想超越父親，她在這兩者之間掙扎。這表現在「她感到困惑，對於父親。」於是情感的複雜性清楚地呈現出來，父親在她每次離家前，給她生活費的時候都會這樣說，「出門在外，總要多帶點錢」，小說中多次細描女孩對那些多種味道鈔票的複雜感受，有來自父親的煙草味、來自女乘客的香水味、來自男子的髮油味，父親不知辛苦地接送多少客人，才能賺得這些錢，因此更增加了對父親的理解。但是女孩並不只停留在理解父親的心理的層面上，她有超越父親的欲望，這是女孩成長中的真實感受，因此有時她會厭倦父親的粗俗和無聊，於是「她感覺自己得先離家，學會去接受一些事情，學會傾聽父親，學會習慣父親和他身旁集聚的沉滯等待和彌漫家中的酒氣，學會以父親養家的辛勞為榮。」因此這裡的「出外」，不再是單純的逃避，而是自立和理解父親的延續。結尾處，女孩搭乘計程車時，遇到的司機是父親的年輕朋友，而她竟然身無分文，而父親講的那個有關菲傭乘車不給錢，讓司機摸一把的葷故事兩人都聽過，於是她「感到他灼熱又刺人的注視後，她試圖閃躲迴避著他的眼睛，頭愈來愈低。」一個朦

朧的結尾,計程車司機和路人的出外同樣都得經過平安的挑戰,她最終是平安回來,還是永遠人在旅途,這是一個未知的謎。

此外,還有四篇小說獲得短篇小說佳作獎,這些小說也各具特色。如劉韋廷的《排除等待時間》是一篇私人性質較強的小說,通篇寫「我」為了排除等待的時間,而不停地侵犯他人的利益。作者沉浸在冥想的暴力快感中,讓我們看到深藏於文明人內心的一個寓言。大陸作者田永的《鄭子善供單》回顧的是兩百年前湘西小城發生的苗民暴動。但作者描寫得溫馨感人,小說情節非常簡單,借獄卒「我」對給苗人制火藥的鄭子善的審訊來結構全篇,通過小人物的喜怒哀樂折射出漢人與苗民的錯綜複雜的關係。小說的敘事比較有特點,就是說書人角色的運用,鄭子善參與了那段苗民暴動的歷史,擁有深厚的真實經驗,讓他做說書人,就讓人一邊聽故事一邊進入真實的歷史情境中,正所謂大歷史的小視角言說。盧福田的《人體拼湊藝術家》被評委李昂認為這篇小說的入選機會不大,因為它太「文藝腔」了。的確如此,「生活中,很多人和事都是被拼湊出來的」,這個道理在生活中很簡單,作者卻經營得太過艱辛,將一個本來很簡單的道理,寫得異常的複雜,這可能是減損小說藝術性的主要原因。何晉勳的《消失的陰影窩》能夠獲獎,並不是因為他模仿《百年孤獨》的成功,而是它的功力比較成熟。郝譽翔認為這篇小說的作者功力最成熟的,但覺得不安的是「它可能是臺灣版的《百年孤寂》,不僅它的筆法像,它的敘事語氣像,連故事也有很多神似的地方……」,這篇小說引發了年輕作者們關於如何模仿和超越經典文學作品的再思考。

綜上所述,從這次獲獎的小說可以看出,作者們都在追求一種超越物質依賴的精神醍醐,他們保持著文化的熱望和對理想的執著。他們特別關注青春題材,並在這方面有新的表現和挖掘,例如《海童》、《出外》、《排除等待時間》、《初級英文會話》都描述了年輕人某種真切的生活體驗,逼真地傳達出了成長焦慮和期待轉型的心態。儘管這次獲獎小說中有一些精深成熟之作,但也有些作品在不同程度上存在著藝術技巧不圓熟等問題。有的作品故事精彩,但是由於沒有更精細的構思和醞釀,而顯出了才氣有餘,技藝有限的弊病,減損了小說的藝術魅力。值得欣慰的是,那些充斥於臺灣文壇的個人獨白和消解話語意義的小說在

這次評獎中並沒有受寵,反而是那些充滿了文化焦慮和人文關懷的作品獲得了評委的青睞,這標示出由新銳作家帶來了人文精神的復甦。

(原載於《文藝報》2005年2月3日)

臺灣科幻小說的創作及其特點

何笑梅

一

科幻小說是一種奇特的文學樣式。作為科學幻想，這類作品要求作者應有天馬行空的想像力，大膽創新，超越已知的現實世界，跨越時空去開創無有之鄉；作為文學作品，科幻小說亦需要有獨特的內涵，反映現實生活的各種問題，深挖人性的本質。在臺灣當代文學中，科幻小說屬於稍後興起的文體。直至1960年代中期，還極少見到出自臺灣作家之筆的科幻作品。1950年代，雖然一些少兒雜誌如《學友》、《東方少年》、《良友》和《新良友》等，發表過一些科幻小說，但均為翻譯之作，而且數量不多。1950年代末，臺灣作家趙滋蕃曾在香港出版了一套《科學故事叢書》，分為《飛碟征空》、《太空歷險》和《月亮上看地球》三冊。這套叢書發行量大，影響很廣，內容是以祖孫兩人的一次太空旅行貫穿其中，構成一個完整的故事。全書以對話的形式，介紹了太陽系包括地球、月亮以及內行星和外行星的科學知識。從書的內容來看，儘管有人物、有情節和場景，具備了科幻小說的雛形，但因其科學的成分多，幻想的成分少，稱它為科學故事更為妥當。

嚴格意義上的科幻小說出現在臺灣文壇，還是1960年代末期的事。1968年，散文家張曉風發表了短篇小說《潘渡娜》，作品講述了一個科學家造人的悲

劇。1969年3月，《純文學》雜誌推出了旅美作家張系國的第一篇科幻小說《超人列傳》；同一年，黃海出版了他的第一部科幻小說集《一零一零一年》。自此，科幻小說終於登上臺灣當代文學的殿堂，並逐漸受到讀者的青睞和文壇的重視。

1970年代中期以後，臺灣科幻小說獲得較大的發展。1977年，呂應鐘創辦了《宇宙科學》月刊；1978年，《少年科學》、《明道文藝》、《幼獅文學》等期刊和《新生報》副刊，陸續刊發了不少科幻作品；1979年，遠景出版社出版了黃海、倪匡等人的科幻小說選。

進入1980年代後，臺灣文學的發展呈現出多元化的新格局，多種流派、不同樣式的文學猶如百花競相開放、爭奇鬥妍，科幻小說的創作也隨著日益繁茂，並在臺灣文壇紮下穩固的根基，佔領了重要的一席之地。洪范書店出版了張系國的科幻小說集《星雲組曲》，知識系統出版公司出版了《當代科幻小說選》一、二集與1984年至1986三個年度的科幻小說選。希代出版公司1990年出版的《新世代小說大系》，科幻小說被單列為一卷。此外，繼1981年《聯合報》小說獎特設科幻獎後，1984年又先後設立「張系國科幻小說獎」與《中國時報》科幻小說獎。這不僅是科幻小說繁榮的一個重要標誌，也反過來推動了其創作的進一步發展。

與此同時，評論界、研究界也開始對科幻小說投以關注，如照明出版社出版了呂金鉸的論著《科幻文學》，率先對臺灣科幻文學的發展作了較為全面、系統的評介和研究。1982年《聯合報》副刊舉辦科幻小說座談會，出席者不僅有科幻小說作家，還包括一些著名的專家、學者。座談會對科幻小說的界定，科幻小說與科學、幻想以及神話的關係，科幻小說的創作與發展等議題進行了探討，肯定了科幻小說的文學價值和社會意義。

二

談到臺灣科幻小說的發展過程，我們不能不著重提及張系國所作的努力。張系國既是一位電腦專家，又是一位早熟、多產的文學家，先後出版過長篇小說、短篇小說集和評論集等十多種。他對臺灣科幻小說的確立、發展做出了重要的貢獻，被稱為臺灣科幻小說的奠基人。張系國不僅是最早從事科幻小說創作的臺灣作家之一，從1970年代起，他還在《聯合報》副刊開闢「科幻小說精選」專欄，介紹翻譯世界各國優秀的科幻小說作家和作品，另還主編「年度科幻小說選」、「當代科幻小說選」、「科幻叢書」等。這對臺灣科幻小說的創作無疑起了借鑒和推動的作用。

在理論研究方面，張系國對科幻小說的涵義和藝術特點，它與正統文學的關係、它的主題思想、表現方法和民族風格等問題，都進行了一系列的探索。他認為，科幻小說的重點在「幻想」，不是在「科學」，科幻小說就是現代人的神話。既然是神話，必然是幻想的成分居多。他反對那種認為科幻小說是用文藝手法表現科學知識的觀點。關於科幻小說的主題，張系國認為，科幻小說與一般文學創作在本質上是一樣的，要有深刻的思想，絕不能逃避現實與人生，科幻小說是借科幻和未來世界反映現實生活的。張系國還主張，中國的科幻小說必須建立自己鮮明的民族風格，不能單純地套用和模仿外國人的模式。而要創作具有「中國風味」的科幻小說，很重要的一點，就是要善於從中國古典文學中汲取營養和精華，在作品中融入中華民族優良的文化傳統。張系國提出的科幻小說應當重視思想、重視人生、重視藝術、重視民族風格的理論，得到文學界廣泛的認同與讚賞，無疑給臺灣科幻小說的發展指明了一條健康的道路。

張系國有關科幻小說的理論和主張，始終貫串於他本人的創作實踐當中。自從《超人列傳》發表後，他又陸續寫了《歸》、《翦夢奇緣》、《望子成龍》、《吾家有女》、《青春泉》、《翻譯絕唱》、《銅像城》、《傾城之戀》等科幻小說，這些作品不但文字精美、幻想奇特、思想深邃，而且具有鮮明的民族風格，深受廣大讀者的喜愛。

如果說，張系國主要從理論宣導方面推動了臺灣科幻小說的發展和繁榮，那麼，黃海則以其豐碩的創作成果奠定了他在科幻文學領域裡不容忽視的地位。黃

海原以創作小說和散文為主，1968年以後便一直致力於科幻小說的創作，主要著作有長篇科幻小說《天堂鳥》，科幻小說集《一零一零一年》、《新世紀之旅》、《流浪星空》、《銀河迷航記》、《悲歡歲月》、《偷腦計畫》，以及少年科幻小說《奇異的航行》、《大鼻國歷險記》、《地球逃亡》等，作品曾經多次獲獎。

　　黃海雖然畢業於臺灣師範大學歷史系，但對自然科學卻很喜愛，在接觸到一些國外的科幻文學作品後，產生了濃厚的興趣和好奇，於是便開始摸索著寫科幻小說。1969年發表的《一零一零一年》，據說就是在看了外國科幻電影《浩劫餘生》後受到啟迪寫成的。作品講述載有六名不同國籍成員的次光速太空船一號出發探險，旅遊銀河系各處。他們先後訪問了高於或低於人類文明的外星球世界，最後當返回地球時，發現地球文明已經毀滅。作者憑藉宇宙航行中的時空差異，以未來的眼光看現在，進而探討和設想人類文明的興衰。該作由情節連貫的幾個短篇組成。1980年重版時增加五篇，並更名為《天外異鄉客》。1970年至1972年間，黃海又創作了《新世紀之旅》。這部作品同樣由若干情節連貫的短篇構成，描寫一個死於1970年的中國人，屍體經過冷凍，50年後解凍、醫治復活後遊歷2020年的奇幻故事。作品寫了人造人、人工冬眠、肢體再生術、人腦與電腦結合、傳心術、心靈控制術、大腦移植、反引力等等，以豐富的想像描繪未來社會科技發展的前景，以及同人類命運的關係。此後，黃海的科幻小說題材進一步拓寬，主題思想進一步增強，而作品中科學的成分逐漸減少，幻想的成分則大大增加。1976年8月在臺灣《中央日報》副刊連載的《銀河迷航記》就是這樣一部力作。小說講述一艘載有272名乘客的太空船——銀河九號離開地球和太陽系，去尋找另一個地球，建立烏托邦的一段經歷。作品中，黃海不僅構想了複製人類、長生不老等技術和辦法，還真實細膩地描寫了宇航員在漫長孤寂的太空航行中的種種心理活動，如對地球故鄉，對美麗遼闊的中國大地的深情眷念。此外，更設置了兩個外星人混入太空船，暗中對人類進行試探考驗而引起一連串戲劇性衝突的巧妙情節。外星人經過一番考察，得出這樣的結論：「人類的科學技術已足夠進行星際探測……但是心靈方面卻需要長期的進化改造。」批評人類「盲目地追求永生，只有手段而沒有目的，不知改造人性，未免太可悲了。」外

星人在戲弄過太空船的眾人之後，不告而別，讓人類繼續摸索改造人性的途徑。該作構思精巧奇妙，情節迷離曲折，文學色彩十分濃厚，而蘊含的思想性也相當深刻，因此發表後深受歡迎和重視，被收入張系國選編的《當代科幻小說選》。

葉言都也是一位引人注目的科幻小說作家，1985年曾以《我愛溫諾娜》獲得臺灣《中國時報》科幻小說首獎。他的作品不僅可讀性強，而且極具現實意義和諷刺意義。《高卡檔案》、《迷鳥記》、《綠猴劫》等都是這樣的佳作。發表在1979年8月《現代文學》中的《高卡檔案》，被稱為「是一篇最不『科幻』的科幻小說。」作品借一位元老將軍的回憶和翻閱檔案，道出當年某國實施「海馬計畫」，致使「高卡族」滅亡的秘密。所謂「海馬計畫。」是某國「利用MB-19藥劑對高卡族之社會的作戰計畫」，而「MB-19藥劑」則是一種「生男藥」。「海馬計畫」就是利用高卡族重男輕女的風氣，誘使他們服用這種藥片。經過20年時間的實施，高卡族漸漸男多女少，引發了種種社會動亂，終於被輕而易舉地滅絕。小說中的「高卡族」雖然純系虛構，但其重男輕女的心理卻與傳統的中國人何其相似；而隨著科技的發展進步，性別控制是可以預期的事，假如「生男藥」真的問世，那將對中國社會發生怎樣的影響？由此可見，《高卡檔案》所隱喻的主題思想發人深省，作品的現實意義不容忽視。

發表於1986年11月《中國時報》人間副刊的《迷鳥記》，也是一部極不「科幻」的科幻小說。故事描寫克奇茲國防部實施一項生物作戰計畫，利用海鳥黃嘴鷗的遷移習性將病毒帶往敵國加西亞蔓延。一隻攜帶病毒的黃嘴鷗中途迷了路，被船工杜茂財帶回布龍國，不料卻讓海關總署扣留。一場紛紜複雜的糾紛因此而起，環境局、愛鳥協會強烈主張將鳥放飛，克奇茲為防止機密洩漏，派遣情報員柯爾曼前往布龍國活動。最後在柯爾曼的策劃和慫恿下，黃嘴鷗被金城股份有限公司總經理鐘金城以5萬元高價買下，殺了作「補身子」用。這篇作品如果去掉那幾個地球上不存在的國名、地名，其內容與創作手法同寫實小說相差無幾。小說描繪的布龍國的風俗、文化，實際上是當代臺灣社會的寫照；而作者筆下的人物形象，如鐘金城的愚蠢無知、荒淫好色，李公實為競選議員而費盡心機、花言巧語，無不反映了臺灣上層社會某些人物的真實面目。小說因而獲得強烈的真實感和諷刺意義。

自1980年代開始，不少已在臺灣文壇嶄露頭角的青年作家，如黃凡、張大春、平路、林耀德、苦苓、李昂、袁瓊瓊等，也紛紛涉足科幻文學這一領域，寫出了不少內容深刻、藝術性強的好作品。這批新人的加入，為科幻小說的創作注入了新的活力，他們的作品拓寬了臺灣科幻小說的文學視野，在審美意識、藝術手法方面均有銳意求新的表現。為此，張系國曾經不無欣慰地表示：「我對中國科幻小說的未來，十分樂觀。我也相信，在年輕作者逐漸摸索出創作方向，建立各自的風格之後，有關科幻小說定義的辯論，將不成其問題。中國風味的科幻小說究竟是何面貌？我們且拭目以待。」〔1〕

三

　　從總體上看，臺灣科幻小說創作呈現出兩個較明顯的特點。

　　第一，通俗文學的非通俗化。

　　何為通俗文學，理論界似乎還未有明確的界定，不過有一點似乎可以肯定，就是凡屬迎合大眾文化消費心理的創作都可歸入通俗文學。不少科幻作品——如外國流行的「機關佈景派」——確實具有這種消費品味，因為它們往往落筆於「科幻」而不在「文學。」這類創作常以名目繁多的「科學利器」，如太空船、機器人、時光甬道、冬眠術等，以及曲折變幻的情節、光怪陸離的人物等吸引讀者，乃至融入言情、武俠、鬼怪等成分。臺灣流行的科幻小說中，確有一部分可歸入此類，例如倪匡的大部分作品。正因為如此，按照傳統的觀念，科幻小說被歸入通俗文學之列。然而相當多的臺灣科幻小說創作，卻呈現出不同的品質。這或許是因為，臺灣專門的科幻小說作家極少，大多數是既從事嚴肅文學創作又寫科幻小說的作家，普遍具有較深厚的藝術修養，因此他們在創作科幻小說時，更著力於「文學性」的體現。如黃海就認為，必須提高科幻作品的文學性，他還說，從文學的觀點來看，還是應該走「文以載道」派的路，才能使作品流傳，否則，作品只有一時性〔2〕。這與張系國的科幻文學理論顯然是一致的。黃凡則更明確地表示：「我認為現在科幻小說幾乎也可被視為正統文學，我個人就是從

事這種嚴肅文學創作，藉著科幻來表達我一些嚴肅的想法。」〔3〕這種以對待正統文學的態度來從事科幻小說創作，在作品中注入嚴肅主題、深刻思想的實例，在臺灣科幻小說中比比皆是。例如黃凡的《零》和《上帝的耳目》，集中地體現了作者對世界事務的關心和全人類命運的思索，《皮哥的三號酒杯》隱含著對工商社會的虛偽和冷酷的批判及對小人物命運的同情；張大春的《大都會的西米》同樣表達了對都市文明的批判。再如平路《按鍵的手》，內容描寫電腦工程師林，經過一連串電腦程式的求證、演算，發現自己竟然是一台電腦、一個機器人……作者透過這個表面荒誕不經的故事，也表現了一個嚴肅的主題，即對人生價值、生命意義的探索和思考。這與平路其它小說的主題意識沒有多大差異，只不過是憑藉「科幻」的故事框架加以呈現而已。而我們在前文提到的黃海和葉言都的作品，同樣從不同角度反映了現實生活，蘊涵著作者對社會、對人生的某種看法，其中不乏深刻的哲理。

　　由此可見，臺灣科幻小說普遍具有這樣的傾向，即重視作品的文學性，以「人」為出發點，借助對科幻世界、未來世界的描繪，反映現實和人生的種種問題，表達作家的某種思想或哲理。從這個意義上來看，臺灣科幻小說可謂相當的「正統化」，或稱之為「非通俗化。」

　　第二，文學風格的中國化。

　　科幻小說這一文學樣式起源於西方。19世紀初，美國出版了《科學怪人》一書，這是世界上最早的科幻小說，在當時流傳甚廣。此後的1926年，一本名為《奇異的故事》的雜誌在美國創刊，第一期的扉頁上首次出現「科學幻想」這一名詞。該雜誌經常刊登一些幻想豐富的作品，很受讀者歡迎，科幻小說自此在西方流行開來。隨著科學技術的發展，科幻小說創作逐漸溶入大量現代科技知識。可以這樣說，現代科技文明發展較早的西方不僅是科幻文學的誕生地，也是它成長壯大的搖籃。既然如此，作為一種文學樣式，科幻小說理所當然地接受了西方文藝思潮的薰陶，因而從表現手法到文學風格都完全是西方化的。

　　然而臺灣的科幻作家在植入、運用這一文體時，並沒有生搬硬套外國人的模式，而是根據中國的國情，從中國人的審美眼光和欣賞習慣出發，創作出具有鮮

明的民族色彩、中國風味的科幻作品。這種文學風格的中國化,首先體現在作品的題材和內容方面。例如張系國的科幻小說,雖然描寫的是未來社會的生活,卻深深地打上了中國當今社會的時代烙印。如《歸》中臺灣姑娘與蒙古青年的相戀,「中華聯邦」的締結;《望子成龍》裡的中國社會重男輕女的思想;《青春泉》、《翻譯絕唱》中轉世技術所表現出的佛家的輪回思想,都是帶有中國特色、反映中華文化傳統的題材和內容。其次,在小說人物的塑造上,同樣呈現出鮮明的中國風格。中華民族歷來重情義,《紅樓夢》中的情,《水滸》中的義,不僅反映了中國人美好的理想,也正是這兩部古典名著感人至深、經久不衰的重要因素之一。而臺灣科幻作家筆下的一些人物——哪怕是屬於未來世界的——往往充滿著情和義,充滿著愛心。如張系國的《超人列傳》中的斐人傑,儘管他已變成一個機器人和超人,但他對自己妻子丹娜的愛情卻始終不變,堅貞不渝,最後死在妻子的離像跟前。他對人類及其後代充滿愛心,為了使人類免遭滅絕之災,他歷盡艱險救出兩個孩子,把他們帶到遙遠的另一個星球,不惜耗盡自己的生命。黃凡的《皮哥的三號酒杯》中,主人公皮哥是個著名的酒杯表演者,專門為「馬若奇異金屬公司」做廣告,深受觀眾歡迎,使公司生產的三號酒杯十分暢銷,他也因此得到優厚的報酬。皮哥的好友楊程是研製三號酒杯的科學家,他發現這種酒杯有問題,向董事長馬若提交了一份報告,馬若卻置之不理。結果楊在一次實驗中被怪異的三號酒杯燒成灰燼。皮哥得知實情後,為了報復馬若和他的公司,在一場廣告表演中略施小計,致使三號酒杯的銷路一落千丈。最後皮哥把那只吞噬了朋友性命的酒杯扔進深海,從此告別了酒杯表演生涯。再如,臺灣科幻文學新秀鄭志豪的《無為有處》,儘管描繪的是似假還真、似虛亦實的太虛幻境般的世界,然而小說中的人物——畫家和女孩之間的感情卻那樣真摯動人,為了永相伴隨,毅然付出生命的代價,雙雙奔赴另一個世界。作者對這些人物的描寫,顯然都繼承了《紅樓夢》、《水滸》中情和義的傳統,從而使作品體現出獨特的中國風味。這種文學風格的中國化,明顯地增強了臺灣科幻小說的藝術魅力。

(原載於《臺灣研究集刊》1992年第3期)

注釋:

〔1〕張系國：《〈當代科幻小說選〉序》，臺灣知識系統出版有限公司，1985年2月。

〔2〕〔3〕《當代科幻小說選》附錄：《科幻小說座談會紀錄》，臺灣知識系統出版有限公司，1985年2月。

談《人生行路》與《情結》的結構藝術

何笑梅

　　《人生行路》與《情結》，是臺灣女作家顏陳靜惠的兩個中篇小說。1953年出生的顏陳靜惠，作品雖然不多，卻篇篇精彩可讀，頗受臺灣文壇矚目。1983年，《人生行路》獲得第六屆《聯合報》中篇小說獎，在評審會上曾有評委指出，這篇作品的主要特色之一，是「長篇題材，用中篇來寫。」這顯然指作品的結構。1988年，顏陳靜惠在《皇冠》雜誌第416-418期發表了又一中篇小說《情結》。無獨有偶，它亦是「長篇題材，用中篇來寫。」可以說，這是小說創作中一種較為新穎的藝術結構形態。《人生行路》與《情結》之所以受到讀者的喜愛，與這種別具一格的結構很有關係。隨著現代社會生活節奏的加快和休閒時間的減少，長篇小說越來越難得到大眾的青睞；而這種以中篇的規模、形式來表現具有長篇小說豐富內容的作品，無疑更能贏得讀者的歡迎。由此看來，對《人生行路》與《情結》的結構藝術作一剖析，或許有益於我們的文學創作和作品欣賞。

　　《人生行路》描寫臺灣一個中產階級家庭三代人的生活經歷。黃廷貴的母親簡樸、守舊；妻子素英精明幹練，在她的支持與協助下，廷貴白手起家，由一個搬運工人、貨車司機走上發跡之路。孩子們長大了，在事業與愛情上都有各自的選擇與追求，但素英卻要主宰4個兒女的婚嫁、事業乃至一切，於是兒女們或憤而離家出走，或因失望而沉湎於酒色……顏陳靜惠通過對這個家庭數十年風風雨雨的描繪，從一個側面反映了臺灣30年來的社會變遷，以及由此引起的人們道

德觀與價值觀的嬗變。《情結》則記敘女主人公蘇碧20年的感情歷程。少女時代的蘇碧衝破門第觀念的阻力，與富家子弟蔡文川傾心相戀整整7年，不料蔡卻屈服於家庭壓力另娶他人。蘇碧負氣之下草草出嫁，並隨丈夫去了美國。身居異邦的12年間，她始終無法對蔡忘情，終於在丈夫死後重返臺灣，很快投入已離婚的蔡文川懷抱。然而婚後她卻發現，蔡早已不是昔日心目中純雅清新的白馬王子，他終日酗酒、玩樂，恣意揮霍，甚至背著蘇碧與別的女人同居。愛情美夢的徹底破滅，致使蘇碧精神陷於崩潰，最終釀成一起車毀人亡的慘劇。

很明顯，《人生行路》與《情結》的故事背景廣闊，時空跨度大，就其內容來看，寫成幾十萬字的長篇也綽綽有餘，而作者卻將其濃縮在幾萬字的中篇裡。這顯然是對傳統的小說結構模式的突破。然而顏陳靜惠的藝術追求不僅僅在於此。就二作而言，儘管都是「長篇題材，用中篇來寫」，但其結構又各具特色，從而顯露出作者較強的創新意識和較深的藝術涵養。當代臺灣文壇上，有的作家作品不少，卻如出一轍，同一種思路、同一類模式，謀篇佈局上大同小異。從這方面來看，顏陳靜惠的創作在結構藝術上的獨到之處則顯得技高一籌。

《人生行路》採用「散點式」結構法。全篇不分節，用空行隔開，共分30段。每段各有中心，段與段之間不連貫，具有較大的跳躍性——包括時空與情節的跳躍轉換。如第四段，寫廷貴的女兒千惠第一次交男朋友，當母親素英得知那男孩家只不過開一爿雜貨店時，立即阻止女兒與他繼續交往；而第五段，卻以「廷貴這一年年尾臺北的生意做得特別多」開頭，敘述素英不露聲色地拆散廷貴和林俐璿的經過，兩段之間的情節並不連貫。又如第六段寫廷貴的次子哲彥與煮飯女傭阿滿之間的隱情以及素英將阿滿打發回家；第七段筆鋒一轉，卻描寫千惠留學日本時跟伊藤的一段戀情，不但情節上有所跳躍，地點也由臺灣的高雄轉換到日本的東京。

《情結》則屬「切割式」結構，即將故事的發展比較整齊地分割成幾段。小說開篇先以倒敘手法交代車禍發生的時間、地點及簡單經過，以吸引讀者的注意力。接著將故事分割為5節，從蘇碧變賣前夫遺留的財產，乘飛機返回臺灣寫起，到車禍發生的前夕為止，前後歷時一年。而每一節又都以主人公回憶或幻覺

的形式,插入對往事的描述,包括與蔡的戀愛以及和前夫在美國的生活,將時間跨度拉長為20年,故事背景包括臺灣和美國兩地。

顯然,這兩篇作品的結構迥然不同,但都給人留下了頗為新鮮的藝術美感。這是我們首先要肯定的一點。更值得注意的是,二作又不同於西方現代文學中那些典型的意識流小說或心態小說。一般說來,意識小說或心態小說都趨向於情節的淡化,其描寫對象往往不受時空的限制,而是隨著人物內心世界的展現和人物意識的流動不斷變換。而不論是《人生行路》「散點式」還是《情結》的「切割式」,則都未離開情節的支撐,都有一個故事情節的大框架。

《人生行路》各段之間表面上看來銜接不太緊密、連貫,但它們畢竟不是雜亂無章的組合,也不像意識流小說那樣,經常出現時空的交叉、變換,或景物的重現、重疊,而是「形散神不散」,始終沿著一條總線索──黃廷貴一家的生活變遷朝前推展。其中,又以廷貴的妻子素英作為聚光點,即以她為中心,聯繫家中其他人物形成多條輻射線,紛而不亂地展開全家人有聲有色的活動。小說中有這樣幾條線索:素英與婆婆罔市的關係;與丈夫廷貴的關係;與女兒千惠、兒子哲鴻、哲彥、哲邦的關係。通過這些線索的交替發展,不僅顯示了每個人物的個性特徵──罔市的固執保守,廷貴的善良敦厚,以及千惠的柔順、哲彥的懦弱,哲邦的獨立自主和哲鴻的自暴自棄,而且在這眾多人物性格紛紜複雜的演化中,中心人物素英的性格變化,也得到了充分的展露。素英年青的時候,看上了家境貧寒但人品出眾的廷貴,可見她當時的樸實、純真;而隨著家庭經濟的富裕和社會風氣的改變,她逐漸變得庸俗和世故,追求時髦,講究排場和享受,以致同過慣了苦日子的婆婆格格不入。在對待兒女的婚事上,她也由過去的重人品變為講究「門當戶對」,注重家世和學歷。為此她讓女兒相親32回,最後嫁給一個身體有缺陷的男人;她強行拆散哲鴻與羅苗秀的姻緣,一手包辦哲彥的婚姻,把自作主張娶回一個「麵館子女兒」的哲邦趕出家門。結果不僅給兒女們造成種種不幸,也給自己帶來無窮的煩惱。事實的教訓終於使素英漸漸有所醒悟,而這醒悟也正是體現在她與哲鴻、哲邦及其妻女關係的轉變上。由於小說寫了素英這樣一個聯繫他人而又貫串始終的中心人物,而她的行為舉止又影響與制約著其他人物性格的發展變化,換言之,小說情節的鋪展與人物性格的演化是圍繞素英這一中

心人物進行的,這樣,我們從作品中獲得的印象就不只是一些零星瑣碎的生活剪影,而是一幅關於黃廷貴一家完整的人生畫卷。

較之《人生行路》,《情結》的結構藝術又呈現另一種風姿。作品除開頭部分外,其餘各節均按時空順序排列,但每一節中卻以電影蒙太奇的組接方式插入主人公的回憶、聯想以及幻覺等心理活動,從而形成不同情節和時空的跳躍、組接。《情結》著重於揭示主人公的感情世界,作品中有大量人物內心活動的描述。這點類似西方的心態小說。心態小說往往除了情節的淡化外,更有意淡化時代和社會背景;《情結》則不同,它不僅故事情節脈絡清晰,而且很強調故事發生的社會背景,作者有意識地將人物置於特定的時代環境中去刻畫。蘇碧所成長的時代是轉型以前的臺灣,那是一個儉樸乃至清苦的社會。她出嫁、離台,又正好跳過了臺灣的社會轉變時期。而在美國,她與前夫住在鄉下,過的仍是一種清靜、踏實、自食其力的生活。當她12年後重回斯土時,驟然面臨的是一個已經高度工商化的都市社會。面對這個繁華奢侈而人情淡薄的社會,以及蔡家那物質豐裕而精神空乏的生活方式(這是1980年代臺灣許多人的生活方式),她未免困惑不解和難以適從。當她對蔡文川那膏粱子弟的四體不勤表示不滿時,蔡卻這樣回答:「……你對這個社會隔膜了,這是個富裕社會,大家追求的就是生活享受啊!不玩樂,不仰賴別人的照料,還能叫做享受嗎?」由於不同的生活環境,相異的社會背景,這對當年的戀人、現在的夫妻之間拉開了一道難以彌合的裂痕。它使蘇碧拚盡全力維護了將近20年的愛情殿堂化為廢墟,使蘇碧失去了最後的、也是唯一的精神支柱。蘇碧無可避免地陷入了痛苦的深淵。無疑,蔡文川的墮落與敗德,正是當今臺灣社會某一群人的真實寫照;透過蔡的生活足跡,我們清楚地看到了當代臺灣社會的蛻變。從這個意義上說,蘇碧的悲劇就不僅僅是個人性格因素所致,而是時代和社會造成的。由此可見,《情結》所包含的思想底蘊要比一般的言情小說深邃、豐厚得多。而這在很大程度上應歸功於作者在營造結構中所費的苦心。

顏陳靜惠這種「長篇題材,用中篇來寫」的結構藝術為臺灣當代小說提供了某些值得借鑒的新鮮經驗。

其一，有利於擴大作品的容量與描寫的生活面。真正的文學是內容與形式完美結合的產物。一個勇於藝術探索的作家，其選取表現形式的基本出發點乃是最大限度地有利於思想內容的表達。《人生行路》是寫家庭生活的。在臺灣當代小說中，以家庭生活為題材的作品很多。這裡且不說多數反映家庭問題的中短篇小說，其作品容量遠不及《人生行路》，即使有些長篇作品所涵蓋的生活面也沒有《人生行路》那樣寬廣。例如廖輝英的《盲點》，這是一部25萬字的長篇小說，它反映女主人公丁素素歷時5年的家庭生活及其愛情、事業的境遇，其中既描寫夫妻關係，也表現了婆媳矛盾。而作為中篇小說的《人生行路》，不僅包含了這兩個方面的內容，而且反映的生活層面更廣，時空跨度更大，塑造的人物也更多。它不僅有對臺灣島內社會生活的掃描，還有對海外留學生涯的抒寫。小說通過對三代人不同生活經歷的描繪，生動地反映出臺灣社會30年的發展與變遷。流溢於作品字裡行間那種深沉的歷史感與滄桑感，是我們閱讀《盲點》或其他同類題材的長篇小說時無法體會到的。《情結》同樣具有這方面的優點，這裡就不再贅述。

其二，有利於開拓讀者的思維空間。一般說來，能給讀者留下回味與想像的小說，勝於那些一覽無餘的作品。這種「長篇小說，用中篇來寫」的結構形式，可以避免傳統小說那種凡事從頭道來、滴水不漏的描述方法。《人生行路》的段與段當中，每每留有一些可供讀者思索、想像的空間。如有關廷貴的外遇，小說僅僅點到廷貴在臺北湘雲閣初識林俐璿的一幕，至於他倆交往的詳細情景則被省略了。而這個「省略」是讀者很想知道也是可以想像得到的。如再寫哲邦帶著新婚的妻子劉萍回家，被不顧情面的素英逐出家門，而當他們重回黃家時，女兒阿暖都已經3歲了。這樣的結構法不僅節省筆墨，而且給人提供了想像的餘地，有助於增強讀者閱讀興趣。

其三，較好處理繼承與借鑒、繼承與創新的關係。這一點很重要，它是促進文學創作發展更新的關鍵。從臺灣當代小說創作的實際情況看，那些具有創新意識的作品，大都表現在藝術結構的變革。其中大致包括兩種情況，一種是完全摒棄傳統的結構方式，全面引入西方現代小說的結構手法；另一種是作品的外部框架是傳統的，而內部構造則是現代的，較好地體現出「中西合璧」的藝術美感。

顏陳靜惠追求的顯然是後一種結構藝術。即如前文所述，不論是《人生行路》的「散點式」，還是《情結》的「切割式」，都未拋開故事情節的大框架，都有一個作者集中描寫的中心事件，並且都是依照時間順序推進情節。它猶如一座建築，外部形狀保持民族的傳統構造，內部細節則是現代化的新型裝飾。這種結構形式既能適應包括臺灣在內的廣大中國讀者的欣賞習慣，也符合當代讀者求新好奇的審美情趣。它標示著臺灣當代文學藝術發展的一個趨向。

實際上，顏陳靜惠這些方面的藝術追求並非為其一人獨有，不少臺灣新生代作家在創作中做過類似的探索和實踐。如蕭颯的《霞飛之家》，許台英的《歲修》，蘇偉貞的《紅顏已老》等小說作品，也都運用了「長篇題材，用中篇來寫」的結構方式。至於融合中外文學的創作經驗，更是一大批臺灣新生代作家的共同追求。海峽兩岸的臺灣文學評論界有一個共識，即臺灣的新生代作家較好地融會了鄉土派與現代派的創作特點，從而顯示出獨異的文學風貌。這裡所指的便是對民族文學的繼承與對外來文學的吸收借鑒。宋澤萊、黃凡、李昂、吳錦發、朱天心等青年作家的作品都相當明顯地表現出這一創作特色。

當然，古今中外的文學創作中，不可能有哪一種結構模式是十全十美的，這種「長篇題材，用中篇來寫」的結構方法同樣有其利亦有其弊。一方面，固然可以避免結構鬆散、情節拖遝的缺點，且增加了作品的容量與人物的活動空間；另一方面，在人物眾多、事件紛繁的情況下，容易出現枝蔓蕪雜，處理起來顧此失彼的毛病。此外由於受篇幅限制，一些必不可少的人物刻畫與環境描寫顯得過於簡單粗糙，甚至無暇顧及，使人閱讀時缺少如臨其境之感，作品的藝術感染力也因此而顯不足。如何克服這些毛病和弊端，使之更好地為主題思想服務，提高作品的美學價值，仍然有待作家的不斷探索和努力。

（原載於《臺灣研究集刊》1990年4期）

姚一葦歷史劇的現代性與民族性

徐學

一

現任臺灣藝術學院戲劇系主任的姚一葦，是臺灣著名的戲劇理論家、劇作家。他的歷史劇在臺灣很受歡迎，有的已被改編成電影，特別為青年所喜愛，許多大學的業餘劇團還採用了他的劇本在校內外公演。

姚一葦的歷史劇能在當代青年中引起強烈反響的主要原因在於，善於在中國古老的審美題材中融入當代意識，使之達到了傳統的現代化。對具有封建時代色彩的人物和故事作出新的闡釋和改造，使古人成為有生命力的新人，使傳統題材具有現代的品格，是姚一葦歷史劇創作的出發點，它也應成為我們剖析姚一葦歷史劇的起點。

姚一葦在回顧他歷史劇創作歷程時曾要言不煩地闡明了他的創作宗旨：「我企圖結合我國傳統與西方、古典與現代，在一個大家所熟知的故事中注入當代人之觀念」，他還說：「我企圖建立起我們自己的戲劇，把傳統與現代結合起來，為開拓我們自身的文化盡一點力。」〔1〕

藝術是一種選擇，是對包羅萬象的大千世界的一種改造、投射和構築。這種選擇在歷史劇的創作中雖然受到固有史實的限定，但有作為的劇作家卻能戴著腳

鐐跳舞，在舊骸骨中吹噓進新生命的氣息。

「當代人的觀念」是姚一葦藉以改造舊題材的觀照物和審視點。當代觀念並非盲目地搬取西方現代派，挾今日之夷以凌古代之夏。姚一葦深知，徹底拋棄傳統，無異自絕於民族想像的背景，割斷觀眾審美情感的媒介。「把傳統與西方，古典與現代結合起來」，就是要用當代中國人的眼光與立場去發掘傳統文化中可貴的民族精神，拋棄與清除傳統文化中的糟粕與腐物，以現代人的價值觀念對傳統文化作出新的取向，使當代的觀眾從繽紛而多彩的歷史風情中獲享新的觀照與共鳴，而不單純只是發思古之幽情。

基於此，姚一葦在他的歷史劇創作中既尊重史實，不忘從古到今順流而下的演變，又不囿於陳見，敢於把古納入當代意識，注重從今到古溯流而上的返照。

為了達到這個目的，姚一葦在他的歷史劇創作中既努力採用了西方自莎士比亞到現代荒誕劇中的種種表現手法，又大膽汲取了中國傳統戲曲中尚具有生命力的美學精神和戲劇手段，涵詠吐納，洪爐化雪，使自己的歷史劇既是中國的，又是當代的；既是民族的，又是世界的。

二

在森嚴陰冷的中國禮教社會中，流傳著許多淒婉哀怨、浪漫超奇的愛情故事，故事中的男女主角成為炎黃子孫耳熟能詳的人物。張生和崔鶯鶯、崔寧與秀秀是其中的兩對。前者曾是唐傳奇、諸宮調和元劇中的人物；後者則為從宋話本到明清小說中說書人喜愛的話題。他們都可說是中國老百姓所熟悉的陌生人。姚一葦的《孫飛虎搶親》是根據張生與崔鶯鶯的故事改編而成，《碾玉觀音》則取材於崔寧與秀秀的一段佳話，但二作都站在為前人所不及的高度上抨擊了扼殺人心、禁錮思想的封建禮教，謳歌了那些敢於大膽追求個性解放、按照自己的理想和意志去開拓生活道路的勇敢的青年男女。

《孫飛虎搶親》是帶有濃烈喜劇色彩的三幕劇。在中國傳統文學中崔鶯鶯與

張生的戀情,與中國流傳的其它癡男癡女的愛情頌歌有很大程度的不同。它沒有《賣油郎獨佔花魁女》的渾厚樸實、《牡丹亭》的深情瑰麗,也不及《梁山伯與祝英台》的纏綿悱惻、《杜十娘怒沉百寶箱》的悲壯決絕。它基本上是一種淑女與君子的愛情。張崔二人心中害著相思,當著人前,一個時時顧及自己相國的門第、處處不忘大家閨秀的身份;一個恪守古代儒生應守的禮節。因此紅娘嘲笑張生是「銀樣蠟槍頭」,搶白鶯鶯「對人前巧語花言,沒人處便想張生、背地裡愁眉淚眼。」在《孫飛虎搶親》中,作者更為誇張地諷刺了張崔被禮教名分扭曲了的性格,他們不單在愛情上不能圓滿成功,而且被刻劃成懦弱、虛偽、迂腐和不能瞭解自己、不能把握自己的可笑人物。他們那玫瑰色的戀情不久就褪盡了色彩,剝落了粉飾、裸露出荒謬的面目。劇中的張生沒能考上科舉,一變躊躇滿志為慘慘悽悽。他「賣力氣的活幹不動,做官的事沒門徑,只好教個館兒,打個卦兒把日子混。」當他聽說鄭恆與崔結婚時,立即昏倒在地,醒後覺得自己確實配不上相國之女,也就心安理得的向新郎新娘敬酒。忽然聽說孫飛虎要攔路搶親,他只會渾身打顫,話不成言。而崔鶯鶯也是個不懂愛情的混沌之人。她一度等待張生,可臨到要嫁鄭恆也覺得亦無不可;當被孫飛虎搶到寨中,見到孫飛虎不麻不駝,一表人才,溫文大度,又動了做壓寨夫人的心思。較之張生與崔鶯鶯,倒是那憨直勇悍,不受禮教習俗拘囿的孫飛虎顯得可愛。他嘲笑張生:「難道是沒有功名結不了婚?難道是沒有功名活不成?難道是做個縮頭烏龜不做聲?難道是像女娃似的哭哭啼啼自傷心?難道是長籲短歎了此生?你不會像大丈夫的腳踏地來頭頂天,你不會像大丈夫似的出來拚一拚?」與懦弱的張生全然不同,他決定用搶親來獲取自己的心上人,搶得之後又讓崔鶯鶯在自己和張生二者之間自由選擇一人。最後,孫飛虎雖然兵敗於官家,但他的敢於蔑視禮教,自己掌握自己命運的性格依舊光彩照人。

《碾玉觀音》原為宋話本,寫的是咸安郡王府中的奴婢秀秀,趁王府失火,慫恿情人碾玉匠崔寧一起逃往千里之外成家立業,後被郡王查獲追回,將秀秀打死、崔寧充軍,最後秀秀的鬼魂報了仇冤。姚劇《碾玉觀音》則對此作了徹底的改造,把這個帶有神秘宿命色彩的愛情故事轉化為一個正直、勇敢的藝術家追求完美理想而奮爭不息的生命旅程,把被壓迫的奴隸們自發的反抗提升為一種閃射

著人性光輝的在痛苦中不斷探求與追尋的象徵意蘊。在姚一葦筆下，崔寧不再僅僅是個碾玉匠，而是一個藝術家。他的理想是碾出一個美麗的形象———一座「人的觀音。」他說：「我們誰都沒有看過神，『神的觀音』沒有存在過。」他是按照他心目中最完美高雅的人的形象來塑造他的藝術品的。這裡揭示的正是人的覺醒與藝術的覺醒休戚相關的深刻哲理。姚劇《碾玉觀音》還表現出，崔寧和秀秀愛情悲劇的根源不但在於韓郡王夫婦所代表的封建專制勢力，而更由於禮教習俗這一更深層的毒素對人心的腐蝕與壓抑。秀秀曾不顧父母的阻撓與崔寧私奔，並為了護衛崔甯，挺身獨自跟前來捉拿他們的家丁回府。可當她繼承了父業，成了有權有勢的貴婦人，可以與崔甯永久結合之時，她卻不能掙脫封建正統思想的網羅。她對兒子隱瞞了他們過去的歷史，要兒子讀聖賢書求取功名，並拒絕與含辛茹苦尋找她13年，已雙目失明淪為乞丐的崔甯相認。這不但是一個被壓迫被凌辱的封建時代的藝術家的悲劇；亦是一個背棄了自己的理想與追求、沉淪於權勢富貴而泯滅了良知與意志的人的悲劇；更是一個禮教軟刀殺人不見血的悲劇。

如果說，《孫飛虎搶親》與《碾玉觀音》主要是以愛情生活為審美框架，那麼，《申生》與《傅青主》則偏重於對中國歷史上政治生活中人的悲劇的刻劃。姚一葦在這裡又一次表現了他對歷史的真知灼見與當代眼光。

幾千年來，在中國各封建王朝交接更替之際，總是時時閃射著宮廷內幃的刀光劍影，最高權力的爭奪不僅使善良無辜者蒙難致死，也使那些登上寶座的勝利者淪為喪失人性的迫害狂。《申生》中的驪姬既是權力鬥爭的勝利者，又是這一鬥爭的犧牲品，在她的身上凝聚著作者對於在權勢欲支配下人性可悲的扭曲毀滅的深沉思索和哀悼；《傅青主》則濃墨重彩地勾畫出明末清初在恐怖的高壓政治之下，正直的知識份子所遭受到的摧殘與迫害。傅青主不與統治者同流合污、不畏強權的抗爭精神，和申生身上表現出來的寧為玉碎不為瓦全的犧牲精神、崔寧為了藝術忍辱負重默默的獻身精神，成為姚一葦歷史劇中的亮點，輝映著民族的歷史，也提升著人性的良知，反襯出強權惡習的渺小、醜陋與速朽〔2〕。

在姚一葦歷史劇的審美框架中，我們可發現對於人性的探討多於對社會的反思，對哲理的思索多於感情的傾瀉，對詩意的突現多於對衝突、動作的強調。他

往往不停留在對歷史題材作社會形態、文化形態的表現和闡釋，而是力求開掘到人性的深處；他不但注重表現不合理的社會和陳陳相因的文化所造成的悲劇，而且刻劃出那種具有騷動不安的靈魂的追求者的悲劇。在《孫飛虎搶親》中，作者在刻劃出受封建禮教束縛、失落個性的崔鶯鶯、張生，愚昧無知混沌未開的阿紅等人可悲的同時，也描繪出敢於反抗禮教、反抗社會的孫飛虎的痛苦。他的深重的悲哀一方面是由於正當的要求與願望在不合理的社會中的不能實現，另一方面也包含著一種蓬勃的生命力受到壓抑時而感到的痛苦。這種痛苦是積極的，因為它不為逃避痛苦而遁入空門，反之，它激勵了孫飛虎勇於追尋與探求。這種痛苦是普遍地存在於現代人，特別是青年中的。它具有一種超越於特定社會歷史文化之上的一種形而上的品格。姚一葦敏銳地感受到這一點，並把它內化於其歷史劇之中。

三

　　如何協調東西文化的矛盾，是擺在臺灣文學家面前的一個非常棘手，而又不得不解決的課題——臺灣的全面開放給他們灌注了強烈的西方意識；而臺灣的屈辱地位又給他們帶來了強烈的民族感情。這兩者常常逼得他們在東西文化之間左右徬徨。唯有對中西文化都具有深厚修養的作家才能廣泛地採擷中西文學中的精髓，創作出富有現代色彩而又為本民族人民所喜聞樂見的作品。姚一葦正是這樣一位富有學養和膽識的劇作家。1960年代，鼓吹「橫的移植」與反叛傳統的臺灣現代派在臺灣詩壇和小說界中佔據著盟主之席，而身在劇壇的姚一葦卻不為其所動。他從更深刻地刻劃人物的內心世界和更有力地突出劇作主題的哲理深度這一根本目的出發，既大膽借鑒西方戲劇的表現手段，又努力從中國傳統戲曲中汲取養分。他的歷史劇閃射出生趣盎然的民族色澤。

　　中國戲曲藝術已有八百年的歷史，它吸取、消化了古代歌舞藝術、滑稽戲和演唱藝術，逐漸發展成為一種高度綜合的藝術樣式。中國的話劇則是在近、現代社會變革的基礎上，由國外「引進」的新型劇種。姚一葦的歷史劇廣泛汲取了傳

統戲曲與現代話劇的各種表現方法，創造出一種新型的劇種。它具有以下的一些藝術特色。

一、抒情性。姚一葦的歷史劇具有濃郁的詩意，這是與他認真借鑒古代戲曲美學精神分不開的。在中國古典戲曲中，戲與詩往往聯繫在一起，人們常把元雜劇、明清傳奇稱為「劇詩。」在中國戲曲中，不僅唱詞——那大段的抒情唱段是詩、就是念白、對話也都高度的詩化了。姚一葦的歷史劇中，不僅其對話的語言是詩化了的，而且大都貫串著歌唱、舞蹈和音樂，它們與劇中豐富的潛臺詞、意味深長的停頓、重疊復沓的韻白交織成一種內在的抒情格調，造成中國——這一古老的東方詩國傳統藝術共有的韻味。

《碾玉觀音》第一幕開場時就上來四個丫環，她們以輪唱和齊唱介紹場景，並渲染烘托出韓郡王府的威勢氣派。《申生》的開場則以宮女的歌舞介紹劇情，製造氛圍，把觀眾引入劇中陰慘淒清的情調中。姚一葦的歷史劇中，使用齊白的地方還很多。齊白原是中國戲劇表達群眾意向的慣用手法，常用於點將、行軍的壯闊場面。姚一葦大膽移植於現代舞台，而且運用得極為靈活適當，使這高度情緒化、詩化的語言與戲劇衝突所要求的動作性緊密地結合起來。另外，重複臺詞的使用則使劇中充滿了詩一般的節奏，如在《碾玉觀音》中秀秀和崔寧準備私奔的一段對話，接連用了七次重複的臺詞，雙方以紆回和重複的語詞追述過去歡樂的日子，表達這一對戀人面臨離合抉擇的焦急情緒，「內在動作」在不斷重複仿佛停滯靜止的空隙中猛烈躍進，終於導致他們雙雙出走的決心。

二、假定性。假定性也可叫做寫意性、虛擬性。這不但蘊含於中國的傳統戲曲中，也是自布萊希特以來的西方當代話劇急劇發展的重要因素。恢復古代與東方戲劇的偉大傳統，恢復戲劇的假定性，乃是20世紀西方戲劇革新者叫得最響的一個口號。

19世紀末確立的西方現實主義戲劇，曾把假定性、劇場性理解為一種必須逐出舞臺的消極因素。根據這種美學觀念，舞臺上的一切應逼真到使觀眾錯把舞臺的形象視為現實的對象，舞臺不應出現使觀眾知其為舞臺的任何因素，應該使觀眾忘卻自己正在看戲，而似乎是通過隱去的第四堵牆在窺視別人家裡的生活。

很明顯，這種戲劇觀強調的是戲劇的寫實性，而忽視或排斥摒棄了戲劇的寫意性。

姚一葦的歷史劇大膽地從中國戲曲中借鑒了舞臺背景的虛擬性，從當代西方戲劇中拿來了富有象徵性和符號性的人物塑造法，二者相得益彰，構成了姚一葦歷史劇假定性的品格。

在姚一葦的歷史劇中，許多場景都特別標明「一半是虛幻一半是真實」，並運用人物的齊白、歌唱來介紹，表現劇中的時間、地點而並不借助真實的佈景。由於人物所生活的物質環境大部分是通過演員的表演被刻畫出來的，因此其舞臺時空具有很大的靈活性，可以在舞臺上大幅度地轉換。舞臺的時間觀念也是超脫的，並不斤斤計較於情節時間與演出時間的適當比例。這樣，不但有利於觀眾的參與，充分發揮他們的想像力，也使劇本的生活容量、題材覆蓋面更為深廣。在《孫飛虎搶親》與《申生》中，姚一葦大膽採用了同時進行的虛擬性、多空間作富有對比性的區域性演出，讓孫飛虎與張生、崔鶯鶯與小紅（在《申生》中為少姬與卓子、驪姬與奚齊）兩組戲在一個舞臺上同時展開。這種具有極大程度的假定性和自由性的時空環境，更有利於人物深層的心理世界的開掘和哲理性主題的展示。

在姚一葦歷史劇中，不但構成戲劇情境的因素常常包含著某些變形或怪異的東西，以此構成一種撲朔迷離的象徵氣氛烘托主題，而且作者還著重設計了一些具有很大程度的假定性的「抽象化」的人物，作為揭示劇本主題的重要媒介和聚焦點。它大大地突破了傳統話劇只能通過典型人物的塑造折射出特定社會心理模態的創作方法。

盲人形象作為一種意象在姚一葦劇中常常出現。盲人形象原為西方悲劇家所常描繪的。它經常用來傳達對人生無常的悲歎，因無法捉摸冥冥之中控制命運沉浮的神秘力量而發出的自憐，經掙扎反抗卻徒勞無益的沮喪和嗟籲。而在姚一葦劇中，盲人的意象卻不在於揭示人們遭受厄運後如何在黑暗中沉淪掙扎；恰恰相反，它代表了一種在深陷黑暗中能更清楚地認識自己與世界真相，在肉眼失明時能瞥見心靈上的光亮，從而探得一種新的人生境界的哲理。《碾玉觀音》中的崔

寧瞎了之後，終於完成了他以心靈之眼所體驗與把握到的「人的觀音」——他心中永存的純潔完美的秀秀。《孫飛虎搶親》中結伴歌唱而行的瞎眼人反襯出劇中主角們的盲目和愚昧，深化了他們的悲劇性：雙目能視，卻看不清自己所處的正是岌岌可危的精神盲瞽的地位，徒然地為五顏六色的斑駁表像所誘惑與愚弄，成了一批盲目瞎闖不知人生歸宿的可憐蟲。

假定性因素大大拓展了姚一葦歷史劇表現生活的深度與廣度，支撐著它在為人所熟知的題材中注入了更多的新的哲理內蘊。

三、內向性。內向性指的是戲劇性的表現形式。在姚一葦的歷史劇中，由於突破了那種著重表現外部行動，一意追求直接的直觀的外在戲劇性的樊籬，從而具有一種內在的戲劇性。這主要表現在兩個方面。首先，戲劇中描寫的衝突並不僅僅是為了刻劃或塑造性格。大量沒有姓名的人物（如丫環、宮女、路人等），還有那帶有荒誕離奇色彩的象徵人物（如《申生》中的黑衣老婦、《孫飛虎搶親》中的瞎子等），都談不上有什麼性格。他們的特徵是用單線條漫畫式地勾勒出來的，只是作為作者所賦予其劇作的一種意念的寄託。他們之間的衝突與其說是性格與性格間的碰撞，毋寧說是作為某種符號與象徵的人與另一種象徵的人之間的衝突；或他們與物（環境的象徵）之間的衝突。其次，其衝突越來越多地採取非整一的、鬆散的外部形態，追求內在的統一性——思想、印象、觀感的統一性，而忽視外在的統一性——人物、事件、行動的統一性。如《孫飛虎搶親》，並不以一個戀愛中的悲歡離合為懸念吸引觀眾，也不靠一個婚姻故事的衝突來統一整個戲劇結構。作者似乎是有意識地摒除那中樞神經式的事件，力圖採用如同一條條涓涓細流的各種各樣小事件，交錯成一股生活之流，使之體現出來的基本思想來統一全劇。為了減少直接直觀的衝突，姚一葦的歷史劇中，不但大量地採用了旁白、獨白、夢境、歌舞、朗誦等表現手法，還大量地採用了間離技巧，如帶有荒誕性的情節、語言的非理性、極端誇張的形象。這就把人物心靈世界的內在矛盾以空前尖銳的形式突現出來，而不去追求表面的戲劇效果。就衝突的外在性而言，姚一葦的歷史劇缺乏行動的整一性，有時甚至顯得支離破碎、混亂錯雜；但從內在性看，他的戲劇卻能給人一個一致的印象。因為，他用來感染和吸引觀眾的不是情節，而是一種生活哲理。他用內在的哲理去統一全劇，把觀眾的

注意力導向人物與事件之外的深層意蘊。他的戲劇性主要不來自外在可見的激烈動作與語言的對抗性，而是來自人物、語言甚至道具的隱喻含義，來自綜合的舞臺效果在觀眾心中引起的震盪。這種內在的舞臺效果與作者對現實世界與社會人生的嚴肅態度是一致的，與當代人對世界、社會、人生的進一步深化的存在意識也是合拍的。

四

1966年至1977年，中國劇壇正處於百花凋零的時期，姚一葦卻向祖國奉獻了四部優秀的歷史劇。這四部歷史劇上承五四以來中國現代話劇感時憂國的優秀傳統，下開話劇民族化現代化之新風，值得春回大地之後大陸重新崛起的劇壇新人揣摩品味與仿效。姚一葦歷史劇的可貴之處首先在於它的哲理高度。它昭示著我們對歷史劇美學品格的追求應達到的高度，即系統地把握一定歷史時代的文化——心理結構，從中思考人類整體命運，人性發展的運動規律。其次，姚一葦的歷史劇也為中國話劇的現代化與民族化的統一提供了一個極好的範例，啟發我們去思考如何既打破「中國戲曲永恆」的自大心理，也不墮入全盤否定傳統的陷阱。

（原載於《臺灣研究集刊》1987年第3期）

注釋：

〔1〕姚一葦《戲劇六種・再版自序》。

〔2〕《傅青主・自序》。

悲劇與救贖的神話——論張曉風戲劇作品精神內涵的一個重要方面

徐學　周可

一、悲劇的誕生

　　張曉風的舞臺劇創作始於1971年,她以頌揚基督救世精神的《畫愛》躋身劇壇,緊接著又以摒棄世俗人生,追求理想天國的《第五牆》引起人們的極大興趣。這以後,在張曉風迄今所發表的多種作品中,人們不僅清楚地看到了一個為這個世界的苦難而憂心忡忡的神的身影,而且更強烈地感受到了一個迷戀於劇場的劇作家感人至深的救世情懷。的確,從《畫愛》到《位子》這部封筆之作,張曉風一直是從基督教的認知視角和經驗背景出發來觀照現實人生,力圖將她乃至於整個人類所遭遇到的現世問題置於那種交織著天國詩意光輝和人間悲苦情調的戲劇衝突中來加以體察、關懷和解決。正是這種寫作態度和劇場實踐,使得張曉風的作品以一種獨特而濃厚的宗教氣息在臺灣當代劇壇獨樹一幟。與此同時,我們也同樣清楚地感到,在張曉風實際上並不太長的舞臺劇創作過程中,寫於1972年的《武陵人》實際上是她創作的一個轉捩。在這之前創作的兩個劇本:《畫愛》和《第五牆》不僅其寫作技術方面具有明顯的實驗與嘗試的痕跡,而且它們所體現的人生經驗與宗教意識,也有一未及定型的神秘主義傾向。在《第五牆》這部作品中,作者實際上向我們展示的是一幅宗教精神日益淡薄、神聖信仰

日漸式微的時代中，人生空虛、意義沉落、生命暗淡無光的現世圖景。在整個作品的構思中，張曉風採用了一種旨在強化現世與來世反差效果的處理手法，即對張人生一家幾代人的生命成長過程的描寫，自始至終充滿了一種灰暗色調，無聊、瑣屑、爭來吵去、俗不可耐，完全看不到任何激動人心的事件和生命的靈光。正是以這幅灰暗的人生圖景作為背景，張曉風借助先知這一角色向凡俗中沉淪的世人宣示了她的救贖理想。面對張家因一面外牆的倒崩而引起的驚慌，先知說道：「人類的眼睛是鐮刀，隨時都想宰割別人。但我們的辦法不是去修補牆，而是去開一扇天窗。（忽然，所有的燈都熄了，只有舞臺上方照下明亮的天光）看啊……在那上面，有慈祥安慰的聲音。這裡，是第一面牆（指著舞臺上的三面幕）這裡，是第二面牆，這裡是第三面牆，這裡，（指台口）是第四面牆。三面牆開向自己，一面牆開向觀眾，但這一面（指上方）這第五面牆最美，這一面開向湛湛青天。」

可以斷言，《第五牆》所表現出來的宗教經驗從神學的意義上看是神秘主義的。這種經驗的全部價值就在於讓人們把救贖的希望寄託在另一個既未經證實又無法感知的世界之中。由於人們的痛苦或迷失常常來自他們對自己的肉身及其情欲、需求的屈服，靈魂在物質的囚禁中由呻吟轉而變得麻木。所以，張曉風告訴人們，救贖之道的全部秘密就是讓靈魂從時間和肉身的困擾中解脫出來。基於這一動機，張曉風在劇末安排這樣一個場景，因中風偏癱的李四懇求先知給她以開導時，先知說：「李四，我的姐妹，從前，我曾千方百計要向你說話，但現在，你想聽我說一句話，我卻覺得不如沉默了。因為，你不再需要別人向你解釋真道了，當你渴切地需要真理時，真理便來到你心中了。」面對李四的不解，先知繼續說道：「你的左邊活著，你的右邊死了，活著的需要是能力，死亡需要的卻是大智慧，智慧比能力更美麗，而你，李四，你兼備了智慧和能力，因為你悟了生死，你集生死於一身。」於是，在「有雄雞的聲音叫徹天空，接著太陽上升，有群鳥振翅，啁啁啾啾之聲不絕於耳口」之際，迷失在現世困厄中的人們便克服了死亡恐懼與生之無聊，而找到了他們心靈上的依歸。很顯然，張曉風的這種宗教救贖情懷所隱含的實質上乃是一種對現世苦難的無可奈何的逃逸，其遁世傾向不言自明。試想，一種宗教拯救的意願，如果缺乏一種悲天憫人的人間情懷和直

面現世困厄與苦難的勇氣，那麼，它所承諾的來世又有多少可信性呢？所以，它是神秘主義的，而且很不成熟。

然而，隨著張曉風進入《武陵人》的寫作以及這個作品的出版、上演，上述這種情況改變了。一個明顯的表現就是：在張曉風此後所寫的劇本中，從前那種直接的赤裸裸的宗教佈道的因素少了，甚至沒有了。而另一方面，作品中的悲劇成分和色彩卻大大加強了，幾乎可以說，《武淩人》以後的每部作品都以一種迥異於《畫愛》、《第五牆》的悲劇面目出現，而她早期劇作中的那種宗教情懷，此時也借助悲劇的憂患意識、生命激情和人格力量而得到了質的昇華。

從嚴格的意義上講，《武陵人》並不是一齣悲劇，或者說，它只是一齣悲劇的序幕。它在張曉風戲劇創作中的意義就在於：表達了張曉風對現實人生苦難和靈魂救贖意義的全然不同於以往的態度和理解。在這個劇本中，張曉風放棄了《畫愛》和《第五牆》中的神秘主義的救世玄想，她不再通過否棄現世人間的苦難而勸導人們遁入虛無縹緲的天國去逃避這種苦難。如果說，她這以前的劇作宣傳的是一種出世人生觀的話，那麼，她借助武陵漁人離開桃花源，重返苦難深重的人間這一戲劇行動，弘揚的卻是一種勇敢地直面人世苦難，承受生命重負的積極入世的人生觀，充滿沉鬱悲愴、昂奮激越的悲劇精神。從表面上看，《武陵人》既沒有先知佈道，也沒有《聖經》語錄的轉述和誦讀，但是黃道真放棄了桃花源這個「仿製的天國」轉而到苦難的人間去尋求其理想和幸福，卻使這部作品既走近了上帝又離悲劇不遠。因為本來，悲劇與基督教就是同源的，這一源頭就是人間的苦難。當耶穌基督帶著神的諭旨來到苦難深重的人間和罪孽深重的人群中，並用自己釘在十字架上的血肉之軀，向世人展示救贖的希望的時候，悲劇也在苦難以及對苦難勇敢抗爭中找到了人類精神超越的坎坷而又充滿光明的路徑。正是在這個意義上，我們才把《武陵人》當作是張曉風以後一系列充滿宗教情懷的悲劇作品的序幕來理解的。

二、悲劇精神：救贖的希望之源

我們之所以把張曉風的作品看成是悲劇的原因並不在於它們直接觸及了人類生活中的現實苦難——事實上，我們在她的作品中根本看不到對這種苦難慘狀的觸目驚心的展示，關鍵之處還在於她集中突現了人類面對苦難所應有的一種精神，這就是悲劇精神，具體地說，就是一種勇敢地投入現世的苦難，並在這種苦難之中去以自己的血肉之軀建築靈魂天國的殉道精神。

首先體現出這種精神的作品，當然是《武陵人》。這部取材於中國古典文學名著《桃花源記》的作品可以當成一部人類尋找幸福生活的寓言來讀。它的故事非常簡單，苦悶焦慮、犧犧惶惶的漁人黃道真，因為總是打不到足夠的魚而被生活弄得疲憊不堪。一日偶爾覓得人間仙境桃花源，那裡的生活使他著迷，令他陶醉，他本可以在這個仙境中擺脫一切俗世生活的困擾，過著無憂無慮的神仙般的生活，但黃道真最後放棄了桃花源而重返多難的武陵。從這一劇情我們可以清楚地看到，張曉風在《武陵人》中所要探討的是幸福和苦難的關係問題，而實際上，構成這部作品戲劇衝突的也是對這一問題的兩種截然不同的解釋。從俗世的幸福觀出發，桃花源無疑是一個令人神往的福地，那裡山清水秀、和平豐足，人民淳樸善良，生活安逸舒適，既無煩惱，更無苦難。但是，在張曉風看來，這並不是真正的幸福，因為桃花源不過是一座建立在人類虛妄幻想之上的「仿製的天堂」，其中的一切都是「定型的、呆滯的」，它不僅否定了現實的苦難對於人的生活價值建構的重大意義，同時也使人迷失在虛幻安逸的天堂裡而喪失了不斷追求、不斷創造的生命激情。顯然，在《武陵人》中，張曉風所要展示的就是這兩種幸福觀的衝突，與此同時，她又通過黃道真放棄桃花源、重返武陵這一選擇，弘揚了後一種幸福觀。依照張曉風的理解，展示於《武陵人》中的這兩種觀念的衝突，乃是「天道」與「仙道」的衝突，「天道是絕對的理想，仙道所嚮往的只是比較舒適的人生罷了」〔1〕。那麼，什麼是「天道」這一「絕對理想」的具體內容呢？究其實質，就是一種勇敢地正視和承擔起人間苦難的殉道精神和一種將自我投入到人間的艱難困厄之中去接受磨難的入世情懷。

在《武陵人》中，「天道」作為一種「絕對的理想」的顯現，經歷了一個黑格爾式的三段論過程。在劇本一開始，黃道真是作為一個沒有矛盾的「實體」，也就是一個俗人出現的。但是，當世俗生活的匱乏和困頓令他煩惱不已、狼狽不

堪的時候，黃道真這個「實體」便一分為二成黑衣黃道真和白衣黃道真，前者代表了一種世俗的力量，後者則代表了一種懷疑的力量，兩者的衝突使黃道真陷入一種「真不知自己是人還是魚，時間的網罟網著我，我不知道如何掙脫」的苦悶之中。初入桃花源，他似乎還感到很幸福，好客的村民們善待於他，美麗的桃花姑娘鍾情於他。但是潛伏在他身上的根深蒂固的懷疑的力量卻使他不能得到片刻真正的安寧。他常常掛念著武陵父老，掛念著武陵城中還癡心地等著他的藍姑娘，經過一番哈姆雷特式的內心交戰，白衣黃道真所代表的懷疑力量占了上風。於是，當村長要黃道真在去留之中做出選擇的時候，黃道真毅然放棄了桃花源這個「仿製的天國」，選擇了武陵、選擇了人間、選擇了本來就屬於他的多難的人生。

　　黃道真投身於武陵的苦難這一選擇，顯示出一個真實生命的分量和意義，凸現出天道即人道的全部意義。它使人想起了張曉風心目中那個為人類而受難的上帝，也讓人們想到了身處亂世、為了實現自己的理想「知其不可而為之」的孔子，「拔一毛以利天下」、摩頂放踵的墨子等中國古代那些懷揣著「天行健，君子以自強不息」信念和生命意志的聖人們，他們一刻也沒有忘情於多難的人世，而是以悲天憫人的情懷，參與人類的苦難並以自己的受難來分擔人類的不幸。其目的並不是讓人們在苦難面前閉上恐懼的眼睛，而是啟示和勉勵人們勇敢地擔負起自己的命運，並在與這種苦難的抗爭中獲得最後的救贖。在談到《武陵人》這齣戲的創作時，張曉風說：「我寫《武陵人》的時候，想到的是世紀的苦難和一份投入苦難的悲劇精神」〔２〕，而黃道真這一形象正是體現著這種天道精神的生動化身。

　　如果說，《武陵人》是通過理想與現實的衝突展示了人在走出虛幻理想面對現實苦難時所應有的殉道精神的話，那麼，在《和氏璧》這部作品中，張曉風向我們展示的就是一個已經投入到現實苦難之中的英雄，到底是憑藉什麼在現實的逆境中苦苦堅持、奮力抗爭的。

　　《和氏璧》以極其簡練的筆墨再現了春秋時期的玉匠卞和三次獻玉的經過。第一次楚王以欺君之罪砍去了他右腿，第二次卞和又因同樣的罪名被砍去了左

腿。為此，他的熱衷於造假玉的師弟離開了他，他的鄰里鄉親嘲笑他，他的新婚妻子也因此而含辛茹苦備嘗生活的艱辛。但堅定的卞和卻矢志不移，他以雙手代足，以頭顱為憑，第三次進宮，因他的徒弟在宮中當相玉者而冒死搭救了他。在這部作品中，張曉風沒有著意於卞和悲劇性的一生中表面戲劇性的鋪陳，而是像她自己所說：是「將卞和殘忍地投擲在一個懷疑的時代、一個否定的時代、一個由於憂懼人人疑畏而不敢去冒險相信什麼的時代」〔3〕之中去，開掘一種為了堅執自己的理想而至死不渝的悲劇精神。生於這樣一個不幸時代的卞和，他本可以做一個快樂而知足的凡人，守著自己一份不虞匱乏的家業而終其一生。但這個原本極普通的玉匠，卻因「發現了一塊稀世寶玉，他立刻撐起了一代悲劇英雄的角色。」張曉風對玉一直有著一種難以割捨的癡迷和近乎神秘的崇拜。在她心目中，「玉代表一切神聖美好值得追尋的事物」，它是「一切完美事物的象徵」〔4〕。卞和發現了這塊玉，就如同發現了被湮沒於凡庸、虛妄和委瑣之中一切神聖、美好與真實的價值。為了使這種價值被世人接受，卞和一生歷盡坎坷，飽受磨難，但他始終沒有放棄努力，直至以生命為賭注而在所不辭。

　　卞和的悲劇，顯露出人處於崇高神性與凡俗人性之間的兩難境遇，但更為可貴的是它展示了人在神性的召喚下懷揣著不屈信念，不斷戰勝苦難、堅持信仰的自由意志。很顯然，卞和是一個憑藉堅持這一精神品格而超凡入聖的勇者，他堅持的力量來自一種信念，那是一種「比生命、比我們一己的百年之身更為可貴、更敬畏的」東西，是「一些支援著生命使生命可以活下去的東西」〔5〕。擁有這種信念，無疑意味擁有了一種超越於凡俗人性之上的崇高而博大的神性。然而，作為一個悲劇性的事件，《和氏璧》的故事實際上告訴人們的卻是：儘管對這種神性的渴望是人不可抗拒的宿命，但擁有這種神性卻是一件十分令人悲慟的事情。因為這意味著人必須用超出他自我生命數倍的力量，去接受來自整個世俗人生問題的挑戰，並隨時準備付出自己的生命。卞和接受了這個挑戰，當他聽到荊山上那神秘的鳳鳴的時候，他感到的是一種神性的、宿命般的召喚，這就如同上帝在天國傳來的呼聲，令人恐懼而又難以抗拒。當他以自己的堅毅行動回應了這一召喚的時候，那條通往楚宮的艱難旅途便無異於人類重返天國的救贖之道了。

三、救贖之道與人性的超升

讀張曉風的戲劇，我們可以強烈地感受到，這些作品實際上都是圍繞一個問題而展開的，那就是人的問題。無論是重返苦難深淵的壯舉，還是背負著十字架的苦行，都無法迴避人自身的問題。因為如果省略掉這一問題，任何宗教救贖的計畫都不過是一張沒有支付物件的空頭支票，而悲劇也會因為人的缺席而失去其主體的規定性。從基督的立場看，人的問題之所以如此迫切，是因為人在他的誕生之初就在惡的唆使和蠱惑下把自己撕裂成兩半：一半天使，一半惡魔。為此，他失去了天上的樂園，被放逐到塵世之間吃苦受難。而上帝為人類重返天國所提出的條件就是：你必須真正成為一個人。所以，人能否克服自身的弱點並按照神的形象來重塑自我，便成了所有宗教救贖計畫的必要前提。張曉風正是這一前提下來思索人的問題的。應該看到，人的問題在張曉風的早期作品中雖已觸及，但卻未被置於其思索的中心。經由《武陵人》到《和氏璧》這一問題才真正變得嚴峻起來。張曉風說：「和氏璧》並不只是一齣舞台劇，也不只是一塊玉的故事，而是每一個人一旦開始思索『人之所以為人』以及『人之既已為人』之後必然面對的問題」〔6〕。應該說，《和氏璧》鮮明地回答了這個問題，但它只回答了一半，即它只是在人性與神性的關係中找到觸及這個問題核心一條思路。關鍵的問題即人如何面對人性的內在衝突，並在這種衝突中趨於自我完善的問題，這只是到了《自烹》和《第三害》中才得到了回答。

《自烹》是一出「根據亞裡斯多德的『恐怖與悲憫』的觀念描寫人類的『自我摧殘』的悲劇」〔7〕。在春秋時期，一生追求權勢的齊桓公接受了鮑叔牙的建議，拜魯國的階下囚管仲為相，輔佐他的霸業。但是固執、剛愎的齊桓公並沒有真正重用管仲，在他的霸業成就以後，他越來越疏遠鮑叔牙、管仲而對豎刁、易牙寵愛有加。豎刁、易牙不過是些邪惡之徒，一個為求成為宮中近臣不惜閹割自己，另一個則為求得齊桓公的寵信而烹煮了自己的新生幼兒，作為美食來進獻。由於齊桓公不肯聽從鮑叔牙、管仲的勸告一味縱容豎刁、易牙之流的胡作非為，他終於在宮廷激烈的權力鬥爭和後妃爭寵求歡的糾纏中弄得精疲力竭，最後

被豎刁和易牙作為一個「死人」囚禁在深宮大院中，淒慘地死去。在這齣悲劇中，張曉風以一種二元對立的模式展示了人性的那種難以彌合的內在衝突：卑劣、兇殘而邪惡的豎刁、易牙和蔡姬等人代表了人性的陰暗面，而寬厚、善良、仁慈的鮑叔牙、管仲、易牙妻以及優兒則是人性善的化身。處於這兩種力量鬥爭中心的齊桓公在痛苦掙扎中的最後毀滅，象徵性地展示了人性自身的分裂以及由這種分裂而產生的自我摧殘、自我折磨、自我放逐以至於自我毀滅，同時也表現了人性善在這一衝突中因惡的衝動和張狂而出現的令人惋惜的沉淪。在《自烹》中，張曉風仍然是在宣傳她的宗教救贖思想，但她承諾的救贖希望在這裡並不止於僅僅勾勒一幅人性分裂與衝突的真實圖景，而是以這一圖景為背景，滿懷熱情地向我們展示了善的力量，這種力量作為人悲劇性超越的道德基礎而顯示了它的價值。當然，在作品中，張曉風並沒有簡單地寫出善良對邪惡的勝利——這不過只是淺薄的樂觀主義罷了，它與悲劇無緣。《自烹》中所顯示的善的意義主要表現為一種人性深處發出的不可遏止的期待和渴望，而深深根植於鮑叔牙、管仲的人格精神之中。鮑叔牙是一個寬厚慈悲的仁者，他能透過人的種種醜行和不堪看到人心深處潛在的美，並著力發掘它、擦拭它，管仲就是在他的理解、信任和鼓勵下振作起來，輔佐齊桓公成就霸業的。另外，作品中豎刁、易牙和蔡姬等人的令人戰慄的醜惡與殘酷也處處映襯出易牙妻執著的母愛、優兒那善良、機智的頑皮。雖然，以鮑叔牙為代表的仁者並沒有戰勝易牙、豎刁等邪惡之徒，但是我們通過齊桓公在囚禁中所發出的一聲聲撕心裂肺的呼喊：「仲父，仲父，管仲父，救我！」可以清楚地感受到置身於邪惡之中的人們對善良的渴望是多麼強烈而撼人心弦。

在張曉風對人性的思索中，她引進了基督教有關「罪」的觀念。這種觀念認為，人性並不是單純的，自從人背叛了上帝而犯下了他們的「罪」以後，人便永遠處於一種不斷分裂、自我對立、背負著種種矛盾而無法掙脫的境地。在基督教看來，正是這種因人性的分裂而導致的衝突，才是人性穿過黑暗走向光明，滌淨罪惡拯救的必由之路。從具體作品來看，這種基督教式的人性觀對張曉風的影響是顯而易見的，但張曉風又不止於此，她進一步汲取了中國傳統文化中對人性的理解，將倫理的範疇注入到了對人性的思索之中，以善、誠、信等道德的因素彌

合那種矛盾衝突處於無休止的永恆分裂中的人性，這就是齊桓公在高牆深院中那一聲聲呼喊所顯示出來的啟示。所以，在《自烹》中，張曉風盡情地向我們暴露出人性醜惡、陰暗的一面，但她並沒有放棄在人性深處去發掘美好與善良的信念，她接受了基督教中關於人性二元對立的理念，但她又不情願以沒完沒了的分裂和衝突置人類於永劫不復的境地，而是以止於至善作為這種衝突對立的最終歸宿，從而拓寬了人類救贖的途徑。

在張曉風所承諾的救贖理想中，善是一個具有很大包容性的概念，究其實質，乃是一種人性內在的道德律令和自然天物的宇宙律令的和諧統一的生命境界，它一方面包含了人對宇宙天命的具有宗教感的敬畏和虔誠，同時又內含了人對自身弱點的察識與省思的意向。所以善的實現不在於那種西方觀念（或稱之為基督教觀念）中所揭示的具有絕對意義的永恆衝突的狀態之中（這種觀念只能導致人與人、人與自然的無止境的對立），而在於經由分裂、衝突所達到的人與宇宙天命的和諧交融即人道與天道的統一之中。

本著這種信念，張曉風在《第三害》中，熱情地讚頌了那種「意識到人性的弱點而未放棄自己的人。」她把他們看成是敢於向自己的弱點挑戰，哪怕付出生命都在所不惜的悲劇英雄。劇中的周處可以說就是這種英雄。就像所有真正偉大的英雄都不是單一的一樣，周處首先是一個「可惡的、可恨的」「壞人」，他的壞在作品中表現為「一種破壞性的張狂、一種莫名其妙的想要證明什麼的衝動、一種精力過溢而不知所事的胡作非為。」但是，在飛揚跋扈的胡作非為之中，他總又感到一種向善的力量在牽扯著他，使他免於墮入惡的淵藪。正是這兩種力量同時集於一身並在他靈魂深處激烈地鬥爭著、衝突著，於是他成了一個「自己跟自己犯了沖的人。」無疑，一個「自己跟自己犯了沖的人」是一個靈魂備受折磨的痛苦的人，但在作品中，張曉風沒有把周處寫成一個置身於兩種力量衝突之中，沒完沒了地進行靈魂拷問和自我折磨的西方式的悲劇英雄，她筆下的周處實際上是一個懷揣著高尚的道德理想而積極投身於行動中的人，向善，就是他全部生命在行動中得以展開的內在依據。而周處這一形象的動人之處就在於，他在這種痛苦的折磨中認清了自己的方向，通過靈魂的指向，並勇敢地擔當起了自己的責任。

三國時期，陽羨地方肆虐著兩害，一是南山頂上白額吊睛大老虎，一是溪渚長橋底下的蒼蛟，它們威脅著人們的生命，引起人們深深的恐懼，但更讓他們感到惶恐不安的還是周處，一個飛揚跋扈、壞事幹盡卻又似乎善良未泯的青年。他糾集了一群小兄弟在地方上處處與人為難跟人搗亂，人們恐懼地稱他為「第三害。」但他的母親並不這麼看他，相反她很寵自己的兒子，並固執地相信他是個好人；淳樸善良聰慧美麗的惠兒也全心全意地愛著他。當然，她們對周處的寵愛並不是因為周處在他們面前表現了多少好的一面，她們愛的是一個真實的周處，一個敢錯敢對的有大丈夫氣概的周處。也許是為了爭強好勝的張狂吧，當周處聽說陽羨地方有三害猖獗的時候，他便毫不猶豫地拿起死去的父親留下的青龍寶劍去上山下河除害了。為此，他差點丟了命。當他除了兩害驕傲地回來的時候，他發現世俗的、為除去禍害而喜不自禁的人們卻早已在心裡為他掘好了墳墓，把他無情地埋葬了。當此之時，遍體鱗傷的周處充滿了一種「英雄孤獨」與悲哀之感。他深深感到，山上的猛虎和水裡的蛟龍再兇狠也不可怕，真正可怕的乃是人自身，乃是從前潛藏在他自己身上而今天他又在世人身上看到的那種「驕傲、自私、嫉妒、貪欲、狠毒」的弱點。周處在經歷了與邪惡勢力生死搏鬥之後所得到的這一發現，無疑標誌他的自我意識的昇華與成熟，正如劇中陸夫子所點化的那樣：「孩子，我們登最高的山，為的是下最深的穀。我們走向最遠的天涯，為的是回到最近的故鄉。子隱，每一座山裡有老虎，每一條江裡有蒼蛟，但人類真正的禍患，在於每一個人在深心裡貽養著第三害。」可以說，周處是憑著這種深刻的自我意識在善與惡的衝突中超越了善與惡的世俗對立，從而獲得了一種靈魂的洗禮和精神昇華的，儘管凡俗的世人此時棄他而去，但張曉風所說的那種「天道」卻開始駐足於他的心頭，從而使他在與天道（「蒼天」或自然天命的宇宙經驗）的對話中進入人生的悟境之中：「蒼天，我無以名之的蒼天，不言不語而又最明顯不過的蒼天，讓我一生在你面前是一場光榮的戰爭。允許我跟你站在一方，制服我心深處的第三害，願陽羨地方的三害除盡，願天下的三害除盡。」這時的周處經超越了凡俗人生的善惡糾纏和紛擾，而進入一種大徹大悟的生命境界之中，他的個體生命已經與博大浩渺的宇宙本體交融在一起。所以，在神聖之光的洞照下，在向善的力量的牽引下，堅執那種與反人道的邪惡勢力勢不兩立的道

德立場，樹立與自身弱點和內心陰暗面搏戰的決心，借助並跨越善與惡衝突的兩極，去實現人格和精神的超升，這便是張曉風向我們昭示的人類救贖之道的全部秘密所在。

關於自己的創作，張曉風在接受《幼獅文學》記者訪問時曾說過這樣的話：「如果有人分析『我』，其實也只有兩種東西，一個是『中國』，一個是『基督教』。」〔8〕的確，從上述對張曉風作品的分析中我們可以清楚地感受到由「中國」和「基督教」這兩者的結合所形成的獨特的智慧形態。從她早期的作品看，基督教所弘揚的殉道精神與救世情懷在其中佔據著中心地位，儘管在後來的幾部作品中，這種殉道精神與救世情懷仍然是張曉風所表達的人類救贖理想的主旋律，但其實際內涵已有了明顯的變化，其中包含的具體的基督教的教義成分大大減弱，而它們作為一種對神聖追求的宗教智慧的體現漸漸地與中國傳統哲學中的「天人合一」的理想交融在一起，她借助基督教的二元對立的模式來體察人性，又以中華文化的「止於至善」的信仰來彌合人性深處所出現的巨大裂痕，從而使她的作品呈現出融西方式的「衝突」和東方式「和諧」為一爐的詩意境界。從這個意義上看，基督教雖然在張曉風思想中占了非常重要的地位，但卻是一個起點，而其悲劇作品所標示出來的生命之思的終點卻是一種具有中國特色和東方色彩的宇宙生命意識和道德情操，這一點乃是張曉風幾十年苦苦追尋的智慧結晶，同時也正好與20世紀世界範圍內的思想潮流日漸「東方化」的大趨勢息息相通，的確耐人尋味。

應該看到，1960、1970年代歐風美雨的沖刷在臺灣當代舞臺劇的創作中留下了明顯的印痕，但整個臺灣戲劇界在經歷了短暫的效顰之後，便逐漸走上了一條中與西、古與今融合的戲劇新路向。在這種探索中，姚一葦的劇作顯示出一種在兼融中國傳統戲曲與現代話劇多種表現方法的基礎上不斷詩化的特點，馬森的作品比較側重於一種生命理念的開掘，張曉風的戲劇則在詩意與哲理的融合方面創出了一條新路。她立足於當代這價值衰朽的時代中精神重建這一核心（這不同於姚一葦對人性內涵的深層開掘和馬森對存在荒謬性的理性批判），張曉風在她的作品中，將中國人特有的憂患意識和超越凡俗人生的詩化理想，跟現代人對人生意義的哲理思索及宗教理念水乳交融地結合在一起。既有思想的啟發性和穿透

力，又帶給人一種充滿詩意的生命沉醉。而這表現在形式上則是濃郁抒情與深邃寫意的奇妙糅合，其題材選擇、形象塑造、情節設置和語言運作都情理交織的特點，的確別有一番情致。凡此種種，無不顯示出張曉風戲劇作品在臺灣當代文學中的獨特價值。

（原載於《臺灣研究集刊》1994年第4期）

注釋：

〔1〕〔8〕《〈桃花源記〉的再思——張曉風訪問記》。

〔2〕〔5〕〔7〕《堅持玉的人——〈和氏璧〉作者張曉風女士訪問記》。

〔6〕〔3〕〔4〕張曉風：《一塊玉的故事》。

《茶館》在臺灣——從接受美學的角度看臺灣觀眾對《茶館》的客觀接受

張羽

2004年7月,臺北的戲劇舞臺格外熱鬧,北京人藝的《茶館》與大風音樂劇《荷珠新配》、莎妹劇團的實驗劇《家庭深層鑽探手冊》,在敏督利颱風肆虐之時,一同登場,票房尤以《茶館》更為火爆。政界人士杜正勝、孫運璿,文化界人士白先勇、張系國、顧寶明、金士傑、李國修、蔣勳、黃永洪、王偉忠、孫越、徐若瑄等近2萬名觀眾欣賞到了老舍的這一優秀劇作。這次上演的是由著名導演林兆華執導,梁冠華、濮存昕、馮遠征、楊立新等主演,北京人藝於1999年第三次復排的新版《茶館》。臺灣新象文教基金會行政總監許博允等為代表的邀請方作了近十年的精心努力,此次《茶館》才「千呼萬喚始出來」地登上了臺灣的戲劇舞臺,滿足了讀者的閱讀、審美期待,為兩岸表演藝術界再創盛事。

老舍及其作品在臺灣一直備受關注,早在1995年著名戲劇研究家馬森就指導申正浩寫下了《老舍劇作〈茶館〉研究》的碩士論文,這是臺灣學界出現的全面介紹和研究《茶館》的較有分量的一篇論文[1]。近十年來,曾文璿等十多人分別以老舍及其作品為研究物件寫下了多部博、碩士論文,這些史料翔實、觀點新穎的學術論文為《茶館》在臺灣的接受和研究奠定了前期的學術基礎。《茶館》演出前一個月,臺北的主要街道就掛起海報,稱老舍為「華人當代文學代表」,《茶館》是「中國百年第一經典舞臺劇」、「東方舞臺上的奇跡。」來臺演出時,更是盛況空前,幾十家媒體連續跟蹤採訪,《中國時報》、《聯合

報》、《自由時報》和《民生報》分別以《茶館到臺北》、《茶館開張生意特好》、《莫談國事看茶館》、《茶館好戲真怕颱風攪局》、《首演笑聲滿堂茶館行家樂玩味》等多篇文章，關注了這一戲劇的盛宴。《聯合文學》打出了「不可能再現的頂尖陣容」的廣告語，還特意適時地刊出了兩期《茶館》研究小輯，由馬森、李昂、史玉琪和馮翊綱等人分別對老舍生平和文學藝術成就、《茶館》劇情、導演及主要演員，作了比較充分的介紹，掀起了臺灣學界對《茶館》的研究熱潮。作為老舍後期創作中最為成功的，也是當代中國話劇舞臺上最優秀的經典劇碼之一的《茶館》，究竟在哪些方面引起了臺灣文化界的強烈共鳴和深層接受，值得進行深入的探討。

一、《茶館》帶來的思想風暴

既不是熱鬧的歌舞劇，也不是「璀璨」的明星秀，《茶館》絕對不屬於當下流行在臺灣舞臺上的時髦劇作，如果帶著獵奇的心理來看《茶館》，結果一定會敗興而返。在演出前，戲劇界人士曾擔心，臺灣觀眾能否接受《茶館》。但《茶館》現場的熱爆場面，證明了「茶館」的魅力穿越時空。」〔2〕《茶館》自1958年首演以來，至今已經演出過500多場，這500場演出的紀錄，不是一個簡單的數字，本身就包蘊了豐富的精神內涵，因此自然也會給臺灣觀眾帶來深度的思想風暴。

（一）聚焦老舍和《茶館》的獨特身世

一些臺灣學者比較關注老舍及其筆下人物的死亡現象，他們共勉了巴金先生說過的：「老舍死去，使我們活著的人慚愧」，認為此語今天仍可以提醒知識份子應具有學術良心和魄力。臺灣學者亮軒對老舍自沉太平湖這樣解讀：「是在一生的理想幻滅之後再也無路可走的選擇，不是悲慘，而是悲壯。一如在《茶館》這一齣戲裡大掌櫃王利發，早已心死，選擇上吊身亡，不是解脫逃避，而是灑脫與嘲諷。」〔3〕臺灣中天副總經理陳浩也深有感觸地說，老舍的投湖自盡與王利發的上吊自殺，使「茶館裡的悲劇更像時代的低語，也使茶館後繼的以原班人

馬重新出演,每一場演出都像一次意志自由和戲劇重生的宣言。」〔4〕臺灣觀眾就是沉浸在過去「時代的低語」裡看《茶館》的,心靈受到很大的震撼。

不僅是老舍的身世引起臺灣學者的興趣,《茶館》劇作本身的沉沉浮浮的身世也撥動了臺灣學者的心弦。由於《茶館》獨特的政治敘事,很少有作品能像《茶館》一樣經歷過幾起幾落的悲涼身世,臺灣學者將《茶館》自誕生以來的坎坷命運準確地概括為「香花、毒草、連鎖店、名品」〔5〕等階段,在不同時段內,《茶館》有著不同的命運:1950年問世之初,因為生動地描繪了北京下層小市民的生活,而受到熱烈歡迎,此為香花階段;1958年登上話劇舞臺,演出五年後,受到政治干擾,當時宣導的文藝作品思想的「政治正確」,把劇本搞得莫名其妙;文革時期,《茶館》被打成黑樣板大毒草,老舍被毒打,最終投湖自盡,這是所謂的毒草階段;1979年,「文革」結束後,北京人民藝術劇院得以原班人馬重排《茶館》;此後,《茶館》應邀赴德國、瑞士、法國等多個國家巡迴演出,重新開張的《茶館》,各種版本的話劇、電影相繼湧現,《茶館》開始進入「連鎖店」的階段;如今的《茶館》已經成為「名店街上的顯著的精品」,成為北京人藝的鎮院之寶。

(二)臺灣學界深感焉能莫談政治看《茶館》

早在1993年,許博允等人幾度奔走,想邀請北京人藝來臺灣演出《茶館》,「卻因為各種顧忌」,沒有成行,於是先引進北京人藝的話劇《天下第一樓》「試溫」,反應不錯;1995年,再請來話劇《鳥人》,反響也很好。2004年,《茶館》終於來臺灣演出,無法回避的依然是其內中含蘊的豐富的政治議題,而這正是它難以登上臺灣舞臺的一個重要因素。單從《茶館》背景來看,一幕比一幕更「突出惹眼的東西」——「莫談國事」的紙條更多,字也更大。老舍的本意真的如此嗎?非也,老舍這樣說過:「我不熟悉政治舞臺上的高官大人,沒法子正面描寫他們的促進與促退。我也不十分懂政治。我只認識一些小人物,這些人物是經常下茶館的。那麼,我要是把他們集合到一個茶館裡,用他們生活上的變遷反映社會的變遷,不就側面地透露出一些政治消息麼?」〔6〕由此可以看出,「莫談國事」的背景處置實際上是為了突出強調茶館裡時時談的都是國

事，從第一幕的康梁維新運動的失敗開始，到第二幕十餘年後西方列強割據中國與軍閥內戰，再到第三幕抗日戰爭，國民黨特務的為害，所談的都是政治。

　　當代臺灣的中青年知識份子由於對民族文化認識的薄弱和所受歷史教育的失真，對國民黨在大陸時代的歷史多少有些隔膜。可以想見，老舍在《茶館》中幾筆精彩的為國民黨特務畫像將給臺灣觀眾帶來了怎樣的震動。為了避免引起政治上的爭論，2004年5月，曾有人在「孫中山紀念館」散發過「來看茶館，莫談國事」的DM宣傳。但是，《茶館》來臺演出的前後，正是臺灣政局詭譎變化的時候，撲朔迷離的槍擊案，民進黨和國民黨之爭白熱化，《茶館》的到來必然引起更多的政治話題，於是如何看待這部充滿政治社會意涵的劇本成為臺灣學者關注的問題之一。臺灣著名舞臺劇演員金士傑說：「不同政治背景解讀《茶館》，會有不同看法，即使臺灣現今情勢詭譎，重看《茶館》，仍有玩味空間」，〔7〕作家李昂覺得這次劃時代的演出中，最有衝擊力的問題該是：「茶館」裡的第三幕，處理到二次大戰後日本人敗戰，國民黨政府重掌政權。而明寫或暗喻，老舍擺明瞭這個國民黨政府的為惡，甚至超過日本人……歷史課本藉著《茶館》回魂，不知除了『奇觀』外，會有怎樣的況味？」〔8〕這自然有過度引申乃至扭曲之嫌，但也說明了劇本中的政治意涵是無法視而不見的。正是在這一意義上，這次臺灣上演，有一些戲劇界人士提出「增加一幕」的聰明看法，想把這部作品改得適合臺灣當時政治氣氛……」〔9〕，但最終為了尊重老舍的原著而未作太多的改動。無論怎樣，《茶館》中所揭示的歷史真實鏡頭是臺灣觀眾必須面對的歷史事實。

　　（三）「折騰人心」的小人物

　　《茶館》裡凸顯了大量被壓迫、被迫害的小人物，有被貧窮父母賣給太監的姑娘，有勇於反抗的常四爺，有不堪逼迫最後自盡的茶館老闆王利發等等，讓臺灣觀眾感動的正是這些生活中的小人物和他們生活的那個折騰人心的世界。金士傑十分讚賞老舍「從人物出發，挖掘百姓苦悶，這點是最具意義的。」〔10〕一些學者也注意到：「老舍豈止表現了清末到民國的中國人的命運而已，他也表現了在任何一個動盪不安的時代中任何一個社會中大多數小人物的命運。他們赤

心愛國,擁護改良,卻落得一無所有甚至賠上了性命。」〔11〕曾經看過新舊版本《茶館》三次的許博允認為,「從《茶館》裡站出來的人物,既是王利發,也是老舍自己,那些憂國憂民卻又說不出口的小民,怎麼生怎麼死。」〔12〕《茶館》正是因為「幫助我們正視苦難、反省苦難」〔13〕,才會獲得如此長久的觀眾緣。

總之,《茶館》一劇在臺灣演出,留存很大的文本空白,在讀者的思想接受中,完成了自身的召喚結構,並以自身豐盈的思想內涵再次證明了「就如所有光芒四射的作品一樣,充分的證實了千古同悲的性靈,以及永遠不會為災禍和邪惡撲滅的情義。」〔14〕《茶館》將中國的過往歲月在話劇的空間裡真實再現,帶給臺灣觀眾的精神風暴和文化衝力是巨大的。

二、「茶館裡喝盞好茶」

著名作家白先勇說:「茶館》抓住時代脈搏,善用語言勾勒出歷史滄桑味道,是最具有歷史感的舞臺劇。」〔15〕的確,《茶館》在中國話劇史上的地位無可取代,而擅演京味兒話劇、藝術成就卓越的北京人民藝術劇院尤其受到推崇,將老舍《茶館》精神詮釋得淋漓盡致,讓臺灣觀眾盡享藝術的佳釀。

(一)「古今中外劇作中罕見的一幕」

早在1958年,小說家張恨水就說過:「我覺得第一幕寫得好,第二、三幕較差。」〔16〕文學史家王瑤也說:「第三幕用的是誇張的諷刺劇的手法,與前兩幕的風格不太協調。」〔17〕果然是慧眼識金,老舍原來也打算只寫第一幕,寫《茶館》之前,老舍寫過《秦氏三兄弟》,描寫秦伯仁、秦仲義、秦叔禮三兄弟歷經戊戌政變、辛亥革命、北伐、國共內戰幾個關鍵時期的不同命運。這齣戲的第一幕第二場是寫清末北京的裕泰茶館,也就是現在所看到的《茶館》的第一幕。據說在完成《秦氏三兄弟》初稿的時候,老舍照例與人民藝術劇院的演員們進行討論,結果裕泰茶館一場大獲讚賞,有人建議老舍不如把茶館裡的戲寫

下去，於是有了茶館裡的第二幕與第三幕。所不同的是，「……原來《秦氏三兄弟》的主人翁秦仲義，到了《茶館》裡只成為眾人之一，而秦家其他兩兄弟都不見了。劇情的發展缺少了主人翁，茶館的老闆王利發於是升格作主角，茶館的興衰遂成為劇情發展的主線。」〔18〕

《茶館》第一幕展示了戊戌運動失敗後社會格局更迭期的時代生活，裕泰大茶館裡，算命先生、人販子、流氓、貧民、太監、打手、暗探、滿清遺老和維新鬥士等一同登場，小小的茶館成為展現整個社會的一個小視窗。臺灣觀眾領悟到了《茶館》第一幕的藝術魅力，在首演的當天，《中國時報》就以大半個版的篇幅刊登陳浩的長篇評論，他陶醉般地寫道：「迷人的還是戲劇本身，當幕一拉起，燈光照在舞臺上，人生雜遝，晚清的市井小民在茶館裡一桌一桌的講話，每一個細節都是戲。你自然就目不暇給的盯著舞臺人物的穿著、言語、手勢、姿態……光是那第一幕戲，戲劇大師曹禺曾說的『古今中外劇作中罕見的一幕』，絕非虛言，你若人在劇場，千言萬語説不盡。」〔19〕馬森也強調這最好的第一幕：《茶館》之所以抓住觀眾的地方在於其強大的寫實力，特別是第一幕，令人感受到清朝末年北京大茶館的氣氛。進出茶館的各色人等，正像一個具體而微的小社會，使觀眾似乎來到清朝晚季的北京，呼吸到那個時代的空氣。〔20〕

（二）臺灣戲迷難舍胡同戲情結

著名作家白先勇敏銳地説：「這是出『老北京』風情的戲，」〔21〕老舍是京味胡同戲藝術的集大成者，他利用胡同戲將民性人情展現出來，真實再現出胡同鄰里的現實生活。《茶館》「就不脫北京街坊的特色——胡同，不管是一條胡同，一家飯莊（例如《天下第一樓》的福聚德）或一座茶館（例如《茶館》的裕泰），在那樣的空間裡，時間是縱軸，故事是橫軸，來來去去、動輒兩三代的人物是花樣，而世事時局，則往往是壓藏在最底下的暗紋。」〔22〕劇本中充滿了胡同戲中才能看到的生活真實：喝茶的茶館、逗鳥的人、爛肉麵、鬧蟋蟀，甚至蓋碗茶、鼻煙壺等等，李昂指出「可以想像的是充分的顯現北京不同階層的人物風貌，會是『北京人藝』的首要。舞臺、道具、服裝擬真，特別是一口『北京腔』，重現舞臺上的老北京，於有些人來説是『奇觀』，於另些人，恐怕正是

鄉愁——即便這老北京與今日的北京有多大差異。」〔23〕真是一語中的，被鄉愁困擾了好多年的臺灣觀眾來看《茶館》，很多真的就是想從中尋找自己夢寐以求的老北京的胡同戲風貌。

老舍非常熱愛小胡同的街坊鄰里，正是從這些胡同人物的身上，展現了胡同戲的精彩，臺灣學者對茶館中胡同人物的語言和動作非常感興趣，非常讚賞演員們一句臺詞演活一個人，「人性與敏感話題的交相掩映，北京人說話，又以轉移話題的功夫最一流……觀看充滿京味兒的胡同戲，觀眾常在指桑 槐之處暗地偷笑；在透過演員之口宣說人心人性之時，義正詞嚴地服膺起來；對於劇中主角英雄般地佩服，但對於劇中配角才真的一掬老淚，因為那才像觀眾自己！」〔24〕馬森認為新版《茶館》中的對話所以「如此之溜」，「北京人所謂的『響崩兒脆』」，〔25〕恐怕也得力於北京人藝的老演員的參與之功。史玉琪認為北京人藝的演員很好地展現了胡同戲，與其世襲京劇傳統戲曲的優點分不開，「以真實的生活體驗為表演風格，小人物的神韻、市井小民的『貫口活兒』，只要在對的時間亮相，保證台下一片笑聲掌聲。」〔26〕

（三）「圖卷戲」的期待視野

《茶館》描寫了舊北平形形色色的70多個人物，其中50個是有姓名或綽號的，這些人物的身份差異很大，有曾經做過國會議員的崔久峰，有憲兵司令部裡的處長，有妖怪似的龐太監，有暗探宋恩子、吳祥子，也有說評書的藝人，看相算命及農民村婦等等，構成了一個人像展覽式的「浮世繪。」老舍選取「茶館」作為劇本的場景頗具匠心，他發揮了熟稔老北京的社會生活與形形色色的人物的優勢。在結構上，《茶館》採取三個橫斷面連綴式結構，每一幕內部也以許多小小的戲劇衝突連綴。劇本以人物帶動故事，主要人物由壯到老，貫串全劇，次要人物父子相承，無關緊要的人物招之即來、揮之即去。使得劇本以貌似平淡散亂的人物、情節織出一幅從清末到民國末年的民間眾生相。劇作家李健吾對照「清明上河圖」畫卷的筆法，稱其為「圖卷戲。」

事實上，「圖卷戲」的結構本來容易變得鬆散，李健吾提出「圖卷戲」這一概念的時候，是帶有批評的意見，認為這種戲劇類型本身精緻，像一串珠子，

「然而一顆又一顆,少不了單粒的感覺。」〔27〕語中不乏幾分貶義,但後來《茶館》越演影響越大,為現代的舞臺劇開創了另一種寫法,倒成為值得讚許的一種戲劇類型。馬森注意到這一點,他結合《茶館》的圖卷戲風格,指出「有點像蘇聯革命以後出現的『群戲』,而非正統的戲劇表現方式。」〔28〕其他學者也注意到《茶館》作為圖卷戲的難以經營之處,亮軒指出:「常常是十幾個人在臺上,人進人出往來穿梭不計其數,也正是茶館的現象。觀眾感受的也是整個茶館的氣氛,不限於哪個角落哪一個人。任何一位元角色的言語、音量、動作、表情以及在臺上的動靜位置等等,彼此相抗相生,對於導演、演員都是一大考驗。舞臺劇不可能不好重來,更不可能讓導演街區一個小塊空間跟部分的人物來表現。」〔29〕

近些年,後現代劇場在臺灣盛行,滑稽模仿、詩意祈禱、抒情與反諷等等一系列的修辭方式和感覺方式成為當代臺灣戲劇敘述的主流,但是觀眾只能從戲劇舞臺上讀取有限的藝術質子和意象斷片,而《茶館》以其細膩的舞臺美學、精粹的語言藝術和生動的情節藝術對臺灣當代戲劇的反邏輯、反敘事的戲劇觀念進行強有力的衝擊。

三、《茶館》與《那一夜,我們說相聲》

賴聲川是當前臺灣話劇方面的代表人物,他創辦的「表演工作坊」是臺灣戲劇舞臺上作品最豐富、票房紀錄最高的戲劇團體。其與《茶館》一直有著割捨不斷的情緣,1996年前後,賴聲川已經非常務實地,著手進行《茶館》臺灣版的演出策劃,並敦請原劇的初代演員,也是劇本英譯者英若誠擔任導演,但最終沒能上演。表演工作坊的創團作品《那一夜,我們說相聲》19年來一直深受戲迷喜愛,我們從這齣戲中可以看出其深受老舍戲劇藝術的影響,不僅在文化運思和藝術構造上,甚至人物構型和劇情設計上,都有一定的相似性。

(一)舞臺上的多維歷史言說

《茶館》和《那一夜，我們說相聲》都蘊含著濃重的歷史感，這兩部戲劇同樣是吃上一盅茶的功夫，就已經是千古興亡了。《茶館》借短短三幕戲，透過「裕泰」茶館這個社會縮影，勾勒出中國戊戌政變後半個世紀三個時代的變遷。觀眾從中可以看到時代巨輪碾過，人生無常的挽歌。老舍透過半個世紀世事變化，成功地完成了要表現葬送三個時代這個主題。《那一夜，我們說相聲》中地點是華都西餐廳，也是能容納各色人物的場所，與《茶館》頗有異曲同工之妙，所不同的是《茶館》人物眾多，而《那一夜，我們說相聲》只有兩個人物——王地寶和舜天嘯，但人物隨著劇情的展開，又不停地變身，從今日臺北西餐廳舞臺秀的主持人開始，然後時光倒退，變成1936年的臺北相聲演員，再退，變成抗戰時期重慶的相聲演員，再變成五四時代的相聲演員，最後，變成清朝末年在北京的相聲演員，不同時代，兩人表演不同的人物。其結構也順應了《茶館》式的歷史大跨段的結構：開場白——臺北華都西餐廳，1985年；第一幕：「臺北之戀」臺北、1985年、音樂轉場；第二幕：「電視與我」臺北、1963年、音樂轉場；第三幕：「防空記」重慶、1943年、音樂轉場；第四幕：「記性與忘記」北京、1925年、音樂轉場；第五幕：「終點站」北京、1900年；謝幕——臺北華都西餐廳，劇情時空從當代臺北向近代歷史中國的三個重要城市移動後延，其中事件包括：充滿文藝腔的愛情；電視機給臺北小社區帶來的衝擊；重慶防空洞中的一場「盛宴」；五四時代的知識份子；清末北京日常生活；義和團事件和大地震。在每個段子衍生的規定情境中，兩個相聲演員通過灑脫而簡約的表演十分貼切地展現了那個時代的風情民俗。

從兩部劇作可以看出都是通過大跨度的時空變化，來有意保持著觀演關係的協和，觀眾在某種程度上領悟到戲劇的間離意識，舞臺上虛擬的規定情境實際上是在借歷史進行時代畫像，從而構成了一個龐大、複雜的歷史迴旋型結構。

（二）老北京的文化反思

老北京是老舍和賴聲川傾情描寫過的城市，二劇留給觀眾的真實歷史碎片幾乎俯拾皆是，他們都是借城市考古的眼光，在戲劇中溝通時空、精神與物質合流在一起，典型地展現了老北京文化的一斑。老北京在二者筆下有相似之處，就是

「聚焦在北京的人、事、物。也就是說，發生在北京的，市井小民的生活形態，唱唱戲、遛遛鳥、上上飯莊、轉轉茶館，從這一類地地道道的北京人文風格中取材」〔30〕。二劇中都有撒紙錢的一齣戲，同樣都出現在結尾，但又有很大的不同：《茶館》中3位風燭殘年的老人聚首，回憶過往，淒然向空中撒紙錢為自己提前送終，這是一個很有象徵意味的結局，既是對舊時代的控訴，也是對之唱了一曲「葬歌」，這是在1950年代話劇舞臺上少有的沒有亮色的結局。而在《那一夜，我們說相聲》中最有《茶館》韻味的當屬第五幕，撒紙錢這一齣戲也出現在這一幕，但已經完全沒有《茶館》中的悲壯，而是以嬉笑怒罵的方式揭示了老北京人的特殊癖好，喜歡看人出殯，愛圍觀的從眾弊病，結尾處「一場大地震摧毀了一切，像是民族集體意識的浩劫，」〔31〕暗示了對中華文化糟粕的徹底清理，並虔誠地呼喚精英文化的到來。

曾經在劇中演過王地寶的馮翊綱在《茶館》來臺演出之際說過：《那一夜，我們說相聲》中的主人公舜天嘯、王地寶，「雖說是虛構，卻有參考原型。就是《茶館》。《茶館》裡的松二爺、常四爺。」〔32〕我認為舜天嘯和常四爺的相似性不多，倒是松二爺和王地保看起來就像是性格的雙胞胎，都膽小怕事，喜歡講排場，雖然身無分文，卻不肯自己出力糊口，還養著鳥，都是藉人物批判了那些境況敗落而仍然講究排場的八旗子弟作風。因此，臺灣觀眾在看到《茶館》中的松二爺時會有似曾相識之感，原來他們已經在喜愛的《那一夜，我們說相聲》中，先行看到了松二爺的嫡傳弟子王地寶，因此，馮翊綱會說：「過去十九年，許多臺灣人在最不自覺的一刻，已然擁抱過了這兩位風華貴族的影子：舜天嘯、王地寶。」〔33〕二人都以形象之筆將清朝末年的種種怪現狀描繪出來，寄託了對整個中國文化的深刻反思，正是因為「各式各樣的身份的人都潛伏著病毒，這才是中國人的大危機。」〔34〕

（三）現代敘事體戲劇的分體走向

作為成功地融合了大眾文化和精緻藝術的《茶館》和《那一夜，我們說相聲》都可以被劃歸到現代敘事體戲劇體系當中，不同的是《茶館》力求逼真再現客觀事實，演員化身角色，演員與觀眾的情感共鳴，從而引發觀眾的歷史在場

感。而《那一夜,我們說相聲》最大特點就是用相聲的方式為相聲即將消逝這一文化傳統來寫祭文,在表演上深受中國傳統的說唱藝術——相聲的影響,相聲作為中國傳統民俗口技之一,清末民初發源於北京,是中國藝術門類中最接近西方話劇的藝術樣式,賴聲川強調演員的「既表且扮」的表演原則,強調在表演上演員與角色的分離,由生動活潑的語言和表演者酷似的模仿能力,這在某種程度上使賴聲川的戲劇藝術具有很強的傳統性,但他加入了更多的集體即興創作和結構拼貼,又使其戲劇表演具有了特殊的曖昧性,正是由於有了結構拼貼才使戲劇人物的身份不停地變身,「在個別的段子裡,他們是另一個時代的相聲演員,但同時他們本來就是現代臺北西餐廳主持人『幻想』或『蛻變』成為過去的人。在這個走向過去的旅程中,演員介乎兩種角色之間,情緒的掌握是相當的微妙。」〔35〕《茶館》中,還在強調情節的設計和角色的刻畫,而《那一夜,我們說相聲》則是在連貫的相關的主題中,個個段子之間不遵循一定的規則出現,更多強調演員的即興表演。這顯現了賴聲川慧眼獨具在挖掘傳統曲藝的優質中,適度地映射現代意識和評價意味,從而逐漸形成了自己鮮明個性特徵的導演創作方法。

如果說《茶館》是出悲劇,那麼,賴聲川的《那一夜,我們說相聲》則是一齣悲喜劇。二劇都顯示了在大眾文化和精英文化之間嘗試融合的勇氣,在嘗試中形成了各自的美學追求、敘述方式、結構形式、時空結構及演劇空間的處理。從中也可以看出,賴聲川本人也在試圖擺脫來自老舍的「影響的焦慮」,從而創構出更具自我特色的戲劇藝術。

四、接受中的「否定」

作為永遠都會有缺憾的戲劇藝術,《茶館》也給臺灣觀眾也留下了一些遺憾。

(一)舞臺景深太淺,難現老舍戲劇的大器

導演林兆華向以擅長處理大場面而知名，重要作品如《鳥人》也是人物眾多的場景，將整個公園搬上舞臺，好幾十人的戲，表現得流暢自如。這次《茶館》在北京和臺北的演出的確有很大的反差，由於孫中山紀念館舞臺景深太淺，不但原版《茶館》的吉普車上不了台，穿梭的人力車也受到限制，舞臺佈景直到演出的前一天還在修正，演員六十七人，除了演員比功力外，技術人員也受到了一定的挑戰，因為舞臺太淺，人力車和洋車在舞臺上來回穿梭，有一定難度，而且眾多演員都快站不下，有些演出也無法實現……由此帶來的背景風格在闡釋、佈景和氣氛的營造上都相差更多。因而「這不是一個完全的北京《茶館》，因為，大氣消失了。」〔36〕對此，也有人認為新版《茶館》更加卡通化，這樣反而更接近劇中的破落感，在臺北的演出也更能表現劇中的幽默感。

　　（二）新老版本的差距

　　看過新老版本《茶館》的臺灣觀眾還是有些留戀第一代表演者，從導演焦菊隱到演員於是之、鄭榕、藍天野、童超、黃宗洛，都是響叮噹的人物，英若誠說茶館的功力在「一句臺詞勾畫一個人物」，而人藝的演員則是以畢生的表演功力演活了老舍劇本中每一個小人物。〔37〕有關專家還從新舊版本和新老演員的對比上表達觀感，有的評價說：看了新版《茶館》，讓他懷念起老一版的演員，老一版更能傳達劇本中那種幻滅的無奈；「不過也稱讚了」扎實的基本功，還是反映在新版演員的身段及語言上。〔38〕「至於傳統戲曲的身段、功夫、起霸、盪馬、拉山綁、耗腿，這些練習，早一輩的演員幾乎沒一天斷過，就算後來影視圈的演員紅得快、知名度高，但好的演員仍得從舞臺演出『借點功夫』，而好的舞臺演員，則到達『用功不見功』境界了。」〔39〕美學家蔣勳說，光是演員不靠「小蜜蜂」（隱藏式麥克風）就能演戲，就該鼓掌。有的認為，新版演員雖較無老北京的味道，但仍能看到對角色內在及不走商業俗套的堅持。

　　綜上所述，《茶館》在臺灣的大多數接受者，更多是被激發出超出舞臺以外的聯想。多數的聯想是在不經意中與某種其它的系統聯繫起來的。這種聯想就是屬於戲劇文本以外的另一個系統，成為創造的標誌。但並不是所有的戲劇都引起創造性聯想，《茶館》就是在一條尋常的軌道上尋求一個非尋常話劇符號的超文

字聯想,從而使觀眾昇華情感去理解和接受它,而這種理解常要依靠對他們本來就熟悉的劇本以外的範式的聯想。《茶館》在臺灣受到的熱烈歡迎,在一定程度上說明了臺灣舞臺戲劇在充斥著噱頭、搞笑的適合大眾口味的戲劇作品的同時,也在召喚著精品戲劇藝術,並沒有完全陷入商品拜物教的泥潭。很多臺灣觀眾已經不是被動接受,而是能敏感地指出《茶館》舞臺上的不規則變化和不符合語法的資訊,並能借助對他們所熟悉的範式的不連貫的聯想來解讀不完全熟悉的舞臺資訊。戲劇導演和演員對最微小的細節或最不經意的臺詞的重視都引來了臺灣學者的讚賞。在《茶館》演出的臺灣現場,觀眾被吸納在「笑」、「諷刺」和「詼諧」的戲劇情境之中,其本身的藝術語言和意識形態勾連出臺灣觀眾新的歷史記憶。

(原載於《臺灣研究集刊》2005年第1期)

注釋:

〔1〕這部碩士論文內容共分八章,主要研究主題分別是《茶館》的版本、創作背景、《茶館》的結構、人物、語言、主題思想、劇型、文藝思想等多個方面。依據卡岡的美學理論來看,《茶館》屬於「樂觀的」悲劇,作者認為《茶館》第一、二幕屬於批判的寫實主義,第三幕屬於社會主義寫實主義。討論結果,申正浩認為最早話劇民族化的成功之作就是老舍的《茶館》。

〔2〕〔5〕〔9〕陳希林:《茶館開張生意特好》,《中國時報》2004年7月4日。

〔3〕〔13〕〔14〕〔29〕〔34〕亮軒:《莫談國事看茶館》(上),《中國時報》2004年7月2日。

〔4〕〔10〕〔19〕〔37〕陳浩:《茶館到臺北》,《中國時報?人間副刊》2004年7月1日。

〔6〕老舍:《答覆有關〈茶館〉的幾個問題》,原載1958年《劇本》5月號。

〔7〕〔11〕〔15〕〔21〕紀慧玲:《首演笑聲滿堂茶館行家樂玩味》,

《民生報》2004年7月2日。

〔8〕〔23〕李昂：《〈茶館〉裡的風暴》，《聯合文學》第236期2004年6月號。

〔12〕〔22〕〔24〕〔26〕〔30〕〔39〕史玉琪：《看出胡同戲》，《聯合文學》第236期2004年6月號。

〔16〕〔17〕《座談老舍的〈茶館〉》1957年12月19日，載1958年第1期《文藝報》。

〔18〕〔20〕〔25〕〔28〕馬森：《老舍與〈茶館〉》，《聯合文學》第237期2004年7月號。

〔27〕李健吾：《談〈茶館〉》載1958年第1期《文藝報》。

〔31〕〔35〕賴聲川口述宋雅姿整理《後記：〈那一夜，我們說相聲〉的創作過程》《賴聲川：劇場1》元尊文化企業股份有限公司1999年1月初版第422、408頁。

〔32〕〔33〕馮翊綱：《舜天嘯、王地寶的「原型」》，《聯合文學》第237期2004年7月號。

〔36〕〔38〕李玉玲：《茶館首演群星來看老北京》，《聯合報》2004年7月2日。

西而不化與西而化之——余光中漢文學語言論之一

徐學

一

余光中不僅是對漢語有著高度的駕馭能力的語言大師，也是對漢文學語言特徵、語言變遷有著深入研究和獨到認識的語文學家。近50年來，作為大學中文教授，文學評論家和多家文學雜誌主編，他始終將漢文學語言的獨特性與表現力，作為教學、選編及批評的起點與基石；作為一個翻譯家、外文系教授，他也在教學與翻譯的實踐中不斷地探討了漢語與英語之間的差異，通過分析與比較，深刻地把握和闡明了漢文學語言獨有的文化特徵和發展規律。

迄今為止，余光中發表了大量的學術論述和文學評論，這些論述大部分收入他的《掌上雨》、《分水嶺上》、《從徐霞客到梵穀》、《井然有序》四本評論專集中，加上散見於《青青邊愁》、《四海集》等書和一些尚未結集的文字，已逾百萬言。其中以全文或大部篇幅論述漢文學語言的文章有30篇，最重要的是《中文的常態與變態》、《論中文之西化》、《從西而不化到西而化之》、《白而不化的白話文》等8篇，均在萬言之上。

在這些文章中，余光中從純正的漢語語感出發，以古今中國文學作品中豐富

的漢文學語言材料為分析依據,對古代漢文學語言、初期白話文與現代中文的特點,漢文學語言的特殊功能和語法特點,作了多方的探討,表現出他獨有的漢文學語言研究方法。

漢語作為一種具有獨特風格的語言,是漢文化存在與發展的載體,以漢文學語言的特點來觀照和詮釋百年來的漢語文學,可以突破文學研究中「泛述草評」的困局。余光中在此一方向的嘗試及其隱然成形的理論,值得當今中國文學研究者認真梳理和總結。

二

中文西化問題是余光中漢文學語言論中的重要組成部分,它突出地表現了余光中的語言發展觀,也是余光中對現代漢文學語言發展做出的重要貢獻。

作為作家,特別是一個對字彙和句法的創新有著強烈欲望的現代詩人,余光中在語言操作上是一個創新者甚至是革命者,他說過:「作家的第一任務便在表現自己,為了完美的表現,他應該有權利選擇他認為最有效的文字和語法。限制作家的語言,等於限制他表現自己的幅度和深度。」〔1〕1960年代,余光中的文學語言論力主突破以「純淨」為宗的白話文觀。為此,他強調文學創作中詞彙與句法應該適度歐化,反對淪為貧乏與單調。他心目中的現代漢文學語言應該是「以白話為骨幹,以適度的歐化及文言句法為調劑的綜合語言。」〔2〕

但即使在那時,他也注意到中文惡往西化的問題。在《剪掉散文的辮子》和《幾塊試金石——如何識別假洋學者》兩篇文章中,他列舉了許多惡往西化的句子,批評了一些學者的食洋不化。〔3〕

1950年代末到1970年代中期,余光中對中文惡性西化的指摘已不再局限於學術界和翻譯界的病態。那時,他已經翻譯了近10部書,其中兩部是歐美現代詩,還有長達30多萬字的《梵穀傳》。〔4〕埋頭於橫行的洋文中,卻不為所囿,入而復出,全得力於一個語言藝術家對優美而獨特的中文的敏感。通過翻

譯，余光中更深入地察覺了中英文在形、音、文法、修辭、思考習慣、美感經驗、文化背景上的差異。在《翻譯與創作》（1969）一文中，他列舉了公式化翻譯體的西化病句，指出劣譯泛濫於大眾傳媒，並開始腐蝕文壇，危及一些抵抗力薄弱的作家，「如果有心人不及時加以當頭棒喝，則終有一天，這種非驢非馬的譯文體，真會淹沒了優美的中文」〔5〕。這時期寫的《變通的藝術——思果（翻譯研究）讀後》更是應和與推崇了翻譯家散文家思果對劣譯的批評，並進一步指出，「畸形歐化」是目前英譯漢裡最嚴重的病症，那些「貌似精確實則不通的夾纏句法，不但在譯文體中早已倡狂，且已浙漸被轉移到許多作家的筆下。崇拜英文的潛意識，不但使譯文亦步亦趨模仿英文的語法，甚至陷一般創作於效顰的醜態。長此以往，優雅的中文豈不要淪為英文的殖民地？」〔6〕

1975年，余光中到香港中文大學任教。香港為英人統治多年的東方商埠，重商輕文且忽視中文教育，因此中文惡性西化的現象比臺灣更加嚴重。余光中到港不滿一年，便有感而發，寫下《哀中文之式微》，面對的已不再是譯界的少數同行，而是廣大的學生和大眾。

余光中此文剖析了從學校到整個社會中文水準普遍低落的原因，他的結論是：一、學校教育中課程門類繁瑣，重視和突出數理工商，中文不受重視。二、中文課本的範文，大部分出自早期白話文作家的筆下，「大半未脫早期的生澀和稚拙」，誤導學生。三、西化的浩劫。又可分為直接與間接的兩種，直接的原因是英文灌輸多而中文底子薄，表達方式思考方式難免西化。間接的原因是「生硬的翻譯，新文藝腔的創作，買辦的公文體，高等華人的談吐，西化的學術專著」諸多方面的影響。〔7〕

香港10年（1974-1985），是余光中學術活動最為活躍的時期，為清算惡性西化，他追根溯源，奮力著述，1979年這一年，他就寫下五篇論文：《橫嶺側峰面面觀》、《論中文之西化》、《早期作家筆下的西化中文》、《從西而不化到西而化之》、《徐志摩詩小論》，約4.3萬字。〔8〕這五篇論文在余光中有關中文西化的論述中佔有重要地位，下面我們再做詳細分析。

1980年代至今，余光中仍然不懈地批判惡性西化，此時相關的論文有《論

民初的遊記》、《中文的常態與變態》、《白而不化的白話文》〔9〕。在《中文的常態與變態》中，他著重指出：「中文也有生態嗎？當然有。措詞簡單，語法對稱，句式靈活，聲調鏗鏘，這些都是中文生命的常態。能順著這樣的生態，就能常保中文的健康。要是處處違拗這樣的生態，久而久之，中文就會污染而淤塞，危機日漸迫近。」

綜上所述，可將余光中的「中文西化論」的主要內容概括為三個部分：

一、近百年來中文西化的歷史文化背景分析（尤其著重分析它與歷史上幾次漢語變遷文化背景的異同）。

二、早期及近期中文惡性西化的病症及病因。

三、宣導尊重漢語發展的規律，在吸取西方的詞彙和句式時，應不悖中文的常態，做到善性西化。

下面我們分別加以闡明。

三

語言是一種歷史的存在，漢語史上任何一個特定階段的漢語結構形態都既是過去結構形態發生演變的產物，又是下一階段漢語結構形態發展演化的起點，它總是隨著社會交際環境及語言結構內部要素之間的變動而演變。兩千年來的漢語史已證明了這一點。

春秋戰國時期，漢族與周邊民族的語言還有很大差異，《左傳·哀公十四年》記載我諸戎飲食衣服不與華同，贄幣不通，語言不達「由於合盟、商貿、吞併，漢族以後逐漸融合了周圍民族的語言。500年後的漢代，由於和西域的交往日益頻繁，大量西域語言成分進入漢語。以後，從東漢到唐末的八百年間，眾多梵語佛教典籍被譯成漢語，梵語的語言成分逐漸融入漢語基本詞彙，受佛教邏輯思維的影響，漢語的組織形式更加嚴密化。最後是清末至今，尤其」五四前後的

20年間，西學東漸，不但在詞彙上新詞大量增加，詞法結構和句法也有許多變化。

余光中比較分析了漢語言史上兩次最大的語言變動，梵語的引進與英文的滲入。他指出，梵文影響的範圍，僅限於僧侶和少數高士，而英文不但借基督教廣為傳播，而且納入教育正軌，成為必修課程。另外，梵文進入中國時，中國文化正當盛期，自有足夠的力量加以吸收融會；而英文大量輸入之時，「正值中國文化趨於式微，文言的生命已經僵化，白話尤在牙牙學語的稚齡，力氣不足，遂有消化不良的現象，」因此，「梵文對中文的影響似乎止於詞彙，英文對中文的影響已經滲入文法。前者的作用止於表皮，後者的作用已達周身和關節。」〔10〕

余光中還進一步分析了中文惡性西化的現象。他指出，新文化運動初期，許多學者極力貶斥漢語，甚至欲廢漢語而以世界語或拼音文字取而代之。1930、1940年代，一些新文學作家提倡翻譯要忠實原文，寧肯以犧牲中文的習慣用法為代價。余光中還著重對惡性西化的中文作了實證分析和病理解剖。

首先是針對早期文學作家筆下的西化現象。摘出的作家文句有十餘人，包括魯迅、林語堂、曹禺、艾青、沈從文、何其芳、戴望舒等著名作家。余光中此舉並非吹毛求疵，存心貶低五四作家的文學歷史地位，而是擔心那些「盤踞在教科書、散文選、新文學史」中的經典範文，生硬青澀，貽害學子，他特別指出，這些範文問世時，作者大都不過20來歲，處於寫作初期，正值白話文與文言的交替期，西化大舉入侵，所以難檢「西而不化」的歷史局限〔11〕。

在指摘名家病句時，他也肯定了名家的成就，如說魯迅，「在早期新文學作家中，文筆最為恣縱剛勁，絕少敗筆，行文則往往文白交融，倡有西化，也不致失控。」評沈從文「小說產量既豐，品質亦純，字裡行間，有一種溫婉自然的諧趣……在中國新文學史上，沈從文的小說自有其不可磨滅的地位」〔12〕。對剛年代迄今港臺作家的西化之病，余光中也不論親疏，不遺餘力地一一指摘。他每每應邀為許多台港作家的作品集寫序文，這些序文總能擺脫應酬敷衍的序之通病，如他自己所說的那樣「重點從中國傳統序跋的『人本』移到西方書評的文

本」,〔13〕務求仔細分析作家的文體,當然也就要對作家的文學語言詳加分析,其中自然有對文學語言「西而不化」或「西而化之」的考量。〔14〕

對前輩作家、當今同行作品中的惡性西化,余光中毫不留情;對自己筆下的「西而不化」,余光中也並不遮醜。最明顯的例子是他多次修改自己的譯作。如1979年修改自己1950年代翻譯的《梵穀傳》,自稱因為「中文欠妥」而修改「占了十之六七」,「化解了不少繁複彆扭的英文句法」〔15〕。

余光中不僅針對具體作家作品中的西化之病詳加糾正批評,他還總結中文西化的普遍病症,細加分析其來由及化解之法。

在《翻譯與創作》、《從西而不化到西而化之》、《中文的常態與變態》三篇長文中,余光中列舉了惡性西化的病句,細加分析,一一指出病因,並加評判修改。如《從西而不化到西而化之》一文,就摘出53個病句,為當中文西而不化的13類常見病的取樣。這舊類常見病包括:濫用「和」一類的連接詞;濫用「關於」「有關」「對於」「作為」這樣的一些介詞;濫用複數形式;濫用比較形式(如一定程度、之一等);濫用被動句型;濫用時間狀語;受英文抽象名詞的影響,生造偽術語(如「XX性」「XX度」「XX化」「XX型」等);受英文make的影響,在許多動詞前加上「作為」;「的」字成災,造成冗長定語,語句冗贅以致定語後的名詞不堪重負⋯⋯以上種種病態,他不厭其煩,詳加診斷。照說這種臨床報告是單調乏味的,可一經詩人娓娓道來,竟趣味橫生。例如,說「當⋯⋯的時候」的句式僵化為公式,他寫道,「五步一當,十步一當,當當之聲,遂不絕於耳了。如果你留心聽電視和廣播,或者閱覽報紙的國外消息版,就會發現這種莫須有的當當之災,正嚴重地威脅美好中文的節奏。」

四

余光中論中文西化的另一個重要側面是宣導善性西化。批評惡性西化是「破」,是「清除淤泥」,而宣導善性西化則是「立」,是「引來清水。」幾十

年來,余光中並不認為「破字當頭,立即在其中」,他總是「破立並舉」,清除垃圾與添磚加瓦並重。

1977年,在《徐志摩詩小論》一文中,余光中指出,「五四以來較有成就的新詩人,或多或少莫不受到西洋文學的影響;問題不在有無歐化,而在於歐化得是否成功……歐化得生動自然,控制有方,采彼之長,以役於我,應該視為『歐而化之』。歐化得笨拙勉強,控制無方,便是『歐而不化』。新文學作家中文的毛病,一畢便由於『歐而不化』。」這是余光中第一次較完整而明確地提出漢文學語言應努力「善性西化。」

兩年後,余光中更進一步闡明了「善性西化」的意義。他說:「如果60年來的新文學在排除文言之餘,只能向現代口語、地方的戲曲歌謠、古典白話小說之中,去吸取語言的養分——如果只能這樣,而不曾同時向西方借鏡,則今日的白話文面貌一定大不相同,說不定文體仍近於《老殘遊記》,也許有人會說,今日許多聞名的小說還趕不上《老殘遊記》呢。這話我也同意,不過今日真正傑出的小說,在語言上因為具備了多元的背景,畢竟比《老殘遊記》來得豐富而又有彈性,就像電影的黑白片傑作,雖然令人吊古低徊,但看慣彩色片再回頭去看它,總還是覺得缺少了一點什麼。」〔16〕

那麼,現代中文「善性西化」的樣品在哪裡呢?余光中指出:一,在上乘的翻譯裡;二,在一流的創作〔17〕。一流的創作作為樣品好理解,上乘的翻譯為何是善性西化的典範呢?我們來看余光中是怎樣分析的。

「翻譯,是西化的合法進口,不像許多創作,在暗裡非法西化,令人難防」,「一篇譯文能稱上乘,一定是譯者功力高強,精通截長補短、化瘀解滯之道,所以能用無曲不達的中文去誘捕不肯就範的英文。這樣的譯文在中西之間折衝樽俎,能不辱中文的使命,卻帶回俯首就擒的英文,雖不能就成為創作,卻是『西而化之』的好丈章。」〔18〕

可以看出,余光中認為,能化解西方語彙句式,使之融入漢語的常態中的譯文,便是善性西化,它增強了漢語的表現力。余光中在多篇文章中都摘引了一流的創作和上乘的譯文,逐句加以評點。涉及的翻譯家有喬志高、思果、夏濟安、

湯新楣等，作家有錢鍾書、王了一、張愛玲、徐志摩、鄭愁予等〔19〕。限於篇幅，無法將余光中對「善性西化」精妙的分析和舉證一一列出，只能從中歸納出它的幾個特徵稍加分析，看看他心目中「善性西化」的樣本。

　　上面說過，余光中認為，與此前幾次漢語變遷不同，民初以來，英文對中文的影響已經滲入文法。文法，現代一般稱作語法，最簡單地說，就是語言中句式與詞彙的問題。由此可知，「惡性西化」就是在詞彙與句式上生搬硬用西方語法習慣的中文，而「善性西化」就是在詞彙和句式上能夠「洋為中用」的中文了。

　　余光中論述中文的「善往西化」正是沿著詞法與句法這兩個方面展開的。詞法與句法的西而化之就是他「善性西化」中文的最主要的兩個特徵。先說詞彙和短語。余光中摘引了張愛玲《傾城之戀》的片段為例證：「流蘇吃驚地朝他望望，驀地裡悟到他這人多麼惡毒。他有意的當著人作出親狎的神氣，使她沒法可證明他們沒有發生關係。她勢成騎虎，回不得家鄉，見不得爹娘，除了作他的情婦之外沒有第二條路。然而她如果遷就了他，不但前功盡棄，以後更是萬劫不復了。她偏不！就算她枉擔了虛名，他不過口頭上占了她一個便宜。歸根究底，他還是沒得到她，或許他有一天還會回到她這裡來，帶了較優惠的議和條件。」

　　余光中指出，張愛玲的文學語言做到了「多元的調和」，即將白話、文言、西化新詞融為一體。其中「勢成騎虎」「前功盡棄」「萬劫不復」等都是文言的成語；「回不得家鄉，見不得爹娘」近乎俚曲俗語；「驀地裡悟到」「枉擔了虛名」像來自舊小說；還有許多五四後西方語言滲入後產生的新詞和短句，被她融為一爐。再說句式，余光中指出上丈最後一句，就很明顯地有西方句法的影響，尤其是結尾的「帶了較優惠的議和條件」，明顯是從英文的介詞短語中轉化而來，但卻銜接自然。

　　為了更清晰地區分西化句法的善與惡，余光中特別摘引了錢鍾書散文中的一段話：

　　「上帝要懲罰人類，有時來一個荒年，有時來一次瘟疫或戰爭，有時產主一個道德家，抱著高尚到一般人所不及的理想，更有跟他的理想成正比的驕傲和力量。」

余光中說若依據「惡性西化」的公式，這句話則會寫成：當上帝要懲罰人類的時候，它有時會給我們一個荒年，有時會給予我們一次瘟疫或一場戰爭，有時甚至於還會造出一個具有著高尚到一般人所不及的理想的道德家——這個道德家同時還具有著和這個理想成正比例的驕傲與力量〔20〕。很顯然，前者簡潔，一氣貫穿；後者化簡為繁，夾纏拗口；並列對照，善惡立判。

在分析徐志摩的詩句時，余光中也著重分析了他「西麗化之」的句式，大略如下：

《沙揚娜拉》全詩五行，「沒有主詞，沒有散文必須的聯繫詞，役有堆砌累贅的形容詞，更沒有西化句中屢見的代名詞」，表現出中國句法連接無痕的特點。

《偶然》中有「偶爾投影在你的波心及」你我相逢在黑夜的海上「這兩句中的」在相逢的海上「和『在你的波心』都是副詞短語置於句末，雖然歐化，但並不彆扭。」你有你的／我有我的／方向你記得也好，／最好你忘掉，／在這交會時互放的光亮，「兩句，歐化更為明顯，但前一句」說來簡潔而懸宕，節奏上益增重疊交撐之感。如果堅持中國文法，改成『你有你的方向，我有我的方向』，反而囉嗦無趣了「後一句中的」在這交會時互放的光亮「是一個受詞（即賓語），」『記得』和『忘掉』，正是合用這受詞的雙動詞……佐篇末短短的四行詩中，雙動詞合用受詞的歐化句法，竟然連用了兩次，不但沒有失誤，而且頗能刱新，此之謂『歐而化之』〔21〕

在充分論述了中文西化的「善與惡」之後，余光中對當代漢文學語言作了基本的評估：「中文西化，雖然目前過多於功，未來恐怕也難將功折罪，但對白話文畢竟不是無功。犯罪的是『惡性西化』的『西而不化』；立功的是『善性西化』以致『化西為中』。其間的差別，有時是絕對的，但往往是相對的。除了文筆極佳和文筆奇劣的少數例外，今日的作者大半出沒於三分善性七分惡性的西化池帶。」〔22〕

五

　　中文西化（或歐化）作為一個漢語語言學的問題，由來已久。1930年代末，著名語言學家王力在西南聯大授課時就對此極為關注。1940年代中期，王力將他這些授課講義加以修改，分成《中國現代語法》、《中國語法理論》兩部交付出版，兩書都特辟《歐化的語法》一章，對各類歐化中文細加分析。〔23〕以後，許多語言學家都或深或淺地探究了這一問題。〔24〕這些傑出的語言學家在這一問題上的開拓功績是有目共睹的，余光中在他的論述中也或多或少地參考了其中的一些材料和觀點，甚至有的論點也是承繼這些前輩而來的。

　　但與他們相比，余光中的中文西化論仍然具有下列鮮明的特點：

　　一、分析了更多的新的語言材料，尤其是漢文學語言。不僅分析了五四以來影響較大的名家名作，而且分析了1960年代至1990年代鮮活的文學語言。

　　二、與其它傑出的語言學家一樣，余光中具有兼通中西文化的學求背景，熟悉中英語言文字。同時，他還身兼作家、文學批評家和翻譯家。因此，他在中國文學語言與西化文學語言的比較和分析上，就遠比一般語言學家更為精細深入〔25〕。

　　三、一般的語言學家對中文西化問題不願作價值判斷，只作客觀描述。而余光中則在描述分析了西化語言現象後，更指出中文西化有善性、惡性之分。他身體力行，表明爭取善性西化，防止惡性污染，正是中國文學家及語言學家的重要任務。

　　語言學家申小龍教授曾經指出，一部中國現代語言學史是漢語的人文精神與漢語學的科學主義之間的矛盾史。這種矛盾可以追溯到本世紀初，當時，「科學救國」作為「五四」反傳統的新文化設計的基本綱領，使中國人文學科義無反顧地拋棄傳統語文學，全盤引進了西方語言學的科學傳統，形式化的因果換算化為唯一的真理觀，篤信形式化的有限原則可以作為分析理解漢語的普遍有效手段，畸形的洋框框「成為」科學化的同義語。然而，他們未曾或很少考慮到漢語和西

方的印歐語在結構形態、組織方略和文化精神上分別處於人類語言鏈上對立的兩極。西方語言豐富的形態標誌，使西方語言學較易形成一套形式化的分析程式和與形式化相對應的理論體系，但若是將它全盤搬來分析非形態麗有很強人文性的漢語事實，就顯得左支右絀，顧此失彼。〔26〕

余光中的漢文學語言發展觀不同於許多科學主義的語言發展觀，在於它具有強烈的人文性。

首先，他尊重漢語所處的文化傳統和中國古典的語言傳統，在觀察和分析漢文學語言現象的演變時，注重參照中國古代乃至現代漢文學語言典範文本，並借重那些貼近中國人語感的語法特徵。在他對文學語言的精妙分析中，所引證的範文有唐宋詩文，有《紅樓夢》，有近人錢鐘書、張愛玲等人的作品。他總是以這些文本和語法特徵而不是幾條「洋框框」為依據，來分析當下急劇變動中的漢語現象；其次，他不把語言僅僅視作客觀、靜止。孤立、形式上自足的物件，而是把語言看作是與人文環境互動的表達和闡述過程。因此，他對於漢文學語言的演變總能從更為廣闊的歷史文化背景加以把握，漢文學語言的交際功能、傳達功能，漢文學語言與漢族深厚的文化歷史積澱和漢族獨特的文化心理特徵都在他的研究視野中。在他看來，使用一種語言就意味著一種特定的文化承諾。

正是從這樣的文化立場出發，余光中大膽地對漢文學語言的演變作出了自己的價值評判，他注意到了語言的差異性；充分瞭解語言的規則是約定俗成的，它與語言符號並不存在著必然的聯繫；明白地指出，五四白話文運動功大於過，肯定「西化」對白話文畢竟不是無功，「緩慢而適度的西化是難以避免的趨勢，高妙的西化更可以截長補短」〔27〕，並宣導漢文學語言的「善性西化。」但是，他更為強調語言的規範性，強調漢文學語言在變中應保持常態，要在瞭解漢語的常態，尊重常態的基礎上求變。他說：「中文發展了好幾千年，從清通到高妙，自有千錘百煉的一套常態。誰要是不知常態為何物而貿然自詡為求變，其結果只是獻拙，而非生巧。變化之妙，要有常態襯托才顯得出來。一旦常態不存，餘下的只是亂，不是變了。」〔28〕

可以看出，余光中在中文的常與變，也就是漢語的規範與變異中，強調的是

规範的一面。他認為漢語的使用者,尤其是漢文學語言的使用者,必須接受歷史形成的為大多數語言使用者所認可和接受的語言規則,如不講規則,使用者各行其是,那麼語言的交際就會減低效率,太打折扣,甚至無法進行。

幾年前,對於五四以來漢語語言變革的得失及其它與文學創作的關係,大陸學界曾有一場論爭〔29〕。這場論爭中觸及的許多命題,在余光中的上述論述中已有明確的意見,可惜論戰的幾方都不曾注意到多年前海峽彼岸一位中國作家的觀點和見識。有鑑於此,本文對余光中的漢文學語言觀點作了初步的涉獵和整理,相信它可以幫助我們撇除漢語史「短時段」中泛起的泡沫,把握漢語史「長時段」中穩定而不息的深流;也相信它能幫助我們更深入地瞭解漢文學語言的建構特徵及發展歷程,從而為我們研究當代中國漢語文學,進而為觀照和描繪世界華文文學的藍圖提供一個新的立足點。

(原載於《臺灣研究集刊》2000年第2期)

注釋:

〔1〕余光中:《逍遙游》,臺灣文星1965年版,第5頁。

〔2〕余光中:《掌上雨》,臺灣文星1968年版,第67頁。

〔3〕余光中:《剪掉散文的辮子》收入《逍遙遊》;《幾塊試金石》收入《焚鶴人》,臺灣純文學1969年版。

〔4〕余光中譯:《梵穀傳》Lust For Life 1957年臺灣重光版,1978年臺灣大地修訂版。此時他還譯有:《老人和大海》1957年臺灣重光版、《英詩譯著》文藝書店1960年版、《美國詩選》香港今日世界出版社1961年版、《英美現代詩選》臺灣學生書局1968年版、《錄事巴托比》香港今日世界出版社1972年版、《中國新詩選:New Chine Poetry》Haritagepress 1960、《中國現代文學選集・An Anthology of Contemporary Chinese Literature, Taiwan:1949-1974》臺灣國立編譯館1975年出版。

〔5〕余光中:《翻譯與創作》(1969年1月)收入《焚鶴人》。

〔6〕余光中:《變通的藝術》(1973年2月)收入《聽聽那冷雨》,臺灣

純文學出版社1978年版。

〔7〕余光中：《哀中文之式微》（1976年2月）收入《青青邊愁》，臺灣純文學出版社1978年版。

〔8〕這五篇論文均收入《分水嶺上——余光中文學評論集》，臺灣純文學出版社1981年版。

〔9〕這三篇論文均收入《從徐霞客到梵穀》，臺灣九歌1996年版。

〔10〕余光中：《論中文之西化》收入《分水嶺上》。

〔11〕〔12〕余光中：《分水嶺上》第128頁。

〔13〕《井然有序》第4頁，臺灣九歌1996年版。

〔14〕可參見余光中《井然有序》，臺灣九歌1996年版。

〔15〕《梵穀傳·自序》，臺北大地出版社1978年版。另可見《以餘譯〈梵古傳〉為例論白話文的歐化問題》，臺灣東海大學中文所張嘉倫碩士論文（1993年）。

〔16〕〔17〕〔18〕〔19〕〔20〕〔22〕《分水嶺上》第151-157頁，第6-11頁。

〔21〕《徐志摩詩小論》，載《分水嶺上》。

〔23〕王力：《中國現代語法》1943年由商務印書館正式出版，分上下冊，各三章，《歐化的語法》為第六章。王力：《中國語法理論》也分為兩冊，商務出版。上冊出版於1944年7月，下冊1945年10月出版，《歐化的語言》為該書第6章。

〔24〕可參見趙元任：《借語舉例》（1970）收入《趙元任語言學論文選》，清華大學出版社1992年出版。陳原：《語言與社會生活》，商務1979年出版。陳原：《社會語言學》，學林1983年出版。

〔25〕趙元任在中文歐化的研究中，借重的語言資料基本上不是文學作品。陳原先生對語言污染的研究著重批判洋涇浜英語與灘頭語（Beach-Id-

Mar）。

〔26〕可參見申小龍：《語文的闡釋》第15章，「中國語文傳統現代化的宏富之路：文化語言學。」遼寧教育出版社1992年6月版。

〔27〕〔28〕余光中：《從徐霞客到梵穀》第239頁，第264頁。

〔29〕可參見鄭敏：《世紀末的回顧：漢語語言變革與新詩創作》載《文學評論》1993年第3期；范欽林：《如何評價『五四』白話文運動？——與鄭敏先生商榷》；鄭敏：《關於（如何評價『五四』白話文運動）》同上刊1994年第2期；許明：《文化激迸主義的歷史維度——從鄭敏、范欽林的爭論説開去》，載《知識份子立場》（一），李世濤主編，時代文藝出版社2000年1月版；沉鳳、志忠：《跨世紀之交：文學的困惑與選擇》，同上書第219頁。

白先勇小說句法與現代性的漢文學語言

徐學

一

白先勇是一位元傑出的語言藝術家,在幾十年的文學創作中,他形成了獨特的文字風格。在他的小說語言中,有著從中國古典文學(詩詞、小說、戲曲)承繼而來的典雅含蓄,也有著中西現代文化衝擊與陶冶出的彈性和多元。他的小說語言是漢文學語言從青澀走向成熟,從古典脫胎為現代的一個標誌性例證。探討和總結他在這方面的經驗,對於漢文學語言的現代性,避免漢語的西化與僵化,具有重要的學術價值和現實意義。

在以往的白先勇小說評論中,對其語言藝術的分析,大多結合小說題旨、人物塑造等方面展開,這些方面的論述,推動了白先勇小說語言藝術的研究;但是,也應該指出,結合漢文學語言內在規律和現代中文發展線索的更加細緻入微的論述,在白先勇小說語言研究中還是有待開發的學術領地。本文企圖在這方面做一點小小的嘗試,因此,本文調整了批評角度,不以白先勇小說語言對其小說題旨或人物塑造的作用為批評重心,不以其小說(小說系列)或人物(人物群像)為批評單位;而是以其小說中的語言單位——句子為批評單位,以其句法(對語句的選擇、提煉、運用)為批評重心。同時也儘量避開當今小說批評中常見的文學術語,特別是因流通量過大而磨損貶值的西方文學批評術語。本文選擇

採用中國古代文論術語,並結合現代文化語言學理論,通過對白先勇小說功能各異的句型的美感分析,以小見大,闡發白先勇小說的語言藝術對現代性漢文學語言的貢獻。

在斟酌採用中國古代文論的術語時不會不注意到,這些術語都是用簡單的性狀徵喻來表述的主觀感受。將這樣的詞語引入當代批評,在一些科學至上的批評家眼中,是不規範的分析,是印象主義批評。但我以為,姑且不論印象主義批評是否毫無價值,至少可以肯定的是,闡發與西方語言藝術截然不同的漢語藝術這一特定物件時,中國古代文論術語具有著西方文學術語不可替代之處。因為,這些術語是中國古代文論家在長時期文學批評中感悟總結而成的批評範疇,它的背後是一種保存著豐富語感的更加貼近漢語事實的批評方法,積澱和表現了中國人特有藝術鑒賞的心理結構,因而在今天仍然是一種可資利用的文學批評資源。

王力先生對中西語言精深研究後提出了一個著名的論斷:西方的語言是法治的,中國的語言是人治的〔1〕。我以為,這一提法非常精闢地概括了兩類語言的分野,因為是法治的,所以西方語言不給讀者以意害辭的機會,西方的文學批評講究分析和解剖;惟其是人治的,所以中國古人的文章注重風格和韻味,注重整體把握,主張「不以辭害意。」考慮到使用漢語的文學藝術偏重意會,偏重韻律,以神統形的特點,將漢語文研究傳統中的常用術語與現代語言學理論相結合,用於分析和評判深得傳統文化精髓的白先勇小說的語言藝術,仍然可以是貼切中肯的。

二

句法位於篇法之下,字法之上,三者在中國古典文論中統稱為文法。明代王世貞在其《藝苑卮言》中對它們有過比較清晰的解析——「首尾開闔,繁簡奇正,備極其度,篇法也。抑揚頓挫,長短節奏,各極其致,句法也。點綴關鍵,金石綺彩,各極其造,字法也。」可以看出,分析作家如何剪裁句子的長短,調整句子的節奏,是中國古代漢文學語言中句法研究的入手之處。下面我們也以此

為基本出發點，從白先勇小說的語句類型、語句運用、節奏提煉幾方面做實證分析。

觀察白先勇小說的語句類型時，我們注意到，長句是他比較喜歡的語句類型，無論敘事、寫景、寫人，都廣泛採用。限於篇幅，以下各舉一句為例證：

寫景，「除夕這一天，寒流突然襲到了臺北市，才近黃昏，天色已經沉黯下來，各家的燈火，都提早亮了起來，好像在把這一刻殘剩的歲月加緊催走，預備去迎接另一個新年似的。」

寫人，「喜妹是個極肥壯的女人，偏偏又喜歡穿緊身衣服，全身總是箍得肉顫顫的，臉上一徑塗得油白油白，畫著一雙濃濃的假眉毛，看人的時候，乜斜著一對小眼睛，很不馴的把嘴巴一撇，自以為很有風情的樣子。」

敘事，「於是這起太太們，由尹雪豔領隊，逛西門町，看紹興戲，坐在三六九裡吃桂花湯糰，往往把十幾年來不如意的事兒一股腦兒拋掉，好像尹雪豔周身都透著上海大千世界榮華的麝香一般，熏得這起往事滄桑的中年婦人都進入半醉的狀態，而不由自主都津津樂道起上海五香齋的蟹黃麵來。」〔2〕

這三句功能不同的長句都是典型的現代漢文學語言，它們不但善用新式標點符號，善於吸納現代生活詞彙和現代人的生活用語，更可貴的是同時還保存了純正的漢文學語言的造句習慣：

上面的寫景句，按西方以動詞為中心的語法觀念，這一長句有三個主謂結構，應分成——「……寒流襲到……」；「……天色沉黯……」；「……燈火亮了……」三個短句，白先勇卻將它作為一個長句，按照西方的語法觀念似乎不夠規範，從漢語的語感看，它卻是純正的，它是漢語中常見的主題句。「除夕這一天」是句子的主題，後面三句話是對主題的評論，如果從中斷開，行文的氣脈就會阻斷。

上面的寫人句，這是句子，還是句群？在漢語裡它是句子，因為整段話都是描寫喜妹的模樣，有一氣呵成的節奏。假如根據英語句子結構的要求，就必須在「穿……箍……塗……乜斜……」等動詞前面加上主語，並補充一些西方語言必

要而漢語中含而不露的成分;這樣做,漢語,尤其是漢文學語言的「味兒」就消失了。

上面的敘事句,句雖長,卻不滯,表現出漢語的彈性,流動性。如果按當下流行的西化筆調,也許會寫成:「在尹雪豔的帶領下,這些太太們,或者去西門町逛街,或者去看紹興戲,或者到三六九裡去吃桂花湯糰。只有在這樣的時刻,太太們才會把十幾年來不如意的事兒全都拋掉。尹雪豔全身都透著上海大千世界榮華的麝香,熏得這起往事滄桑的中年婦人都進入半醉的狀態。太太們不由自主都津津樂道起上海五香齋的蟹黃面來。」這樣改動,似乎是主謂分明,結構嚴整,但是與漢人的語言習慣是不相符的。

上面的長句,按照西方形態嚴格層層制約的語用原則,每一長句都必須分成幾個主謂結構分明的句子。可作者從漢語的語感和漢語尚簡的語用原則出發,略去了西方語言視為必要的關係框架,把受冷漠框架制約的基本語塊解放出來,使它們能夠靈動地隨著表達意圖穿插開合,隨修辭需要增省顯隱,保留了漢語傳統造句藝術特有的行雲流水之美感,體現了「以簡馭繁,以少總多」的漢語精神。

三

雖然是如行雲流水般的動態延伸,白先勇小說的造句藝術卻也不是「變化無方」,他在小說語句運用中有意造成一種兩兩對立、相反相成、偶散交錯的流動狀態,不但有許多長句與短句的交錯,就是在長句之中,也每每錯落有致,交迭迴旋。

比如,「尹雪豔總也不老。十幾年前那一班在上海百樂門舞廳替她捧場的五陵年少,有些頭上開了頂,有些兩邊添了霜;有些來臺灣降成了鐵廠、水泥廠、人造纖維廠的閒顧問,但也有少數卻升成了銀行的董事長、機關裡的大主管。」上面是長短兩個句子,短句七字,長句百餘。長句之前,墊上短句;長句之內,用四個排比句表示當年闊少的劇烈沉浮,對比前面的短句「尹雪豔總也不老」的

篤定，他們的「變」，正好映襯出尹雪豔的「不變。」在同一篇小說結尾處描寫尹雪豔，看著麻將桌上的客人，也是用長句——「尹雪豔站在一邊，叼著金嘴子的三個九，徐徐的噴著煙圈，以悲天憫人的眼光看著她這一群得意的、失意的、老年的、壯年的、曾經叱吒風雲的、曾經風華絕代的客人們，狂熱的互相廝殺，互相宰割。」〔3〕也是動靜映襯的句法，尹雪豔在前，用短句；客人在後，用了六個排比式的定語。

除了長與短的對比，還有長與長的交錯，例如《遊園驚夢》中描寫錢夫人的意識流：

「蔣碧月身上那襲紅旗袍如同一團火焰，一下子明晃晃的燒到了程參謀的身上，程參謀衣領上那幾枚金梅花，便像火星子般，跳躍了起來。蔣碧月的一雙眼睛像兩丸黑水銀在她醉紅的臉上溜轉著，程參謀那雙細長的眼睛卻眯成了一條縫，射出了逼人的銳光，兩張臉都向著她，一齊咧著整齊的白牙，朝她微笑著，兩張紅得髮油光的面龐漸漸的靠攏起來，湊在一塊兒，咧著白牙，朝她笑著。」〔4〕作者先將蔣碧月與程參謀兩相對照，層層推進，最後二者合一，兩人咧著，笑著，咧著，笑著，在主人公錢夫人的眼中，越來越刺目，越來越讓她心寒⋯⋯

白先勇小說造句除了善用對比之外，尚多迴旋反復。如下面一句：

「B-A-R『BAR』B-A-R。紅的、綠的、紫的、整條巷子全閃爍著霓虹燈光，一連串排著五六家酒吧。一明、一暗、一起、一落、東跳、西跳、忽亮、忽滅，全閃著B-A-R、B-A-R的英文字母，歪的、斜的、慘慘的紅，森森的綠，冷冷的紫，染得整條巷子更幽暗更陰森。」〔5〕

這裡有字母的反復，有顏色的反復，還有明與暗的交迭，「慘慘」、「森森」、「冷冷」一系列疊字的運用，更加強了音節上的效果，迴環往復，將陰抑的氛圍盡情渲染。

四

白先勇小説的語句不但因為行雲流水般的流貫，錯落迴旋的交疊而富於吟誦詠歎的聲氣節奏，白先勇小説造句還能根據具體的語境，提煉出相應的內在節奏。

「五點至六點是依萍一天中的真空期，一切家務已經就緒……依萍便開始在她那間實驗室似的廚房中漫無目的打轉子了。坐下來抽一口薄荷煙，站起來打開鍋蓋嚐一口牛尾湯，把桌上擺好的挪過來，又搬回原位上去，然後踱到房邊，頭抵著那塊偌大的窗玻璃，凝望著窗外那條灰白色的道路，數著鄰居一輛輛的汽車，從暝色中駛入白鴿坡，直等到偉成從紐約下班，到鄰家接寶莉回來，再開始度一天的下半截。」

「事情又做清楚了，呆在裡頭倒反悶得慌，不如一個人躺在天井裡輕鬆一會兒，這時她愛怎麼舒服就怎麼舒服：脱了木屐，閉上眼睛，用力呷幾口辛辣辣的酒，然後咂咂嘴，籲口氣，掏一把花生米往嘴裡一塞，一股懶散的快感會直沖到她心窩裡去——她就是要這麼懶懶散散地舒服一會兒。」〔6〕

上面兩段，刻畫的是婦人百無聊賴的情態，其中的時間心理流，借用音樂的術語，應屬慢板。因此，在這兩段長句中，多用描繪慢動作的短句，疊床架屋，後一段並多次重複「懶散」、「舒服」等字眼，冗長煩瑣的節奏正契合沉悶呆滯的語境。下面的句子是另一種節奏：

「……從那一刻起，她看見劉英的背影子就害怕——害怕得不由己的顫抖起來。她怕看到他的胸膛，她怕看到他的手臂，可是越害怕她越想見他，好像她還是第一次遇見劉英一樣，劉英的一舉一動竟變得那麼新奇，那麼引人，就是他一抬頭，一舉手她也愛看，她要跟他在一起，哪怕一分一秒也好——這股願望從早上馬福生走了以後，一直醞釀著，由期待、焦急慢慢慢慢地到了現在已經變成恐懼和痛苦了。」〔7〕

這裡描寫了一個寂寞中渴求愛情的有夫之婦，對期盼已久即將到來這個幽會的焦灼與恐懼。其心理時間流明顯快於前面兩段，所以其中的小句都比較長，而且用了「……怕……」、「那麼……那麼……」的排比句，還有紛至沓來的「第一次」、「一舉一動」、「一抬頭，一舉手」、「一分一秒」、「一直」，有密

不容針之感,在急迫而來的節奏裡,讀者不能不感到語境中的重壓,借助音樂的術語,我們稱它為快板。

介於快板和慢板二者之間的還有其它節奏,比如,下面的句子是小快板:

「好多年好多年沒有這樣感覺過了,壓在心底裡的這份哀傷好像被日子磨得消沉了似的,讓這陣微微顫抖的歌聲慢慢撬,慢慢擠,又瀉了出來,湧進嘴巴裡,溜酸溜酸,甜沁沁的,柔的很,柔得發溶,柔化了,柔得軟綿綿的軟進發根子裡去,淚水一直流,流得舒服極了,好暢快,一滴、一滴,熱熱癢癢的流到頸子裡去。」〔8〕這段長句抒寫一種混雜著哀傷與甜蜜的柔情,與上述慢板的長句不同,組成它的分句不是動作的羅列,而是感覺強烈的形容詞的迴旋反復,因此,在稍快的節奏中達成了一唱三歎,言之不足而詠之的藝術效果。

五

上面我們比較細緻地分析了白先勇小說句法的三個特點,可以看出,在運用現代中文表達現代人的生活和情感上,白先勇形成了自己的文字風格,這種風格葆有漢語特有的美學特質而不被惡性西化的浪潮裡挾而去,因而,它既是民族的,又是現代的。白先勇小說句法的個例分析,有助於我們對漢文學語言現代性這一問題做更深入的思索。

現代性與現代化是兩個相互區別又相互聯繫的概念。現代化是指一個國家參酌當代發達國家的現代性指標去促進自身發展的轉型過程。現代性則是指一個國家(民族)經過現代化的洗禮後在生活方式、價值體系、知識範型、語言和藝術等文化層面調整更新所獲得的現代屬性。

語言是一個民族感知、體認、看待和理解世界的樣式,是對一個民族有根本意義的價值系統和意義系統。在語言的各種表現形態(口語、書面語和其它語體)中,文學語言與民族文化有著更加緊密的關係。文學語言較之科技語言、政論語言更加貼近大眾口語,另一方面,它又把口語藝術化;由於在對口語的提煉

和組織中滲透了無比豐富的民族文化心理，因此，文學語言的結構與民族文化的結構有著最為對應的同構關係。也因此，現代性的文學語言是現代性民族文化的重要標誌，甚至可以說，現代性的文學語言是現代性民族文化的焦點，現代性文學語言凝縮著現代性民族文化形象。

那麼，什麼是漢文學語言的現代性演進的具體表現呢？我想，它集中地表現在這幾個方面：（1）在漢文學語言的表述方式上，從無標點句到標點句，從不分段到分段，增強了漢文學語言的邏輯性和精確性。（2）在漢文學語言的詞彙演變中，大規模引進、改造外來語，並根據現代生活的需要創造新詞，發展出漢文學語言的現代詞彙體系。（3）在漢文學語言的語句運用中，保存了活生生的漢民族文化精神，使漢文學語言在表現現代中國人生活感受和審美體驗時，能喚醒更多的民族記憶與心靈共鳴。

白先勇小說語言在（1）（2）兩方面的表現是顯而易見的。這裡，我們著重對（3）做進一步的分析。

白先勇小說句法背後的民族文化精神至少有這麼三點：以少總多。自然成對。氣韻生動。

西方語言思維強調語言的要素（元素）、次序、位置、層次——從字母構成詞，單詞再組成句子。基於此，西方語言造句總要通過嚴整的結構，交代清楚核心動詞和它周圍各種成分板塊之間的相互關係。漢語語法重於意而簡於形，漢人使用漢語的語用原則，很重要的一條，就是借助言語背景，言語盡可能經濟簡練，在詞語的選用上往往趨向少而精。這一原則，在古典文獻中被不斷地闡發。《易》曰：「易簡而天下之理得矣。」《論語》裡有「辭達而已矣」，意思是說，言辭足以達意就夠了。到了清代，劉大櫆在《論文偶記》中更明確地說道「凡文筆老則簡，意真則簡，辭切則簡，味淡則簡，氣蘊則簡，品貴則簡，神遠而含藏不盡則簡，故簡為文章盡境。」當然，這樣說並非只要求簡潔準確，不講究靈活與優美。劉勰《文心雕龍·物色》提出：「以少總多，情貌無遺。」蘇軾更批評了以為「辭達而已」就是不必重視文章美感的偏見，在《答謝民師書》中說，「夫言至於達，即疑若不文，是大不然。求物之妙，如繫風捕影，能使是物

了然於心者，蓋千萬人而不一遇也，而況能使了然於口與手者乎？是之謂辭達。辭至於能達，則文不可勝用矣。」可見，「簡」不是目的，目的是以少總多，於簡潔中求豐富的內涵和形象，如同中國山水畫，空白處有韻味。本文第一部分分析的白先勇小說長句就隱含著這種「以少總多」的漢語文化精神。

對漢文學語言細加揣摩會發現，漢語的語素——一個個字可以自由碰撞，憑「意合」而發生無數奇妙的組合。現代語言學家認為，這是因為漢語的語素具有單音節性，音節結構不很複雜，為了避免語素同音，就發展出越來越多的雙音詞，四字格又成為漢人最喜歡使用的格式；加上漢語的語素活動自由，易於組合，漢語的句子就更有可能與語素活動同步，多以排偶句或者排偶與散句相互交錯，具有句讀簡短，整齊和諧，靈活多變的特色。語詞的塊狀與可拼合性自然就為分合伸縮提供了可能。於是單複相合，短長相配，於整齊中含鏗鏘，於參差中見自然，文辭便可「擲地作金石聲」了。在這種組合中，最能體現漢民族文化精神的是對偶，古代學者早就指出，文之對偶的基礎是自然之理的對偶。《文心雕龍》就說，「造化賦形，支體必雙，神理為用，事不孤立。」因此，「心生文辭，高下相需，自然成對。」本文第二部分分析的白先勇小說語言「錯落有致，交疊迴旋」正是充分表現了漢文學語言思維的這一特點。

漢文學語言思維是中華文化綜合把握物件的整體性思維的突出體現，它建立在「氣化流行，生生不息」自然觀的基礎上。漢文學語言傳統強調「文氣。」「氣盛則言之短長與聲之高下者皆宜。」（韓愈《答李翊書》）這種今天看來具有有機生化特點的「氣」意識顯然與西方語言思維那種層層組合的機械原子論有根本的區別。後者突出物理空間體，前者強調心理時間流；後者要求規則嚴整，前者講究錯綜變化，氣韻生動，因此，優秀的漢語文學家行文總是力避呆板呆滯，總要把意念的團塊打散，用形斷而神不斷的一個個短語連續鋪排，造成動態的節奏感，一種綿延的氣勢。今天看來，「氣」這個概念，就潛在的讀者（包括寫作時的作者）而言，可以說是一種心理時間流；就作品內容而言，則是一個具有意念內聚力的情感意向。要做到氣韻生動，作者就必須把自己的心理時間流、句段的情感意向與筆下行文造句融為一個生氣灌注的整體。

在本文第三部分，我們看到白先勇小説語言的一個特點，就是作者以漢文學語言的氣韻之法熔鑄句法，使句法中充盈著行文者的飽滿情感，語言的節律裡體現出創作主體內在情緒的自然波動與小説語境的契合無間。

美國語言學家薩丕爾指出：「語言是我們所知道的最碩大、最廣博的藝術，是世世代代無意識創造出來的、無名氏的作品，像山嶽一樣偉大。」而文學語言更是「一種集體的表達藝術。其中隱藏著一些審美因素——語音的、節奏的、象徵、形態——是不能和任何別的語言全部共有的……藝術家必須善用自己本土語言的美的資源」〔9〕

白先勇小説語言在現代性漢文學語言建設上的獨特貢獻，表明了他是一位元善用自己本土語言的美的資源的藝術家。本文的分析，不過揭開神奇藝術面紗的一角，深入探尋白先勇小説語言藝術的奧秘，尚有待海內外同行努力。

（原載於《臺灣研究集刊》2001年第2期）

注釋：

〔1〕王力：《中國語法理論》中華書局1954年版。

〔2〕白先勇：《白先勇文集》（一）花城出版社2000年4月出版，第36、70、8頁。

〔3〕同上書第3頁，第10頁。

〔4〕同上書第156-157頁。

〔5〕白先勇：《白先勇文集》（二）第111頁。

〔6〕同上書，第236頁，第28頁。

〔7〕同上書第41頁。

〔8〕同上書第118頁。

〔9〕薩丕爾：《語言論》陸卓元譯，北京商務印書館1985年出版，第201-202頁。

臺灣的現代性「怨恨」修辭

蔣小波

一、「怨恨」修辭的現代性語義學

孔子論詩，提出「興、觀、群、怨」四大範疇。作為其中最末的一種範疇，「怨」卻發展出中國古典詩學中最為豐富與最有特點的一種傳統。關於這一節，錢鐘書在其膾炙人口之作「詩可以怨」中已有精闢的論述。錢文認為，不僅司馬遷的「發憤著書」、韓愈的「不平則鳴」、歐陽修的「詩窮而後工」都屬於「詩怨」傳統的美學繼承，而且還將中國的「詩怨」傳統與佛洛德關於「不滿」與「昇華」的理論，以及尼采關於文藝是痛苦的結晶的理論作橫向的比較，因而將「怨」提升為一種世界性的詩學〔1〕。事實上，關於「怨」的理論，我們還可作更加廣延的跨文化分析。「怨」不僅僅是一種詩學，它還是一種詩意的政治學。中國古代的臣子面對皇帝總愛以「妾婦」自居，而以「怨刺」方式表達的意見有時候往往收到意想不到的政治效果。曹子建以「七步詩」脫厄的故事已經被當作詩學與政治學上最成功的經典，而淮陰侯韓信臨死之前的哀鳴「飛鳥盡，良弓藏。狡兔死、走狗烹」也已引喻為主臣關係的悲劇性絕唱。有人將「怨刺」上升為中國式「負疚文化」的一種獨特的修辭格——通過「怨」的方式「刺破」對方缺失與虧欠之處，從而點醒對方的道德自省。「怨」的藝術作為一種博大精深的極高明之道，無論官宦士子、墨客騷人、甚至民間的怨女棄婦都能盡其妙用，

琵琶女自傷身世的一曲低唱，博得「江州司馬青衫濕。」難道這僅僅是歌者與聽者之間的一種共鳴嗎？不然，《琵琶女》不僅僅是一首詩，它更是一篇公開的道德自辯，一份呈送給權力中心的政治聲明，一紙主審官缺席的司法上訴，一種謀求和解的外交辭令。

　　如果說「怨」是一種女性化的、藝術的、非暴力的表達方式，「恨」則是一種男性化的、粗野的、嗜血的修辭形式。它是一種未經昇華的「怨」，一種更原始的「不滿。」我懷疑孔子之「怨」應該包含「恨」，因為據說是由他親自刪定的《詩三百》中，《碩鼠》一篇他不會視而不見。只不過在後來的修辭學中，「怨」過度發達了自身女性化藝術化的一面，而逐步剔除了其中嗜血粗野的氣質，「怨」才獨立發展為一門「不應有恨」的藝術。在中國文化中，「恨」的詩學較「怨」的詩學遠為不發達，也遠為低級。這顯然是受儒家「怨而不怒，哀而不傷」的「中庸」原則的支配。然而「恨」的政治學價值卻並非較「怨」為不重要。它是宮廷叛亂的源泉、王政傾覆的工具、是國族紛爭的內因、江湖糾葛的肇始。「碩鼠碩鼠，吾與子俱喪！」「王侯將相，寧有種乎？」這是階級之恨；「楚雖三戶，亡秦必楚」，一種國家之恨；「壯士饑餐胡虜肉，笑談渴飲匈奴血」，這是民族之恨。過度精緻化的古代漢語幾乎將「恨」字的血性也閹割了，比如說在白居易的《長恨歌》中，「恨」當作「悔恨」解，他暗示了愛侶的死亡，暗示男性身體的衰老與愛慾的缺席。一種去勢的、指向自身肉體的恨，一種愛慾的悖反，形成尼采意義上典型的道德自虐。但是在民間白話中，「恨」的原始意義則表露無遺。

　　現代性詞典中的「怨恨」一詞最早見於尼采的大作《論道德的譜系》。在這本書中，尼采針對道德的起源作了一番系譜學的分析。尼采認為，道德起源於怨恨，當弱者遭到強者的攻擊時，因為無力還擊而強抑即時的報復衝動，這種被強抑的衝動內化為第一劑道德毒藥，借語言的文飾作用，受到傷害的心靈通過將強者的侵害行為命名為「惡」，而將自我的怯懦行為命名為「善」而獲得一種內心平衡——尼采稱之為人類第一次道德行為，或曰「道德的起源。」〔2〕

　　尼采的「怨恨」概念，正如其「權力意志」一樣，由於被納粹德國所僭用而

一直背負惡名。誠然，希特勒正是靠煽動德國人的國家怨恨情緒（由於第一次世界大戰戰敗而導致的割地賠款）與鼓吹日爾曼民族的「權力意志」建立起「第三帝國」的。然而，不可否認的是，尼采的道德起源論自誕生至今一個多世紀以來，我們從許多不同派別、不同形態的理論話語中都可以看見「尼采的幽靈」，比方說黑格關於「惡」的辯證法，佛洛德的俄迪蒲斯情結，法西斯主義的種族競爭與種族戰爭論，以及馬克思-列寧-毛澤東的階級鬥爭與社會革命理論。而同是德國哲學家的馬克斯·舍勒則直接繼承與發展了尼采的怨恨論來分析現代市民道德與現代政治倫理，不乏理論創獲。舍勒最重要的觀點可以概括為兩點：（一）怨恨型人格是現代社會的一種主要的人格類型；（二）現代怨恨型人格產生的土壤是現代社會的文化結構與政治結構。舍勒將現代社會定位為「普遍攀比」的社會，其意思是，現代個人只有將自己與「他者」進行比較的時候才能確定自身的價值，舍此別無「自在」的價值。故而，現代政治觀念所承諾的「平等」與社會現實中事實存在的不平等一旦在「攀比」的價值槓杆上被發現，理想與現實之間的巨大落差就會醞釀出社會怨恨。〔3〕

　　尼采、舍勒等人所開創的怨恨理論為我們研究現代政治提供了一個非常有意義的視角。依據怨恨論，我們至少可以從以下幾個方面對現代政治進行反思。首先是現代民族國家的興起與怨恨的關係；其次是政治大眾與現代政治意識形態的關係。就世界範圍而言，所謂種族仇恨、民族怨恨以及階級怨恨作為一種「集體無意識」，在現代民族國家的形成與發展歷史中起著不容忽視的驅動作用。法國大革命是階級怨恨起作用的一個例子，「第三帝國」（納粹德國）的崛起則是民族怨恨的一個非常典型的例子，英國歷史學家湯因比在分析俄羅斯與西方的關係時也曾指出：馬克思主義作為一種西方的理論，卻首先在俄國取得成功，與俄國羨慕西方而又仇視西方的民族心理有關。從彼得大帝以來，俄國一直試圖西方化，但卻由於宗教、文化以及歷史的原因，屢屢遭到西方的排斥與圍攻。所以，俄羅斯最終選擇了馬克思主義——這一產生於西方又反西方的理論——對西方實施政治與軍事的報復。而中國近現代史也提供了從怨恨角度進行意識形態分析的一個典型案例。漢民族驕傲的文化心態與近代中國備受欺凌的歷史所醞釀的巨大社會怨恨終於從內部和外部瓦解了「中華帝國。」而國共兩黨的歷史較量證明了

一條意識形態規律：政黨的「法權」不僅取決於它在多大程度上實現社會正義，在多大程度上代表了「最大多數人的最大利益」，也取決於它發掘與疏導社會怨恨的能力。在「農民運動」問題上的分歧——要不要動員中國最廣大的一個社會階級來參與革命——構成國共兩黨最尖銳的衝突。趨向保守的國民黨出於既得利益的考慮，害怕並反對中國共產黨以「農民動員」的方式激發社會不滿與怨恨。而中國共產黨認為，只有農民問題的解決才是「代表最大多數人利益」的「最大正義。」歷史證明，以新民主主義為基礎的中共意識形態最終依靠農民這一最廣大的社會基礎，並聯合社會其它階層所組成的統一戰線，戰勝了國民黨過度依賴少數「民族精英」的狹隘民族主義意識形態，完成了從社會動員到奪取政權的歷史任務。

現代政治發展到21世紀的今天，在後冷戰時代的區域衝突與政治紛爭中，我們發現，所謂「歷史積怨」依然扮演著似乎越來越活躍的角色。在前南國際衝突中、在中東民族糾紛中、在危機四伏的國際恐怖主義活動中、甚至在中國臺灣的政治新貴們所導演的「台獨」戲劇中，我們看到：「一切已死的先輩們的傳統，像夢魘一樣糾纏著活人的頭腦。當人們只是忙於改造自己和周圍的事物並創造前所未聞的事物時，恰好在這種革命危機的時代，他們戰戰兢兢地請出亡靈來給他們幫助，借用他們的名字、戰鬥口號和衣服，以便穿上這種久受崇敬的服裝，用這種借來的語言，演出世界歷史的新場面。」〔4〕

二、臺灣怨恨的現代性語境

1989年是一個特殊的政治年份。柏林牆的倒塌，東歐的政治嘩變，發生在中國大陸的政治動亂，這些事件註定要為這一年的日誌表打上特殊的政治印鑒。甚至一些看似與政治「絕緣」的藝術活動，也因此而染上了一分曖昧的政治色彩。恰恰是在1989年，臺灣導演侯孝賢憑藉一部《悲情城市》在威尼斯電影節上獲得大獎。這首先意味著，借助電影這一「映象」的方式，臺灣人的形象獲得了世界性的認同。而這一臺灣人形象，正如這部電影的片名一樣，帶有一種濃厚

的「悲情色彩。」事實上,臺灣的悲情形象並非始於《悲情城市》,臺灣的現代性怨恨,最早可以追溯到乙未割台。乙未割台是臺灣現代歷史中的第一次創傷記憶。對臺灣人的「祖國認同」發生了深遠的影響,這在時人的詩文中就有反映。「時任臺灣兵備道的陳文騄(字仲英)寫有引來眾多和者的《示諸將》四首,譴責筆鋒直指喪權辱國的權臣,其一云:上相東行一葉舟,五更笳鼓起舵樓。大名已自垂千載,此錯何堪鑄九州。玉帛先將迎婦雁,河山權作犒師牛。有誰哭向蒼天問,萬里孤臣海盡頭。」〔5〕在一種「孤臣」「棄民」的怨恨情感支配下,臺灣現代人對於祖國的記憶與認同變得模糊與曖昧。而日本政府推行的殖民化(皇民化)運動更加深了這種曖昧感,吳濁流以「亞細亞的孤兒」這一形象的比喻表達了臺灣人在國族認同上的尷尬處境:即非日本人,也非中國人。

胡太明的病可以概括為「政治熱情缺乏症。」這種政治熱情的缺乏是由於他的政治認同發生了障礙。在一個民族仇恨激發、國家之間以戰爭形式對抗的時代,政治認同的障礙給胡太明的個人生存帶來了一系列的問題。這首先表現為一種文化認同上的矛盾心態。一方面,作為一個以詩禮傳家的傳統家族的繼承人,胡太明對於以「春秋大義、孔孟遺教、漢唐文章和宋明理學」為象徵符號的漢文化一直懷有一種與生俱來的欽敬與自豪,並對淺薄的殖民文化表現出輕蔑。在小說中有兩個情節,第一個情節是胡太明所在學校的日籍校長指摘台籍教員的日語水準,結果被胡太明欽敬的台籍老教員當場反駁。另一個情節是當膚淺的「皇民派」同事詆謗儒家文化時,忍無可忍的胡太明站出來為儒家文化辯護,駁得對方啞口無言。但另一方面,作為一位受新思潮影響的現代青年,日本文化所代表的現代氣息又強烈地吸引他。胡太明在3位女性的愛情選擇上象徵性地表現出他的文化審美觀。顯然,對瑞娥的不滿意暗示了主人公對本土生存的超越欲望。正如另一位現代臺灣作家楊逵以逃婚來反抗本土生存一樣。現代性的重要主題就是超越自我。「自我解放」的現代戲劇表明現代性自我的建立總是趨向於尋求一種異邦的「他者想像」來得以實現。而不同於傳統士君子的「修齊治平」的內在超越與內在完善形式。「漂泊」與「冒險」是現代人的一種典型生存狀態。故而,久子對於胡太明所表現出來的性吸力毋寧是一種「異」的現代性氣質對主人公的誘惑。但是,殖民者與被殖民者之間的種族對抗阻礙了兩人的交流。胡太明後來在

大陸女性淑春的身上找到了傳統與現代的想像性結合。在與淑春富於挑戰性的愛情遊戲中，胡太明既完成了現代性自我「求異」的愛情之旅，又回歸了古典唯美生活的溫柔鄉。

在《亞細亞的孤兒》中有這樣一個細節，留學日本的胡太明有一次和朋友藍一起到一家餐館吃飯，藍提醒胡太明不要承認自己是臺灣人，「你在這裡最好不要承認自己是臺灣人，臺灣人的日本話很像九州的口音，你就說自己是福岡或者熊本地方的人得了。」結果下女果然問起胡的籍貫時，藍搶先替他回答了：「跟我一樣，是福岡縣的。」而在另一次中國留學生的政治集會中，胡太明又由於承認自己的臺灣身份而被懷疑為日方奸細，以至於被藍痛斥為「豎子。」和胡太明不一樣，藍顯然是一位民族主義者，他在民族與祖國認同上並沒有胡太明式的障礙。「他對日本帝國主義支配臺灣的結構，有極為深刻的理解。他揭發『日台共學』的謊言，洞識日本人對臺灣的文化歧視和壓迫政策，以及其壓制臺灣土著資本的險惡用心。」〔6〕總之，他是一位慷慨激昂的政治熱血青年。但是，不敢承認自己是臺灣人這件事讓胡太明感到羞恥。一件看似日常生活中的小小的不誠實讓胡太明對現代政治的「誠實性」產生了懷疑。也許我們可以用「民族大義」與「個人私德」的區分來為藍的不誠實作辯護。但是這裡卻暴露出一個問題：私德與公德的分裂。造成這種分裂的原因，麥金太爾認為，是由於現代道德的情感主義原則。現代道德的基本特徵是由情感主義所代表的，「按照情感主義的基本論點，道德言辭與道德判斷的運用主要是由個人情感與個人好惡的表達。」〔7〕所以才會出現在不同的情景中，道德標準不同的多重道德的情況。無獨有偶，現代中國作家郁達夫的小說《沉淪》中也有一個和胡太明所遭遇的情景如出一轍的細節：主人公因為口音而被下女認出是「支那人」，「支那人」這一侮辱性的稱呼被下女並無惡意地說出，卻觸動了主人公強烈地民族意識。顯然，郁達夫提供了一個從個人的生存怨恨（性愛怨恨）上升為民族怨恨，並激發出愛國主義情感的一個正面典型。而胡太明的個人生存挫折無法上升為民族情感，恰恰也是因為他在祖國認同上的曖昧不清。因為有所愛才會有所恨，「怨恨只是怨恨者向所愛的對象打出的一張牌。」（舍勒語）胡太明因為不能愛其所愛（「堂堂正正承認自己是臺灣人」），也就不能恨其所恨。

胡太明相信：「青年的事業不僅政治一途，此外還有藝術，哲學，科學，以及實業等各種事業在等待他們，而且每種事業都是極有意義的。」「人生的幸福就是健康，以及和志趣相投的可愛女性過著和平的生活。」胡太明幻想在現代性的血雨腥風中「獨善其身」的卑微理想之所以失敗，不僅在於殘酷的現實政治鬥爭迫使他被動地做出「非友即敵」的政治立場選擇，而且，個人存在價值的實現必須借助於意識形態與烏托邦。所以，胡太明的個人生存悲劇也是無法建構個人意識形態的悲劇。曼海姆認為，意識形態與烏托邦作為一種現代性「虛假意識」，卻是把握「實在」的必要仲介。胡太明清醒的理性主義使他始終無法融入敵對雙方中任何一方的意識形態。因而也使他始終漂流在「實在」的現代性「濁流」之外。郁達夫的異國生存經驗使他從一個傳統文化的叛逆者走向激進的現代民族主義者。性愛受挫的怨恨轉化為意識形態的建構動力。「我再也不愛女人了，祖國，如今你就是我的愛人。」郁達夫非邏輯的敘事法則恰恰是烏托邦的邏輯。而在胡太明這裡，愛欲的滿足造成的結果卻是烏托邦衝動的消解。

在《悲情城市》中男主人公林文清身上，我們同樣可以映證出臺灣的現代性語境。林文清的疾病同樣是耐人尋味的。「聾啞」所暗示的是失語。林文清的語言殘疾並非先天，而是由於後天的「事故。」幼年時期的一次受傷使他永遠失聰，從而使他的語言能力定格在「咿呀學語」的階段。所以，他所受的傷就不簡單的是一次身體的傷害，而是一次文化的創傷。作為一種補償，他發展了文字的能力，依靠書面文字和他人進行交流。語言能力的殘疾有一次幾乎危及他的生命。當二二八事件發生的時候，一群本省籍的「暴民」沖進車廂，要求林文清用語言來表明自己的身份。「暴民」先用閩南話而後用日語問他是「哪裡人？」「哪裡人？」看似一個空間問題，但在主人公所處身的特定情景中實際上轉喻為一個時間問題。閩南話暗示的是臺灣本土的生存歷史，而日語則暗示了殖民地生存的臺灣歷史。「本土的」、「殖民地的」成為「臺灣的」生存印記與身份標記。「本土的」、「殖民地」歷史成為臺灣的歷史。在《悲情城市》中，觀眾經驗到三種語言所代表的三部歷史的重疊。閩南話所表達的是本土的、日常生活的歷史，日語所表達是的逝去的殖民地的政治史，國語所表達的是現在時的意識形態。影片在日語的潰敗中開幕，無線電傳出的日本天皇宣佈戰敗與投降的聲音。

在閩南話的喧嘩聲中緩緩地展開，又在無線電所廣播的國民黨臺灣行政首長陳儀那江浙腔調的「國語」中達到戲劇衝突的高潮。林文雄的咒 「日本人去，中國人來，哪裡有我們臺灣人活路？」表達了一種意識形態籲求：要建構閩南話的意識形態。

三、怨恨修辭的意識形態功能

選取陳文馬錄的詩、《亞細亞的孤兒》、《悲情城市》三個作品來概括地分析臺灣的現代性語境，是基於這樣一個前提：在當代臺灣官方版的所謂「本土歷史」中，它們分別體現了三個重要的歷史時段（時刻）——乙未割台、日據時期、二二八事件。仿佛是一部政治預言，在《悲情城市》獲獎的10年以後，民進黨在選舉中戰勝了執政臺灣四十餘年的國民黨上臺。作為一個標榜本土的政黨，民進黨明確以「台獨」作為施政綱領。在一篇名為《朝向自決與獨立的道路》的文章中，作為民進黨重要宣傳喉舌之一的陳芳明寫道：「臺灣獨立的呼聲，自今年五月以來，在島內漸次升高，終於成為海內外關心島嶼命運者一致矚目的事件。去年九月二十八日民進黨成立時，才把『臺灣原住民自決』的主張正式寫入黨綱之中。」〔8〕

顯然，民進黨在臺灣政壇的迅速崛起，很大程度上得益於臺灣的社會怨恨。國民黨的威權統治一直未能擺脫反攻大陸的冷戰思維。一方面其強大的意識形態宣傳一貫以營造兩岸的對立與仇恨為目標，並對島內的自由民主運動一味打壓，故而，它不僅未能通過政治改革疏導臺灣社會的歷史怨恨，而且還試圖有意識的將社會怨恨引導到反共仇共的意識形態目的上去。所以，隨著「反攻大陸」神話的破產，國民黨的意識形態敘事自然地失去合法性。民進黨恰恰「聰明」地組織了臺灣的歷史，以「省籍／族籍」的本土敘事重組了臺灣歷史敘事語法。民進黨抓住臺灣民眾的歷史怨恨心態大做文章，通過煽情的手法有意識的擴大「省籍／族籍」的矛盾，「至今在一定的場合，只要有人煽起悲情，就會得到人們的同情與選票。」〔9〕如果說文學事實上是一部「偉大的政治」，那麼，政治其實也

是一種「偉大敘事。」政治意識形態的動員力很大程度上取決於其敘事策略。

在臺灣「行政院」關於二二八事件的一份研究報告中，總結了導致二二八事件的原因，其中包括：「省政當局忽視台人民心之所向」；「處理日產與台人財產不當」；「台人在政治上遭受差別待遇」；官員之「官僚作風與貪污行為」，「政風與軍紀」太差；「通貨膨脹」與「統制經濟」使民不聊生；「臺胞與祖國之隔閡」等等〔10〕。上述原因，既關乎現實政治分配的「公平正義」方面，也關乎政治認同的意識形態方面。

曼海姆區分了現代政治的兩種功能：理性功能與非理性功能。政治的理性功能要求實現分配的正義。即在社會物質與文化資源、社會權力的分配上必須體現公平的原則；政治的非理性功能體現為它的烏托邦功能，即政治意識形態必須滿足社會大眾的烏托邦想像，使社會情感獲得特定的悲喜劇的敘事形態，使社會個體的政治想像得以鏡像化。在這方面，政治體現為凝聚社會大眾各種意圖與欲望的「奇里斯瑪。」在「奇里斯瑪」這一虛擬的政治偶像中，社會大眾各種意圖與欲望得以「如願以償。」「如願以償在某些歷史時期通過時間方面投射而出現，在其他歷史時期則通過空間的投射而出現，根據這種區分，我們也許可以把那些與空間有關的願望叫做烏托邦，而把那些與時間有關的願望叫做千禧年主義。」〔11〕

政治的理性功能主要由法律法規的制定來完成，而政治的非理性功或者說烏托邦功能則通過象徵符號與「偉大敘事」等形式來體現。意識形態象徵符號包括「國號」、「國旗」、「國徽」、「國歌」等等。而「偉大敘事」則更為寬泛與多樣，它不僅體現為敘事形態的藝術作品中，也體現在政黨與政治集團所策劃或承諾的「理想」、「遠景」，以及官方的民族國家「歷史」中。「歷史」表現為對過去生存經驗的描述與構建。而「理想」則表現為對歷史的想像與終結。一部意識形態化的「民族國家」歷史必須讓政治大眾從中讀到「自我」的過去，成為「現在時」的自我進行政治認同的「歷史之鏡」，必須交代政治法權的「源起」、「發展」、「高潮」，必須提供滿足一般大眾政治想像的「白日夢。」因此，「偉大敘事」的政治效力取決於政治大眾的歷史體認與政治認同，取決於從

「過去」來認識「現在」，從「現在」來理解「過去」的敘事效能。取決於這一新的歷史敘事，在多大程度上容納與重組了民眾的歷史經驗，在多大程度上將民眾的歷史經驗提升為一種「歷史的命運。」比方說，末世意識（儒家歷史哲學中的「三世說」與基督教的「千禧年意識」是古代世界中兩種最為典型的末世意識）總是被政治歷史敘事反覆利用。新興的政治階層和政治團體總是非常善於利用「歷史末世論」，從而據此提出從重新安排歷史時間的敘事衝動。

　　二二八事件作為國民黨主政臺灣的歷史中抹不去的歷史污點，作為戰後臺灣政治生活中永恆回歸的歷史夢魘，作為橫亙在省籍/族籍之間的一堵讓人望而卻步的「柏林牆」，幾乎可以看作是國民黨為自己撰寫的墓誌銘。歷史地看，二二八事件首先是國民黨現實政治的失敗，它未能體現現代政治在理性功能上的公平原則，未能解決戰後的經濟危機並導致人民生活水準急劇惡化，未能實現政治分權與權力的本土化而造成人民對「少數人統治多數人」，「外來人欺侮本地人」的政治不滿。同時，深陷於內戰泥淖之中的國民黨政權也未能提供一種有感召力的意識形態，來重新組織經歷日據殖民時期「皇民化」意識形態污染的大眾意識，並滿足政治大眾的烏托邦需求。

　　顯然，光復初期的臺灣民眾對於祖國的意識形態接納既是熱烈的、真誠的，又是模糊的、曖昧的。長期在日本殖民政權壓制下做二等公民的不滿情緒轉化為對祖國的渴求以及在祖國庇護下有「出頭天」的政治要求。但是，長期與祖國隔絕的歷史又使得臺灣人對祖國的意識形態認同模糊不清。而大陸上正在發生的國共雙方激烈的意識形態鬥爭以及國民黨圍繞「反共大業」而制定的內戰意識形態尤其與臺灣政治大眾的意識形態籲求南轅北轍。所以，以陳儀為首的國民黨臺灣行政長官公署雖然也有「治理臺灣」的主觀願望，卻未能體察、引導、滿足台人的意識形態要求。《悲情城市》表現了許多歷史細節，比方說光復初期臺灣知識份子學習國語的熱情，以及「寬榮」、「林先生」等臺灣知識份子與「唐山來的記者」合唱抗日救亡歌曲等情景，都表達了台人要求納入「中國現代史」的歷史「情結。」而寬榮所講的那個民間懸掛「青天白日旗」鬧出來的政治笑話又說明了臺灣人對政權意識形態象徵符號的隔膜。反之而言，一種政治意識形態的象徵符號與「偉大敘事」如果不能對社會個人的生存經驗具備「解釋效力」，那麼這

一意識形態所代表的政治組織的「法權」肯定存在問題。這是一種意識形態危機的徵兆。長期受殖民壓制的臺灣民眾不僅要求「當家作主」的現實政治「權利」，也要求對自身的殖民地歷史進行「解釋」與「重新書寫。」日語與國語的語言轉換必須滿足「偉大敘事」的烏托邦功能。而無論是在政治的理性層面與非理性層面，臺灣行政長官的政治運作均告失敗。所以，「巨大的政治期待」與「現實生活」的落差釀成了二二八事件。

國民黨失敗的地方恰恰是民進黨的成功之處，民進黨「聰明」地抓住了臺灣人要求「當家作主」的民意與渴望「出頭天」的「千禧年心態」，在省籍／族籍上大做文章。在某種意義上，民進黨的意識形態恰恰是在一種更加狹隘的層面上「綜合」了國共兩黨的歷史哲學。即用「省籍／族籍」代替了國民黨的民族主義，又用「臺灣人當家作主」的本土民主論取代新民主主義。因而形成一種「台獨論」的「左派民族主義」的意識形態怪胎。但是，正如有些政治評論家所看到的，省籍／族籍的矛盾隨著民進黨從反對黨向執政黨的歷史演變，已經由民進黨屢試不爽的政治法寶變成它新的「阿基里斯之踵。」民進黨將省籍／族籍這一堵無形的「柏林牆」變成有形的「柏林牆」，這一堵橫亙在臺灣社會之間的怨恨之牆的最終倒塌也將為成為「民進黨」的墳墓。

（原載於《臺灣研究集刊》2005年第1期）

注釋：

〔1〕錢鐘書著《詩可以怨》，錢鐘書著《七綴集》，上海古籍出版社1994版，第119-136頁。

〔2〕參尼采《論道德的譜系》中文譯本，周紅譯，生活‧讀書‧新知三聯書店，1992年版。

〔3〕參馬克斯‧舍勒《德德建構中的怨恨》中文譯本，羅悌倫譯，劉小楓校，劉小楓選編《舍勒選集》（上），上海三聯書店1999年版，第396-531頁。

〔4〕《路易‧拿破崙在霧月十八日》，《馬克思恩格斯選集》，人民出版社1972年版，第603頁。

〔5〕朱雙一著《閩台文化的文學親緣》，福建人民出版社2003年版，第187頁。

〔6〕陳映真「試評〈亞細亞的孤兒〉」，《亞細亞的孤兒》，人民文學出版社1986年版，第246頁。

〔7〕〔美〕麥金太爾著，龔群、戴揚毅等譯《德性之後》，中國社會科學出版社1997年版，第3頁。

〔8〕陳芳明：《站在美麗島的旗幟下》，前衛出版社1991年版，第237頁。

〔9〕陳孔立：《臺灣學導論》，博揚文化事業有限公司，2004年版，第152頁。

〔10〕臺灣「行政院研究二二八事件小組」《二二八事件研究報告》，時報文化出版企業有限公司，1994年出版，第3-27頁。

〔11〕〔德〕卡爾·曼海姆著，艾彥譯，《意識形態與烏托邦》，華夏出版社2001年版，第243頁。

《王謝堂前的燕子》批評方法漫論

徐學

臺灣爾雅出版社1976年出版的《王謝堂前的燕子——〈臺北人〉》的研析與索隱》一書，是臺灣女作家歐陽子的一部頗有特色的批評論著，它毫無愧色地為歐陽子躋身於臺灣文學評論界舉行了奠基禮。老作家蕭乾認為，「她這本書雖然是對白先勇的《臺北人》14個短篇的分析卻涉及小說寫作的許多基本方面。在一個意義上，也可以說是一本『小說美學』。」〔1〕這一評價絕非過譽之詞。書中歐陽子將理論家的洞察力、鑒賞家的藝術敏感和作家的優美文筆熔為一爐，她像一個善解人意的導遊，伴引人們在《臺北人》這一藝術之宮中漫步，人們在流連忘返之際，也不覺對導遊的精湛見識與廣博修養發生了濃厚的興趣。不過，要對歐陽子這樣的導遊作出全面評價並非這篇小文章所能完成的。我想，談談她在此書中所運用的批評方法。

我認為，在《王謝堂前的燕子》一書中，歐陽子採取的是一種有機整體的藝術批評方法。這一方法大體可分為三個步驟：（一）取得對小說集《臺北人》的整體印象。（二）具體分析小說集各篇內在元素的有機構成，探討各篇之間的互相鉤連及其它們在小說集總體中所處的特定地位。（三）努力發掘小說內在的美學潛能，延伸形象體系的光華，拓展讀者的想像空間。雖然在其實踐過程中這三個步驟是相互交錯、融為一體、不可分割的，如對作品美學潛能的發掘在一進行批評時就已有所接觸，並且，因《臺北人》各篇小不同的藝術風格實施其這三個步驟的側重說點也不盡一致，但為了論述的方便，本文還是勉力將它們分開來

談。

一

　　《臺北人》收入白先勇小説凡14篇，內中題材涉及面極廣，既囊括了行業各異、貧富懸殊的臺北都市社會各階層（將軍、高級官員、教授、名演員、社交界名女，也有小商人、勤務兵、僕人、舞女、流浪兒），又是一部辛亥革命以來中國現代史的縮影。把握這樣一部頭緒紛繁、人物眾多、氣象萬千的小説集，要有一種善於提綱挈領的美學思辨能力與細緻入微的藝術感受力二者兼備的藝術眼光。歐陽子正是以這樣的眼光，審視了《臺北人》的小説世界，抓住了這14篇小説人物形象的共通之處與主題命意的內在聯繫這兩個中心環節。在這14篇小説中，主要角色有兩大特點：一、他們都出生在大陸；二、他們都有一段難忘的過去，這「過去」之重負，直接影響到他們的現實生活。歐陽子認為，這兩個共同點是將這14篇小説串聯在一起的「表層鎖鏈。」她還敏鋭地感受到潛流於《臺北人》底層的作者的不勝今昔之愴然感，撼人心魄之失落感，對面臨危機的傳統中國文化之鄉愁，對人類生命之有限，無法長葆青春、停止時間激流的萬古悵恨，把他們概括為《臺北人》三個互相關聯、互相環抱的主題，即「今昔之比」、「靈肉之爭」與「生死之謎。」指出它們共同構成了這14個短篇的「內層鎖鏈。」而這三個主題又歸結為「今昔之比。」因為在《臺北人》中，「昔」代表青春、純潔、傳統、精神、愛情、希望、美、理想與生命，「今」則代表年衰、腐朽、西化、物質、色欲、絕望、醜、現實與死亡，也即説在「今昔之比」中已包容了「靈肉之爭」與「生死之謎。」她進一步剖析這三大主題與作者國家觀、社會觀、文化觀、個人觀的關係，認為在這些觀點上，作者持有一種留戀於過去的態度，即作者在《臺北人》書前借引錄劉禹錫《烏衣巷》所傳達出的思想情愫——「朱雀橋邊野草花，烏衣巷口夕陽斜，舊時王謝堂前燕，飛入尋常百姓家」。一詩所表現出的蒼涼意境和悲悼氣氛。因此，小説作者一反常人的理性邏輯，以「過去」代表「生命」，以「現在」代表「死亡」。這正植根於作者的哲

學思想：一切人為之努力，皆無法左右命中注定的文化之盛衰、國家之興亡、社會之寧亂的宿命論思想。

這樣，歐陽子避開了從抽象的社會科學的概念出發的窠臼。她首先進入小說的藝術境界之中，以自己細膩入微的藝術直覺去感悟作品的內在機制，然後對自己的藝術感受進行哲理反思，將其系統化，條理化，用「外層鎖鏈」與「內層鎖鏈」的形象說法去闡發《臺北人》所包藴的內在的藝術命意，讓讀者在進入這一藝術之園之前瀏覽一下它的導遊圖。這樣，小說的主旨與作者的命意，就僅僅成為被她所把握住的《臺北人》的一個中心層次。同時，她也展示了這一中心層次與《臺北人》藝術世界中其它層次多側面多向性的聯繫：如「內層鎖鏈」與「外層鎖鏈」的關係；「今昔之比」與「靈肉之爭」、「生死之謎」之間的關係；「今昔之比」與作者國家觀、社會觀、文化觀之間的關係。這樣「今昔之比」這一中心命題並不成為乾巴巴的一條筋，而是有血有肉的藝術有機體中的靈魂命脈，它並不成為藝術批評的定論與終點，而僅是使批評得以進入更深藝術層次的鎖匙和指標。

二

「內層鎖鏈」與「外層鎖鏈」的分析工作只是將紛繁複雜的《臺北人》整理成一個較為系統的整體印象，它不能代替對《臺北人》每一篇小說的具體分析。

在分析小說時，傳統的批評方法通常是把作品割裂為兩大塊，一邊是抽象、粗糙的內容，另一邊是附加於其上的、純粹的外部形式；批評者首先分析作品包含的社會內容，然後指出作者為表現這一內容所採用的種種表現手段。這種兩次程式法與作家胸有成竹地從總體上形象地把握世界的藝術創造途徑背道而馳，也支離破碎了讀者審美境界的整體美感。許多卓有成效的小說批評實踐啟示著我們，每一有藝術價值的小說總是經得起細緻推敲、嚴密剖析的複雜而又統一的有機整體。只有把小說諸成分（元素）看成是有機的完整的統一，細緻深入微地揭示出作品內部結構的各種性質和功能，才能較大限度地擺脫知性分析與抽象概括

帶來的片面性。

歐陽子說，「一篇小說之成為成功的藝術品，最重要的莫過具有嚴謹的結構，也即是說，一篇小說的組織元素，即人物、情節、主題、語言、語調、氣氛、觀點等等，相互之間必須有十分密切的聯繫。」從這一觀點出發，她注意考察各篇小說的結構方式。不過，她對結構的理解與一般看法有所不同，她不是將小說的結構視為故事的容器或情節的排列，而是認為它是小說整體上體現出來的特定的藝術組合方式，這種結構方式制約或造就了小說各組織元素的不同形態，也形成了小說特定的美學風貌。

從藝術高於生活這個側面上來看小說，每一篇小說都是一個虛構的特殊的藝術世界，這一世界由人物、情節、觀點、氣氛等一系列元素構成，作者的匠心常常表現於採取怎樣特定的組合方式去使它們和諧統一地產生出特定的美學效果。質言之，對小說結構的探討，也即是對作者使小說世界和諧統一的藝術方法的探討，作者藝術地掌握世界的模式的探討。這種探討的難度較大，一旦奏效，就可以在很大的程度上越過思想分析與藝術分析彼此分離的鴻溝，能夠在作者的主觀藝術用心與作品客觀的美學效果，在內容與形式的有機聯繫中對小說的獨立特徵做一以貫之的有系統、有立體感的統一把握。

在《王謝堂前的燕子》中歐陽子分析各篇小說採取的角度都不盡相同，這正是針對各篇小說特定的組合方式及由此產生的特定的美感的。《〈一把青〉裡對比技巧的運用》一文從《一把青》這篇小說各個藝術元素的特殊組合方式——「對比」入手，細緻地分析白先勇在《一把青》中如何利用人物、背景、情節、敘述觀點的對比與對照，以襯托的方式表達出「今非昔比」的中心旨意；《〈思舊賦〉裡的氣氛釀造》著力探求《思舊賦》中作者通過對人物、處所、時間、景物的精心選擇與描繪來創造出一種蒼涼的意境與悲悼的氣氛，抓住的仍然是全篇小說各元素的整體組合與整體效應；《金大班的最後一夜》圍繞著小說的喜劇性，《國葬》的分析重心在於揭示其悲悼性與神秘性，著眼點還是從小說中各藝術元素如何統一在某種特定的美學情調之中，把內容與形式結合在一起來把握小說的特定風貌。在對《臺北人》另一些的批評文章中，初看上去歐陽子美學審視

點的重心是小說的表現技巧，如語言、語調的分析，但細觀全文，它仍然不是那種毫不顧及作品內容的僅具有藝術形式意義上的純粹技巧分析。例如，對小說語調——小說敘述者的口吻分析，其出發點與歸宿，仍依託於整體的基礎上，她考察的是敘述者與作者之間的差距所產生的美學效果，考察敘述者的口吻怎樣滲透於小說各個環節與各個元素之中，考察敘述觀點的選用與小說主旨的和諧統一。如對《永遠的尹雪豔》的語調分析，就是考察小說敘述者的語調如何貫穿與滲透於小說人物、情節、場景各元素之中，使這些元素具有某種嘲諷的色彩；《滿天裡亮晶晶的星星》採用的是複數的敘述語調——「我們」，歐陽子領悟到這個特殊的敘述語調正是全篇各藝術元素組合的樞紐，它複製出一個沒有時間性的故事背景，勾繪出教主這個悲劇人物，托引出同性戀者命中注定的悲哀。她一語中的的指出這一敘述者是一個團體的代言人，「好像沒有面孔、沒有形體，只有聲音——一種縈迴的、奇怪的形仿佛發自黑暗古墓或幽冥穀壑的空洞回音。」正是這一空靈的語調使小說流露出人世之滄桑感，人類命運之荒涼感，使小說各藝術元素有機地統一起來。

歐陽子有機整體的批評意識還表現在她能夠把《臺北人》視為一個有機的系統，而把其中各篇視為其中的子系統。她在分析每一藝術小世界中的地位時，既注意到各篇小說的獨創性與特色，又聯繫《臺北人》整體評判各篇小說從母體中帶出來的胎記與印痕。

《王謝堂前的燕子》的開篇《白先勇的小說世界》就是把《臺北人》14篇視為一體來欣賞研析，緊緊圍繞著各篇小說與《臺北人》「內層鎖鏈」的互相溝通之處。接著她又具體分析了各篇小說是怎樣以不同的角度、不同的技巧來呈現《臺北人》的整體美學的境界。她指出，《那片血一般紅的杜鵑花》是以它的大量象徵和意象來烘托它的主旨的；而《永遠的尹雪豔》、《孤戀花》則多從隱喻和暗示的角度與《臺北人》整體相呼應；《花橋榮記》、《一把青》採用的是明示和明喻的角度；《國葬》、《梁父吟》、《思舊賦》共同具有的悲悼氣氛增強了《臺北人》蒼涼憑弔的美學效應，《遊園驚夢》運用的是平行技巧，它以過去存在的人物和發生的事情為「原本」，而在現實環境裡大量製造對應的「副本」形象，把「昔」當做實存的本體，把「今」當做虛空的幻影。

無論是將14篇聚合一處的整體分析，或對各篇互相陪襯輔佐整體美學焦點的闡明，歐陽子都注意到在點明追攝主旋律的同時讓人們也領略聆聽其間的和絃與變奏之音，這樣她傳達出的《臺北人》的美感就不流於單調咽啞平板，而是複雜多面而又和諧統一的悅耳之聲。

三

　　在一般的意義上說，分析小說各藝術元素的組合時，批評家的工作內容主要側重點是認識與分析，側重於闡釋小說美學價值的第一個層次，即停留在作品顯性結構、表層結構的層面上。我們不能忽視批評家在這一層次上的努力。但是，如果批評家所面臨的物件是一個多層次的美學實體，那麼，他就必須進行第二層次的開發工作。這要求他更深地去挖掘作品潛在的美學價值，更大限度地道破作者本身未曾意識到或僅是朦朧感受到的藝術內涵，擴展與延伸小說的美感。

　　白先勇是個具有強烈的現實感的小說家。在其迄今為止所發表的所有小說中，《臺北人》或許具有更鮮明的時空感。有時，你甚至會感到作者有一種新聞報導式的企圖，要把時間與空間固定得盡可能明確。臺灣的批評家也看到了這一點，夏志清稱《臺北人》為「民國以後我國部分社會史的一個形象化的縮影」，顏元叔將《臺北人》與英國維多利亞時期的小說相提並論。但這只是《臺北人》的一面。白先勇畢竟不是巴爾扎克或狄更斯。或許，他更接近那以一老一少一魚數鯊來象徵自我認知自我完成人生歷程的海明威，他更願效法曹雪芹，力圖在有限的人世的悲歡離合中慨歎無限世代中所存在的無常、虛幻與荒唐。我們仔細揣摩，就不難看出，《臺北人》各篇小說所反映的事實、所採擷的細節與場景，即使是準確、逼真，來自實地觀察所獲得的印象與感觸。作為虛構的藝術世界的一部分，它們的根本目的都不是為了告訴讀者曾發生過某事，（如若以此解之，那麼《臺北人》中那些同性戀、虐待狂、賣笑生涯的故事就要喪失去大部分美學價值了）細節、事件與場景在其中只是用於提供外貌、框架或幻景，借助於它們來推動小說藝術世界的形成和豐滿。因此，《臺北人》這一藝術世界與實際世界既

有相契合相聯繫的一面,又必不與之雷同,必定會有某種程度的超越與變形。因此,要窮盡這一虛構的藝術世界的奧秘與魅力,就不僅能以滿足於解釋它與外在現實具有多大程度的契合,而應超出其實際呈現出來的事物之外,揭示其寫實框架背後所暗示的哲理,發明其形象與意象所包孕的意蘊,所喚起的更為深遠的思緒與情懷。這即是古人所要說的「徹悟言外」。尋求其「象外之象」、「景外之景」、「弦外之音。」

歐陽子認為,《臺北人》充滿含義與意象,如同滿天裡亮晶晶的星星,這裡一閃,那裡一爍,遺下遍處印象,卻仿佛難於讓人用文字捕捉。但她願意接受這一挑戰,嘗試捕捉這些閃爍不定的印象,她把自己對《臺北人》的批評稱之為「靈魂在傑作間探幽。」

在對《臺北人》各篇小說的評論中,歐陽子總把白先勇細針密縷織出的小說中生活圖景作為她批評的開場序幕。這寫實圖景只是她批評交響曲中的一個引子,一個將讀者引入審美境界中的前奏,而更高審美境界的創造還需昇華與變調,在評論的序曲拉開了作品的帷幕之後,她筆鋒一轉,立刻從作品的語義資訊轉向了作品的藝術資訊,鑽入情節結構的外殼,體味深藏在內的核心。

《臺北人》中呈現的形象畫面,不作象徵看時,讀者也會覺得是許多鮮明的生活片斷所組成的臺灣都市社會的風俗畫與眾生相。但當歐陽子把我們帶入象徵的境界時其中的人物、場景、敘述者的意義都擴大了,都被賦予了更深刻的意蘊,甚至言詞也顯出了暗示的潛能,組成相關的意象群。讀者從中不僅感受到具體的生活內容,而且超越了它,進入到一個具有形而上意義的大千世界中去。

《永遠的尹雪豔》從寫實的角度看,主人公只是為作者所鄙夷,一個風華絕代而又心狠手辣的社交界名女,歐陽子也仔細地分析了這一層次,但又指出若以象徵含義來解釋,她就不是人,而是一個死神、幽靈的符號。她令人信服地從各方面引證了小說作者力圖將她喻為幽靈的意向;極力描繪一切與她結合的人都不免敗亡的圖景,賦予她種種超越時空存在的意象,在她身上與周圍製造出超自然無實質的宗教的神秘氣氛。由此返觀這個人物,其語言、動作也就超越了一個現實人物的語言動作。她如同死神,耐性地、笑吟吟地、居高臨下地俯視著芸芸眾

生，看著他們互相廝殺、互相宰割，然後不偏不倚、鐵面無私地將他們一個一個納入她冰冷的懷抱中。這樣，這一人物的設置也就類似莎士比亞戲劇《馬克白》中出現的妖婆，她的語言如同一個先知者的預言，也可視為《臺北人》隱形的開場白：人生是虛空的，安適與歡樂只不過是暫時的麻醉，只有死神才是永恆的存在。歐陽子還發掘了《臺北人》其它小說人物象徵意義。如《花橋榮記》的羅家姑娘、《那片血一般紅的杜鵑花》中的小妹仔等人物的形象都可視為青春、純潔、愛情的象徵。從這個角度看這些小說也就不僅是某些小人物的生活悲劇，而是傳達出一種在失去一切後把希望與愛心寄託在僅存的美好的記憶或幻象中，但終歸不免幻滅的人生的大悲哀。

　　從象徵意義來把握《臺北人》這一藝術世界，就使作品中種種閃爍不定的意向都從無序的狀態被歸入有序的系統，不單是人物，許多場面、景物、細節甚至題目、語彙都因此被賦予了整體的意義：如《思舊賦》中一棟看得出曾經富貴堂皇，但現已殘破不堪，被新式水泥高樓夾在當中的李家公館；《秋思》中開得十分茂盛，枝葉下面卻藏著許多腐爛花苞的菊花；《歲除》中燒去了一大截的紅蠟燭；《遊園驚夢》裡的崑曲唱詞；《冬夜》中對「冷」「曖」氣候的描繪；尹雪豔公館的麻將桌，都成為《臺北人》藝術世界中的資訊單元。

　　中國古代也不乏從文學作品索取微言大義的批評文字，但卻常流於穿鑿附會。歐陽子《臺北人》象徵含義的闡發之所以能在很大的程度上避開穿鑿的泥淖（並非完全避開），就在於她能從整體上把握作品的象徵，她並非孤立地在某一局部因素、某一形象片斷上去探尋作品的象徵意義，而是從作品內在整個韻律中去辨識小說的弦外之音，從《臺北人》整個美學系統去闡發子系統、各個單元的內在意蘊。任何美感都是一種動力系統，它產生於美的整體性，而不存在於作品的某一局部。應該說，歐陽子在《王謝堂前的燕子》中是注意到了這一點的，她的批評是一種對美的整體性的有機統攝，是具有一種立體感的。

　　從整體直觀入手，進行要素組合的分析之後，又將它們納入整體系統中，並加以動態的考察，綜合——分析——綜合，這就是《王謝堂前燕子》有機整體批評方法的大致行程。她指給讀者觀賞的不僅是《臺北人》藝術世界中的一草一

木，而更努力地把這一世界如同大自然一般渾然天成地推向我們。

四

歐陽子文學批評方法也有它的局限性。她的批評常有把《臺北人》作為一個自給自足的世界加以探討的傾向，有意無意或多或少地切斷了作品的外延分析，忽略或不願費力去探究作品與作者所處的時代的關係、作品與時代審美心理、審美風尚的關係。從這點看。《臺北人》在她的批評中還是一個封閉的美學系統，對於它在各特定社會精神文化系統中所必然產生的種種系統質：倫理學的、歷史的、心理的……被她輕輕地放過了。這使她的批評缺乏一種宏觀性。

但她的長處在於採用洞察幽微的高強度分辨力去體察小說的精細入微處，將美絲絲入扣的發掘出來。在輔助讀者完成審美過程的同時，磨銳他們藝術感受力，增強他們的藝術素養，開拓他們的藝術視野。這樣的藝術批評是有益於讀者、有益於作者的。〔2〕

（原載於《臺灣研究集刊》1985年第4期）

注釋：

〔1〕蕭乾：《〈王謝堂前的燕子〉讀後感》載《當代文學》1981年第一期。

〔2〕白先勇說，當他看到《王謝堂前的燕子》一書，真是吃了一驚。因為她對〈臺北人〉的瞭解竟比我自己還清楚，她好像把這本書都看透了，有些我自己沒想到的，看了她的評析後，我再仔細回想，我也贊同，也可以說是不得不贊同……歐陽子受過很嚴格的文學批評訓練，她把小說當藝術品，她的批評值得效法，而且對讀者是有幫助的。

新批評的宣導者顏元叔與臺灣文學批評的演進

徐學

一

　　從1960年代末開始，顏元叔便在臺灣文壇大力宣導與介紹新批評（The New Criticism），並將它應用於對中國古典詩詞及臺灣當代文學作品的分析評估，這使他成為臺灣批評界眾人矚目的對象。在1970年代的臺灣文學批評界，顏元叔像一陣狂飆。對於他的大膽移植，臺灣評論界眾口紛紜，毀譽不一，但不管怎麼說，他與他的「新批評運動」已成為臺灣當代文學批評演進歷程中的一個重要標誌。新批評也已成為臺灣當代文學批評中的一個重要流派。人們可以同意他或反對他，但卻不能漠視他、抹殺他。

　　今天，顏元叔已從那翻卷騰躍的漩渦中心脫出身來。而且，他的新批評也算不上是臺灣文壇眾多舶來品的最新貨色了，臺灣的文學批評在這10多年來又有了新的發展，結構主義、現象學批評方興未艾，符號學、解構主義正嶄露頭角。更可喜的是，臺灣的文學批評家正力圖在傳統的重感悟批評和西方的辯證批評程式之間求得一種均衡。顏元叔和他的新批評或許已失去了領導臺灣批評新潮流的盟主地位。儘管如此，它在臺灣仍是一種相當流行的批評方法，不但出現了像歐陽子《王謝堂前的燕子》這樣以新批評方法為主要分析方法的文學批評論著〔1〕，而且還滲透到大學的教學中，從1960年代中期在臺灣大學、淡江大學和

政治大學開設的文學必修課程中,都用新批評家克林斯・布魯克斯(CleathBrooks)和勞勃・潘・華倫(Robert Penn Warren)合編的《文學批評方法》(AnApproach to literatur。)為教材。當此煙塵落定雲消霧散之際,探討顏元叔介紹與引進新批評的功過及經驗,對於當代中國文藝批評界更好地汲取西方文藝批評,為我所用,應不是沒有意義的吧。

到1973年,顏元叔共出版了4本批評論文集——《文學的玄思》、《文學批評散論》(同為1970年1月驚聲版),《文學經驗》(1972年7月志文版)、《談民族文學》(學生書局版1973年9月)。在書中,顏元叔直言不諱的表白他的批評思想是「深受新批評影響的」,而且他的實用批評也大致是採用新批評的「字質與結構的細讀分析。」在這4本書中,顏元叔的批評思想與方法都已基本成形,因此本文就依據這四本書中顏元叔對新批評的介紹與應用對他刮起的新批評旋風作一初步的描述和評估,當然這不等於說上述4部論著僅僅包含了批評理論與實用批評的內容。在這4本書中,顏元叔詳盡地介紹了歐美新批評的萌發,形成與興盛的歷史,如《新批評學派的文學理論與手法》、《歐立德與艾略特》、《論歐立德的詩》、《歐立德的詩劇——音響與字質的研究》、《歐立德的文學理論》等,堪稱中國批評史上第一次深入而又系統地介紹剛在歐美崛起的新批評學派。顏元叔認為,新批評派的意義在於「作為文學的內在研究,它仍是最好與最有效的途徑」〔2〕。顏元叔還熱心關注臺灣當代文壇,其實用批評涉及當代臺灣小説、詩歌及電影。他以一個專門研究英美文學的學者的身份轉而探討中國當代文學,擺脫了學院派人士歷來封閉式的文學研究的固有路子。他的文論因而在當時的文壇激起了更大的反應與激盪,使歐美新批評的思想與方法緊密地融入中國文學批評發展的洪流中,對於1950年代以來一直顯得不夠景氣的臺灣當代文藝批評,無異於吹進一股令人耳目一新的清風。

二

顏元叔大力宣導和引進的新批評究竟對中國文藝批評(首先是臺灣)的發展

有何意義?要認清這一點,首要的工作不是去仔細考究他對具體的文學作品的分析與評估達到了何等的水準,因為這裡畢竟存在著評論者的文學視野、文學修養等各種個人因素的局限性。重要的是應該在方法論的意義上作價值判斷,應以整個中國傳統的文學批評作為參照系,看他所宣導及運用的新批評是否提供了前人未曾清晰地意識到的批評思想與方法。因此,這裡我們有必要對中國傳統的文學批評作一簡單而粗略的回溯。

在以儒家思想為主體的傳統文化中,倫理學的探討壓倒了本體論或認識論的研究。中國古代哲學範疇(如陰陽、五行、氣、道、神),無論在唯物論唯心論學派那裡,其特點大都是功能性的概念,而非實體性的概念,中國哲學重視的是事物的性質、功能、作用和關係,而不是事物構成的元素和實體。在中國傳統文化中,探討物質世界的實體的興趣遠遜於考究事物對於人間生活關系的興趣。在這種文化傳統根基上滋長起來的文學與文藝批評,自然重視文學的教化作用(對一個以人倫五常為中心的禮教社會的調節作用),而忽視文學作為一個藝術本體自身所具有美學價值。在漫長的中國文學史中,強調文學教化作用的文學觀順理成章地成為當然的正宗,與這一文學觀相適應的文學批評則以文學的教育功能(包括愉悅的教育功能)為評品作品高下的尺度。早在《論語》中就出現了為後世騷人墨客常引用的「詩可以興、可以觀、可以怨」,「詩三百篇,一言以蔽之,思無邪」的批評文字。《禮記》就更明白地打出「溫柔敦厚,詩教也」的旗號。在這裡,無論是把興、觀、群、怨等詩的教育認識作用視為文學的本質,或以思的邪正、詩的溫柔敦厚的感化力來概括《詩經》,其著眼點無不落在文學的倫理教育功能之上,而不注重文學作品本體審美內涵的追索與分析。思無邪與溫柔敦厚都是倫理道德所應推崇和頌揚的,因此也責無旁貸地成為文學作品優秀與否的標準。這種以倫理道德的外在參證為尺度來評價文學作品的風氣被白居易推到了極端,在《與元九書》中,他明言應該以「諷」(用一種委婉的方式去勸告或指責)作為文學評價的標準。極力貶低那些缺乏倫理教育作用的作品。如在評價南北朝詩人謝晉、鮑照時,他說,「然則『餘霞散成綺,澄江靜如練』,『離花先委露,別葉乍辭風』之什,麗則麗矣,吾不知其所諷焉。」對「索其風雅比興,十無一焉」的李白詩風也頗有微詞。在他之後出現的各式各樣的詩話詞話

中，我們看到司空圖以味論詩，嚴羽以氣象、興趣為詩的評價標準。王漁洋以神韻，翁方綱以肌理估定詩的優劣〔3〕……一直到近代王國維以境界論詞。他們所採納的文學評價標準，雖然已經兼顧到文學作品思想性與藝術性，但對文學作品藝術價值進行估定的重心仍舊不在作品本體，而在作品給予讀者的審美感受。至於作品要通過何種方式才能構成或強化這些美感，評論家應該運用怎樣的方法與程式去分析與把握這種創造過程，這些論者不是忽略無視，就是語焉不詳。比起他們，劉勰可算是較為重視作品的內在結構探討的。他曾標舉六觀，但也是點到即止，在《知音》篇的後文裡對六觀也並無再作長足、明晰的發揮與詮釋。

由此可見，在中國古典文學批評中，無論是「載道派」的評判或是「緣情派」的品味；無論是側重於文學的教化作用或愉悅作用，都不無片面地強調了文學與社會的密切關係，注重的是文學的狹隘性或寬泛的功利性，而忽視對文學作品本體的有機結構作深入細緻的探尋、考究與剖析。另外，在中國傳統的重了悟直覺而不重分析論證的思維方式的制約下，這些批評著作的形式，也是多片段而精要的提示，缺少系統嚴密的論著；在評論方式上，喜好搬用形象化的詞語來對作品作整體朦朧含混的概括性的把握，而很少進行邏輯上的具體分析與推理。如上述的「肌理」、「滋味」、「氣象」等專有名詞，就是將日常生活的體驗性的語言移用到文學作品的評價上來，這些獨具特色的範疇和概念，都是古人在經驗了審美活動產生的情趣和意象之後，對藝術作品的審美特性所作的生動具體而又籠統模糊的概括和總結。它們的長處在於具有多義性、具象性，短處則在於它們的含糊性和不確定性。正因為如此，中國的文學批評在很大程度上表現為一種直觀的經驗式的批評，它們常常是批評家模糊含混地傳達他自己審美體驗的獨特表白，並未經過更為嚴密的梳理、提煉，上升為嚴格意義的理論思維形態。

五四以來，高揚科學與民主旗幟的中國新文化宣導者，以大膽反叛的態度指斥們的文學傳統，大量地介紹西方文化，包括各種批評流派。但這時大部分的譯介者還是把眼光集中在19世紀歐美的各種傳統批評流派上，例如從浪漫主義到自然主義之間的各個流派。進入1930年代，社會更為動盪不平，大部分文學家出於一種社會責任感，不得不把批評當成一種催化劑，用它來促使文學成為一種改良社會批判社會的有力工具。他們無暇顧及或根本輕視那些專注於對文學作品

美的結構作條分縷析探幽索微的批評。在這種背景下，先有泰納的社會學批評，後是別林斯基、杜勃羅波夫斯基的革命民主主義批評，成了許多批評家手中得心應手的工具。居於主流的文學思潮認為，文學批評即使不流於社會批評式的借題發揮，也應該具有強烈的戰鬥傾向。在當時，浪漫主義的自我表現都被認作是一種「躲進象牙之塔」的可恥現象，遑論於顧及著重探討文學作品作為一個虛構世界的自給自足的審美結構的批評呢？

當然，這並不等於說五四以來的中國文學批評是一片荒蕪。就是像魯迅、茅盾、郭沫若、馮雪峰等身兼革命家、文學家的文學先行者，也都在介紹和運用外來的文藝批評方面作出了貢獻。只是由於他們所處的時代，那急風驟雨接踵而至的社會變革、民族戰爭、解放運動使他們不能不把自己的批評作為一種匕首投槍式的戰鬥武器，而不願也無法一直去追蹤和仿效那些更具有現代色彩的美學批評理論。這是歷史與時代的需要，也是中國知識份子感時憂國優良傳統的延續與發揚，自有其不可磨滅的功績。但他們得到了一些，也必然失去了一些。雖然他們偉大的戰鬥品格，深厚的文學素養，對中國社會歷史的深刻認識，使他們即便採用傳統的社會學批評，也時時表現出對作品的真知灼見；雖然他們作為文學家與批評家，對於作家由感悟到表達之間所牽涉到的許多美學上的問題有明澈的識見與微妙的把握；對於各類文學樣式有著豐富的創作實踐經驗，即便在三言兩語的評點中，也時時能切中肯綮，表現出高超的審美領悟力。但是社會學的傾向和風氣畢竟使他們有意無意地在批評中避開對審美感受的大力發掘和對美的有機體的仔細剖析，而更急於表白揭示和高標自己對文學作品顯示出來的現實性與戰鬥性的讚美和鼓動。這種批評風氣在1950年代末以後不正常的政治氣候中日趨畸形與氾濫（就是在臺灣1950、1960年代的批評也有些相當情緒化政治化的）。如果說，在中國傳統的文學批評中，論者常陶然於二三佳句，醉心於詞章的評點稱量，犯的是「見樹不見林」的毛病，那麼，這時，這種脫離具體文學作品的分析和忽略文藝發展的內部規律的情緒化的批評可說是「既不見樹更不見林。」對於這類批評或許可套用錢鐘書在《管錐篇》中的一段話：「盡合詩中所言，而別求詩外之物，不屑眉睫之間而上窮碧落、下及黃泉，以冀弋獲、此可以考史，可以說教，然非談藝之當務也。」那些批評往往搔癢不著，有的批評家甚至淪為刑警

與判官。

當我們對中國文藝批評作了一番匆匆巡禮之後。我們不能不得出這樣的結論：在漫長的中國文藝批評史上，儘管出現了許多偉大的批評論著和不少具有百科全書般淵博的知識和過人的審美穎悟力的大批評家，他們和他們的論著在現在和將來都必然是從事文學批評者所取之不盡用之不竭的寶藏。但是就現代中國文學批評的整體而言，文學批評仍然沒有成為一門嚴格意義上的奠定於現代美學理論之上的有著精確的術語範疇和嚴整體系的獨立學科。正是在這一意義上，顏元叔那時引進的新批評具有其特殊的方法論上的重要性。

三

文學批評方法的改進和創新，在文學批評發展的歷程中佔有重要的地位。黑格爾說過，「手段是一個比外在合目的性的有限目的更高的東西——犁是比由犁所造成的，作為目的的、直接享受更尊貴些的。」如果說實用批評及其成果是一種有限的目的和直接的享受，那麼，批評方法的變革，則是批評史中創造活動的質的飛躍的集中表現，是一種更高的思想結晶。當然，這種變革並不等於要抹殺和拋棄一切傳統，正如愛因斯坦所說的「新的理論的建立不同於拆毀舊的穀倉，而代之以建起高樓大廈。它倒很像登上可發現新的廣闊的境界的更高峰，看到了我們的出發點和絢麗的四周之間的出乎意外的聯繫。在那裡，我們的出發點是可見的，但已經顯得很小了，它只是呈現在我們面前的廣闊的景色的一個極小的部分。」愛因斯坦這個比喻不僅適用於他的相對論與牛頓經典力學的關係，也能啟迪我們更好地理解現代文藝批評既與傳統批評相溝通又超越了它的辯證關係。

1930、1940年代在歐美興起的新批評學派，並不是一個背離人類文明發展大道的畸形怪胎，它的奠基人艾略特（T.S.Eliot）就是一個極力強調在文學傳統與當代文學之間有一種同存結構的具有深厚古典文學修養的大師。但是，作為一種以現代哲學、美學語義學各方面新成果為理論根基的新批評，它比起傳統的批評又具有三個突出的特點：

一、對文學本體性的注重。新批評派認為文學的本質在於它的虛構性、創造性與想像性，在於它所使用的材料——文學語言的多義性、情感性和符號性。文學家利用語言處理或創造出一個虛構的想像的世界，一個多樣統一的整體，一個多層次的按照某種審美目的組織起來的符號結構。因此，文學批評應該以作品為中心作向心運動，一切背景材料都應為作品批評服務，而不是從作家個性、社會環境、心理素質、時代風氣、創作宣言等外在因素出發，以這些外在性的材料的研究為依據來對作品作出「因果性」的判斷。顏元叔在《朝向一個文學理論的建立》《單向與多向》等文中多次強調了這一觀點。他深入淺出地指出：「新批評的第一原則便是就文學論文學。就是：第一，承認一篇文學作品有獨立自主的生命。第二，文學作品是藝術品，有它自己的完整性與統一性。第三，所以一件文學作品可以被視為獨立的存在，讓我們專注地考查其中的結構與字質等等。」「新批評認為作家的傳記因素與歷史的時空因素，只是作品形成之激素與粗材。」如果批評家只研究傳記資料與歷史資料，那就是喧賓奪主了。

著重於文學本體的批評，也就是重視文學作為一門藝術的特有的審美意義，這是藝術的覺醒與爭取自身的獨立價值的一種趨向。這種批評要求批評家更大限度地去發揮自身在批評中的審美主體作用，要求批評家在更大程度上去發現和清楚地分析出（而不是含糊的點到即止）作者自己未曾發現或僅是朦朧地意識到作品的藝術內涵，說明讀者更深刻地把握作品內在的豐富含義，培養更為精細的審美鑒賞力。

二、對文學整體性的強調。新批評派認為傳統批評中內容與形式的二分法無法解釋多姿多彩的文學作品，它不是陷入老套就是遇到麻煩。既與作家以特定情感為動力從總體上形象地把握世界的藝術創造途徑背道而馳，也支離破碎了讀者審美境界的整體美感。因此，應把文學作品看成是一個為某一特別的審美目的服務的多層面的有機結構。初看上去，這種批評似乎是一種形式主義，其實不然。新批評家都推崇能容納更豐富深邃人生意義的作品，但他們認為不能僅從題材上（當然更不能從作品中的人物語言和片斷情節中）斷章取義地尋找某種教條的陳述，就作品某部分所具有的哲學思想、歷史思想、政治思想來判定它的高低。當這些思想還未與文學作品的肌理真正交織融合成一體，它就只是外在的、附加

的，是美的有機體上長出的贅疣。質言之，文學作品的潛在意蘊（新批評常稱之為總體象徵或神話）只能從對文學作品中各個元素有機組織起來的意向結構中去把握，要判定作品思想價值的高低也只有根據那些抽象的意義是否已化為形象。顏元叔在他的實用批評中是把握了這一原則的。如在他對臺灣現代詩的分析中，他總是先著手於詩歌的音響、韻律，探求其意象是否明晰統一，能否形成前後呼應的意象結構，給讀者提供一個確切的感觸方向——用他的話來說，一個定向選景，然後再去評判這一結構中所蘊含的哲理深度。例如，他認為，葉維廉《愁渡》詩集中的詩用語精確、結構謹嚴，但「他在題材與主題是上比較缺乏時代性的。我們常在現代西洋詩與中國詩中見到的那種悲劇感，或縮小而言，悲哀感，葉維廉的詩不多提供。」在分析了梅新《風景》、《我的母親》、《小貓》三詩的音響、字質及結構後，也指出「梅新能給我們豐厚的美學快感，但他還沒有給予我們生命之痛苦的煎熬」，期望詩人梅新把自己的文字才華，「灌注到一些重大的主題上去。」從他的其它批評文章中，也可以看出他力圖時時在他「文學批評人生」、「文學是哲學的戲劇化」的文學觀與「就文學論文學」，強調文學自主性的批評方法中保持一種統一性，他總是把後者作為第一層次的工作，然後再以前者作為更大的參照系。當然，如果有些作品的思想內蘊過於單純，如一些中國古典短詩，他也就不再要求它的題旨能承受和包容更深刻豐富的人生意義了。這種情況下，他的批評是一種單純的美的剖析。

　　三、使文學批評更加嚴密。新批評是一種美學的批評，從某種意義上說，又是一種科學的批評，因為它企圖把美學研究的中心集中在與審美判斷有關的語言問題上，對文學作品中所使用的語詞、句子和意義作精密的語義分析。在這種分析中批評家必得對語義學、符號學、音位學、修辭學等學科有所瞭解，也常把這些學科中的嚴密細緻的研究精神貫穿到文學批評中來。新批評派在長期的發展過程中創立了一整套批評術語（如張力、矛盾語、反諷等）和特有的批評程式，使文學批評有章可循、有法可依，尤其對於中國傳統批評重直覺了悟的感受和語焉不詳點到既止的表述方式有極大的衝擊。

　　當然，新批評也不是包醫百病的萬全藥丸。作為一種批評方法，它必然只能選擇、強調與突出它特有的批評視角，而不得不忽視或放棄對其它方面的考究。

如它強調微觀分析，不免在總體性的宏觀把握上顯得薄弱；熱衷於對作品美的內涵的仔細推敲，也常導致無法騰出更多的筆墨來考察這一作品在整個文學大系統中的地位；它有一整套的批評程式和常用術語，也可能因此使一些缺乏藝術感受力並對所要批評的文學物件的傳統不甚了了的批評者以偷懶的機會，不顧具體的批評對象生搬硬套，成為他們寫升等論文的新式八股。

對於新批評的弱點，顏元叔也有所察覺。在介紹新批評之初他就說過，「近兩三年來，我也對新批評抱批評態度。它過分局限於形式與美學的探討，忽略了文學的外在關係」，不過「新批評的理論手法，作為文學的內在研究，仍是最好與最有效的途徑」〔4〕。後來，當有人非議他提倡與運用新批評時，他又指出：「在我國，傳統的文學研究過分注重文學的外在關係，以致產生錯覺，把外在視為內在，把歷史傳記視為文學本身；因此我以為應該積極提倡文學的內在研究，矯正這個流弊。」〔5〕他還根據自己批評實踐不斷去充實新批評方法，對新批評的一些術語，如張力、詞構也作出自己的解釋。他經常指出應該避免機械地使用新批評的方法，無視具體作品，一律使用新批評固有的幾個術語。應該說，顏元叔對於新批評的認識是清醒的而不是盲目的；他對新批評的提倡與運用，也並非唯新是鶩，而是針對中國文學批評現狀的有的放矢。

四

毋庸諱言，綜觀顏元叔早期對臺灣現代詩、現代小說及中國古典詩詞的批評，並不能稱得上是盡如人意的傳世之作。他大都著眼於對單篇作品或幾篇作品的細讀縷析，不能達到高屋建瓴式的鞭辟入裡。並且由於他的文學素養和文學眼界的局限性，他的批評文章有時還不免在這裡那裡出些毛病，顯得不夠圓融渾厚，對此他後來也曾自嘲為「莽撞的嘗試。」夏志清、葉嘉瑩也都曾撰文批評了他〔6〕。雖然其中有各執一端的偏頗，或許混雜一些鬧意氣的成分，但亦有中肯之處，不可全然歸於一種守舊的復辟。

不過，我覺得，我們不單要在一些枝節問題上對顏元叔的早期批評作些分

析。更重要的是從當時臺灣文壇文學批評的現狀出發來評價他對新批評派的引進和運用的開拓性意義。過多拘泥於他的實用批評所達到的水準，而不願對其嘗試階段的粗糙生硬及矯枉過正之處採取一種寬容的態度是無補於事的。應該看到，自從新批評在臺灣文壇興起之後，文學批評科學化、美學化的許多重要課題都被更充分地揭示出來了。如何使中國的文學批評更為現代化，如何更好地借鑒西方現代文藝批評已引起臺灣的文學研究者更大的關注。王曉波、李國偉都在《中外文學》上為文對顏元叔的嘗試表示支持〔7〕；文學評論家朱炎、陳芳明都寫了兩萬字以上的長文肯定了顏元叔的早期文學理論的重要意義，並對其具體作法提出商榷意見〔8〕。陳芳明認為，「每一種新知識的崛起，往往同時兼有優劣兩面，新批評的誕生自不例外，雖然新批評在西方文學界已經式微，對於中國來說，卻還是一門非常新鮮的學問。」稱顏元叔對新批評的引進，「多少已刺激了一些批評的風氣」，「對於沉寂已久的中國文學批評，當可以收到推波助瀾之功。」詩人兼詩論家洛夫雖不同意顏元叔在《細讀洛夫的兩首詩》中對他詩作的一些具體分析，但也認為顏文「可說是中國當代文壇（指臺灣——引者）有詩評以來最為痛快淋漓的一篇文章。」顏元叔的批評「確已為批評界開創了一條新途」〔9〕。

（原載於《臺灣研究集刊》1987年第2期）

注釋：

〔1〕歐陽子：《王謝堂前的燕子》，臺灣爾雅出版社出版。

〔2〕〔4〕顏元叔：《文學的玄思・新批評學派的文學理論和手法》。

〔3〕司空圖於《與李生論詩書》中說「文之難而詩之難尤難，古今之喻多矣，而愚以為辯於味而後可以言詩也。」嚴羽於《滄浪詩話》中說「盛唐諸人惟在興趣，羚羊掛角，無跡可求，緣其妙處，透徹玲瓏，不可湊泊，如空中之音，象中之色，水中之月，鏡中之象，言有盡而意無窮。」又說「唐人與本朝人詩，未論工拙，直是氣象不同。」王漁洋年輕時選有《神韻集》晚年於《池北偶談》中引孔文穀語，謂「論詩以清遠為尚，而其妙則在神韻。」翁方綱於《延暉閣集序》謂「詩必研諸肌理。」於《蘇齋筆記》卷十一謂「蓮洋詩雖若軒軒超舉，而

肌理未密,醞釀未深也。」

〔5〕顏元叔:《談民族文學·就文學論文學》。

〔6〕夏志清:《追念錢鐘書先生——兼談中國古典文學研究之新趨向》。《勸學篇——專複顏元叔教授》,二文收入《人的文學》純文學山版社1977年版,葉嘉瑩:《漫談中國舊詩的傳統——為現代批評風氣下舊詩傳統所面臨之危機進一言》。

〔7〕王曉波、李國偉的文章載於《中外文學》,第二卷,9-10兩期。

〔8〕朱炎:《評顏元叔＜談民族文學＞》,收入《期待集》,聯經出版公司1976年版。陳芳明:《細讀顏元叔的詩評》,收入《詩和現實》洪範書店1977年版。

〔9〕洛夫:《與顏元叔談詩的結構與批評》,收入《洛夫詩論選集》金山出版社出版。

大陸對臺研究精粹：文學篇

殖民者的臺灣之「愛」——略評《由加利樹林裡》兼及張良澤的崇日心態

朱雙一

一

臺北的前衛出版社於2000年6月推出了日本作者芹田騎郎的「臺灣原住民生活記錄畫冊和小說集」——《由加利樹林裡》。這本書的出版似乎和張良澤有著不解之緣。張良澤不僅是該書的編譯者，還是其發掘者——1997年從日本的一家舊書店中偶然發現小說的手稿和30年前發表於企業內部刊物上的刊文剪貼簿，此後輾轉找到年近80、現居住於日本九洲鄉下的作者本人；前往採訪時，又得到了小說作者根據當年的記憶繪製的有關布農族、泰雅族生活的圖繪作品。張良澤稱其為30年來日日尋覓而一朝獲得的「珍寶」，懷著激動的心情將其編譯出版。

張良澤稱：「愈讀此篇作品，愈覺此人真愛臺灣。」〔1〕芹田騎郎也反復聲明，這些作品是他懷念臺灣的產物。原來，年輕的芹田騎郎於1935年渡台，擔任專賣局香煙盒圖案等的設計工作，1939年徵調入伍，服役於內蒙、山西一帶，懷抱「與其殺人不如救人」的思想，志願當衛生兵。1943年退伍，返臺北復職，後戰爭更趨苛烈，因其軍醫經歷而被調職至台中州能高郡武界社的「蕃地

公醫診療所」任「公醫。」不料抵達任所的第二天即是日本戰敗、宣佈投降的日子。芹田騎郎夫婦原選擇「歸化」,「決心埋骨於『蕃地』」,未料聯軍司令部一紙通告,日本人一律遣送回國,便於1946年2月,手提一個包袱,倉促離開臺灣。在臺灣的數年間,芹田騎郎既為美麗島的秀麗風景所吸引,更為所接觸「臺灣人的溫情」所感動,於是將此「在由加利樹林裡與高砂族共度生活」的經歷,視為其「貧乏的生涯中,比什麼都美麗的一段日子」,「80年生涯中的珠玉之寶,無限光輝燦爛的空間」〔2〕。1964年,適逢工作稍有閒暇,遂趁記憶未消失之前,將此臺灣經驗寫了下來。

芹田騎郎的臺灣之愛,令人想起另一位日據時期在台日本人作家西川滿。西川滿也反覆宣稱他對於臺灣抱持著「難以忍受的慕情」,曾明白表示要將臺灣當作「終身住家」,也是因為日本戰敗而不得不離開寶島臺灣。不過,對於這種臺灣之「愛」,似乎不必大驚小怪。試想,世上會有幾個殖民者不愛他所征服、佔領的殖民地的?西川滿的臺灣愛,並沒有減少他作品中呈現的殖民主義的心態〔3〕;芹田騎郎雖然不能與西川滿相比,但其作品流露的殖民者意緒和情懷,其實也是相當濃厚的。這一點,連寫完小說後的芹田騎郎,似乎也有所察覺。在《後記》中他寫道:「拙文中,我們對他們的言行是上對下的命令式、訓諭式的口氣,想必讓讀者感到不習慣的地方很多吧。」

二

早在1941年,西川滿的理論導師島田謹二在《文藝臺灣》上發表《臺灣文學的過去、現在和未來》一文,試圖為所謂「外地文學」(指在日本本土之外以殖民地為題材的創作)勾勒一般性圖景,認為從外地居住者懷有的心理必然性來說,「其文學的大主題可分為:外地人的鄉愁,描寫其土地特殊的景觀以及土著人外地人的生活解釋三種」,並覺得要稱其為exotisme(異國情調)文學最為正確。〔4〕

芹田騎郎的作品與島田謹二這種界定頗相符合。在《憶臺灣》一文中,芹田

騎郎回憶了他首次踏上臺灣時就深切感受到的異域情調——踏上基隆，就被溫暖的風與臺灣獨特的甘甜香味所籠罩；乘車往臺北，沿路又可見水面浮游著幾百隻家鴨，氣根從樹枝垂下而覆蓋了樹幹的老榕樹，直接附著於氣管葉幹而受庇護的木瓜等等珍奇的植物；還有如日光東照宮的華麗的劍潭寺、色彩鮮豔的孔子廟等等。芹田騎郎甚至因此想起了數百年前的西方殖民前輩：

正如1590年經過臺灣海峽的葡萄牙船員所說的：「咿——啦！福爾摩沙」（咿呀！多麼美麗的島啊），臺灣真是名符其實令人懷念的美麗蓬萊仙島！

如果說對於臺灣的第一眼印象未免僅及於自然景觀，隨後作者將其目光逐漸轉移到同樣奇異而又神秘的人文景觀。有一次作者在深山中聽到原住民舂米的杵音，勾起他作為日本人特有的某種藝術趣味：

遠離人跡的此山中，意想不到會聽到如此奇妙的聲音，驚奇莫非天女在演奏雅樂的聲音呢？……

鋪著石板石的廣場，堆著一堆粟穗。大家拿著杵，圍著粟穗堆而搗著。

……

幾近動物生活的人們，神賜給他們特有的杵音，出世間之污泥而不染，可謂天音。

有的背負著月光，有的臉上承受月光，每一個人都沉醉於自己的杵下所發出的音律。這些臉都不知邪惡是什麼，看來就像菩薩那般美麗崇高。

　　既奇妙、神秘而又動人，然而卻也顯出它的原始性和落後性，這也正是諸多東西方殖民者對於其殖民地的共同印象。面對此情此景，他們常要引發殷殷的鄉愁，而這種鄉愁往往是雙向的，即身處這原始而神秘的殖民佔領地，殖民者懷念其遙遠的故鄉；而有朝一日返回本國，殖民地又成為他們夢牽魂繞的記憶。這其中一種最奇妙的感覺，即在時空上將殖民地和宗主國相混同，站在臺灣，就仿佛站在日本的土地上，於是臺灣成為日本的一部分，或者說成了日本「內地」的延長。因此，作者看見一千公尺處的山丘上像甲蟲聚集的民舍，馬上聯想到從九州的延岡坐日影線北上到了盡端，山背上也有緊密並排的家屋，而那兒就是日本神

話發祥地高千穗。聽到高山頭目唱歌,覺得「那歌聲有點像日本的追分民謠或《馬子歌》,歌調令人陶醉。」又如:

診察完畢,走出屋外,看到幾棵大松樹……大樹幹發出的松籟聲令人懷念。再說這裡的烏鴉叫做內地烏鴉,跟日本國內的一般大。因而感到如同置身於國內的山中,無端湧起淡淡鄉愁。

除了異域景觀和鄉愁外,島田謹二所謂「外地文學」三大主題,還有「土著人外地人的生活解釋」一種。後者可說是芹田騎郎小說的主要內容,其中也包括通過民間傳說的解釋。作者津津樂道於有關「高砂族」和日本人同一祖先的故事,並強調這是高砂族「祖先傳下來的『事實』」——

古早、古早,凱西凱西山的亞當和夏娃,得到神的允許,一連生了很多孩子。凱西凱西山因人太多,而顯得土地太窄了。

那時候,有一個島叫東耶島。很美麗很美麗的島上,沒有壞人,也不會生病,山上有吃不完的水果。

但那個島要划舟向東一直行走,行走很久才能到達。

分一部分的人去東耶島。把一張弓折成兩半,把一束矢分成兩份,說:「一次人生無法再見面也說不定,可是傳了幾十次人生之後的子孫,一定會在哪裡碰面。到那時,以這個為證物。」村中的老幼都下山送行。

移往東耶的人們沒有再回來。後來怎樣,沒有人知道。

一直到了很後來,紅毛人來村裡買鹿角。那時候有一個

男人跟紅毛人一起來。這個人和紅毛人不同,也不是漢人,臉型非常像村裡人。

「你是從東耶來的嗎?你沒聽說過祖先折弓的事嗎?」村人頻頻問他。

「沒聽說過那樣的話。我是從耶馬多(按:大和國)來的。」男人說。

「那耶馬多國在哪裡?」

「在東海的那邊,很遠,很美麗的島國。」

聽到這話的村人認為就是去東耶的我們祖先的子孫無疑。於是就把那個人留在村裡住下來。

那個人娶了村中姑娘為妻,生了孩子。那孩子跟村裡的孩子沒有兩樣。

芹田騎郎接著發揮道:「發源於伊朗高原的民族,費了幾千年工夫不斷向東移動,終至大和國,成為我們日本人的祖先。可是當我看到泰雅族等人的狩獵之姿,覺得他們所說的或許是真的也說不定。」這樣,日本人和臺灣原住民就有了同祖同宗的親緣關係,更重要的,日本人的祖先遠古時代就居住在臺灣,臺灣也就成了日本人真正的「故鄉」,作者的臺灣之愛,甚至日本對臺灣的殖民佔領,也就有了更充足的理由。然而,這一民間傳說並未見於當前臺灣各方人士精心調查、搜集的諸多原住民口傳文學的資料中,因此,它極有可能僅是作者主觀編造或臆想的產物,至少也是對原故事作了面目全非的改寫。泰雅族年輕作家瓦歷斯・諾幹就曾一針見血地指出:「至於作者對原住民(布農族)神話的改編,則不能不是體現了那無處不在的社會殖民習性。」〔5〕

三

當然,在「土著人外地人的生活解釋」方面,作者還有更多的經營。這裡可先看看對於「土著人」的「生活解釋」,或者說對於「土著人」的形象呈現。

與一切殖民文學相似,芹田騎郎筆下的臺灣原住民(布農、泰雅族人)亦是野蠻、無知、懶惰、骯髒、粗魯、淫蕩、缺乏理性和責任心,與殖民主日本人的文雅、高尚、勤奮、富有理智和責任心,存在著相當大的落差。如作者〔6〕在前往山地之前,就得到了「絕對不能走在高砂族前面,因為他們看到前面走的人,不管是主人與否,都會想割下他的首級」的警告。剛到山地,一眼看到「高砂族們」散散落落地聚在埔裡郡公所後院,「有的口衛用竹頭做的奇怪煙斗,有的雙手無所事事地下垂著,有的女人雙手忙碌地在編毛衣。大家的膚色都是同樣的黑,大大的眼珠頓時放出異樣的光芒」;而本應是「白衣天使」的護士君子,

「穿著手織的麻布燈籠褲,褲管下伸出又大又黑的腳板,好像牢牢壓住地球的感覺」,令人驚訝。到了部落,發現這裡「衛生狀況極壞」,引發瘧疾等疾病的流行。吃的食物也不衛生,臭雞蛋、沒有烤透的半生肉、用嘴嚼米做成的粟酒裝在污穢的竹杯裡,都成了招待客人的佳品。由於和觀光地日月潭很近,這裡的女人很快就感染到性病,「他們頹廢的性生活與對性病的無知,生出許多先天性的梅毒子女,使自己背負著黑暗的命運。」

當然,作者也描寫了原住民生活中的某些優點。比如,對於原住民那種與大自然緊密契合的生活樣態,有頗為生動的描寫。像生病的老人睡在兩頭大豬的中間,原來是為了取暖,「沒有地板的土庭房間裡,豬床對他們而言,是具備暖氣和彈性的最高級床。」又如所謂「牛小偷」的說法:自然生出來的東西,是大家的,像橘子樹是自己長在那裡的,所以誰都可以摘;水牛因為吃了人家撒了種、種的菜,所以是小偷,而做了壞事情,當然要受懲罰(被系在由加利樹三天)。原住民就是遵循著這樣一套與現代社會的法律十分不同的道德規範的,可說十分單純而又合理。但即使是這些優點的描寫,往往也同時呈現了原住民社會的低級、落後、停滯不前。作者常描寫原住民對於病痛的某種超常規的抵抗力和快速痊癒的能力。如某「高砂族」人被致命的百步蛇咬傷,而醫生又缺少特效的血清,按理病人希望渺茫;但由於他們「比日本人具有較強的毒蛇抵抗力」,奇跡般很快好轉起來。難產的婦女第二天就能出來勞動,令作者感佩:「他們根本不需要醫生什麼的。」作者回憶起在中國大陸服役時,也曾有一老人做手關節切除術,沒有止痛藥照樣一夜睡得很好。作者驚歎:「那樣的奇跡竟然遠在臺灣的山中又發生了。」

這些事例也許體現了原住民生命力強韌的優點,但作者傾向於將它解釋為原始落後、文明未開民族的一種特殊的種族活力。而這一主題,在西方殖民作家筆下,並不少見。中國(或東方)民族生存能力強的說法,甚至是鼓噪一時的「黃禍論」發生的原因或論據之一。19世紀末美國傳教士明恩溥在其著名的《中國人的素質》一書中,曾試圖比較中國人的「神經」與西方人的不同,並以「缺乏神經」(「完全不受神經控制」)來解釋中國人的超乎尋常的抗痛耐勞能力〔7〕。稍後於1911年前來中國旅行的美國社會學家E.A・羅斯記述了教會醫生

們的看法：中國人具有驚人的康復能力，在同樣情形下，任何一個歐洲人都無疑地會走向死亡，而中國人卻能生存下來。羅斯由此斷定，中國人具有「特殊的種族活力」，這是由於對不適於生存者的漫長的、嚴酷的淘汰，並由此獲得了特殊的「對傳染病的抵禦能力和對不衛生的生活條件的忍受能力。」「缺乏神經」之說已溶於美國人觀念的血液之中。在1929年出版的《兒童的種族觀念》一書中，布魯諾·拉斯克引述了某一個來自中國的侏儒令人難以置信的吸食酒精的能力，並闡述道：

作為在擁擠和脅迫中生活了幾千年的一個人種，中國人看起來好像喪失了神經。他會一整天站在一個地方而看不出有絲毫的苦惱；他在最不衛生的環境中茁壯成長；極度的擁擠和糟糕的空氣對他來說好像什麼都不是；當他要睡覺，或甚至當他生病時，他也不要求安靜；他會在至高無上的自我滿足中餓死〔8〕。

值得注意的，中國人的諸如此類的「特長」，卻成了西方人無法與中國人進行正常的生存競爭，中國因此成為美國、歐洲的威脅的「黃禍論」的口實。這樣，表面看來的優點，其實也仍舊是缺點，甚至是致命的缺點。可以看到，芹田騎郎對於原住民的超強抗病能力的描寫，與西方殖民文學中的中國形象如出一轍，同樣包含著深沉的殖民意味。

殖民者文學中對於土著民族（或稱原住民）的落後、停滯等種種缺陷的描寫，其最終目的在於證明其殖民佔領的合理性——其占領帶有救世的目的，是為了用先進的科學和文明對落後的殖民地加以改造，促使其向現代文明社會轉化。這一「救世主」心態，《由加利樹林裡》表現得十分明顯。

比如，殖民當局嚴格限制族人狩獵，其理由是：「若讓他們自由去打獵，他們就會拋棄農耕及其他的勞務。所以狩獵必須取得駐在所的許可。」部落族人怠惰成性，有酗酒癖好，「要是駐在所不加以干涉的話，他們一喝就連喝七天或十天。」為了強調其殖民佔領的合理性和必要性，作者不惜對真正與原住民為兄弟民族的平地漢人加以貶損，也為日本在臺灣殖民統治的結束表示惋惜。部落女性因頹廢和無知而感染性病，他感歎道：「有誰能伸出強有力的援手？但恨敗戰之身，有何力量？」一個月裡似乎已有3個病人因喝了漢藥而死，作者表示「恨透

那些賣藥商人」，也覺得「無知的高砂們天真地相信人家所講的話，是可憐、無辜的」，並為「已經喪失實權的我們，已無法取締（漢藥）了」而神傷。殖民政權終結後，不時可聽到「現在可以隨時喝酒了」、「可以不要工作了」等議論，作者認為：他們怠惰的本性又開始抬頭了——「看了他們昏濁的眼睛，令人擔心過去辛苦開拓出來的五十公頃良田，以及這美麗的桃源世界，不久將會被狡猾的平地人占為己有」；「付出莫大犧牲，好不容易才把他們引導到這地步，可是眼看不久即將……想至此，心中頓覺暗淡而厭惡起來。」作者這裡不僅沒有改變其「救世主」心態，甚且直接為殖民政權的垮臺喊冤叫屈了。

　　小說的《後記》可說更直截了當地將其「殖民有功」的論調表白得淋漓盡致。赴任時曾受前輩告誡：要以上對下的命令式、訓諭式口氣對「高砂族」言行加以教導，當時對此有點反感，但到任之後，看到「高砂族」不衛生的風俗習慣和對饑饉、病疫的毫無防備狀態，「我才瞭解為什麼前輩們非那樣做不可的道理。」作者繼續寫道：

對於生活智慧低淺、不知懷疑別人的他們，要怎樣才能早一天引導他們與現代社會人為伍呢？

當時的總督府的要務是，首先讓他們具備現代人的感覺與理性和生活智慧。

其做法是在「蕃地」與「平地」之間，設置境界線；換言之，就是把老虎關入檻裡，施以特殊訓練。

檻中的老虎有出草的毛病，時時會吃掉教師、員警及其家屬的頭顱。日本人付出寶貴的犧牲，那惡習才漸漸消除。

50年教育的成果已呈現出來了。正要再進一步的當兒，便遇到敗戰的一大悲劇。

偶爾傳來臺灣的消息，高砂們的情況絕不能說是幸福的。聽說無法同化於中國人的高砂們不斷逃入內山（中央山脈）去了。

日本的敗戰造成了他們另一場悲劇的開始吧。

　　讀到這裡，芹田騎郎的殖民主義意識，其實已是昭然若揭了。

四

　　芹田騎郎在小說中反復描寫他作為一名日本殖民當局派出的醫官，秉持著從病魔中解救高砂族的「高邁的精神」，拋棄一切迢迢來到此地，工作認真負責，依靠知識和技術帶給族人諸多恩惠，所以深得原住民的愛戴。「如今周圍都是一群赤子之心的人們，彼此真心交往，生活雖有諸多不便，但是何等美麗、快樂呀」！作者鶴立雞群，周圍環繞著愚呆然而淳樸的人們，難免衍生出魯濱遜對於「星期五」一般的高等主人的優越感和無限的愜意。這或許也是芹田騎郎「臺灣之愛」產生的原因之一。

　　不過，這種被殖民者對於殖民者的愛戴有多少成分是真的，有多少成分是作者的「想像」，值得認真甄別。作者有時難免要露出馬腳。《憶臺灣》的一條附注中，作者對在大陸戰地所謂「宣撫醫療」加以說明，寫道：「上午於前線步兵部隊的醫務室工作完了之後，便外出營地，為當地居民診察醫療。即使作戰勤務中，也要抽空替當地人民治病，是謂『宣撫醫療』。後因八路軍懸賞一萬五千元要活捉我，上級認為危險，才把我調至陸軍醫院服務。」看來為佔領地平民治病，芹田騎郎並非第一次，作者或許也將此當做自己「高邁」人道精神的體現。然而，被「宣撫醫療」者似乎並不領情。八路軍的懸巨賞通緝捉拿，說明中國人是將他視為危害極大、不可饒恕的危險敵人的。自己是精神高尚的施恩者，受惠者必然感恩戴德的想法，其實只不過是芹田騎郎自己一廂情願的想像而已。

　　另一處更大的馬腳，在於小說開頭作者和家人入山時，半路上妻子忽然叮囑道：「那個叫君子的女人看來屁股很輕。你可要注意呀！」作者由此寫道：「高砂族女性愛慕內地人（按：指日本人）的男性而發生戀愛，便是過去霧社事件（1930年）的肇因。有過這一痛苦經驗的警憲，或許在入山之前就通告妻子要好好監視丈夫的吧？」然而，所謂「高砂族女性愛慕內地人的男性而發生戀愛」，顯然也只是日本人的自作多情，更不會是霧社事件的肇因。小說故事發生的場景與霧社十分接近，描寫的對象主要是布農和泰雅族人。很難想像在霧社起義中表現得如此頑強、勇猛、剽悍、不屈不撓的泰雅人，會忽然變得對殖民入侵

者那麼溫順、友好。這裡,不妨將日本作者和臺灣原住民作者筆下的族人形象作一比較,何者為真,何者為假,不難分曉。

芹田騎郎筆下的原住民形象,除了自身的無知、骯髒、怠惰等品性之外,對於給他們帶來文明、健康、進步的日本人,則有著親密的關係和感恩的心情。如愛好音樂的高村警丁,就因著洞簫和口琴,和作者之間「超越了民族的差異,感到靈魂一天天地融合起來。」作者被遣送回國,離開武界社的那一天,「高砂們」都依依不捨。高山頭目兩手著地,流著眼淚送別,甚至宣稱:「公醫先生回日本之後,我就割下支那人首級,替您報仇!」君子護士則為以後「沒有人教我們唱歌,教我們做事了」而傷心。

在原住民作家筆下的原住民,則是另一番景象。泰雅族田敏忠(遊霸士・撓給赫)的小說集《天狗部落之歌》〔9〕,其封底有這樣的文字:「泰雅族,臺灣原住民中最驍勇善戰的族群;為標誌成長,咬牙吞食鯨面的痛苦;為安慰祖靈、祈求豐收,勇敢巡獵、出草馘首;為族群尊嚴、部落生存,擎槍持弓,膽敢襲擊武器精良的日本軍警。這就是泰雅的獵人們,猶如臺灣森林裡迅捷飛奔的雲豹。」驍勇剽悍、頑強不屈作為作者意識到並深感驕傲和自豪的性格,成為貫穿整本小說集的主旋律,被反覆地加以彈奏。如《大霸風雲》講述了一個反抗日本侵略者的最為悲壯的故事。執行總督府「五年理番計畫」的日軍,在趕盡殺絕、永絕後患的指令下,以大炮機槍襲擊福彎巴拉社,包括婦孺老人在內的村人,幾被斬盡殺絕。但在廢墟中,走出了倖存的伊凡・布熱那。他那偉壯的武士氣勢,引來狂熱的日本軍官與之決鬥。在殺死兩名日軍官後,終因寡不敵眾被擒。敵人將他雙臂平綁於二米長木棍上成「大」字型,押解往臺北。在通過一處懸崖時,布熱那趁敵不備,用綁他的木棍橫掃十數名日軍掉入懸崖,自己也跳崖自殺,譜寫了一曲與敵同歸於盡的壯歌。

雖然泰雅人以剽悍勇猛為尚,但無論殺敵人或是殺野獸,都是為了族群生存的權利,常是生存受到了威脅時的反制,或是先受害而後的復仇,「勇敢」也因此才成為最受族人尊重的美德,而絕非「野蠻」所能指稱。如《斷層山》中眾所公認的勇士洗雅特・比浩,其弟弟和兩代單傳的16歲獨生子,在挑米的途中被

日軍殘忍殺害並馘首拋屍野外。洗雅特・比浩不同於其妻的悲痛發瘋，而是選擇了單槍匹馬、尾追兇手、以血還血的復仇。經過幾場浴血奮戰，幾乎殺光了一隊20人的日軍。

作者擅長用文字展現視覺圖像的技能，使他能賦予其筆下的泰雅族英雄們令人難以忘懷的形象。如伊凡・布熱那：「這位泰雅爾武士一臉陰險冷漠得像他正對面的大霸山山壁上那硬邦邦的花崗岩，從深陷到腦殼裡的眼眶中，射出紅色晶亮的兇光，他除開掛一條麻布褲襠遮住下部、腰上系一把又彎又長、磨得晶亮的番刀之外，就沒有旁的衣物……他全身披掛著一塊塊牛筋似的腱子肉，那兩條粗大的臂膀，仿佛有流不完的油脂和汗水，在早晨明亮的陽光照射下，閃閃發出晶光，亮得人無法瞪眼直視。」此外，作者時常通過富有原住民特色的裝束來增強描寫效果，或以獨特的山勢景色，使之和人物造型相配合，構成一幅幅雄偉壯觀的圖畫：「晨光曦微中，代木・如固勒一派勁裝打扮出現了。他頭戴熊皮帽，帽頂的半月形白色黑熊胸口絨毛尖端還沾著露珠……他左手常抓住左腰上系著的番刀刀柄，左胳臂下顯露出他精心磨利得亮晃晃的刀面；他右手擎一支長統獵槍，晶亮的槍機部位和紅棕色的木制護木，正與他身上穿著的長袖筒衣下款裝飾的正黃、大紅、正綠、鮮橙等最純粹、最剽悍的顏色，匯成一股股波濤萬狀的光影幻象。」「他們站起來出發的時候，第一線陽光正從大霸尖山頂上射下，頓時，山林中霞光萬道，在灰濛濛的霧氣及深山紅葉的餘暉中，照得山林像火燒山一樣，把部落染成一片血紅。」這樣的形象，和芹田騎郎筆下那在日本人面前雙手著地、淚流滿面，口口聲聲要殺支那人的高山頭目形象，其間何止天壤之別！

五

由上述可知，《由加利樹林裡》是一部充滿殖民意味和色彩的小說。這對於一位元被派往山地服務的日本普通醫生而言，也許是無意的，是其既定「身份」的一種下意識流露。而張良澤為之大力張揚，卻是有意的，煞費苦心的。無可否認，芹田騎郎的這篇小說文筆優美，筆端帶有感情，對於原住民的生活有著較為

細密的觀察，如果將它當作一般的原住民生活資料來讀，還是有一定價值的，儘管這種價值因作者的殖民意識導致的描寫失真而減損不少。問題在於張良澤看重的也許不是這些。本書的《編後記》（寫於1999年4月10日）中，張良澤將芹田騎郎和日據時代在台日人「文藝總管」、殖民文學的總代表西川滿相提並論，稱西川滿為「臺灣文學的大恩人」，寄望於芹田騎郎對臺灣文化做出新的貢獻，不能不讓人覺得此次他對芹田騎郎的發掘和張揚，和前幾年他為西川滿翻案，其目的都是一樣的。《編後記》中另有一段話頗耐人尋味。他寫道：

近年來得以返國效勞，雖頻繁來往於台、日兩地，但每次歸鄉便徒增鄉愁一縷。不知何故，總覺故鄉愈離愈遠。

可是當我目觸這兩位異國畫家（另一位是作有《臺灣畫冊》的立石鐵臣——引者按）的臺灣懷想圖時，便有一種投回故鄉懷抱、依偎母親身旁的感覺。啊！這才是我真正的故鄉呀！

　　這真是十分奇怪的感覺！張良澤回到現實的臺灣，卻「總覺故鄉愈離愈遠」，而看到兩位日本畫家以日據時代的臺灣為題材的圖畫作品時，才有一種「投回故鄉懷抱、依偎母親身旁的感覺。」原來，張良澤是將日本統治下的臺灣當作自己「真正的故鄉」，而日本人被趕走後的臺灣，則無法喚起他故鄉的感覺。如此強烈的日本崇拜，當前臺灣社會上的「哈日風」，都要望塵莫及。日本人的50年統治有功於臺灣，帶給臺灣現代化的進步，而中國大陸來客才是帶給臺灣苦難的真正殖民統治者——芹田騎郎小說中講述的此類「臺詞」或流露出來的「潛臺詞」，正是張良澤一拍即合的心裡話，也是他要灌輸進臺灣民眾心裡的話。這或許是張良澤對芹田騎郎的這篇小說產生如此之大的興趣的主要原因。或者說，這已成為他近年來包括鼓吹「皇民文學合理論」在內的一系列親日仇華、「去中國化」文化活動的重要一環，值得吾人加以關注和警覺。

　　（原載於《臺灣研究集刊》2003年第1期）

　　注釋：

　　〔1〕張良澤：《尋寶記》，《由加利樹林裡》，臺北，前衛出版社2000年出版，第171頁。

〔2〕芹田騎郎著、張良澤編譯：《由加利樹林裡》，同注〔1〕第163頁、第7頁。

〔3〕朱雙一：《西川滿殖民文學的後殖民解讀》，《華文文學》2002年第1期。

〔4〕島田謹二：《臺灣文學的過去、現在和未來》，原載《文藝臺灣》第2卷第2號，1941年5月；中譯見《文學臺灣》第22、23期，高雄，1997年6、7月。

〔5〕瓦歷斯・諾幹：《由加利樹林與「蕃人」——後殖民試讀》，臺灣師範大學國文系編：《解嚴以來臺灣文學國際學術研討會論文集》，萬卷樓圖書公司2000年9月出版，第526頁。

〔6〕雖然小說的第一人稱主角另有化名，但作者明確表白，此乃「懷念臺灣之餘，把山地公醫診療所的服務日誌作為自我史的一頁而寫成小說式的原稿。」為論述的方便，本文逕稱「作者。」

〔7〕〔美〕明恩溥：《中國人的素質》，秦悅譯，學林出版社1999年版，第79-81頁。

〔8〕哈樂德・伊薩克斯：《美國的中國形象》，於殿利等譯，時事出版社1999年版，第134-135頁。

〔9〕田敏忠（遊霸士・撓給赫）：《天狗部落之歌》，台中，晨星出版社1998年版。

早期海峽兩岸新文學交流的又一佳話——楊逵小說《蕃仔雞》的最早中文譯本

朱雙一

臺灣新文學早期重要作家楊逵的代表作《送報夫》於1935年由胡風譯為中文，刊於上海《世界知識》第2卷第6號上，次年又先後收入上海文化生活出版社出版的《山靈（朝鮮臺灣短篇小說集）》及生活書店出版的《弱小民族小說集》，成為早年海峽兩岸新文學交流的一段佳話，這是人們熟知的事。但楊逵發表於日本《文學案內》1936年6月號的另一短篇小說《蕃仔雞》，也早於1940年代初就被譯成中文刊載於在桂林出版的《文學譯報》創刊號上，則鮮為人知。在1998年6月《楊逵全集·小說卷（一）》出版之前，楊逵的這篇日文小說在臺灣一直未見中文譯本刊出。全集中該篇譯文的末尾加注說明：「楊逵手稿資料中有《蕃雞仔》之中文譯稿，譯者為蕭甯，從未發表過。」由此可知，這篇小說的大陸譯本比臺灣譯本的正式刊出，整整早了56年。

《文學譯報》由幾位翻譯工作者於1942年5月1日在桂林創刊，發行人夏雪清，編輯有蔣璐、伍孟昌、秦似、莊壽慈等。原為月刊，出二期後改為不定時出版，至八期後停刊。創刊號上的《創刊的幾句話》，表明其辦刊「計畫」：在內容方面，不是籠統的不拘時代，一律歡迎，而是希望著重於現代寫實作品的紹介，古典和浪漫作品是次要的；以為在中國愈不為讀者熟悉的作家，就愈需要介紹，只要他有一得之長，是值得讀的作品。偏重寫實主義的該刊不憚於發表左翼革命文學作品，如第1卷第4期上，有胡明樹所譯日本革命作家小林多喜二的

《為了市民之故》。

楊逵《蕃仔雞》描寫一鐵工廠工人明達，其妻素珠受雇於一日本人開的餅店，即所謂「蕃仔雞」（意指日本人的下女、傭人），長期受日本老闆欺淩侮辱，所懷孩子其實來自老闆，丈夫卻對此一無所知。為此妻子與丈夫定下一個月後即辭去女傭工作的協定，期盼著早日脫離苦海。然而就在協定期滿的前3天，丈夫所在工廠宣佈進入半停工狀態，這意味著收入銳減，妻子仍得繼續工作，忍受老闆的欺淩。妻子在前景陰暗渺茫的情況下含恨自殺。小說不僅觸及民族壓迫問題，也觸及階級剝削的問題，呈現楊逵作品左翼文學的一貫特色。

《文學譯報》上《蕃仔雞》的譯者就是上面提到的胡明樹。胡明樹（1914-1977）是中國現代作家、詩人兼文學翻譯家，原名徐善源，廣西桂平人，中學時就開始文藝創作。1934年在日本東京法政大學學文學，結識了日本左翼文藝理論家藏原惟人等，為《赤旗》等刊物寫詩。1937年8月回國，曾在國民革命軍陸軍第31軍政治部任日文幹事，創辦《詩月刊》。抗戰勝利後在香港從事寫作，作品發表於《華商報》等。1950年以後則長期在廣西文聯工作，曾任廣西文聯副主席；參加「民主促進會」，曾為該會廣西副主委、中央候補委員。著有長篇小說、詩歌、散文、兒童文學等書籍多種。

留學日本的胡明樹自然熟諳日語。胡風翻譯當時同為日本殖民地的朝鮮和臺灣的作家張赫宙、楊逵、呂赫若等的小說並結集出版，此舉似乎給胡明樹頗大的觸動和深刻的印象。對於朝鮮、臺灣人民的處境、鬥爭及其文學作品的關注，成為抗戰時期胡明樹的一個顯著特點。如他於1939年出版的一部詩集，即以《朝鮮婦》命名。中、朝人民同受日本帝國主義侵略、奴役的命運，是他關注、同情朝鮮的重要原因。他曾在共產黨人創辦的桂林《救亡日報》上發表《從歷史和文學看朝鮮》（1939年2月5日第4版）一文，指出：「中、韓兩民族在他（指日本——引者按）的眼裡，應該是低劣的不平等的，所以日本鬼就特別的輕視我們，無論什麼場合都把我們置於奴化的死地。」他對朝鮮歷史和文學中表現出的革命鬥爭精神和倔強沉著的民族性格加以讚賞，並認為朝鮮人民反抗殖民統治的鬥爭和中國的抗戰有著極為密切的關係。胡明樹對朝鮮人民懷抱著深切同情和關注，

對被日寇霸佔的祖國寶島臺灣及生活島上同祖同宗的臺灣同胞,更是如此。因此他將其目光投向臺灣,翻譯其具有強烈抗爭性的文學作品,是一點都不必感到奇怪的。

　　值得注意的是,胡明樹與臺灣文學的緣分,並非自翻譯《蕃仔雞》才開始。在光復初期《臺灣新生報》「橋」副刊上發生的臺灣文學問題論爭中,有歐陽明的《臺灣新文學的建設》一文,在回顧臺灣新文學發展歷程時寫道:「楊逵的送報夫、呂赫若的牛車、楊華的薄命等短篇小說,曾經轟動過去臺灣文壇,獲得日本文學評論界盛大的讚譽,也受祖國文學界頗為重視,於抗戰前經胡風譯成中文……」,與此同時,「楊貴(即楊逵——引者按)主編的《臺灣新文學雜誌》,經常有楊逵、呂赫若、朱點人、吳濁流、楊華……等作家的文學創作,有時亦刊載祖國名作家魯迅、郭沫若、郁達夫、新詩人胡明樹等的作品。」據此翻查1981年東方文化書局影印出版的《新文學雜誌叢刊》(《景印中國期刊50種》之一)中的《臺灣新文學》雜誌(缺第2卷第3號),卻未見胡明樹的作品。不過,在明潭出版社1979年出版的《日據下臺灣新文學明集4‧詩選集》中,卻收錄了胡明樹的一首詩,題為《笑》,標明原載於1937年3月6日出版的《臺灣新文學》第2卷第3號上。全詩如下:

在少女的

圓圓的臉頰上

(那是新人類的臉頰呵)

一層層地

堆上了青春的

歡樂的勝利的笑——

青春的歡樂的

勝利的希望的笑呀!

在少女的

圓圓的胸脯

（那是新人類的胸脯呵）

怦怦地

怦怦地蠢動了——

依著那碩大的水雷廠的節拍

看哪！

那是新人類的笑

青春的歡樂的勝利的笑！

誰不愛這笑呢？

有呵——那就是

歐洲的老太婆的

淫蕩的笑

在妒視著她……

　　這首詩也許說不上是什麼傑作，雖然洋溢著對青春、勝利、未來的嚮往和讚詠，卻也顯露出力揚在評說《朝鮮婦》（書評文見1939年的桂林《救亡日報》）時所指出的其語彙不新鮮和缺乏錘煉等缺陷。但它畢竟是一位大陸詩人在日據時期的臺灣文學刊物上直接發表的作品，說明了作者與臺灣文壇較密切的聯繫。與胡風只是單向地將臺灣文學作品引進大陸有所不同，胡明樹即將楊逵的日文作品譯成中文，刊登於大陸的雜誌上，而在此之前又早就把自己的作品直接投於楊逵創辦的臺灣文學刊物上。如果注意到這首詩發表時，胡明樹尚在日本，可以推想胡明樹可能與當時另一位元直接發表作品於臺灣文學刊物的詩人雷石榆相似，在日本就認識和交好於楊逵等臺灣作家。作為一名中國文學青年，他關注著祖國的寶島臺灣，知道在那裡有一群自己的同胞兄弟，正在異族統治的艱難處境下，頑強地生活著，並通過自己的筆，表達對日本殖民統治的憤懣和抗議。他和他們心靈相通，將他們引為同道，既願意加入他們的創作行列，也樂於將他們介

紹給大陸的同胞。

　　更應指出的，海峽兩岸新文學交流的開展，是雙方作家共同努力的結果。大陸作家將《送報夫》、《蕃仔雞》等臺灣文學作品介紹到大陸，而楊逵等臺灣作家也始終如一地抱持著聯繫祖國大陸文壇的殷切願望，將祖國新文學作為自己創作的源泉和榜樣，將來自祖國的作家當作自己的朋友和戰友。像1920年代《臺灣民報》大量轉載魯迅、胡適等大陸新文學作家作品，1936年魯迅逝世時楊逵主編的《臺灣新文學》發表悼念魯迅的文章，光復初期楊逵、賴明弘等與範泉的密切交往，楊逵、謝雪紅等與一批大陸赴台年輕作者在台中《和平日報》的緊密合作，楊逵、藍明谷等翻譯魯迅《阿Q正傳》、《故鄉》，乃至楊逵在論爭中明確指出：「臺灣文學是中國文學的一環，當然不能對立」（《臺灣文學問答》）……這樣的例子不勝枚舉。因此，胡明樹的詩作在《臺灣新文學》發表和他翻譯楊逵《蕃仔雞》在大陸刊物登載，並非偶然。它與魯迅會見張我軍、郭沫若為《毋忘臺灣》一書作序、郁達夫臺灣之行、胡風譯介臺灣文學作品等一樣，都體現了兩岸新文學作家血濃於水的同胞感情，堪稱中國新文學初期兩岸交流的又一段佳話。

　　（原載於《文藝報》2002年9月17日）

趨向祖國認同的心路歷程——朱天順早年的文學創作

朱雙一

朱天順教授是臺灣省基隆市人，出生於1919年，8歲時進入基隆第一公學校讀書，14歲就到台陽礦業株式會社當工友、見習職員，並在夜校繼續念書。1939年12月剛滿20歲時入伍，來到祖國大陸，先在日軍40師團當翻譯，卻於1940年10月轉而投身抗日救國革命運動，在敵區從事地下工作，1942年1月在武漢地區參加新四軍，1943年11月加入中國共產黨。1946年6月中原突圍，隨359旅到了革命聖地延安，受到毛主席和朱總司令的親切接見。隨後在延安中央黨校學習，並參加陝北土改運動，擔任華北軍政大學臺灣隊政治教員。新中國成立後，先於上海市工作，後調至福建省委臺灣工作委員會，1952年到廈大。1953年至1956年為北大哲學系研究生，畢業後長期在廈大工作。改革開放後，曾任廈門大學臺灣研究所所長，並先後兼任全國政協委員、福建省政協常委、全國台聯副會長、福建省台聯會長等職。

有誰知道，青年時代的朱天順是一位文學愛好者，甚至是小有名氣的詩人！而他頻頻發表詩歌、小說、散文的1938年7月至1940年10月，正是他由一位元企業的底層職員，入伍當兵來到祖國大陸，卻在短短10個月的時間裡，由日軍翻譯幡然轉變為一名義無反顧的抗日戰士的傳奇經歷的時期，因此這些作品堪稱血管裡流著中國人血液的臺灣同胞，採取不同方式突破異族殖民統治的沉重拘囿，恢復和實現其固有民族身份的曲折經歷的一個見證。

這些作品都發表於文藝雜誌《風月報》上，包括：新詩作品《給「女給」們》（第68期，1938年7月15日）、《我是籠牢裡的小鳥》（第72期，1938年9月15日）、《你給我明白吧》（第80期，1939年2月15日）、《青年的心》（第89期，1939年7月7日）、《搖籃歌》（第91/92期，1939年8月15日）、《月夜》（第101期，1940年1月15日）、《大地》（第102期，1940年2月1日）、《給放棄羊兒的牧童》（第103期，1940年2月17日）、《冬》（第104期，1940年3月4日）、《苦悶》（第105期，1940年3月15日）、《戰地詩抄》（第109/110期，1940年6月1日），散文或小說作品《失戀》（第87期，1939年6月1日）、《霧夜》（第98期，1939年11月1日），戰地報告《遊擊隊》（第118期，1940年10月1日）。其中《戰地詩抄》中的《問鷗》一詩注明1939年12月9日寫於赴滬輪船中，可知這是朱天順前往祖國大陸的確切時間，而自《大地》之後發表的作品，亦都寫於大陸。上述作品都是漢文作品，從小進入公學校習日語的年輕作者，卻堅持用不甚流利和規範的中文來寫作，這一選擇本身就頗耐人尋味。

《風月報》的前身為《風月》，創刊於1935年5月9日，初采文言，多刊載傳統詩文，第45期起改名《風月報》，第50期後改用白話文，1941年7月又更名《南方》。該刊既以「風月」為名，自稱「是茶餘飯後的消遣品，是文人墨客的遊戲場」，不避風花雪月之作，常刊登藝旦、「女給」的風流韻事，明確宣稱：「若批評時事，議論政治，超越文藝範圍者，概不揭載，原稿廢棄」，其實還是難免一些所謂「順應國策」的言論和舉動，這也許是它成為當時臺灣漢文被禁後碩果僅存的一份中文綜合文藝雜誌的原因。然而也正因為是僅有的中文綜合文藝雜誌，無形中為不願或無法放棄漢文寫作的臺灣作家們提供了一塊園地。因此該刊呈現出某種複雜性，時時可見其也有嚴肅的一面，並非單純的風花雪月所能涵括。如第114期上葉紹尹《祝風月報發刊三周年紀念》一文稱：

追溯改隸而後，滄桑以來，文武衣冠異矣，斯文亦掃地矣。凡有心於世道者，莫不感慨系之。不料於臺北……竟有名士出身者，居然把孔孟之道德，負責在身。邀集主事及編修者，費盡萬端精神心血，刻苦耐勞，創刊風月報成功。每月朔望二回發行，早已風行海內，四民鹹仰。其趣旨尚為維持風雅，及日華文

化,親善提攜,真堪謂有東亞新秩序建設之一助也,將來一大觀也。即先覺後覺,俱皆讚歎。從來報中刊載,盡是東西學識,無論長篇小說,俱有含喚醒一般,自勝晨鐘一杵。附記詩壇,亦可興可觀可群可怨。所謂文章報國,豈曰小補之哉……

其中雖也有對所謂「日華親善」等的頌詞,但更多的是流露對於日本據台的耿耿難平的心緒,以及對於中國傳統文化的崇仰追慕之情。這才會有「文武衣冠異矣」、「莫不感慨系之」、「把孔孟之道德,負責在身」、「亦可興可觀可群可怨」等語。這段話或可視為《風月報》之複雜性的典型寫照。即如多年主持《風月報》編務的吳漫沙,平時的刊前編後不無呼應(或敷衍)「國策」之語,但其連載後又出版單行本的小說《桃花江》,卻被日本殖民當局指其內容有煽動反日、隱喻中國要來臺重建臺灣的嫌疑,而遭全數沒收,作者被逮捕訊問,也是一個例子。對《風月報》的基本情況有所瞭解後,我們就可對朱天順的早期作品做些分析了。

首先,這些作品呈現得最為鮮明的,是一個遭受欺壓、困囿而極端苦悶、悲鬱的抒情主人公形象;這位悲憤青年並不甘心任人宰割,而是力圖衝破這囚人的牢籠,飛向自由、幸福的天地。如《我是籠牢裡的小鳥》寫道:

我是籠牢裡的小鳥

我是為一塊餌被擒捉的

在這狹小的籠牢裡

那不自由的銳刀、不斷底割著我的弱小心胞流血

那食不慣的汙(汙)穢東西使我日日枯庾

可是極惡的人間們,把我視為玩具侮視

看我在籠牢裡流淚和著急的情態在地(正在)高興

聽我在籠牢裡歎息和悲哭在地(正在)心樂

啊!他們是多麼可惡

作者嚮往著「那廣大的天空是我們的自由世界」,「那青青的山峰和碧綠的樹是我們的樂園」,雖然「在這籠牢裡嘗盡了萬般的痛苦」,並曾決定「要自斷如蟬翅的生命,永卻著痛苦」,但是想到了身上的使命也就不能死了:「我已經知透了他們所張的鬼計/我若不沖出了籠牢外、將他們所張的鬼計告訴了我的兄弟們/我們定不能脫了他們的欺侮/噫!我的使命是多麼大呀!」詩的最後寫道:

隨(雖)然被監禁在這鐵般的籠牢裡

但是我還不失望

我信「成功」是從努力中得來的結果

我要忍耐和努力

我信我有能得跳出籠牢外的一天

我信我有達到了完果的一目(日)

噫!運命之神呀!你給我一點成功吧!

詩中所謂「鐵般的籠牢」顯然指日本的殖民統治,而作者擔心「我的弟兄們」同樣陷入敵人的「鬼計」之中,而意識到自己肩負的使命,決心加倍地忍耐和努力,期待著擺脫欺侮,跳出牢籠的一天。

朱天順還有直接以「苦悶」為題的詩作,更具哲學意味。作者因發現「自己的存在」和「生活上生出了一種的變形」,乃覺得人生的空洞,為此尋找科學、宗教、哲學求得解答,卻更陷入迷惑之中,於是彷徨、疲倦、失望。此外,朱天順還有若干詩作和短文寫「失戀」,而「失戀」顯然也寄託著苦悶、悲鬱的心情,以及對純潔、真誠感情的追求和嚮往。

其二,朱天順的作品充滿對於被壓迫、被侮辱的底層民眾的深厚的同情。這主要表現在幾篇以「女給」為寫作物件的作品中。如前述,藝旦、女給是《風月報》的常見題材,但大多作品寫其風流韻事,既無社會意義,更有侮辱女性、以風塵女子的痛苦來消遣、甚至滿足追逐聲色的齷齪心理的嫌疑。而朱天順卻反其

道而行之。在《給「女給」們》一詩中，作者首先表達了對於「女給」的理解和同情：「你們投入燈紅酒綠的光彩裡／誰都瞭解你們是被環境的壓迫／你們是為家庭的生存而使然／誰不稱讚你們」；同時也對「女給」們提出勸誡，希望她們「自重」，不要「為一時的快樂失卻了純真的性情」，不要「為一時的虛華去掉了向上的心思」，因為這樣將使她們的將來「受到莫大的挫折。」作者強烈地希望「女給」們——

抱著堅強的意志

掃盡了醜惡的一切

把善良的種子埋下在青春的田園

最後你們才會收到幸福的果子！

《霧夜》似乎是朱天順唯一的一篇小說作品。小說人物是一對男女青年，女的是「女給」，男的則是富家子弟，兩人曾熱烈相戀而定下終身，然而男青年終於在社會偏見的壓力下退卻了。女青年勇敢地質問道：「我不相信，女給和一般的女子有什麼差異呢？女給不是一個女子麼？怎麼和女給結婚，會壞名譽呢？」「我們的愛，是神聖的愛，精神上與及肉體上都是純潔，兩人相愛來結合，這是正當的，怎麼社會這樣無理解！」男青年則辯解道：「社會所認識你們的印象都是很壞的，而且我是在社會的上流行踏的人，假使我若和你結婚，必定會受社會批評，禁不住人家的惡嘲」「你，你不要迫我吧？當時我也曾想過，若是為你，雖是財產，名譽都願放棄，不料它們的魔力有這麼大，我自己都不知道到這個時候會變得這樣軟弱！」最後走到十字路口，女青年毅然分道揚鑣，留下男青年茫然站立於夜霧中。小說批判了當時社會對於女性、特別是淪落於社會底層的風塵女子的歧視和偏見，同時也表達了對於受侮辱、受壓迫的人們的深厚同情。

值得指出的，這一主題的出現，和作者出身於貧窮工人家庭，在14歲時就須輟學到工廠當工友的經歷和處境有關；而這種同情貧弱的階級感情，也為他後來走上革命道路埋下伏筆。

其三，朱天順的部分作品表現了破舊立新、努力上進的意願，傾吐了對於美

好理想和良善人格的追求。這在主要刊登風花雪月的《風月報》中,有如閃閃發光的亮點。如《青年的心》一詩寫道:

像鋼般被打不碎,

像水般碎後會再結合,

這就是青年的心兒。

青年的心兒,刻刻都有理想的熱火地(在)燃燒,

都有向上的熱血地(在)沸騰,

理想的熱火會燒盡我們身上一切的污穢,

向上的熱血會釀出勇氣和新鮮的毅力給我們,

臺灣的青年們呀!

請你看看你抱著的心兒是青年的心兒不是,

若是青年的心兒,就不愧為人了!

若不是青年的心兒,請你用些精神來造成吧?

此外,朱天順不少表達對於真摯愛情、高尚人生、純潔人格的不懈追求的作品,如《你給我明白吧》等,也可歸入此類。

其四,朱天順前往大陸後寄回《風月報》發表的作品,透露了作者的大陸觀感以及思想感情發展變化的若干痕跡,值得加以特別的討論。

《戰地詩抄》中的《問鷗》一首,寫於1939年12月9日前往上海的輪船中,顯然是朱天順大陸詩作的首篇。作者看到無沿無際、狂濤怒吼的海洋上,有幾隻寒鷗在飛舞,於是發出問語:鷗兒啊,鷗兒!何處是你的家鄉?這顯然是一首鄉愁詩,而《戰地詩抄》中的《夢》一首,同樣寫鄉愁。「我」在從玻璃窗射進來的月光下,夢想著越過千重的山,萬重的海,「跑到我的家裡/跑到愛人的身邊。」對於一位首次遠離家鄉的20歲青年,產生這樣的鄉愁應是十分真實的。

緊接著對朱天順產生觸動的,是大陸的不同於臺灣的一些景觀。時當隆冬,

「寒冷」似乎給來自亞熱帶島嶼的作者極深的印象,在《戰地詩抄》中有《下雪》一首,而寫於南京的《冬》一詩,以「個個鼻子吐著霧也似的白煙」,「壺裡的水,凍結的(得)和玻璃一樣」,大地鋪滿白霜,一陣北風吹來,「呆呆站在庭前的少年,忽然打了一個冷顫」等幾個意象,將寒冬景觀生動呈現。然而給作者更大震撼的,似乎是祖國大陸那一望無際的遼闊幅員,並由此極大地開闊了作者的視野和心胸。作於京滬鐵路車中的《大地》一詩寫道:

因我是一島嶼的人,

所以初看著大地的時候,

實在禁不住驚疑!

想不到宇宙中,

有這如海洋般的大地;

火車走了幾個鐘頭,

若不是草原就是水田;

都沒有看見一個丘陵!

沒有看見一座山峰,

遠遠的前面所有看的,

都是一字形的地平線!

　　在這首詩寫後一個多月,也是朱天順赴大陸後一個多月,他寫下了《戰地詩抄》的主題詩《戰地》。該詩分為相差不多的兩節,這裡僅錄後半部分:

在這風光明媚,山水秀麗之中

雖沒有清靜的簫聲

但有烈烈的琴聲

沒有幽雅的琴聲

但有轟轟的炮聲

沒有娘子的歌聲

但有打仗的喚聲

打仗的漩渦中都是充滿著詩情的詩境

世界上的詩人呀

願你們來這戰地吧！

　　須指出，從表面看來，朱天順是在抗日戰爭爆發，殖民當局鼓吹「進出中國」，許多臺灣青年感覺應徵入伍在所難免，遂將大陸作為自己前途的發展地，即所謂「雄飛大陸」的風潮中來到祖國大陸的，剛開始似乎也應報刊編輯之約充當起「戰地記者」；然而細加分析，朱天順並非真的想要「雄飛」，他的入伍當兵，是另有其隱衷的。這從當時他的另一首詩中，可以看到一些蛛絲馬跡。《給放棄羊兒的牧童》寫道：

幾多被牧童放棄的羊兒

彷徨於曠野

曠野中沒有青草兒

慈悲之神看得很難過

化出幾多的糧草給它們吃

導它們到了有青草兒的原野

幾多被牧童放棄的羊兒

現在都很快活地過了日子

　　這樣的詩，很容易讓人想到日據時期臺灣著名詩人楊華，因楊華也經常將彷徨無依的羊兒當作飽受殖民壓迫的臺灣同胞的自擬。從詩中可以看出，朱天順始終感覺自己是一個孤苦的弱者，毫無日本「皇軍」那種趾高氣揚、不可一世的「雄飛」之氣。如果聯繫前一階段他在臺灣時所寫的詩，可知朱天順是因無法忍

受貧窮困頓、苦悶沉鬱、前途茫茫、令人窒息的殖民地氛圍,想要「跳出籠牢」、改換一個環境而到中國大陸來的,這和所謂「雄飛」,有著本質的區別。這應是後來朱天順很快地就脫離了日軍,轉而從事抗日地下工作的原因之一。

朱天順出現在《風月報》上的最後一篇作品,是戰地報告《遊擊隊》。不過這是一篇只聞其聲,不見其影的作品。1940年10月1日出版的《風月報》第118期的目錄上有此文,編者在《編後隨筆》中也寫道:「現地報告的《遊擊隊》,是本報特約投稿者朱天順君在槍林彈雨中的結晶,這一篇珍貴的作品,希望讀者不要把它忽略」,然而在內頁中,該文卻因殖民當局的檢查刪禁而開了「天窗。」此文的具體內容現在我們不得而知,但題目的所謂「遊擊隊」,應指抗日遊擊隊,因日本「皇軍」和偽軍都是「正規軍」而非「遊擊隊」;而此文為《風月報》上為數並不很多的遭禁文章之一,可以猜想其內容有對日軍不利之處,或許就因包含「抗日」的內容而被刪禁。人們也許會注意到,該期《風月報》出版日期1940年10月,正是朱天順轉身投入抗日鬥爭的日子。這也許是一種巧合,不過,即使沒有實際的聯繫,這兩件事情的同時發生仍不無某種象徵意義。

從上述詩文作品中,我們或許可以勾勒出青年朱天順及其傳奇經歷的大致輪廓。朱天順是一位樸實、正派、上進,富有理想,充滿同情心的臺灣青年,在日本殖民統治下,內心十分苦悶,感覺前途迷茫,為了跳出這令人窒息的「籠牢」,他入伍來到中國大陸,目睹祖國風物人文,開闊了視野,心靈受到觸動和震撼,並進一步思索自己和大陸同胞同樣的受壓迫、被奴役的處境,固有的民族身份、祖國認同得以蘇醒和光大,於是毅然轉身投入祖國抗日鬥爭的行列,成為一名義無反顧的革命戰士。而這整個過程僅為10個月的時間,如果不是其內心始終存在著「我是中國人,不是日本人」的認知,是不可想像的。朱天順的這段經歷在當年的臺灣同胞中具有某種典型意義,是日本殖民統治未曾泯滅臺灣同胞的民族身份、祖國認同的一個明證,對於當前某些「台獨」分子鼓吹的所謂日據時代臺灣人就已形成了對立於「中國」的「臺灣意識」,臺灣人認為自己是「日本國民」的謬論,也是一個有力的否定。

(原載於《現代臺灣研究》2004年第1期)

略論光復初期台中《和平日報》副刊——兼及《新知識》月刊和《文化交流》輯刊

朱雙一

一

臺灣《和平日報》於1946年5月初創刊於台中市〔1〕。《和平日報》的前身為國民黨國防部機關報《掃蕩報》。抗戰勝利後，《掃蕩報》改稱《和平日報》，總社設於南京，全國各省設有由《掃蕩報》分社或《掃蕩簡報》改組的《和平日報》分社。臺灣《和平日報》的社長李上根即國民黨台中駐軍第七十師《掃蕩簡報》的負責人。不過，臺灣《和平日報》實際上並未得到其總社的認可和經費上的支持。想在臺灣辦個上海《大公報》式報紙但缺少人手的李上根聘任樓憲為經理，王思翔為主筆，周夢江為編輯主任。此三人實際上成為《和平日報》的編輯核心。他們均為因失業或受國民黨地方酷吏迫害而到臺灣求職的浙江青年，並在籌辦報紙時受命廣泛徵求台中文化界人士的支持而和謝雪紅等共產黨人有了密切的聯繫。周夢江後來回憶道：「當時我們名義上雖都是國民黨員，但樓憲早年參加『左聯』，追隨過魯迅先生。王思翔和我則是在家鄉受到國民黨政府的迫害而逃亡到臺灣來的。因此我們對國民黨的腐敗深為厭惡，對共產黨較有好感，於是我們歡迎謝雪紅的支援，報社中絕大多數人員都是謝氏介紹來的，如謝氏的助手……楊克煌，到報社任日文編譯科長；一位曾在農民協會工作的林西

陸出任副經理。此外編輯、記者以至一般職工幾乎全是謝氏介紹的。報社還聘請她為顧問。」〔2〕此外，王思翔、周夢江等與楊逵、莊垂勝等知名的台中作家、文化人也有密切的交往和合作。加上可能存在的國民黨內的派系鬥爭背景，這一切使得本為軍方報紙的臺灣《和平日報》某種程度上變質和轉向，因抨擊弊政、為民喉舌而廣受讀者歡迎，一躍而為除《新生報》之外的臺灣第二大報〔3〕，卻為當局所忌恨，二二八事件後被臺灣警備司令部封閉。直至該年7月底，才遷至臺北復刊，但已面目全非。因此，本文主要以早期的臺灣《和平日報》為考察物件。

　　《和平日報》創刊伊始，即開設了綜合性文藝副刊「新世紀」、青年專刊「新青年」、婦女專刊「新婦女」、純文學專刊「新文學」、趣味性的「週末版」等副刊欄目，此後又陸續增設了「每週畫刊」、「新時代」等。其中「新世紀」每二、三天即出一期，頻率最密，且延續時間最長。種種資料表明，這些副刊的編輯者主要仍為王、周、樓等人，特別是王思翔，在樓憲、周夢江先後離去後，仍在報社任職直到二二八事件爆發，並曾兩度被免去主筆之職而專任副刊主任或編輯。「新世紀」創刊號上的3篇文章分別為王思翔的《學取五四精神——為紀念五四運動作》、張禹（王思翔的主要筆名）和樓憲的《和平、民主、繁榮與文化——獻給新世紀》以及未署名的《編者致詞》。這種情況只能用王思翔、樓憲等是「新世紀」的編者來解釋。另外，楊逵曾應周夢江等的邀請短期擔任「新文學」專刊的編輯；而來自福建、後來名重臺灣藝術界的耳氏（本名陳庭詩），當時擔任《和平日報》美術編輯，「每週畫刊」顯系由他主持。由於《和平日報》具有軍方報紙的外殼，不滿時政的編者們遂有意仿效上海《大公報》「大捧小罵」的策略〔4〕，新聞電訊全部取自官方的「中央通訊社」，以保不出大的「問題」，而在社論欄、地方新聞版和副刊上做文章。因此副刊成為比較能真正體現編者和報紙的傾向、為廣大民眾提供言論場地的版面。

　　《新知識》月刊創刊於1946年8月15日。刊物上注明發行人為張星健，主編為王思翔、周夢江、樓憲，由中央書局股份有限公司出版。該刊的實際出資人張煥珪為台中縣大雅鄉人，早年肄業於東京明治大學及上海大學，曾在上海加入無政府主義色彩的「平社。」《新知識》創刊時，他擔任台中縣參議員及中央書局

董事長。因此,《新知識》被稱為「一份由臺灣文化人出資,而由中國文化人出面組稿的綜合性刊物。」〔5〕

《新知識》的創辦緣起,乃因王思翔、周夢江等在報社「經常可以看到一些來自大陸的報刊,其中有不少與官方持不同觀點但很有價值的文章和資料,是一般臺灣人無法看到的」,因此「萌發了辦一份刊物的念頭,想把這種一般人不易看到的文章和資料選載或摘錄成輯,公開發行」〔6〕。這一想法得到謝雪紅、楊克煌等的贊同和支持,他們除了為刊物撰稿外,據稱謝雪紅還變賣了一副首飾資助出版。該刊三分之一為新發表的文章,其餘為選錄轉載,其內容觸犯當局忌諱頗多,因此剛印好即被台中市當局派人在印刷廠沒收,僅因工廠員工掩護,藏匿部分雜誌,方得以在外流通。該刊只出1期即被查封。

《文化交流》創刊於1947年1月15日,為不定期輯刊,名義上由文化交流服務社編輯和發行,實際上卻由王思翔和楊逵合編,台中中央書局代理發行。由於出資人和編輯者都沒有太大變動,因此《文化交流》被視為《新知識》的再生。不過前一次的慘痛經驗,使創辦者更為小心,先請不具色彩的《興南日報》文教記者藍更與出面向市當局申請成立「文化交流服務社」,籌備出版書籍和刊物,復將《文化交流》定位為純文化雜誌,儘量不談政治,只是介紹祖國的與臺灣的文化,以「盡一點交流的作用」〔7〕。兩主編王思翔和楊逵分別負責組織有關中國大陸部分和臺灣部分的稿子。儘管如此,《文化交流》還是僅出第一輯,第二輯在排印中發生了二二八事件,被迫停刊。

由上述可知,光復初期《和平日報》副刊和《新知識》、《文化交流》兩刊(下簡稱「一報兩刊」)是關係十分密切的姐妹刊。其特點之一,就在同時容納了外省和本省籍的作者,成為他們共同的園地。當時臺灣比較重要的文化、文藝副刊和期刊,在臺北有《新生報》的「新地」副刊,在台南有龍瑛宗主持的《中華日報》日文版文藝欄,但前者主要為外省籍作家的天地,後者則主要由諳熟日文的本省籍作家耕耘,並於1946年10月下旬宣告停刊;而戰後初期臺灣另一份重要期刊《臺灣文化》則遲至1946年9月中旬方才創刊,後來頗受學界重視的《新生報》「橋」副刊,也尚未面世。加上《和平日報》為當時台島第二大報,

因此，一報兩刊在光復初期的臺灣文壇，實有其不可忽視的重要性。

二

如上述，一報兩刊在編撰人員構成上的一個特點，是同時包容了外省和本省籍的作家和文化人，而這種組合並非偶然，因通過文化的交流，促進海峽兩岸人民的相互瞭解和信任，以期建設一個和平、民主、繁榮的新中國，正是它們的辦刊宗旨和重要特點之一。

《文化交流》創刊時在《本社緣起》中寫道：「在今日臺灣：一方面是舊的文化束縛已經解除，一方面是新的文化尚未能建立。」而要吸收新文化以建設新臺灣，「這種工作不是少數人所能達成的，而賴於文化人和文化人間的交流合作，這交流合作不僅是本省文化人之間所必需，亦為省內外文化界之間所必需。」這些話，其實是有所針對而發的。該刊同時發表的署名「冷漠」的《吵鬧要不得——祝文化交流發刊》短文描述了當時兩岸文化人有所隔閡的情況：光復一年來，在各場合裡，時常可以聽到本省人談外省人文化低落，外省人說本省人文化低落，「其實臺灣和『外省』都是國家的一環，低落不低落，就是整個國家低落不低落，不各盡所長合作相攜並急起直追以使國家躋於進步各國地位……還做什麼吵鬧我長你短，這樣不前進，是有損合作精神的。」他認為要消除吵鬧局面，達成合作目的，必先從「文化人和文化人間交流合作做起。」

出於對文化交流合作必要性的認知，一報兩刊首先致力於將祖國文化介紹到臺灣。而這是由臺灣在日本殖民統治下，民族文化遭受摧殘的客觀事實所規定的。正如「新世紀」第98期丁開托《對副刊的一個希望》一文中所引用的說法：「臺灣被日本統治半世紀，因與祖國隔離，最欠缺是民族文化……缺少這種民族文化，會對自己國家發生隔膜，對自己國家沒有深刻的認識，也不可能發生深沉崇貴的祖國愛……現在臺灣應該努力學習中國文化。」〔8〕這應也吻合於編者的看法。

《和平日報》副刊對於祖國文化的引介包括如下幾個主要的方面。首先在思想觀念上，它試圖通過對五四運動所揭櫫的民主、科學思想的大力弘揚，掃除社會上留存的封建思想和文化。「新世紀」創刊時，正值1946年的「五四」，編者趁此機會對五四運動加以介紹。王思翔《學取五四的精神》一文將五四運動類比於西方文藝復興運動，試從封建勢力和中國民族資本的消長，來說明五四運動發生的背景和意義，指出新文化運動的標幟，是提倡民主，提倡科學，提倡懷疑精神和個人主義，主張廢孔孟，除倫常，而最重要的是擁護「德先生」和「賽先生。」此後，《和平日報》副刊繼續高舉反對封建文化，提倡民主、科學的旗幟。如刊發的許傑《現階段文化運動的特質》一文，總結了第一次世界大戰以後的世界演變出妄想侵略奴役世界的德國法西斯和維護人類自由和平與正義的蘇聯這樣兩種不同的文化的經驗教訓，指出「我們的政治形態和人民的生活態度，如果趕不上這個時代，不能和這個時代的文化協調，作興又可能成為另一戰爭的造因。」而現階段的文化特徵，是「原子時代」的文化，與之相配合的，是「政治上的民主，以及與這民主政治相配合的經濟上的民主化，和文化教育的民主化。」〔9〕這些說法其實也隱約針對著當時中國政治的不民主和所面臨的內戰的危險。

　　其次，為了使臺灣同胞對祖國的文化有更深入的瞭解，《和平日報》參與安排了祖國大陸的劇團或藝術家到台中演出，並利用副刊的篇幅加以宣傳和介紹。如1946年11月間，由《和平日報》和莊垂勝任館長的台中市圖書館「主催」，先後在台中推出由外聯會演出的曹禺名劇《雷雨》和著名小提琴家馬思聰的演奏音樂會。馬思聰演出的兩三天「每場客滿，可說是台中光復以來第一次盛大的音樂會，也是台中市民第一次欣賞祖國音樂的名作」，而《雷雨》的演出「也取得很好的效果，不少人在觀劇前設法找到劇本閱讀並進行討論，反映熱烈」〔10〕。配合這兩次演出活動，《和平日報》多次推出專刊、特輯，發表了雷石榆《〈雷雨〉讚歌》、外聯會《演出〈雷雨〉的意義》、白克《開展臺灣的劇運——祝〈雷雨〉的演出》、馬思聰《從提琴到作曲》、王思翔《縱情的歌唱》、端木蕻良《一支人民的詩篇——談馬思聰F調協奏曲》、黃榮燦《介紹馬思聰的樂曲》、徐遲《音樂的創造——記藝術家馬思聰》、王思翔《略談〈雷

雨〉》、周夢江《一群可憐的人物——讀曹禺先生的〈雷雨〉後》、夢江《觀客蕪言——觀〈雷雨〉演後》、星帆《〈雷雨〉上演第一夜》等文。

此外，1946年12月下旬台中民教館演出話劇《四姐妹》免費招待各界民眾，《和平日報》推出《〈四姐妹〉演出特刊》。12月31日《和平日報》又刊出《「新中國劇團」演出〈鄭成功〉特輯》，發表於伶寫於上海的《壯「新中國」臺灣之行》、吳忠翰的《漫談劇運》和雷石榆的《戲劇的力量》（均注明為「新中國劇社」演出而作），並有《鄭成功本事》一文介紹鄭成功收復臺灣的事蹟。

其三，1946年10月19日魯迅先生逝世10周年之際，《和平日報》於「新世紀」、「每週畫刊」上連續幾天刊出紀念魯迅的專輯，登載了胡風《關於魯迅精神的二三基點》、許壽裳《魯迅和青年》、楊逵《紀念魯迅》、穎瑾《魯迅先生傳略》、景宋《忘記解》、黃榮燦《中國木刻的保姆——魯迅》、吳忠翰《讀〈魯迅書簡〉後感錄》、楊曼青《田漢先生的〈阿Q正傳〉劇本》、秋葉《我所信仰的魯迅先生》、柳亞子《卅五年九月廿五日為魯迅先生六十六歲生朝紀念敬獻一律》等詩文，以及黃榮燦《魯迅先生遺像》和《失業工人待救》、耳氏《母女》、荒煙《城堡的克復》、羅清楨《汽笛響了》、陳煙橋《高爾基和魯迅》等版畫作品。

除了上述三方面較大的舉措外，《和平日報》副刊平常源源不斷地發表（或轉載）中國現代著名作家的各類文章，其中包括艾青、靳以、紺弩、趙景深、馮乃超、郭沫若、豐子愷、耿庸、何其芳、老舍、許傑、茅盾、陳殘雲、臧克家、劉白羽、王季思、錫金、艾蕪、莫洛、孫伏園、秦似、曾德培等的詩文作品；有時甚至將他們的文章譯為日文刊發，如以群的《舊傳統の改造，新作風の確立》；有時則刊文介紹大陸作家的文藝作品，如林薇介紹路翎《饑餓的郭素娥》以及楊風《竊鉤者誅——〈清明前後〉讀後感》、晨曦《〈野玫瑰〉觀後》、星帆《評〈野玫瑰〉的演出》、陳培元《〈心獄〉讀後》等等。此外，編者自己也時常撰文發表，如王思翔《紀念屈原》、《關於「漢學」及其他》、周夢江《戰時東南文藝——一篇流水帳》等；而在「七七」、「九一八」等重要紀念日，

「新世紀」均推出紀念特刊，介紹這些事件的發生背景和經過。這些文章都具有向臺灣同胞介紹祖國文化的重要意義，對於廣大臺灣民眾瞭解大陸人民同樣遭受日本侵略者荼毒的經歷，培養共同的民族感情，顯然是有好處的。

《和平日報》副刊等的一個重要特點，就是在介紹祖國文化的同時，也注意對臺灣地方文化的介紹。如「新青年」第2期上刊出了朱石峰（朱點人）的《我與賴和先生——讀〈獄中日記〉有感》；「新文學」第2期和第3期上刊出了楊逵《文學再建の前提》和《臺灣新文學停頓の檢討》。此後，副刊上陸續刊出的臺灣作者的作品還有：南鷗《紀念我們的導師王敏川與賴和先生》、張深切《四篇小誄詞》、《范烈士本梁》、《老子哲學概論》、蔡比石《我參加臺灣義勇隊和華光輪失事的經過》、洪炎秋《關於烏合之眾》、陳火泉《從新臺灣的建設進而建設新中國》等等，以及楊達輝、賴仙夢等人的日文作品。此外，副刊還刊發研究和介紹臺灣各方面情況的文章，如鄭啟中《臺灣村落研究》、《從臺灣人口說起》、陳春江《談此時此地的劇運》等。而從10月23日起，王思翔連續發表了他的由耳氏配畫的系列散文《環島行腳》，以一個外省籍記者的眼睛來觀察臺灣，透露其瞭解臺灣的強烈願望。此外，《文化交流》上鳳炎（周夢江）所撰《臺灣史話》、江燦琳《臺灣民謠史》等文，也立意於臺灣文化的研究和介紹。

在這些介紹臺灣地方文化的著述中，以張揚臺灣先烈的民族氣節和精神的作品最為動人。如張深切的《范烈士本梁》悼念一位信奉無政府主義，勇往直前地要以暴動、暗殺等手段反抗日本殖民者，最終高吟著「歷盡艱難兼辛苦，毫無沮喪毫無塵，縱觀五百萬民眾，誰是鐵牛第二人」，悲壯地瘦死於日本人監獄中的臺灣志士範本梁（號鐵牛）〔11〕。楊逵在《文化交流》上主編的《紀念臺灣新文學二開拓者》專輯，其中包括林幼春的《獄中十律》和賴和的《查大人過年》等遺稿，楊逵和莊幼嶽分別撰寫的林、賴二先生的生平介紹，虛穀、少奇、南都、衡秋、笑濃、渭雄、雲鵬、石華、克士、守愚等臺灣作者所撰寫的《哭懶雲兄》等悼念詩文。而楊逵的《幼春不死，賴和猶在》紀念文回顧了兩位元先烈的思想氣節特徵及其對自己的深遠影響。他想起十年前碰壁灰志時，林幼春先生教他讀一首東方朔的詩：「窮隱處兮，窟穴自藏；與其隨佞而得志，不若從孤竹於首陽」，為此寫道：「八年的抗戰中，在日本特務的貓目爪牙下，我藏於首陽

園種花以免餓死或是投降,全是由於先生們的感化來。他們教示我們後輩,未曾用過一條的訓令或是一場說教,他們總是這樣的,以他們全人格誘導著我們。」

值得指出的,當時有些大陸人士以解救臺灣的功臣自居,並認為臺灣在經歷50年的日本殖民統治後,存留有嚴重的殖民地的遺毒,當前的首要工作,就是清除這種遺毒。這種說法某種意義上抹殺了臺灣人民也同樣與日本殖民者進行了不屈不撓的鬥爭的事實,無形中造成兩岸同胞的隔閡乃至省籍的矛盾。而本省作家對於臺灣地方文化,特別是臺灣同胞反抗殖民者的民族氣節以及先烈英勇事蹟的張揚,對上述不正確的說法,是一種有力的糾正,對於祖國人民特別是前往臺灣工作的外省籍人士更準確地瞭解臺灣,不無裨益。

雖然一報兩刊的編輯者主要是富有正義感的對國民黨黑暗統治懷有不滿的大陸籍人士,但他們與進步的台中地方文化界人士有密切的聯繫,雙方相互理解、尊重,相互支持。這不僅使一報兩刊在稿件的取得上能更方便地兼及兩岸,而且使編者在觀念上受到影響,從而比較知道尊重臺灣歷史、文化的必要,也能更準確地理解和體諒臺灣民眾的內心感情,由此形成了一報兩刊對海峽兩岸文化並重的傾向和特色。編撰者們對於如何處理祖國文化和臺灣地方文化之間的關係,很早就有了頗為深刻的認識。張禹(王思翔)的《論中國化》長文,就是一個明顯的例子。

三

連載於1946年5月下旬「新世紀」第8至9期張禹的《論中國化》,一開頭就提出一個非同尋常的論斷:「隨著勝利而來,一種惡性的中國化正抓住整個臺灣。」作者寫道:「這種中國化的進程非常迅速而且徹底,從政治的紊亂以至社會秩序的破壞,從路名的改換以至『中國煙』的出現,站在高處的人,正以自己的形狀來改造臺灣。但是這種中國化有著極大的弊端,甚至一點也無可取,正如他們的形狀本來就不可愛一樣。」最可怕的也是最現實的反映,「就是臺灣同胞對於『中國化』的全盤的反感。」接著他指出「惡性中國化」的基本原因,是符

合於獨裁者和政治野心家之「脾胃」的封建道孽思想的流毒,而現階段臺灣的惡性狀態,與全國的舊思想是一脈相承的,「由於一般臺胞對於祖國的直覺的懷念和景仰,與無條件的歡迎,於是投機分子便大肆身手,把他們所僅有的腐敗的靈魂與丑角的面孔,一律貼上『中國的』招牌,迎合一般心理大做其投機生意,便在新認識尚未建立以前,迅速的播下毒素。」針對此,作者正面提出他所認定的「臺灣中國化」的理論和實踐方向,即「將來重於現在」和「客觀重於主觀。」他指出:中國的地方要中國化,這一理論是任何人所不能反對的,然而「臺灣的中國化,只有在可能助長臺灣同胞的生活上才有價值。」過去的中國是腐朽了;現在的中國,還在新舊交替中;「只有將來,由於我們全體的努力,才是美滿的。」如果「用急躁的功利主義,以無視一切的盲目政策來加速度的實踐中國化,事實上已使殘破的臺灣遭受再度的破壞,與『可能助長』的原意完全相反;而在理論上,又犯了機械的錯誤。假如臺灣有著某些方面的進步,我們就不必拉平他和現在的中國一樣,而且還得繼續使他進步,在完成中國化的過程中,甚至有承認『臺灣化』(暫時的)的必須;只有在遠大的計畫中,引導他走向中國化。」〔12〕作為剛到臺灣不久的大陸籍年輕的文化工作者,王思翔等能有這樣頗為深刻的,甚至帶有預見性的見識,是遠遠超出時潮之上的,隱約與當時一些左派人士實行地方自治的要求相呼應。而這不能不歸功於與楊逵、謝雪紅等諸多進步的臺灣本地文化人的較緊密的接觸和聯繫,以及他們自己對臺灣的較細密、扎實的用心觀察和思索。

也許出於對臺灣現實的這種認識以及對生活每況愈下的臺灣民眾的同情,一報兩刊以極大的篇幅,集中於對時政弊端的揭露和抨擊。例如,在「每週畫刊」上,耳氏(陳庭詩)連續刊出其漫畫連環畫《汙吏別傳》,達十數期之多。像第一期上的四幅畫,畫的是一個官吏接到「清查團業已抵達」的電報,一邊罵著「馬特皮」,一邊派人將公館中的財物搬走藏匿,然後擺出謙恭的姿態迎接清查團,在空蕩蕩的房子裡,大言不慚地對清查人員說:「鄙人為官清廉,寒舍一無陳設」〔13〕,可說一針見血地揭露了貪官污吏搜斂財物而又欺上瞞下的奸詐伎倆。耳氏另一幅題為《生之維持》〔14〕的漫畫,畫著一個瘦如枯柴的演員,頂著一個巨大的破碗表演雜技,反映了臺灣人民生活的極端貧困和生存危

機。《新知識》上則刊載了沈同衡的漫畫創作《光復一年圖》，共有4幅畫。第1幅圖上的工廠，大門緊閉，屋頂上掛著日本旗，煙囪冒著煙；第2幅上工廠大門敞開，掛著「青天白日滿地紅」的旗幟，橫幅上寫著「慶祝勝利」；第3幅上的工廠，大門貼著「接收」的封條，煙囪上停留著幾隻烏鴉；第4幅圖上工廠的封條依舊，但煙囪倒塌，圍牆已成殘垣斷壁。該圖本載於上海《中國工人》週刊，原題為《我們已經勝利了嗎？》。像這樣大陸的漫畫改個題目就可用於臺灣，說明這種現象並非某地特產，而是在整個中國普遍存在著。

1946年6-7月間，上海《僑聲報》駐台記者丁文治被聘擔任《和平日報》採訪課長，他一方面在上海《僑聲報》發表了《看陳儀的小王國——臺灣》、《陳儀儼然南面王》等通訊文章，一方面又從臺北發回許多大官貪污的新聞，如專賣局長於百溪、任維鈞和臺北縣長陸桂祥的貪污案等，在《和平日報》上一一照登。他還在《和平日報》上開闢專欄《七日談》，以幽默、諷刺的筆調，對世相百態、特別是為官者的種種醜態加以揭示和嘲笑。如《而今只談風月》抨擊當局的言論限制，使臺灣同胞「非但莫論國是，恐怕連省是，縣是，市是，都早已歸入『莫論』之列了。」文中還講了湖南災區一個盜犯臨刑前大叫：「請你們先剖開我的肚皮，看裡面是白米還是青草」的笑話，以此正告當局：「你們別盡在將那麼多的青草喂臺灣百姓，也請在青草裡面雜一點白米吧！因為臺灣百姓如果青草吃多了，他們會像那個湖南盜犯一樣，會得自己去搶白米來吃的。」〔15〕這種官逼民反的現象，在半年多後的二二八事件中似乎得到了應驗。

臺灣省籍作家的作品，同樣表達了對政治腐敗和經濟崩潰的不滿和憂慮，但更多了一種失望的情緒。朱點人的《我和賴和先生》一文，其實是為當時發生的私立男女中學學生陳情懇求編為省立運動而寫的。作者回顧了日據時代賴和因穿臺灣服而罹禍及其兒子被日人拒絕在臺灣升學的事情，而覺得現在這些學生的請求是正當的：「現在時勢不同了，我們同是本省人，本省底父兄，都有為國家納稅的義務，同時父兄底子弟，就得在省立學校裡讀書的權利，可是看看現狀，卻令人總覺得有些惘惘然的感想」，「倘若接此不接彼，那就沒有光復的意義了。」文中雖然也接觸了省籍矛盾問題，但更主要的是在吐露對當局不公平政策的不滿情緒，並相信光復後的臺灣已不同於日據時代，必然有可說「公理」的地

方。〔16〕

　　於臺灣光復一周年出版的《新知識》，有意對過去的一年加以回顧和思考，其中可能是楊逵首篇中文作品的《為此一年哭》，文不長但寫得聲淚俱下，情真意切：「記得去年的今天，我聽著日皇投降的電訊，感動到汗流身顫。是覺著我們解放了，束縛我們的鐵鎖打斷了，我們都可以自由的生活。」然而現在的情況卻是：「很多的青年在叫失業苦，很多的老百姓在吃『豬母乳』草菜補，死不死生無路，貪官污吏拉不盡，奸商倚勢欺良民，是非都顛倒，惡毒在橫行，這成一個什麼世界呢？」作者深感「打碎了舊枷鎖，又有了新鐵鍊」，回顧這一年的無為坐食，覺得慚愧，不覺的哭起來，「哭民國不民主，哭言論，集會，結社的自由未得到保障，哭寶貴的一年白費了。」最後，他明白了民主需靠爭取而得來，決心和大家一起去爭取：「自今天起天天是爭取民主日，年年是爭取民主年。」我堅決的想，不要再哭了。」數月後，楊逵在《文化交流》上又發表了《阿Q畫圓圈》一文，仍表達了希望「結束了一番武劇，來編排一出建設的新劇」卻難以如願的悲哀和無奈。他明白地指出：「雖有幾個禮義廉恥欠信之士得在此大動亂之下再發其大財，平民凡夫在饑寒交迫之下總會不喜歡他們的。」

　　賴明弘應《新知識》編者之約所寫的《光復雜感》中寫道：「平心說：六百萬的台省人，現在對『光復』不僅不感到興奮，反而個個都有點近於『討厭』的情緒……50年來的牛馬生活，所換來的離真正民主政治尚有相當距離的東西，這如何不教人失望痛苦呢？」作者對當時所謂「臺胞對三民主義還無深切的理解，同時缺乏民族文化」的說法表示強烈的反對，認為是「近視者」的「皮相」看法：「民族文化保存與否，是要看是否有民族的思想，節操，血氣來予以斷定的。」他斷言：「中國文化的本質，在臺灣是沒有變過質。雖然在形式上，有不少的變態，或添上不少異民族的文化色彩，但本質上仍是保存著其精粹未易。台省人的思想與行動，就是一個最好的表證。台省人的思想的主流，例如對每一個事物的看法，想法，其表現在日常生活上的一切風俗習慣、語言等，莫不是我們中國的民族文化和精神。」他並正面提出了希冀和願望：「光復」在台省人的心中，並不是只希望版圖的拼歸中國，亦不是只要求兄弟的重聚，「光復」應該有著更深的政治意義包含在內。簡單說：就是政治的解放，只要我們的中國政治是

開明，是真正的民主，的的確確為大多數民眾謀自由平等幸福，那才有『光復』可言，台省人要求的『光復』，就是如此。」這篇文章雖短，其實是一篇見解深刻、論辯有力、情感真摯的力作。

上述文章真實、緊迫地反映當時的臺灣出現了官僚腐敗無能，經濟動盪崩潰，民眾難以維生、心情失望苦悶而當局又施於高壓統治的景象，同時，也說明了由於當局對臺灣同胞的歧視和一些不公平的政策，已激起了臺灣民眾的強烈不滿和反彈，使得不同省籍同胞之間開始產生了隔閡和裂縫。然而，後者並非主要的矛盾，而是派生於主要矛盾的次要矛盾，臺灣廣大民眾和官僚統治階級的矛盾才是當時臺灣社會的主要矛盾。一報兩刊上，本省籍和外省籍的作者一同對腐敗官僚和社會的種種弊端加以抨擊，外省作者的「火力」甚至更為猛烈，就是一個明顯的證明。

四

作為文藝性副刊，《和平日報》的「新世紀」、「每週畫刊」等發表了大量中國現代著名作家的作品，並體現出現實主義的文學理論和創作的鮮明傾向，而這種「現實主義」，又以「戰鬥的」和「人民的」為特色，或可用「戰鬥現實主義的人民文藝路線」來加以概括。稍後以《新生報》「橋」副刊為代表的對於「新現實主義」的宣導，在此似乎已開先聲。

這種現實主義的理論宣導，在魯迅逝世十周年的紀念專輯中，體現得頗為明顯。如果說魯迅精神博大精深，《和平日報》副刊卻未必對魯迅作全面的介紹，而是選擇、集中於魯迅那改造、前進、奮勇反抗惡勢力的戰鬥精神，因此它所提倡的，並非一般意義上的「現實主義」，而是一種「戰鬥」的現實主義。如它選刊了胡風寫於1937年的《關於魯迅精神的二三基點》一文，主要的原因即在這篇文章對於魯迅與惡、舊勢力搏鬥到底的現實主義的戰鬥精神，有著特別的張揚。該文寫道：魯迅是「最瞭解中國社會，最懂得舊勢力底五花八門的戰術的人……一步也不肯放鬆地和舊勢力作你一槍我一刀的白刃血戰，思想底武裝和對

於舊社會的豐富的智識形成了他底戰鬥力量。」胡風指出：有些人根本不懂中國社會，只是把風車當巨人地大鬧一陣；有些人想深入中國社會，理解中國社會，但過不一會就投入了舊社會的懷抱，「只有魯迅才是深知舊社會底一切而又和舊社會打硬仗一直到死」；五四運動以來，「只有魯迅一個人動搖了數千年的黑暗傳統，那原因就在他底從對於舊社會的深刻認識而來的現實主義戰鬥精神裡面。」〔17〕

無獨有偶，楊逵特為魯迅逝世紀念日所作的漢文詩作《紀念魯迅》，也著眼於魯迅的戰鬥精神：

吶喊又吶喊

真理的叫喚

針對惡勢力

前進的呼聲

敢罵又敢打

青年的壯志

敢哭又敢笑

青年的熱腸

一聲吶喊

萬聲響應

如雷又如電，

閃閃，爍爍

魯迅未死

我還聽著他的聲音

魯迅不死

我永遠看到他的至誠與熱情〔18〕

這種戰鬥精神的強調，當然與當時社會環境的惡劣、反動勢力的強大密切相關，是面對這種環境的一種必然的選擇。同時，所謂「人民的」，與「戰鬥的」實為一體之兩面。因為對於貪官污吏、社會黑暗的「戰鬥」，正是為了維護「人民」的利益和生存權利，包含著對「人民」的深沉的愛。《和平日報》上紀念魯迅的文章，像許壽裳《魯迅的德性》等，常不僅提到了魯迅的疾惡如仇的「戰鬥」精神，也指出魯迅是一個具有誠愛的德性，能憎亦能愛的人。又如，畢彥介紹俄國作家的《安東·契訶夫》寫道：「我們從契訶夫的每一篇小說，或創作，都可以看出，他對殘酷的沙皇和黑暗的政治正面和暗面的抨擊，嚴正的指責和滑稽的諷刺，而另一方面，對於受難者，被殘害者，被剝削的勞動者，寄予一種莫大的同情和鼓勵，對於革命的力量作偉大的號召……悲哀、失望、冷意的人，讀過契訶夫的小說和劇本，會活躍，勇敢，有生氣而富有希望。」〔19〕丁沖則以「人民的文藝請進來，官僚，商品文藝滾出去！」為口號，談《報紙副刊的作品問題》，指出中國的新文藝迄今還與理想有很大的距離，原因主要就在：新文藝和文藝的工作者與人民脫節。他指出：因為文藝是民主的，惟有爭取大眾的讀者，文藝才有發展的前途；報紙副刊的作品該是反映人民的生活，代表人民的呼籲，爭取人民的解放。〔20〕這些說法都強調了現實主義文藝與人民的密不可分的緊密關係。

1946年11月24日《和平日報》「每週畫刊」刊出《世界名女版畫家凱綏·柯勒惠支》專輯，除了刊載這位曾得到魯迅極力推崇的德國女版畫家的《婦人為死亡所捕獲》、《死》、《饑餓的孩子們》、《母與子》等十數幅版畫名作外，並發表來自大陸的左翼版畫家黃榮燦的《介紹人民版畫家凱綏·柯勒惠支》一文，指出柯勒惠支以現實主義為基礎，吸收了某些現代派的因素，而形成她的「用腳踏實地底，健康的手，抓出可怕的真實的畫面」的特質。文中寫道：對於凱綏·柯勒惠支的懷念，乃「因知她七十餘齡老的婦人，在滿天烽火中流浪在國外，仍舊握著新的現實主義的刀筆，從事為民主而鬥爭，她強有力的站在執行她被人民認定的使命——剖開這滿目創傷的世界與鞭策人們所痛惡的」；她的不平控訴，「對於我們中國的畫家是更加有意識的指示。」黃榮燦引用了羅曼·羅蘭

對她的評價:「凱綏·柯勒惠支的作品是現代德國的偉大的詩歌,它照出窮人與平民的苦和悲痛,這有丈夫氣概的婦人,用了陰鬱和纖穠的同情,把這些收在她的眼中她的慈母的腕裡了。這是做了犧牲的人民沉默的聲音。」這一專輯可說通過對柯勒惠支的介紹而對戰鬥現實主義的人民文藝路線作了較全面的詮解。

這種具有強烈戰鬥精神的、和人民緊密相連的現實主義,其形成有著深刻的現實的和歷史的原因。從現實看,當時的臺灣特別需要敢於揭露各種醜惡現象的戰鬥的精神;從歷史看,整個中國現代新文學史,這種戰鬥的和人民的現實主義佔據著主流,並形成了中國現代文學的強大傳統。《和平日報》一報兩刊的編者、作者,顯然繼承了這一傳統,由此將光復初期臺灣的文學、文化鬥爭和整個中國現代新文化、新文學,緊緊地聯繫在一起。

(原載於《新文學史料》2001年第1期)

注釋:

〔1〕關於臺灣《和平日報》的創刊日期,周夢江稱為1946年4月1日,王思翔稱為同年5月,並敘述了4月時籌辦該報的一些情況。筆者所見最早的該報出版於1946年5月4日,該期也是「新世紀」副刊的創刊號,此後陸續出現的各副刊均從第1期始,由此可推斷該報正式創刊於1946年5月初。

〔2〕周夢江、王思翔:《臺灣舊事》,臺北,時報文化出版公司1995年版,第119頁。

〔3〕同注〔2〕,第62頁。

〔4〕同注〔2〕,第62頁。

〔5〕秦賢次:《〈新知識〉導言》,載《新知識》,臺灣舊雜誌覆刻系列〔4〕之1,傳文文化事業有限公司。

〔6〕王思翔:《臺灣一年》,同注〔2〕,第28頁。

〔7〕《卷頭語》,《文化交流》第一輯第3頁。

〔8〕丁開托:《對副刑的一個希望》,臺灣《和平日報》1946年12月30

日。

〔9〕許傑：《現階段文化運動的特質》，臺灣《和平日報》1946年5月20日。

〔10〕王思翔：《戰後初期的台中文化界》，《臺灣舊事》第76頁。

〔11〕張深切：《范烈士本課》，臺灣《和平日報》1946年12月27日。

〔12〕張禹（王思翔）：《論中國化》，臺灣《和平日報》1946年5月20日、22日。

〔13〕耳氏（陳庭詩）：《汙吏別傳》，臺灣《和平日報》1946年9月22日。

〔14〕耳氏（陳庭詩）：《生之維持》，臺灣《和平日報》1946年9月22日。

〔15〕丁文治：《而今只談風月》，臺灣《和平日報》1946年7月23日。

〔16〕朱點人：《我和賴和先生》，臺灣《和平日報》1946年5月13日。

〔17〕胡風：《關於魯迅精神的二三基點》，臺灣《和平日報》1946年10月19日。

〔18〕楊逵：《紀念魯迅》，臺灣《和平日報》1946年10月19日。

〔19〕畢彥介紹俄國作家《安東‧契訶夫》，臺灣《和平日報》1946年12月11日。

〔20〕丁沖：《報紙副刊的作品問題》，臺灣《和平日報》1946年12月11日。

試論《自由中國》的文藝欄目

張羽

在目前的文學史著述中，談及1950年代的臺灣文學，被援引最多的評述如下：「足以流傳後世的傑出作品，絕無僅有……」〔1〕；「文學的收成還是等於零」，〔2〕此等描述，是否正確描述了當時的實際狀況，是一個值得探討的問題。

1948年及其前後，新生報《橋》副刊即有一場「如何建設臺灣新文學」的討論，顯示了文學者為繁榮臺灣文學的勃勃雄心。不久之後，國民黨即開始推行專制的文藝政策。《自由中國》便是在這樣複雜的社會政治文化背景下誕生的。1949年11月20日，由胡適、雷震等創辦的政論雜誌《自由中國》在臺北創刊，雖為政論性刊物，但每期必刊登兩三篇文藝作品，出刊至1960年9月時，雜誌被查封，總計出刊260期，前後正好穿越了整個1950年代，成為「1950年代臺灣知識社群最看重的刊物之一。」〔3〕本文擬以《自由中國》雜誌作為分析場域，去看看生長於斯的文學景觀，品味其中的文學意蘊，從而對1950年代臺灣文學的多元面貌進行分析研究。

一、《自由中國》文藝欄上的作者隊伍群

一生致力於文學創作、雜誌編輯和「國際寫作計畫」（IWP）的聶華苓親歷

了《自由中國》從創刊到被查封全過程。創刊伊始,她只是負責簡單的文稿處理工作,3年後,隨著文藝才華的顯露,被愛才的雷震委以重任。1953年升任為文藝編輯後,聶華苓開始努力淨化《自由中國》的文藝空間,針對此前雜誌刊登了大量的反共八股文章,她提出要力求多刊登「情意須雋永,文字須輕鬆,故事鬚生動」〔4〕的作品,明確表示八股、口號恕不歡迎。聶華苓努力把《自由中國》的文藝欄辦得活潑多樣,在不斷的創新中,形成新鮮活潑的風格,其以小說、詩歌、散文、文學評論為主要形式,並經常刊載一些藝文消息。一批頗有影響的作家梁實秋、林海音、朱西寧、余光中等人的作品,也都是經她的手,在該刊上發表的。除了重視知名作家外,她還精心扶植過不少有才華但當時還名不見經傳的作者,如郭衣洞在該刊上發表過諷刺小說《幸運的石頭》和《被猛烈踢過的狗》,而他以筆名柏楊揚名文壇是多年以後的事了。聶華苓還很注意扶植一些正在成長的文學新人和年輕作家,如王敬羲最初在《自由中國》上發稿時只有22歲,在此後不到五年的時間裡其稿件發表高達10篇,還發表過金門前線士兵的文學作品,這些年輕作家都得益於《自由中國》的扶掖。由於聶華苓在此刊中的卓有成效的工作,被譽為臺灣最好的文藝編輯之一。

一個刊物擁有愛才的編者顯然是幸事,《自由中國》因此聚攏了一批有才華的耕耘者,不僅有自由主義者的參與,還有大量女作家和軍中作家的加盟。其文藝作者群可以開列出一大串名字:如胡適、梁實秋、林海音、夏濟安、余光中、朱西寧、司馬中原、吳魯芹、司馬桑敦、金溟若、思果、彭歌、潘人木、徐訏、琦君、孟瑤、張秀亞、聶華苓、何凡、陳之藩、於梨華、郭良蕙等等,頗為壯觀。

(一)自由主義者

《自由中國》的成功首先得益於自由主義者的積極參與。戰後進入臺灣的大陸文化人富含多種文化成分,如以胡適、梁實秋、雷震、殷海光、張佛泉,稍後還有李敖等為代表的自由主義作家群都給《自由中國》提供過稿件。1950年代中期,以胡適為中心組織的白馬文藝社在紐約成立,成員有周策縱、唐德剛、林振述(艾山)、黃伯飛等人,他們自稱為「中國文化第三中心」,也常從海外寄

稿給《自由中國》,其文學創作明顯具有自由主義意識形態。這些自由主義者多是一手寫政論性文章,一手寫文學評論,由於胡適多發表政論,單就文學而言,梁實秋對《自由中國》的貢獻,可謂不小,他介紹了莎士比亞、歐威爾等人,寫下了具有濃重的中國色彩的散文,頗富情趣和理趣,還對余光中詩集作出了精彩評價。「自由鬥士」殷海光發表了《我憶孟真先生——自由巨星之隕落》(第4卷第2期)回顧傅斯年的生平、思想和在五四運動中的作用,文章平實並處處顯現真摯的光芒,不說諱飾的假話,他還懷著惺惺相惜之情評論過梁實秋的《雅舍小品》(第6卷第4期)。「五四」以來的自由主義文學觀念對他們影響很深,他們獨立於政治集團之外,遵從西方的自由民主政治理念,要當國民黨的「諍友」,借助刊物為媒介,同道互助,共同發言,製造聲勢,形成某種「以雜誌為中心」的知識群體,由於該刊很少刊登反共八股,也不參加黨部組織的作家協會,所以一直受到民眾的歡迎。

（二）女作家群

在《自由中國》上,發稿的女作家很多具有自由主義色彩,黨派意識並不明顯,但因為她們構成了女性群體為文的特點,因而在這裡單獨地論述一下。這一時期,大陸遷台的女作家在臺灣文壇上扮演了關鍵性角色。葉石濤說:「1950年代是女作家輩出的時代……以家庭、男女關係、倫理等為主題的女作家的作品大行其道。」〔5〕在當時「風頭最健」的女作家,如蘇雪林、林海音、孟瑤、張秀亞、艾雯、琦君、鐘梅音、徐鐘珮、童真、郭良蕙、潘人木等人都在上面發表過文章。時任《聯合報》副刊主編的林海音也常把作品交由《自由中國》發表,她的代表作《城南舊事》就發表在該刊上。這些女性作家多具有高等學歷,加之推行「國語政策」,讓這些女作家有很大的寫作空間,她們所馳騁的文學空間,時而關注人生,普濟眾世,時而是頗具女性真情的陰性書寫。這些作品的發表顯示了對文學本身的回歸,以及對文學泛政治化傾向的遠離和反撥,標示出女作家的創作實績,彌補了日據以來薄弱的女性創作空間,打破了文壇一向為男性主宰的瓶頸。

（三）軍中作家群

1950年代，《新生報》副刊、《中華文藝》、《中央時報》、《寶島文藝》、《自由談》、《自由中國》等刊物紛紛鼓勵現役軍人寫作，成就了略帶「草莽作風」的大兵文學，內中首推陳紀瀅、朱西寧、司馬中原，其後司馬桑敦、郭嗣汾、公孫嬿等人也跟著縱橫馳騁。這些軍中作家寫戰爭故事、鄉土傳奇、軍旅生涯，以極敏銳的感悟能力表達中國人的精神，表現愚昧與博愛、利己與無私等心靈的鬥爭。雖然其中不乏大量的反共八股，如陳紀瀅的《荻村傳》、金溟若的《歧路》等等，但不能否認的是，一些作品中除了有反共八股的內容外，還包孕著豐富的人性，如朱西寧、司馬桑敦、郭嗣汾、公孫嬿等人的一些作品中充滿了高度的念茲在茲的人性化關懷。

一方面是編輯慧眼識金，另一方面是投稿作家頗具原創實力，1957年時該刊的發行量已達一萬兩千份，不言而喻，在讀者中的影響是很大的，編者適時發表了余光中、何凡、孟瑤、林海音、陳諧庭、夏菁、郭嗣汾、琦君和彭歌等人聯名推薦胡適為諾貝爾文學獎金候選人的建議書，顯示出其團結一切文學同道為繁榮文壇而努力的精神。我們從《自由中國》的具體編輯策略中，可以看出，編輯們不滿於國民黨當局的文化專制，宣導多元的文學創作，通過多刊載表現人性的作品來淨化文壇，力爭把《自由中國》辦成一個展示當時重要創作的文化大舞臺，也正是因此，才使《自由中國》的作品具有多元的文學色彩，從而形成了刊物本身的多元風貌。

二、文藝欄作品的多樣主題類型

曾有論者指出，《自由中國》對臺灣文壇的深遠影響表現為有形和無形的兩種，前者主要指對「溫和的現代派」的形塑之功，這類作品有濃郁的人文精神和中西文學技巧交融的傾向；後者指對人生、人性描寫的強調，使整個臺灣文學的創作，總體上顯得「兒女情多，風雲氣少」，呈現出明顯有別於大陸文學的風貌。〔6〕力執臺灣思想界之牛耳的《自由中國》，強調刊發多元文學主題。作為當時臺灣比較重要的文化刊物，其選題內容的多樣性，主要表現在以下五個方

面：

(一) 民主自由

首先，該刊在思想觀念上，試圖通過對西方式的民主、自由的提倡，掃除社會上留存的封建思想和文化。每期必刊的宗旨中，即有：「我們要向全國國民宣傳自由與民主的真實價值……。」在創刊號上，就重拳出擊似的發表了胡適的《〈自由中國〉的宗旨》和《民主與極權的衝突》，殷海光的《思想自由與自由思想》，傅斯年的《自由與平等》等文，這些觀點和主張與30年前陳獨秀創辦的《新青年》所提倡的「德賽」二先生如出一轍，都是從改革思想文化的角度切入大政治，走的依然是胡適的借思想文化解決問題的老路。此後還發表了胡適的《三百年來世界文化的趨勢與中國應採取的方向》（第8卷第3期）、《寧鳴而死，不默而生——九百年前范仲淹爭自由的名言》（第12卷第7期）、《霍夫曼論自由》（第2卷第12期）、《自由與文化》（張佛泉第10卷第2期）等多篇闡釋言論自由的論文，配合這些論文，還發表了大量宣傳自由和民主的文學作品，如上官予的詩歌《自由之歌》、王平陵的戲劇《自由中國》、惜夢的《自由的謳歌》等等。儘管《自由中國》受到政治打壓而被迫停刊，使自由主義文學並未得到充分發展，但其所呈示的自由文學觀念卻有力地批判了當時流行的「戰鬥文藝。」

(二)「反共抗俄」的前期氾濫

1940年代末，國民黨建立了「反共抗俄」的文藝政策，受其影響，《自由中國》雜誌最初四年是以「反共抗俄」為主旨，最早發表的作品就是陳紀瀅的反共小說《孤鳳孤雛》，具有明顯的政治傾向。比較而言，朱西寧的小說筆法已見成熟，因此才會有同寫反共小說的陳紀瀅不吝溢美之辭稱其小說為「一朵奇葩」，〔7〕其《糖衣奎寧丸》和《拾起屠刀》成功地塑造了富家女子和農民形象。此後刊登的反共作品多是對共產黨領導下的農村現狀的描寫，《殉馬》（長白）、《巢湖邊上》（宛宛）、《血的洗禮》（歐陽賓），這些作品意識形態十分明顯，反共意識也頗為強烈，由於多是臆想，寫得生硬沒有活力。有論者批評過這類作品多是「反共抗暴的公式化虛構故事，口號式的激動吶喊，以及浮泛的

懷鄉憶舊的抒情感傷，使得文學創作的藝術水準大為貶低。」〔8〕1953年聶華苓擔任文藝編輯後，提出了反共八股都不要，並寫進了徵稿簡則裡，自此，這類小說才日漸式微。這一文學現象值得知識份子反思的是：如何評價處在政治高壓下湧現的大量戰鬥文藝以及當下的文學史寫作如何書寫這一文學現象的問題。

　　（三）綿綿的鄉愁

　　1949年以後，大陸的文化學人大量流入臺灣。這些作家思鄉念親，寫下了大量以「鄉愁」為特色的「懷鄉文學」，以張秀亞、琦君、朱西甯、司馬中原、聶華苓、公孫嬿為代表。其作品多是對昔日生活的回憶，故鄉的山山水水，民風舊俗，稚真童年都成了剪不斷的離愁環繞在離人的身邊，彌漫在臺灣文學上長達幾十年。以陳紀瀅的長篇小說《荻村傳》為例，雖然內中有反共的色彩，但在字裡行間有很多對北方鄉村的過年、廟會、焰火賽會的景象和棉花收穫的場面進行細緻地描繪；林海音的《城南舊事》對舊北京風貌進行了富有色彩和音響的回憶，表現出對故國的鄉土人物和景色民情的眷戀。在這裡，「綿綿的鄉愁」主題與當時的「戰鬥文藝」有時交融，有時分離，在一定意義上超越戰鬥文藝的仇恨情緒，給文壇帶來了清新之風。

　　（四）愛情、婚姻和家庭悲劇

　　這類作品多是表現情愛生活，以林海音、孟瑤、聶華苓、郭良蕙、於梨華、彭歌、徐訏的小說為代表。他們多是對婚戀心理進行深入剖析，並提出質疑。如聶華苓的小說《葛藤》以男老師面對老實巴交的妻子和婚姻坎坷的寡婦的情感變化，暗示出「那層層的葛藤就像我們與生俱來的、擺也擺不脫的種種束縛。這就是人生」的深邃主題。其小說真實地揭示了心靈深處的感受，並將具體的情節和抽象的心理融合在一起，具有深味。童真的小說《翠鳥湖》關注家庭的不幸，講述舅媽不為人知的經歷——家裡請來的小夥計就是舅媽的私生子，但母子卻無法相認的悲劇故事。於梨華的小說《又是秋天》、彭歌的中篇小說《落月》、徐訏的長篇小說《江湖行》等小說都對男女性愛關係的深層思索。這些小說很少見後來瓊瑤式的言情小說「有情人終成眷屬」的大團圓俗套結局，多以其悲劇性的結尾，給讀者更深的啟悟。

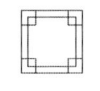

（五）人性的探討

這類主題一方面表現在對人物善行的描寫上，如朱西寧的《火炬的愛》寫兵士陳群的生命觀：「生命應該是一柱火炬，不計個人厲害，不計個人前程。」又如彭歌的小說《訪畫記》寫方雨笙手中握有國寶級的名畫，卻過著清苦的生活，拒絕變賣，為的是不愧對祖先留下來的藝術遺產。還有兩篇幾乎同題的小說黃思騁的《鄉村醫生》和艾雯的《鄉下醫生》都宣導做人要有「一片誠意。」這些作品都致力於謳歌人性本善。另一方面表現在對孩童的描寫，寄寓了對純真人性的歌頌。司馬中原的小說《灼子》和《李隆老店》中的兩個小主人公——灼子和二嚼吧頗像魯迅筆下的少年閏土，灼子會找鳥蛋，養鳥，會唱俚歌，講古記兒，二嚼吧是個善良、手巧的孩子，兩個孩子都是屬於鄉土的靈魂。還有朱西寧的短篇小說《捶帖》裡講到兩個天真稚氣鄉下孩子在墓碑上捶字的故事，他們面對大人世界裡的複雜情事的好奇與追問，一派天真。這類小說幾乎都是以雄渾的、質樸的大草原做小說深廣的背景，在這種廣博的天地間揭示純真、自然的人性。此外，寫人性使人感到震撼的是司馬桑敦的書寫，其小說《山洪暴發的時候》歌頌了純真自然的人性，另一篇小說《在寒冷的絕崖上》雖然也是描寫激烈戰爭，但作者獨闢蹊徑，著力描寫戰爭中的親情，孱弱的女人與無辜的孩子同時出現在這一殘酷空間下，作者深入地刻畫了連長的心理變化，為這一時期戰爭題材作品中少有的佳作。

綜上所述，多樣化的選題構築了《自由中國》上豐富的思想空間，也顯示了該刊在突破思想鉗制下，爭取自由和民主的努力。

三、《自由中國》的主要體裁及其對1950年代臺灣文壇的貢獻

《自由中國》的文藝欄目每期比較固定的體裁有文學批評和小說，其他如戲劇、詩歌和散文多是隨機刊出。在刊物出版過程中，編者們不斷改進文藝欄編排

的體例,從最初只有小說,到第二卷第一期增加了散文和詩歌,第二卷第二期增加了文藝論文,正是這些作品使《自由中國》與臺灣1950年代文壇發生密切的聯繫。據筆者統計,在出版的260期中,共發表了185篇小說,散文78篇,詩歌52首,戲劇4部,文學評論73篇。

(一)文學批評

在1950年代的臺灣文藝中,《自由中國》始終都把理論文章放在重要位置,所選文章涉及文學領域廣泛但又不失深度,一些文章具有一定的理論指導意義。

1.關於文學的宣傳與「為藝術而藝術」的討論

《自由中國》編者的視線始終追蹤1950年代的臺灣文壇,在眾多的討論中,最成功的當數文學的宣傳與「為藝術而藝術」的討論。雖然早在五四時期就討論過該問題,但在臺灣的獨特政治形勢下,隱含著對當局文藝政策的批評。胡適關於「為藝術而藝術」的意見在《新生報》剛一發表,馬上得到擁護,周子強撰文表示:「所謂時代要求應該是勢之所趨,而不是某個人所可規定所可先設的形式。」〔9〕李僉也認為,以政治的道德的目的,「宣導一個文藝政策的呼聲將會導致文藝成為政治的倫理的派生物」,〔10〕劉復之也指責官方對文藝的嚴格控制,其結果「將使得我們的文藝作品,一律成為政治性的口號和八股」,〔11〕此番討論使讀者意識到,以人的尊嚴為基準的文學才是真正的文學,也促使評論者更新批評視角,在專制體制下對文學獨立品格進行再確認。

2.關注大陸文壇

《自由中國》對大陸的文藝政策、文藝思想進行了密切關注。徐訏的論文《在陰黯矛盾中演變的大陸文藝政策》對共產黨的文藝政策進行分析,該文擁有客觀的資料如丁玲、吳祖光、胡風、蕭乾等人被清算的狀況,具有一定的史料性。該刊還關注過茅盾、郭沫若、田漢、胡風、沈從文、蕭軍等作家,由於作者受政治影響,多是刻意誇大大陸作家不自由的創作狀態。此外,該刊還對當時文藝現象進行了評述,徐訏的《曹操的改造》和孟戈的《中共上演的「曹操翻案」鬧劇》都是探析大陸新編京劇《赤壁之戰》和郭沫若的歷史劇《蔡文姬》對曹操

的翻案。李經針對毛澤東的《論文藝問題》裡的讀者、現實主義、作者的創作原則等問題進行了分析。〔12〕這些評論雖受一定政治因素的影響，但有些文藝批評因為借鑒了西方的文藝理論而與同期大陸的一些文學評論相比，具有一定的理論深度，也為臺灣文壇瞭解大陸當時狀況提供了一個借鏡。

3.書刊評介

書刊評介是《自由中國》上最精彩的一道風景線，發表最多的是對小說的評介，如鐘梅音分析陳紀瀅的《荻村傳》的文章《我看傻常順兒》、周子強對張愛玲《秧歌》的評價、周棄子分別對徐訏的《盲戀》和蘇雪林的《綠天》增訂本的品評等等，這些述評的發表多是小說出版之時，對讀者有很大的引導作用。如果說小說評介多以介紹為主，那麼散文的評介則穿上了合適的理論批評的「鞋子。」最惹人注目的是殷海光評論梁實秋的《雅舍小品》，雅舍的主人被殷海光評價為「充滿了靈性和具有風格的人」，其文章「最足以見人情世態。」〔13〕還有周棄子為吳魯芹的《雞尾酒會及其他》作序，總結其為文特點以小入眼，以幽默著稱。此外，還有聶華苓和公孫嬿等人的評介文章；值得重視的是，余光中的詩集《舟子的悲歌》一出版，梁實秋就寫下了至今仍在余光中評論中占重要位置的詩評，稱這是一部「相當純粹的抒情詩集」，是一個年輕詩人寫下的「藝術並不年輕」的作品。〔14〕這裡還應提到每期刊登的類似編後語的《給讀者的信》，往往以極經濟的篇幅來對刊載的文學作品進行評論，也是該刊的一大特色。

除了上述形成一定規模的文學批評之外，《自由中國》還介紹了外國文藝思想和中國古典文學，前者主要介紹外國名家作品、國外文藝思潮和文學理論，使該刊成為面向世界文壇的一個平臺；後者則多集中在《紅樓夢》等古典名著的研究上，這類論文頗有見地，對中國傳統文化進行了深入研究，顯示了對古老中國文化的深層次的傳承與鍛接。另外還對文學作品改編電影進行討論，也頗見理論深度。這些文章揭示了《自由中國》與1950年代文壇的深厚關係，在文學理論上開拓出一個新的批評空間。

（二）小說

小說是《自由中國》文藝欄又一重鎮，取得了卓然可觀的成績，刊載了許多藝術品位元獨具的作品，其長篇小說4部，中篇小說4部，短篇小說177篇。由於《自由中國》的刊載而名震一時的小說有很多，如《江湖行》、《又是秋天》、《葛藤》、《城南舊事》、《落月》等，這些作品在港臺、東南亞的華人社會中，至今仍擁有不少讀者。

1.「他傳體」小說的風靡

這類小說的敘述者多以第三者的立場為主人公作傳，對其性格命運的演變過程進行描述。徐訏的《江湖行》圍繞著周也莊的經歷發展來組織材料，名為江湖行，實為周也莊的個人傳記，為當時「他傳體」小說的傑出代表，從兩性之愛中，透視出政治、道德、哲學、宗教等更為深奧的道理。孟瑤十五萬言的《幾番風雨》是專門為《自由中國》撰寫的長篇小說，描寫了富家女何小薇「不知自築藩籬以自衛而毀於一旦。」此時的孟瑤正服膺浪漫主義，小薇本身就是浪漫主義的典型。這類小說多是表現時代與個人命運休戚相關，人物游走於歷史空間，演繹出富含包孕性的個人生存體驗。

2.海外華文文學的出現

1950年代中後期，隨著臺灣社會的逐步開放，留學生文學開始登上臺灣文壇。在旅美作家中，於梨華和叢甦為《自由中國》撰寫了很多小說和散文。1958年，被譽為「留學生文學的鼻祖」於梨華的《也是秋天》在《自由中國》上連載，震撼了當時的文壇，該文以全知敘事角度反映陸家子女在美國的生活，通過一些家庭瑣事揭示出中美文化的衝突。此類小說多是在東西方文化衝撞的框架中描寫留學生人生百態，對1980年代以來的大陸留學生文學具有潛在的影響。繼於梨華之後，另有叢甦郵來了系列有情節散文：《西雅圖的秋天》、《黃昏在唐人街》和《蝸居和漂鳥》，抒寫異鄉生活的種種感受，將處於歷史夾縫中的臺灣人的生存狀態逼真地再現出來。《自由中國》刊登的這些留學生文學為提高民族文學的水準和中西文化的熔鑄，打出了一個清新的「手勢。」作為世界華文文學的一個特殊的文學現象，臺灣留學生文學既豐富了華文文學的文化形態，也為我們提供了一個考察華文文學與西方文學互動關係的視角。

3.女性意識小說的湧現

大陸來臺的1950年代女作家們多受過「五四」文化運動影響，性別意識相當強烈，〔15〕其小說關注家庭婚姻、聚焦兩性互動之情，走寫實路線，提供了一幅幅女性心靈切片，這些女作家關注的並非家國重建，而是性別身份話語的書寫，不是正邪善惡的分辨，而是婚姻家庭的內置性定位。「臺灣女性小說第一塊基石」〔16〕的林海音在該刊上發表的小說《綠藻和鹹蛋》和《城南舊事》都是以揭示女性的敏感心靈為務，逼真再現女性內心深層的禁錮與情欲。揭示女性的異國戀情當推郭良蕙的《錯誤的抉擇》，描寫了美國上尉約翰與中國舞女如絲的始亂終棄的情感生活，該小說擅長寫女性的微妙心理變化，其中的情欲描寫頗為精到，為其此後長篇小說《心鎖》中引人大嘩的情欲描寫，顯示出一定的預製傾向。剖析異國女性的心理有潘人木的小說《烏魯木齊之憶》，揭示了善良的白俄女人絲泰拉被俄國人所威脅、利誘，最後家破人亡的悲慘境遇，對夫權和政權發出正面抨擊。《自由中國》上諸多以女性為核心的述寫，傳達了女性定位的多元性，也顯示出女性一旦擁有自己運作的文學空間，便成為文學場域變遷的一個重要的動力，其必然超越原本左右文壇格局的政治視野。

《自由中國》刊載的這些小說為此後留學生小說、現代派小說和婚姻小說的大量出現奠定了基調。雖然其中不乏反共小說，但更大量的是不帶硝煙戰鬥色彩的純小說。小說結構主體的多樣化也極大地豐富了臺灣文壇，促進了臺灣現代小說的長足發展。（三）散文小品《自由中國》上，幾乎擁有了當代臺灣散文最重要的風格流派：或溫柔敦厚，或寫實逼真，或浪漫抒情，或幽默嘲諷，均呈各家之長。其類型大體可以分為三類：文化小品、抒情散文和傳記。

1.文化小品

《自由中國》的文化小品重智慧和幽默，代表人物有梁實秋、吳魯芹、陳之藩、於梨華、思果、夏承楹等。梁實秋的《杜甫與佛》具有濃重的中國色彩，頗富情趣和理趣。和梁實秋一樣，吳魯芹也是一位東西風範兼具的學者，先後發表了《雞尾酒會》、《文人與無行》、《談小帳》和《鄰居》等多篇散文，其散文隨筆灑脫不羈，知識趣味盎然。思果的散文在內容上「只從吾人生活中的平常話

中提煉出慧人的幽靈情趣」,〔17〕《理髮》和《主客》都是以輕鬆的筆調對日常生活的細節的思索與回味。陳之藩和於梨華的系列旅美散文構成了一大特色,非常富有文化性。前者寫下了關涉科學精神(《泥土的芬芳》)、京劇的沒落(《惆悵的夕陽》)等很有情趣的文化隨筆。後者寫來了《胃氣與爭氣》、《白色小屋的主人》等六篇海外寄語,這些散文大部分是外國生活的隨感錄,更有世界性的眼光。這類文化小品在理性精神的操守下,進行社會批評和文化批評,多任意而談,無所顧忌,在缺乏思想自由的社會裡,它們更能啟發人們的自由心態。

2.抒情散文

這類散文善於發掘日常生活所隱藏的多種隱喻,多以「我」為創作主述,意在展示私人空間,抒發自我真情。代表人物為琦君、聶華苓、張秀亞、王藍、公孫嬿等人。琦君以傾訴型散文見長,第一篇發表在該刊的散文是《楊梅》,懷念父母的熾熱情感。此後發表的《喜宴》和《涼棚下》都以回憶視角講述故鄉婚禮習俗和乘涼的故事。聶華苓的散文隨筆《山居》以日記體的方式記錄了與大自然的親密接觸。張秀亞的散文《短簡》和《日記抄》分別以書信體和日記體對日常生活進行飽含情感的紀錄,充滿詩意、富含才學,真是「清遠超絕,纖塵不染」〔18〕。還有王藍的《畫與我》和公孫嬿的《嗩吶》等文,這種自敘式的話語方式多是操守著「愛的哲學」下的人生抒寫,多是瑣碎的、邊緣的,往往更具有鮮明的個性。

3.傳記

作為中國現代傳記宣導者的胡適在這方面做了大量的工作,他在《介紹一本最值得讀的自傳》中,將沈宗瀚的《克難苦學記》看作是「最有趣味、最能說老實話、最可以鼓勵青年人立志向上的一本自傳。」〔19〕《自由中國》社的編輯也承其品性,發表很多傳記類文章。雷震的《明寮一年》回顧了自己讀日本東京高等學校時候的一些經歷以及個人的所感所想,文筆樸實,風格自然。其他憶人散文還有殷海光先生的《我憶孟真先生》、蘇雪林的《一位馳譽法國藝壇的中國畫家》、祝秀俠的《憶高劍父先生》和段永蘭的《我的父親》等文,這些傳記

作品共同構築了《自由中國》上豐富而真實的人物畫廊。

（四）戲劇和散文詩

《自由中國》作為政論性的刊物，能夠給戲劇一定的版面是難能可貴的。余水姬的兩部獨幕劇《解放》和《臨別的光》因為急於表現教化作用，只剩下明確的說教。與其相比，王平陵的《自由中國》在人物設計和情節安排上，都顯示出一定的水準。圍繞黃鵬程一家在巨變時代所遭遇的種種際遇，揭示出時代對個人命運的巨大影響。直至臺灣早期著名戲劇家李曼瑰發表了悲劇《女畫家》，才使《自由中國》上的戲劇取得了實績。該劇刻畫了有才氣的女畫家一生用情於畫畫，最後獻出了生命。劇情跌宕起伏，詩意的人物，詩意的劇情，與五四的寫情型話劇如出一轍。正是《自由中國》對戲劇的高度重視，對臺灣戲劇的發展做出了一定的貢獻。

至於詩歌，1950年代臺灣的詩社雖然很多，但詩風不很健康。編輯們意識到「新詩直到現在還沒有固定的形式可資遵循」，〔20〕於是先後發表了尤光先的《給胡適之先生的公開信》、周天健的《論新舊詩的出路》和夏濟安《對於新詩的一點意見》進行自由的討論。在發表詩歌理論的同時，編輯們鼓勵進行身體力行的實驗。《自由中國》發表詩歌最多的是余光中，這位從1949年開始寫詩的詩人，發表在《自由中國》上的詩歌，多是少作，《給惠特曼》、《歸吻》、《黃昏星》、《冬》和《病室》等詩多是抒發詩人對祖國的熱愛，對愛情的渴望，對生命的謳歌，這類詩作代表了臺灣現代主義詩歌的一翼。徐訏發表的《殘更》、《死去》、《不寧》和《傳記》等詩歌，語言自由隨意，充滿幽默氣息，吸收了民歌、古典詩和西方現代詩的表現手法，形成了自己獨特的詩風。還有兩人從歐洲寄來詩歌，其一是從考據、新詩到史評樣樣全能的哈佛大學的周策縱博士，他是白馬文藝社的資深成員，其詩歌受海涅影響，充滿了浪漫主義氣息，長詩《紐約》表達了理智上的追求與情感上的懷鄉的分歧，還發表了《瀑布》、《心》和《給亡命者及其他》等詩。李經在美研究文學，除有論文送交《自由中國》發表外，《威尼斯之夜》、《半途》、《十字架》、《希望——給艾略特》等詩也在其上發表。這些歐派詩歌或為象徵主義詩歌、現代派詩歌、意

象抒情詩、哲理詩,側重人生意義的書寫,為《自由中國》帶來了西化的氣息。

四、結語

　　《自由中國》前後存在了11年,它目睹、記載和反映了臺灣當代現實和文學,儘管兩岸文學史家大都否定1950年代的文學成果,但我們僅從政論性刊物《自由中國》上的文藝欄就可以看出:首先,從文化生產機制和藝術取向上看,其既受主流文學的影響,也承繼了自由文學的餘緒,使1950年代臺灣文學不只有反共八股,還有引人入勝的小說,精彩的文化小品,富含真知灼見的書刊評介等等,它們繼承了中國文學傳統,為臺灣文學提供了文學的座標,直接衝擊了泛政治化傾向;二是由於編者主張發表色彩鮮明而單純、反映人性的文學作品,對當時正處於陰霾期的臺灣民眾精神的提升,無疑意義重大。尤其對外國文學和古典文學的介紹,對開拓讀者新知和深化學養有重要作用;三是雖然對於大陸文壇多持批評和貶斥的態度,但客觀上揭示了臺灣文壇與大陸文壇割不斷的相關性,暗示了在國民黨官方掃除「赤禍」的同時,《自由中國》裡依然流動著大陸母體血液的涓涓細流;四、從培養文學人才、傳播文學經驗、拓展文學市場等方面,擴大了臺灣文學的影響力,在1950年代的臺灣文學生態中,《自由中國》作家和文藝編輯扮演了決定性的角色。由於他們的直接參與和編輯,顯示了高人一籌的理論眼光和選題策略,自由的思想和尖銳的筆鋒使其在同類刊物中顯示出不凡,極大地繁榮了臺灣的文學園地。同時也促使我們對那些簡單劃一文學史的分析和描述進行重構,真實揭示1950年代臺灣文學更豐富的歷史空間。

　　(原載於《臺灣研究集刊》2004年第4期)

　　注釋:

　　〔1〕葉石濤:《臺灣文學入門》,高雄,春暉出版社1997年版,第103頁。

　　〔2〕彭瑞金:《臺灣新文學運動四十年》,高雄,文學臺灣雜誌社1997年

版，第80頁。

〔3〕應鳳凰：《〈自由中國〉〈文友通訊〉作家群與50年代臺灣文學史》，《文學臺灣》1998年夏季號。

〔4〕《徵稿簡則》：《自由中國》第8卷第6期，1953年3月16日。

〔5〕葉石濤：《臺灣文學史綱》，高雄：文學界雜誌社1987年版，第96頁。

〔6〕朱雙一：《〈自由中國〉與臺灣自由人文主義文學流脈》，范希周主編《臺灣研究論文集》，廈門大學出版社2000年版，第448頁。這裡的「溫和的現代派」是指圍繞《現代文學》、藍星詩社以及留學生文學的作家和作品。

〔7〕陳紀瀅：《評介〈大火炬的愛〉》，《自由中國》第7卷第3期，1952年8月1日。

〔8〕司徒衛：《50年代自由中國的新文學》，《文訊》月刊第9期第19頁，1989年10月。

〔9〕周子強：《為胡適之先生有關文藝的談話進一解》，《自由中國》第8卷第1期，1953年1月1日。

〔10〕李僉：《我們需要一個文藝政策嗎？》，《自由中國》第11卷第8期，1954年10月16日。

〔11〕劉復之：《藝術創造與自由》，《自由中國》第14卷第9期，1956年5月1日。

〔12〕李經：《戴五星帽的文學批評——毛澤東文藝思想的初步分析》，《自由中國》第14卷第4期，1956年2月16日。

〔13〕海光：《雅舍小品》，《自由中國》第6卷第4期，1952年2月16日。

〔14〕梁實秋：《舟子的悲歌》，《自由中國》第6卷第8期，1952年4月16日。

〔15〕如《中央日報》的「婦女與家庭」版，常出現嚴肅性別議題爭議的

園地，常在《自由中國》上發稿的女作家如張秀亞、徐鐘珮、琦君、郭良蕙、艾雯、孟瑤、鐘梅音等人也常在其上發表文章。

〔16〕古繼堂：《臺灣小説發展史》，瀋陽，春風文藝出版社，1989年版，第138頁。

〔17〕魏子雲：《思果的人與文》，《文訊》革新第8期，1990年9月。

〔18〕《給讀者的報告》，《自由中國》第11卷第7期，1954年10月1日。

〔19〕胡適：《介紹一本最值得讀的自傳》，《自由中國》第12卷第1期，1955年1月1日。

〔20〕《給讀者的信》，《自由中國》第11卷第3期，1954年8月1日。

試論《自由中國》的文藝欄目

國家圖書館出版品預行編目(CIP)資料

大陸對臺研究精粹：文學篇 / 徐學 編著. -- 第一版.
-- 臺北市 : 崧燁文化, 2019.01
　　面 ；　　公分
POD版
ISBN 978-957-681-804-2(平裝)

1.臺灣文學 2.文學評論

863.2　　　　108000861

書　名：大陸對臺研究精粹：文學篇
作　者：徐學 編著
發行人：黃振庭
出版者：崧博出版事業有限公司
發行者：崧燁文化事業有限公司
E-mail：sonbookservice@gmail.com
粉絲頁　　　　　　網　址：
地　址：台北市中正區重慶南路一段六十一號八樓815室
8F.-815, No.61, Sec. 1, Chongqing S. Rd., Zhongzheng Dist., Taipei City 100, Taiwan (R.O.C.)
電　話：(02)2370-3310　傳　真：(02) 2370-3210
總經銷：紅螞蟻圖書有限公司
地　址：台北市內湖區舊宗路二段121巷19號
電　話：02-2795-3656　　傳真：02-2795-4100　網址：
印　刷：京峯彩色印刷有限公司（京峰數位）

　　本書版權為九州出版社所有授權崧博出版事業股份有限公司獨家發行電子書及繁體書繁體字版。若有其他相關權利及授權需求請與本公司聯繫。

定價：550 元

發行日期：2019 年 01 月第一版

◎ 本書以POD印製發行